W0220569

Esther Dischereit · Ein Haufen Dollarscheine

Die Frau mit dem blumengemusterten Kleid erhebt sich endlich aus ihrem Bett. In der Hitze des Zimmers bleibt ihre Vergangenheit wie in Schwaden stehen: die Vergangenheit eines versteckten jüdischen Kindes. »Immer wieder taucht jemand auf und soll zu uns gehören«, murmelt ihre Schwester. Der Thanksgiving-Truthahn in Chicago verschluckt das Schwarze Amen ihres Mannes, der für die Kinder Palästinas um Frieden betet, während am anderen Ende des Tisches mit einem weißen Amen eine Danksagung an den amerikanischen Präsidenten gesprochen wird. Der nunmehr jüdisch-orthodox bekennende Sohn nennt seine Mutter Closet-Jew. Gojische Partner*innen der zweitverheirateten Überlebenden eignen sich deren »Wiedergutmachung« an, und schließlich weigert sich auch der russische Rabbiner, das Vorkriegsgrab in Berlin-Weißensee zurückzugeben.

Esther Dischereit lebt in Berlin. Sie schreibt Prosa, Lyrik und Essays und ist Autorin von Theater- und Hörstücken. Mit »Joëmis Tisch. Eine jüdische Geschichte« und »Übungen jüdisch zu sein« wurde sie eine der wichtigsten literarischen Stimmen unter den Nachkommen der Shoa-Überlebenden in Deutschland. 2009 erhielt sie den Erich-Fried-Preis. Als Professorin lehrte sie an der Universität für angewandte Kunst in Wien, 2019 als DAAD Chair in Contemporary Poetics an der New York University.

Esther Dischereit

Ein Haufen Dollarscheine

Roman

MaroVerlag

Es bleibt eine Merkwürdigkeit, dass ich von diesen Dingen berichte, als wäre ich dabei gewesen. Wahrscheinlich ist mir so, als wäre ich dabei gewesen. Wie eine Stellvertreterin, oder ich hätte mehrere Identitäten, die ich mal hierhin und mal dahin vergebe.

Klären Sie bitte, wer hier mit wem zusammenhängt. Sie sind »ich«, die Tante und die Schwester, nicht wahr?

Und was wollen Sie mit der Normandie und D-Day? Ich bin kein Militär, mich interessieren diese Dinge nicht. Die Engländer waren auch an der Küste und spielen im Text keine Rolle. Die Kanadier übrigens auch. Meinen Sie, das erklärt unter Umständen eine gewisse Dankbarkeit gegenüber der befreienden Armee und dem späteren Aufnahmeland, vielleicht sogar eine bedingungslose Ergebenheit? Ich meine – wenn dann später von Ihrem Großvater der Vietnamkrieg gerechtfertigt wird? Es führt, glaube ich, an dieser Stelle nicht weiter, wenn …

Soweit ich sehe, gibt es eine Menge handelnder Personen: eine Frau, die sich in ihrem blumengemusterten Kleid durch die Geschichte bewegt. Ist das die Hauptperson? Ist das Ihre Schwester? Aus der ersten Ehe Ihrer Mutter? Im Wesentlichen wird deren Geschichte geschrieben. Nein? Wessen Geschichte dann? Denken Sie, man kann die Geschichte Ihrer Schwester und wie es ihr mit den Erbstreitigkeiten ergangen ist verallgemeinern? Wollen Sie sagen, Deutsche bereicherten sich an ihren jüdischen Nachbarn und tun es noch? Das kann ich mir nicht vorstellen, dass das Ihre Absicht ist. Wir leben heute doch in anderen Zeiten, das werden Sie nicht in Abrede stellen. Außerdem: Was macht es denn wirklich aus, ob Sie um ein Erbe betrogen sind, das aus der Wiedergutmachung, der sogenannten Wiedergutmachung – es konnte ja de facto keine Wiedergutmachung geben – stammte oder aus einem x-beliebigen Wertpapierfonds? Ich sehe da keinen Unterschied. In diesem Punkt bin ich sogar marxistisch: Sieht man doch dem Geld seinen Warencharakter nicht an, nicht wahr?

Da ist der Mann, mit dem »ich« in der Flughafenlounge Erdnüsse isst. Das sind Sie? Nicht Ihre Schwester? Soweit ich sehe, sitzt hier eine Tante mit ihrem Neffen zusammen, isst Erdnüsse und schokoladenüberzogene Kekse, trinkt Segafredo und verwechselt die Flughafenlounge mit ihrem Wohnzimmer. Wegen solcher Dauernutzer wurde der unbeschränkte VIP-Zugang abgeschafft. Es ist immer eine Person, die ständig zu spät kommt, und dann muss der Betrieb die Stechuhr einführen – oder die großzügige Handhabung des Aufenthalts in der Lounge muss dann eben ein Ende finden.

Das geht nicht? Was geht nicht? Die Schwester ihrer Geschichte zu berauben und sie als Ihre zu erzählen? Warum tun Sie es dann? Haben Sie keine eigene? Doch? Dann erzählen Sie doch Ihre Geschichte – es ist ohnehin Ihre Geschichte, ob Sie das wollen oder nicht. Es ist ja auch nicht verwerflich, im Leben eines anderen Menschen Platz zu nehmen, wie Sie sich ausdrücken. Tun wir das nicht andauernd? Eine Ehe ist auch nichts anderes? Das haben Sie schön gesagt. Ach Gott, Ihre Schwester war ja noch ein Kind. Ob sie das alles so mitbekommen hat? Und in Ihrer, in unserer Generation, da sind wir doch frei von diesen schrecklichen Erfahrungen.

Versuchen wir es noch einmal: Eine Frau sitzt in der Flughafenlounge und redet mit ihrem Neffen. Die Schwester flog ab. Flog sie ab? Wohin flog sie? Eine jüdische Schwester flog ab. Eine deutsch-jüdische Frau flog aus Deutschland ab. Gleichgültig, ob Jüdin oder nicht, flog eine Person ab. Also: Ihre Schwester, die Mutter Ihres Gesprächspartners, verließ Berlin.

Sie flog in die USA? Zu Ihren Großeltern? Die jüdischen weißen Großeltern waren doch schon gestorben. Sie betonen, dass

Ihre Großeltern weiß waren. Muss ich das wissen, geht mich das etwas an? Alle sind bekanntlich weiß, jedenfalls die meisten. In diesem Teil der Erde. Wollen Sie sich dafür entschuldigen? Das hat mit der Vergangenheit nichts zu tun. »Black 'n my heart.« Oder wollen Sie mir mitteilen, dass es weiße Juden geben könnte, die etwas gegen Schwarze haben? Sie thematisieren an keiner Stelle, dass es Schwarze geben könnte, die etwas gegen jüdische Weiße haben – fürchten Sie die Gemeinsamkeit zwischen Schwarzen und Nazis? Darf das nicht vorkommen? Es ist doch, wo man hinsieht, dasselbe: Weiße gegen Schwarze, Schwarze gegen Juden, Asiaten gegen Europäer – und so geht das in einem fort, es will einfach kein Ende nehmen. Ich war immer so eingestellt, dass ich sage: Wir sind Menschen, und der Mensch zählt. Sie schweigen?

Ich werde versuchen wiederzugeben, was Sie hier erzählen. Sie können mich korrigieren: Die jüdischen, weißen, deutschen Großeltern emigrierten und wurden US-Amerikaner. Sie wurden in fremder Erde begraben, zuletzt der Großvater, der in zweiter Ehe sein Dienstmädchen – Gertrud? – in den USA geheiratet hatte, sodass es in den Genuss eines kleinen Häuschens mit Rosen vor dem Eingang in Philadelphia kam. Dieses Häuschen hatten sich Ihre Großeltern mütterlicherseits – die väterlicherseits fehlen vollständig – hatten sich Ihre Großeltern mit den späten Wiedergutmachungsleistungen der Bundesrepublik Deutschland leisten können. Das kommt in vielen Familien vor, das wissen Sie? Nein, nicht die Wiedergutmachungssache – wir hatten ja eher mit dem Lastenausgleich zu tun. Nein, das meine ich nicht. Darum geht es nicht. Dass dann das Erbe in die Hände der nachfolgenden Ehefrauen übergeht, das ist bitter, gewiss. Ich begreife, dass Sie selbst später von Gertrud abgelehnt wurden. Das ist keine schöne Erfahrung. Aber glauben Sie, dass Sie als Jüdin von der Christin Gertrud … Es ist ja wohl so, dass sie dann die Beerdigung nicht der jüdischen Religion entsprechend durchführen ließ. Das hat wohl die erste Tochter, Ihre Tante Senta, die sich Jessica nennt, durchblicken lassen. Das schreiben Sie gar nicht? Man soll diese Dinge auch nicht überhöhen. Eine Frau mag die vorgefundenen Enkel nicht, das ist alles. Entscheidend bleibt, ob Ihr Großvater und Gertrud miteinander auskamen, und das scheint ja der Fall gewesen zu sein. Allerdings fehlt an dieser Stelle, dass die Großeltern deshalb nach Philadelphia auswanderten, weil dorthin bereits ihre älteste Tochter weitergewandert war – von Berlin nach Shanghai per Schiff entkommen und nach Kriegsende dann in die USA. Dass Ihre Tante unter den Japanern den Typhus überlebt hat, ist ein Wunder. Mag sein, es ist hier eine Geschwisterrivalität verborgen zwischen Ihrer Mutter und – das ist dieselbe, mit deren Ableben später das Überführungsproblem entsteht, nicht wahr? – und Ihrer Tante. Warum sonst bleibt sie unerwähnt?

Diese fortdauernden Erbstreitigkeiten, dass da jemand einheiratet und dass dann die Kinder die Tefillin nicht aus dem Haus heraustragen dürfen – ja, das gibt es, und das ist traurig. Das verstehe ich. Sagt man »Tefillin«? Ich weiß übrigens nicht, wozu Tefillin gebraucht werden. Das müssen Sie mir einmal erklären. Aber es ist menschlich, allzu menschlich. Manche Ehepartner heiraten in eine Familie ein, und manche heiraten aus einer Familie heraus. Ihr Großvater heiratete offenbar heraus. Wollen Sie Hitler noch fast achtzig Jahre danach dafür anklagen? Die jüdische Großmutter war schon gestorben, lange vorher, gleich nachdem sie angekommen war. Hitler war ihr nachgekommen in diese Stadt der Neuen Welt, sodass sie an ihren Erinnerungen starb. Das ist tragisch: überlebt und doch nicht entkommen. Oder klagen Sie Gertrud an und Ria, die die zweite Frau des Vaters Ihrer Schwester wurde, und deren Kinder Angela und Rainer? Ich meine, da könnten Sie Tausende verurteilen, weil die auch erben – Besitz, der ... ich will das mal so nennen: unter den anderen Rechtsverhältnissen zustande gekommen ist. Das ist vielleicht eine moralische Position, aber rechtlich nicht von Belang.

Sie wissen genauso gut wie ich, dass andere Menschen auch sterben, wenn auch nicht an Hitler. Manche sind an Hitler genesen, stehen auf mit Hitler, essen Hitler und legen sich mit Hitler zu Bett: im Häuschen Ihrer Großeltern, als sie noch in Berlin waren, beispielsweise. Das ist die Stelle, wo jemand aus dem Fenster schreit: »'s ist alles schon vermietet.« Die hatten nur eine Wohnung, in der sie zur Miete lebten? Entschuldigung, ich dachte, die Stolpersteine zeigen an, wo jüdisches Eigentum war. Das trifft bei Ihnen ohnehin nicht zu? Ach so. Natürlich nicht. Ihre Großeltern überlebten, Sie sagten es. Sie sind deshalb auch nicht im Buch der Ermordeten aus Berlin verzeichnet. Da wurden sie gelöscht. Wann kann man da schon mal jemanden löschen!

Die hatten also gar kein Häuschen? Na, dann haben Sie auch nichts, worüber Sie sich beschweren können, und vielleicht wäre die Familie schon deswegen verarmt, weil der Cousin des Großvaters ein Spieler war – der, der dann rechtzeitig vor der schrecklichen Zeit nach Argentinien ging –, meinen Sie nicht? Kommt das überhaupt vor? Warum denn nicht? So ein Spieler ist immer eine interessante Figur, wenngleich natürlich auch tragisch. Wir finden in der Literatur da anrührende, manchmal auch sehr, sehr junge Menschen ... Haben Sie das gelesen: »Vierundzwanzig

Stunden aus dem Leben einer Frau« von – wie heißt er – ich meine, das ist von Stefan Zweig. Großartig, einfach großartig … Und da, meine ich, finden Sie auch solch einen Besessenen, einen schönen jungen Mann … Ich hoffe nicht, dass ich mich da irre.

Zurück zu den familiären Verhältnissen. Glauben Sie, die Familiengeschichte, dass alle als Juden Verfolgte waren, gibt einen Persilschein für die Familie ab – für alle Zeiten? Ich glaube das nicht. Ihr Großvater unterstützte den Vietnamkrieg, eine Tochter Ihrer Schwester ging zum Militär. Sie und deren Mann haben anhaltend mit Krieg zu tun. Jeden Tag, heute, gestern, morgen. Warum lassen Sie einen Veteranen des Zweiten Weltkriegs auftreten? Soll der in Afghanistan aufräumen oder in Pakistan Taliban jagen? Nichts täuscht darüber hinweg, dass wir es hier mit einer Familie zu tun haben, die kriegsaffin ist. Oder warum sonst hat auch die andere Schwester einen US-amerikanischen Soldaten geheiratet? Zuerst einen Schwarzen Soldaten, um in Ihrer Martin-Luther-King-Sprache zu bleiben, dann einen weißen. Auf jeden Fall Militär. Das kommt gar nicht vor, sagen Sie? Die zweite Schwester kommt überhaupt nicht vor? Ok – dann spielt das hier keine Rolle.

Aber der Mann Ihrer Schwester, um deren Geschichte es geht, der ist doch auch US-Amerikaner. Der ist kein Soldat? Der ist Footballspieler gewesen? Heute Friedenssänger, das passt. Ja, ich finde das passt. Schwarz – sagen Sie? Afro-American und Christian-Science-Anhänger – ist das eine Entlastungsformel? Choctaw – aha. »Völker dieser Erde … einigt euch, und ihr seid frei … dass sie jetzt die eure werde … Schluss mit Elend und Barbarei.« Geht das Lied so? Sie wundern sich, dass ich das kenne.

Die erste Tochter der Schwester geht zu den Marines – Frau bei den Marines, hmm –, heiratet einen amerikanischen Militär, auch Navy, die zweite Tochter einen anderen Amerikaner, der jüngste Sohn den Lubawitscher Rabbi … Entschuldigung, ich meine das nicht abwertend. Mit Ihrer zweiten Schwester telefonieren Sie gelegentlich, die in erster Ehe einen Schwarzen und dann einen weißen US-amerikanischen Soldaten heiratete. Der wäre um ein Haar im Irakkrieg eingesetzt worden. Stattdessen durfte er bleiben und betreute die Rückkehrer. Ein trauriges Kapitel. Und auch hier wieder diese Nähe zum Militär. Ach so, diese Schwester kommt nicht vor. Sagten Sie das schon?

Die jüdische Schwester, jene erste oder älteste, von deren Blumenkleid die Rede ist, wird von ihrem nicht-jüdischen Stiefbruder um ihr Erbe gebracht, weil auch der jüdische Vater nach dem Zusammenbruch seiner Ehe … Es ist nicht wesentlich, dass der Mann in Kellern lag und versteckt war – das hat mit dem Zusammenbruch der Ehe nichts zu tun. Verstehen Sie mich nicht falsch, das klingt herzlos jetzt – jedenfalls heiratet der Vater als alter Mann sein Dienstmädchen, also die, die zweimal oder dreimal die Woche kommt – das müsste Ihre Ria sein – nein, nein, ich rede nicht von Gertrud, die gehört ja zu Ihrem Großvater und dessen zweiter Ehe, wenn ich das recht verstanden habe. Ja, das klingt ähnlich – im Prinzip ist es auch eine Geschichte, die sich offenbar wiederholte. Aber jetzt geht es um Ria, die zum Vater Ihrer Schwester schließlich und endlich gehörte – na was, hat er was Warmes im Bett, wollen Sie ihm das missgönnen, wie man so sagt –, und die wiederum hat ein christliches Kind mitgebracht, und das betrügt das erstgeborene jüdische Kind – die Frau mit dem Blumenkleid – um sein Erbe und isst die Wiedergutmachung des jüdischen Adoptivvaters auf. Stimmt es bis dahin?

Das ist doch normal und kommt in Familien vor. Sicher, es klingt unappetitlich, das überlebende jüdische Geschwisterkind um das Erbe aus der Wiedergutmachung betrogen – aber muss man die Dinge so sehen? Man kann es doch auch so sehen, dass die Fristen verstrichen sind, und nun heilt alle Wunden die Zeit. Ich meine, ich sitze ja auch in einem Haus, das meine Eltern – nachdem die Besitzer denunziert wurden – ganz billig ... Das sind Kapitel, für die ich keine Verantwortung trage, nicht persönlich. Oder nehmen Sie dieses kleine Dorf im Badischen – wie heißt es noch gleich, gleich komme ich drauf – da sind ein Drittel der Häuser Judenhäuser gewesen. Nun, danach hat die Gemeinde Vertriebene aufgenommen, und Häuser wurden sogar vor dem Verfall bewahrt. Bei der Synagoge ging das nicht, und so ist sie eine verfallene Scheune ... Ich habe mich lange engagiert, das wissen Sie vielleicht nicht, bei der Restaurierung dieser Landsynagoge. Wir haben einen Verein gegründet. Ich schrieb die Förderanträge. Zwischen den Fensterscheiben meines Hauses habe ich Buchseiten in hebräischer Schrift gefunden. Ich brachte sie ins Archiv, man soll das bewahren, finde ich. Es gibt hier auch eine Vortragsreihe, an der ich mitgestrickt habe, und ich habe auch dafür gesorgt, dass die Gemeinde nach Übersee geschrieben hat. Da hat es noch jemanden gegeben. Ich habe die Adresse »Am Judenbuckel« angegeben, und der Mensch hat sich nicht mehr gemeldet. Aber es heißt doch so. Was sagen Sie dazu? Habe ich mich antisemitisch geäußert?

Aber diese Dinge mit dem Militär sind mir im tiefsten Herzen zuwider, ich hasse das Militärische. In den Nachrichten wird alles verklärt und Friedensmission getauft – das sind doch Verbrecher. Dieses Militärische ging ja bis tief in die Familien hinein, davon hab ich heute noch Alpträume. Ich will das nicht vergleichen; es ist nicht so, dass ich Ihr Schicksal ... Ich meine, in unseren Familien gab es diese unerbittliche Härte. Das geht mir nach. Und Ihnen eben auch, so ist das. Unsere Generation ist um etwas betrogen worden. Statt eines Gutenachtkusses gab es den Rohrstock und statt eines guten oder fröhlichen Worts nichts als Gehorsam. Da war bei den Eltern etwas zu Bruch gegangen ... Nicht, dass Sie mich falsch verstehen! Ich will uns oder mich nicht vergleichen.

Oxnard

Neffe

Sie hat auf der Tribüne Platz genommen. Ein bisschen ungeschickt angezogen, finde ich. Mir wurde ein Platz weiter oben auf den letzten Rängen zugewiesen. Meine Schwester hatte mich und unsere Tante angemeldet. Die Pressesprecherin begrüßt sie persönlich. Meine Tante sitzt hier als Pressevertreterin. Links von ihr hat sich die Ehefrau von Johns Freund hingesetzt. Als er auf den Philippinen stationiert war, haben sich die beiden kennengelernt. Sie knabbert getrocknete Mangostücke. Johns Freund sitzt neben seiner Frau, steckt seine Chips weg. Meine Schwester und John tragen ihre Berufsgesichter, obwohl sie in Zivil gekommen sind. Sie trägt ein schwarzes Shirt. U-Boot-Ausschnitt. Vom Hals bis zu den Schultern ist sie unbedeckt. Wenn sie sich bewegt, sieht es so aus, als könne das Shirt an einer Seite herabgleiten. Sie knabbert nichts. Mit diesem Audrey-Hepburn-Look ist sie die schönste Soldatin, denke ich. John W. – double-u, watch your double-u, pflegte unser Vater zu sagen – überragt seine Frau, ist breit wie ein Schrank und steckt in seiner Uniform. Sie spannt, besonders an seinen Oberschenkeln. Er sieht so aus, als würde er viel Fleisch essen. Er ist ein Gourmet. Das weiß ich. Täglich sieht er sich Kochsendungen an und merkt sich besondere Finessen. »Entschuldigen Sie, darf ich? Ich bin hier Gast. Danke schön. Meine Schwester und ihr Mann, sie sitzen da drüben ... und meine Tante, sie sitzt auf der Tribüne. Ja, fast die ganze Familie, da haben Sie recht, sie ist aus Deutschland, ja, ich auch, ja, aus Berlin, wir alle zusammen, das kommt selten vor, dann unter diesem strahlenden kalifornischen Himmel, obwohl – es soll später ein wenig bewölkt werden ... Nein, eigentlich haben wir in Champaign gelebt ... ja, das ist kompliziert. Oh, sorry, wir sollten jetzt still sein.«

Oxnard
Tante

Eine Hornisse flog unter das Zeltdach, das uns vor der Küstensonne schützte. Ich liebte die Strände rund um dieses Gebiet. Nur wenige Häuser, wenige Strandanlagen – der Wind trieb die Wellen unablässig heran, hoch aufschießend und gischtig fielen sie wieder in sich zusammen. Zum Baden war das Wasser zu kalt. An den Wochenenden kamen ein paar Familien hier heraus und brachten Picknicktaschen mit. Jemand muss vor langer Zeit einmal eine Schnur gespannt und zwei Pfosten gesetzt haben. Manchmal spielten ein paar Männer mit einem Ball. Werktags begegneten mir hier wenig Leute, manchmal eine Stunde lang niemand, und ich lief und lief und lief weiter. Ich hatte nichts vor mir. Mein Fußabdruck im Sand, ein Stock, den das Meer angetrieben hatte – der Wind strich mir um den Kopf und ließ Sandkörner rieseln. Wie abrutschende Landschaften verschoben sich die aufgewehten Flächen. Zwischen entfernten Häusern öffnete sich ein Spalt, kurz nachdem ich das eingerissene Volleyballnetz passiert hatte. Ich kehrte den Wellen den Rücken und stapfte in die Richtung, in der ich einige Plastikstühle neben einer Hütte stehen sah. Die Stuhlbeine steckten im Sand. RUDDER-Room. Ich öffnete die Tür, die wie der Eingang zu einem Verschlag aussah. Drinnen stand ich in einem mit Postern beklebten Gang, dunkle Farbe an den Wänden, zwei Toilettentüren. Im Schankraum standen Männer und tranken Bier. Whisky und Gin gab es auch. Ich bestellte einen Tee. Der Mann hinter dem Tresen hatte einen Schnauzbart. Seine Stirn legte sich in ein

Feld von Falten, und im Lärm der redenden Männer und einer Jukebox fragte er nach. Tee gab es nicht, ich fragte nach heißem Kakao. Ich erhielt einen heißen Kakao. Der Mann trug ein kariertes Hemd, andere Männer trugen auch karierte Hemden, bei einem lagen die weißen Haare auf seinem gelbbraunen Jackettkragen auf. Sie trugen Jeans, blaue Jeans und abgetragene Turnschuhe, die breit und riesig erschienen. Ich trug ein Basecap, zog es ab und hielt es in der Hand. Dann legte ich es vor mich auf den Tresen. Alle trugen Caps, bis auf einen. Die Männer lachten und tranken. Ich trank den Kakao aus und ging. Wieder durch die Tür, durch die ich eingetreten war und die verbarg, was sich in diesem dünnwandigen Verschlag, der doch keine Hütte war, zutrug. Er umschloss die Menschen und ihr geselliges Leben wie eine Herde, von außen war nichts davon zu sehen. Ich trat hinaus, weg von den Reden der Leute und zurück zum Aufklatschen der Wellen, die das Meer übereinander türmte und wieder zusammenfallen ließ.

Die Hornisse flog zwischen den Zeltstangen ins Freie. Der Aufmarsch hatte begonnen. Ich war begrüßt worden wie eine diplomatische Vertreterin, und es war mir ein bisschen peinlich. Aber ich war ihre Tante, ich fühlte mich sogar wie ihre Lieblingstante, obwohl unser Liebesverhältnis mehr als zwanzig Jahre zurücklag, als ich eine Dreizehnjährige, später Fünfzehnjährige gewesen war. Ich war zusammen mit meiner Mutter nach Bremen gereist und hatte sie dort zum ersten Mal in einem Mütter-Kind-Heim gesehen. Meine Schwester, ihre Mutter, war mehr als fünfzehn Jahre älter als ich, und wir waren uns kaum mehr zu Hause begegnet. Und gar nicht mehr, nachdem sie ausgezogen war und in Perugia studierte. Später hat mir einmal jemand das Buch »Über die

Liebe der Juden zu Italien« gezeigt. Ich hatte erstaunt auf den Buchtitel geschaut und an sie gedacht. Sie studierte dort, weit entfernt von einer deutschen Kleinstadt, und ich sah sie erst wieder im kalten Bremen, in diesem kalten Haus. Ich hatte das Baby in den Armen gehalten. Viele Jahre hatte ich das ferne Baby geliebt. Geliebt, wie ich meinte sonst nichts zu lieben auf der Welt. Und deshalb war ich jetzt hier, saß auf dieser Tribüne und tat so, als sei ich von der Presse.

Oxnard

Neffe

Meine Tante saß hochaufgerichtet zwischen den Marines und ihren Angehörigen, so als fürchte sie, jemanden versehentlich zu berühren. Meine Mutter hatte erzählt, dass sie an Straßenkämpfen beteiligt gewesen war, an Anti-Vietnamkrieg-Protesten – viel mehr wusste ich nicht. Im Laufe der Jahre meinte ich, verstanden zu haben, dass sie mehr als ein Jahrzehnt in Industriebetrieben gewesen war – als Arbeiterin, nicht in der Verwaltung oder als Technikerin. Da war selten eine Frau Ingenieurin oder Meisterin – in Kalifornien weiß man gar nicht, was oder wer eine Meisterin ist. Ich fand gut, dass sie am Band gestanden hatte und mit den Leuten gewesen war. Obwohl ich es gleichzeitig nicht verstand. Sie hatte studiert, dann ihr Hochschulzeugnis weggeworfen und wollte so leben wie die Klasse, an die sie glaubte. Das hatte etwas Entsagungsvolles, etwas Heiliges, wie sie sich so mit den anderen zusammen in die Fabrik einsperren ließ. Ich will das nicht lächerlich machen. Ich fand es gut, aber ein bisschen fremd.

Die Pressesprecherin hatte ihren Namen ausgerufen und sie als VIP begrüßt, als ausländischen Gast, und hatte sie auf die Ehrentribüne geführt, dahin, wo ich nicht sitzen durfte. Ich saß im Seitenflügel. Als meine Schwester sie fragte, ob sie zur Parade mitkomme – meine Schwester musste dorthin gehen, meine Schwester ging auch anschließend zum Empfang für Offiziere und Kommandanten –, sagte sie: »Ja.« Was wollte sie hier? Sich in Stars and Stripes einwickeln?

Die Uniformen der Soldaten waren von einem Weiß, das von der Sonne unter dem wolkenlosen Blau noch stärker hervorgehoben wurde. Der Exerzierplatz sah aus wie ein riesiger Probenraum von Glenn Miller, auf dem Operettensoldaten marschierten, Blick nach rechts, Hand an die Mütze, und weiter. In der Formation der Männer, die unmittelbar an den voll besetzten Klappstuhlreihen vorbeimarschierten, waren einige – nicht wenige –, an deren Hemdbrust Orden angesteckt waren. Auf den sich überlappenden schmalen Stoffbändern liefen Münzen abwärts, und mit jedem Schritt schlugen sie aneinander und tönten leise. Dunkelblaue Halstücher – das ist merkwürdig, nicht wahr. Ich wusste nicht, wessen Halstücher älter sind, beziehungsweise zuerst da waren; es ist möglich, dass die bei den Pionieren erst später aufkamen. Die Truppen waren aufmarschiert, einen Schritt voran die Kommandeure, und jetzt sah ich auch eine Frau unter ihnen – wie Spielführer standen sie da, die Beine fußbreit auseinander. Kurze bellende Laute, kehrt, und noch eine halbe Drehung, dann Halt vor der Tribüne.

Berlin

Neffe

Ich kann verstehen, dass sie zu den Marines gegangen ist. Meine Schwester wollte studieren, das hätte sie sonst nicht machen können. Es war ja so, dass meine Mutter manchmal das Essensgeld für die Schule nicht besaß. Wir sagten dann, dass wir es nicht dabeihätten. Wir konnten nicht sagen, wann wir es bringen würden. Zuerst war sie Taucherin, dann studierte sie. Jetzt ist sie Elektroingenieurin und macht Gutachten, beurteilt Kostenvoranschläge für die Instandhaltung, wenn ich das recht verstanden habe. Ich weiß nicht, warum sie so lange in Sizilien war und was sie da gemacht hat. War sie dort, als das Flugzeug abgeschossen wurde? Über dem Meer? Ich erinnere mich nicht mehr genau. Sie wird nichts sagen. Wenn man ihr gesagt hat, sie soll nichts sagen, wird sie nichts sagen. Sie liebt ihre Arbeit. Bevor sie studierte, war sie bei einer Einheit von Tauchern. Sie besteht vielleicht nur aus Arbeit, und wenn sie den Mund aufmacht, übertönt sie die klatschenden gischtigen Wellen. Sie verdient so viel wie wir alle nicht.

Ustica, ja Ustica, das muss Anfang der achtziger Jahre gewesen sein. Eine F-14 der US-Navy soll den Abschuss der libyschen MiG-23 durchgeführt haben, und von einem französischen oder US-amerikanischen Flugzeugträger im Mittelmeer oder vom Stützpunkt aus sollen Abfangjäger aufgestiegen sein. Der Aerolinee-Itavia-Flug 870 war ebenfalls in der Luft. Ein traumatisches Unglück: alle 81 Passagiere dieser Maschine kamen ums Leben. Es war offengeblieben, ob das Flugzeug von einer NATO-Rakete oder einer libyschen Maschine getroffen worden war. Dass sie in Neapel stationiert war, das weiß ich genau. Ich besuchte sie dort. Die 6. US-Flotte müsste das gewesen sein, nicht dass sie darüber geredet hätte – US Naval Forces Europe-Africa. Die Mediterranean Squad, das ist Geschichte pur, wenn man so will. Der Absturz wurde vor Gericht verhandelt. Merkwürdige Dinge. Ein italienisches Gericht ging in einem Zivilverfahren von einem militärischen Vorgang aus.

»Ich weiß nicht, ich sollte das vielleicht nicht alles erzählen, aber Sie haben gefragt. Vielleicht gehört es nicht hierher. Sie sagen, ich sollte über mich erzählen. Das tue ich ja, aber es ist natürlich einfacher, von jemand anderem zu erzählen. Ich gestehe auch, dass ich es sehr schätze, wie die beiden mich hier aufnehmen – ich meine, meine Schwester und ihr Mann –, und ich weiß schon, dass es schwer ist, in Berlin jemanden zu finden, der sich überhaupt mit dieser Second Generation – oder bin ich eigentlich Third Generation? – auskennt, aber das haben Sie eigentlich nicht gefragt.« – »Ok, gut, da haben Sie recht, dafür bin ich dann doch schon zu alt ... Also jemand, der oder die sich mit dem Problem der Children of Survivors beschäftigt. Es gibt wirklich sehr, sehr wenige Therapeuten, die davon etwas verstehen. Ich bin dankbar, verstehen Sie, aber ich weiß trotzdem nicht, was ich hier tue. Und ob ich hier richtig bin. Ich war immer der Jüngste und der einzige Sohn; mein Vater ist sehr konservativ, und die Erstgeborene ist taff, verstehen Sie. Mein Vater hat sie adoptiert. Aber das spielt eigentlich keine Rolle, und das wusste sie auch selbst nicht, bevor sie vierzig wurde. Also sie kann ich nicht einholen, will ich auch gar nicht. Obwohl ich sie schon bewundere. Ich meine: Geldsorgen hat sie nicht. Die hatten wir zu Hause immer. Ich kann mich an gar nichts anderes erinnern. Allerdings hat sie auch ein Prüfungsproblem, eine Art Phobie, wenn es zu Tests kommt. Das hatte sie schon als Kind, als wir noch alle in Champaign wohnten, wir sind ja aus Italien weggegangen, als ich zwei Jahre alt war. Daran kann ich mich nicht mehr erinnern. Ich bin natürlich jetzt dort, immer wieder. Ich fliege ungefähr alle zwei Wochen hin, meinen Vater besuchen.« – »In Champaign? Nein, wir sind doch alle wieder zurückgekehrt nach Rom, wo ich geboren bin. Meine Mutter war vorgefahren und mein Vater musste eines Tages erkennen, dass sie nicht in die USA zurückkehren würde. Also verkauften wir das Haus in Champaign und kamen zurück nach Italien. Meine Schwestern blieben in den USA.«

Rom

Neffe

Ein Mann setzt sich ins Flugzeug in Bologna, weil er nach Palermo muss. Ich kann nicht behaupten, dass er gute Laune hat. Die Maschine ist schon zwei Stunden verspätet. Die Toilettentüren klemmen. Die Fluggesellschaft schickte eine defekte Maschine an den Start. Die Leute saßen schon drin und wurden nicht informiert. Nach einer Stunde ging das Flugpersonal von Bord. Der Kapitän öffnete die Tür zur herangefahrenen Treppe. Er hatte einen kleinen dunkelblauen Koffer bei sich. Nach ihm kletterte die Stewardess durch. Auch sie hatte einen dunkelblauen Koffer in der Hand und trug ein dunkles Jackett über dem Arm. Die Durchsage hatte gelautet, dass man um Entschuldigung bitte, man habe einen Service bestellt, auf jeden Fall würden die Passagiere noch nach Palermo geflogen. Nein, Aussteigen ginge leider nicht – die Sicherheit, Sie verstehen –, auch seien die Koffer der Reisenden bereits verstaut. Es wird wärmer, der Passagier auf dem Nebensitz lockert seine Krawatte und wischt sich mit einem Taschentuch über die Stirn. Die Luft wird stickig, manche lehnen sich zurück und schlafen. Der Nachbar des Mannes sagt jetzt auch nichts mehr, seine zerlesene Zeitung steckt im Netz, und weil die Frau, die vor ihm sitzt, die Lehne zurückgekippt hatte, ragt sie ihm entgegen. Nach einer weiteren Stunde betritt eine neue Besatzung das Flugzeug; der

Kapitän war eingetroffen. Eine Durchsage bittet erneut um Entschuldigung. Die Gesellschaft sei untröstlich und hoffe sehr, die erlittene Unbill – Unbill sagt niemand – wieder gutmachen zu können. Umgehend nach dem Start würden Getränke gereicht und eine kleine Aufmerksamkeit ... eine Praline, Baci, wer weiß, was sie meinen.

Die Maschine hebt ab und wird in der Nähe der Inseln, Ustica ... Es stand in allen Zeitungen –

Der Mann hatte daran gedacht, dass er seinen Vortrag nicht mehr halten würde. Sicherlich wären die Teilnehmenden der Konferenz bereits zum Essen gegangen. Er wollte auch zum Essen gehen. In ein bekanntes Restaurant, das ein kleiner Mann mit rundem Bauch leitete. Er hatte die Angewohnheit, rote oder orangerote Hemden zu tragen, und er liebte die Speisen, die er servierte.

Das Flugzeug wird abgeschossen, es kommt nicht in Palermo an. Siebzehn Jahre später wankt »Il muro di gomma«, und eine Zeitung schreibt, es habe einen Luftkampf mit einem libyschen Flugzeug gegeben. An diesem Luftkampf seien französische, italienische und US-amerikanische Flieger beteiligt gewesen. Eine Rakete wurde abgefeuert. Sagt man. Das Flugzeug sinkt auf den Meeresgrund. Ich hatte immer gedacht, wir hätten eine Flugabwehr. Und wenn einer eindringt in den Luftraum, dann müsste sich jemand einschalten, dessen Hoheitsgebiet das ist. Nein? Konnte ich wissen, dass es Franzosen und Amerikaner sind, die schießen, wenn ein Flugzeug unangemeldet nach Italien kommt? Wer weiß, was das libysche Flugzeug an Bord hatte – andererseits kann ich mich nicht erinnern, dass Italien am 28. Juni 1980 mit jemandem im Krieg gewesen wäre, auch nicht mit Libyen.

Ich will das nicht weiterverfolgen, das kann ich auch nicht. Auf meiner Reise wollte ich bei meiner Mutter in Rom eigentlich haltmachen, aber sie hatte gerade Streit mit ihrem Mann. Der hatte das Auto genommen und meldete sich nicht. Sie hatten darüber vergessen, dass ich vorbeikomme. »Du kommst erst morgen«, sagte meine Mutter am Telefon. Ich sagte: »Ich bin da.« Sie sagte: »Du kommst erst morgen.« Also blieb ich am Flughafen. Trotzdem konnte ich nicht nach Palermo fliegen. Ich hatte nicht rechtzeitig vom Streik gehört. Während ich fortdauernd die Anschlagtafeln beobachtete, dachte ich darüber nach, ob meine Schwester, ob sie wohl damals schon in Sizilien war.

Oxnard

Tante

Sie trug das Audrey-Hepburn-Shirt, das Hals und Nacken freigab, sodass ich befürchtete, der großzügig ausgeschnittene Stoff würde an den Schultern herabgleiten, besonders wenn sie sich nach vorne beugte. Wenn ein Träger herabfallen und sie als Soldatin, als ranghohe Offizierin, inmitten des Empfangs entblößt sein würde, während die Bediensteten umhereilten und Gläser brachten und wieder mitnahmen, würden die appetitlichen Häppchen, aufgespießt in den Händen der weißen Uniformträger, wie festgefroren, nicht mehr zum Munde geführt. Jetzt saß ich auf dieser Tribüne und sah zu ihm hinüber, und er sah zu seiner Schwester, dachte nicht an die Träger ihres Audrey-Hepburn-Shirts und schien in ein anregendes Gespräch vertieft. Das Sirren der Fliegerstaffel war noch zu hören. Alle saßen auf ihren Plätzen und bewegten sich nicht. Der Veteran trat vor und sprach.

Neapel
Neffe

Ich wischte mir den Schweiß von der Stirn. Es war schon am Morgen eigentlich zu heiß, um auf der Terrasse zu schlafen. Der Traum, der mich nach Kalifornien geführt hatte, hatte sich mir auf Hals und Nacken gelegt. Die Sicht auf die Inseln war klar gewesen. Ich würde mir ein frisches Hemd anziehen. Wieder war ich hierhergekommen, weil sie da war, meine Schwester, ihr Mann, das Kind der beiden, der Golf von Neapel und der Hund, den ich nicht leiden konnte. Sie waren hier als Angehörige der NATO stationiert.

Dieser Standort ist ein Segen für die Region und für Leute, die gern essen. Wie John. Ich frage mich, warum sie beide niemals von Flüchtlingen gesprochen haben. Oder waren sie später schon wieder weg von hier?

John ist gestern zurückgekommen. Er kommt gerne zurück zu seinem Haus, von dem aus er den Blick über das Meer hat, zu seiner Tochter, zu seiner Frau und zum Hund. Im Meer badet er nicht. Sie alle baden nicht im Meer. Sie gehen in die Schwimmhalle. Der Hund frisst von den Tellern, wenn John etwas hinstellt, das er später weiterverarbeiten möchte. Und es draußen stehenlässt. Ein mariniertes Stück Fleisch oder – jetzt hat er gerade das Stück Baumkuchen aufgefressen. Das hatte John extra zurückbehalten. Er kann in Neapel keinen Baumkuchen finden. Es war ein Geschenk meiner Tante. Er legte das Geschenk der Tante, eingewickelt in Papier, seitlich auf der Vitrine ab; er wollte den Kuchen für eine Gelegenheit wie heute Abend aufbewahren. Wenn er zurückgekommen sein und das Kind im Bett liegen und er für sie beide gekocht haben würde. Sie würden zwei Gläser Rotwein auf dem langen Tisch servieren, an dessen Ende sie beide sitzen würden. Sie saßen immer an diesem Ende. Er wollte frittierte Zucchiniblüten servieren, dann Kalbsfleisch, einen Risotto mit Steinpilzen – und nachdem sie beide, er und seine Frau, einige Gläser Rotwein getrunken hätten, wollte er den Baumkuchen mit einem Tupfer Creme an der Seite auftragen.

Das zerfetzte Papier fand er in einer Ecke auf dem Küchenfußboden. Es würde keinen Baumkuchen mit einem Tupfer Creme an der Seite geben. Er ging in das gemeinsame Schlafzimmer, schaltete den Fernseher ein und streckte sich aus. Das Fliegen machte ihm weniger aus als die Hitze in diesen Ländern. Er war innerhalb eines Monats nach Abu Dhabi geflogen, nach Bahrein, nach Oman und nach Kairo. Er sollte Grundstücke kaufen, für die Navy geeignete Grundstücke. Während Tausende von Demonstrierenden über die Fernsehkanäle flimmerten und einen Schuh in die Höhe streckten, bekam John W., wie ihn seine Freunde in der Armee nannten, den Marschbefehl. Er hatte wie seine Frau eine Ingenieursausbildung und zusätzlich ein Architekturdiplom. Er war auch in der Vergangenheit herumgeschickt worden, einmal für längere Zeit an den Nordpol. Ein Soldat, der zu viel getrunken hatte, hatte die Straße überquert, hatte gesagt: »Ich mach es.« Seine Schutzkleidung hatte er zurückgelassen. John W. hatte von der gegenüberliegenden Straßenseite aus seinen Kältetod mitangesehen. Merkwürdig, jetzt an die Kälte zu denken, wo er gerade ein Anwesen in Bahrein kauft. Diese Käufe hatten ein Zeitlimit, sie sollten binnen vier Wochen abgeschlossen sein. Um den Finanzrahmen kümmerte er sich nicht. Er schlug die infrage kommenden Areale vor.

Oxnard

Neffe

Ich schaute meine Tante an, von der Seite. Ich saß in einem der oberen Ränge des Seitenflügels und konnte ihr Gesicht nicht vollständig sehen. Sie rieb mit einem Finger an ihren Augen, strich über die Haut am äußersten Winkel, knetete ihre Hand, verschränkte die Finger, bis die Knöchel hervortraten, während der Veteran sprach. Der Veteran hatte den Einsatz an D-Day überlebt und sprach von der Ehre, die es für ihn gewesen war, daran teilzunehmen und die Welt vom Nationalsozialismus zu befreien. Hinter dem Veteranen standen die angetretenen Kompanien, mit Blick zur Tribüne. Der Veteran sprach zur Tribüne. Er wirkte hölzern, wie jemand, für den das Tragen der Uniform ungewohnt geworden war. Wie alt mochte er damals gewesen sein? Angenommen, er war an jenem Junimorgen achtzehn Jahre alt –

Der Veteran sprach von einer freien Welt, für die er gekämpft hatte. Der Segen des Allmächtigen habe ihn und die Kameraden gerettet und die unterdrückten Völker Europas. Von ihrem Platz auf der Tribüne konnte sie den Veteranen direkt sehen. Ich musste mich auf meinem Sitz immerzu vor- und zurückbewegen, um irgendetwas zu sehen, weil ein Mann mit einem sehr großen Kopf vor mir saß.

In Berlin hat mir meine Tante einmal einen jungen Mann vorgestellt; er sagte, er heiße Andrzej. Ein Freund ihres Sohnes, der zum Essen mitkam – ich weiß nicht mehr, warum eigentlich. Wir gingen nicht oft essen. Ich fragte Andrzej: »Wann bist du geboren?« Er sagte: »An D-Day.« Andrzej ist zwischen Dortmund und Oberhausen geboren. Wahrscheinlich wissen nur Andrzej und ich, dass er am 6. Juni Geburtstag hat. Er habe das in einer Fußnote gefunden, sagte er, und die Fußnote vergrößert und an die Wand in seinem Zimmer gehängt, das er sich mit seinem Bruder teilte. Andrzej ließ das Essen unberührt zurückgehen. Das Gericht, das er eigentlich hatte haben wollen, war nicht mehr verfügbar gewesen.

Jetzt saß der Mann neben ihr so weit vorgebeugt, dass ich ihr Gesicht nicht sehen konnte. Der Veteran sprach von der Operation Neptune und davon, dass der Segen des Herrn mit ihnen gewesen sei – außer dem Allmächtigen waren 11.590 Flugzeuge mit dem Veteranen geflogen. Der Sand hatte ihm Augen und Mund verklebt. Der Veteran war einer von zehn Männern seiner Kompanie, die überlebten. Ihr Nachbar lehnte sich wieder zurück. Sie schaute den Veteranen an, wie jemand seinen geliebten Großvater anschaut.

Der Himmel war schwarz von Bombern, Flugzeugen, Fallschirmspringern, und die Erde war schwarz von den Detonationen, Toten, Trümmern. Dazwischen verlas eine Rundfunkstimme den Aufruf an die Deutschen, sich zu ergeben. Den Text hatte einer von den Ritchie Boys geschrieben, die Ritchies waren ganz vorne mit dabei.

Wenn der Veteran, die Ritchie Boys und die 11.590 Flugzeuge nicht zusammen mit dem Allmächtigen geflogen und die Truppen nicht gelandet wären und D-Day in die Geschichte eingeschrieben hätten, säße sie nicht hier. Wahrscheinlich wäre sie nicht geboren worden oder Sklavin in einem arischen Haushalt oder im Lager oder ... Der Veteran sprach weiter. Seine Stimme kratzte. Jemand reichte ihm ein Glas Wasser. Ich säße nicht hier, natürlich nicht. Wir alle wären nicht hier. Hier unter diesem Himmel, der sich jetzt ein bisschen, wirklich nur ein klein bisschen bewölkte, wenn man das überhaupt so nennen konnte.

Noch immer saß meine Tante auf der Tribüne wie eine Eingeschleuste, eine, die konspirativ ist oder inkognito anwesend – niemand sah ihr ihre Vergangenheit an. Ihre Haare trug sie lang, immer noch, Gitarre spielte sie nicht, Jeans und Parka trug sie jetzt nicht, sondern eine Leinenhose in der Hitze des Tages. Das hier waren Militärparaden, Feierlichkeiten wie auf dem Rummelplatz mit Losbude für die Bevölkerung – Joan Baez stand neben ihr und tippte ihr mit einem knochigen Finger auf die Schulter. Der Veteran sprach von seiner aufgeriebenen Einheit, sprach von Rauchwolken über dem Strand und brennendem Haferstroh – davon, wie es ist, sich von Haus zu Haus vorzuarbeiten, durch Getreidefelder zu kriechen, vom Staub, der ihnen die Luft zum Atmen genommen habe, vom Geräusch anrollender Panzer – vom rettenden Dauerfeuer der Kreuzer, von Raketenwerferschiffen und den Bombern aus der Luft, die den Himmel schwärzten. Er sprach nicht davon, wie er, vollkommen durchnässt, bei der Landung in schwerer See die Waffe verlor, ihm übel war und im Meer vor ihm wächserne Tote schwammen, die die Arme nach ihm auszustrecken schienen. Er hatte gewusst, dass er sich nicht stoppen lassen durfte an diesem Strand. Wenn sie damals gestoppt hätten, wären sie nie wieder auf die Füße gekommen. »Und schließlich haben wir die Boches erledigt«, sagte der Veteran. Seine Stimme zitterte, und die Töne kamen dünn in der oberen Tribünenreihe an. Sicherlich hatten seine Hände bräunliche große und kleine Flecken, sein Gesicht war sehr weiß und blässlich. Seine Ohrläppchen kamen mir besonders groß vor. »Zwei Jahre später«, sagte er, »kam ich nach Hause, nach Ohio.«

Meine Tante rieb sich mit dem Finger an ihren Augen, strich über die Haut am äußersten Winkel, knetete ihre Hand, verschränkte die Finger, bis die Knöchel hervortraten. Sie suchte nach einem Taschentuch, hielt den Kopf gesenkt. Hinter der aufmarschierten Brigade standen schwere Lastwagen mit aufmontierten Schnellfeuergeschützen. Das Blau des Himmels verband sich mit dem des Meeres. Ein vor Anker gegangener Flugzeugträger war hier ausgestellt wie ein museales Objekt auf einer Technologiemesse. Zwischen den Lastwagen sahen die dünnen zum Stillstand gekommenen Eisenketten eines Karussells hervor. Der Betrieb würde nach der Zeremonie wieder aufgenommen, dann würde es sich drehen und Kinder würden darin sitzen.

Links und rechts neben ihr klatschten die Leute in die Hände. Der Veteran ging weg vom Mikrofon. Die Mannschaften, die Aufstellung genommen hatten, bewegten sich in gezirkelten Figuren, bevor sie den Platz zur rechten Seite hin wie durch einen Bühnenabgang verließen. Die Offizierin, die heute die Sitzordnung auf der Tribüne überwachte, war ansonsten für den Kontakt mit der Bevölkerung zuständig. Wenn bei Übungen etwas beschädigt wurde oder ein Bürgermeister Einwände gegen die Ausdehnung des militärischen Übungsgebiets hatte oder Soldaten in den Bars tranken, dann war es ihre Aufgabe, zu tun, was zu tun war – möglichst vorausschauend. Sie lächelte. Sie hatte von Beginn an gelächelt, und es freute sie, dass sie meine Tante, eine Auslandsjournalistin, auf der Tribüne hatte, um die sie sich kümmern konnte. Sie hatte ihre Anwesenheit bekannt gegeben und sie begrüßen lassen.

Meine Tante erinnerte sich daran, dass sie ihrem Großvater geschrieben hatte. »Es wäre so schön, wenn Du mich besuchen kommen würdest – es würde Dir hier gefallen«, schrieb er in seiner etwas zittrigen Schrift. In ihrer Antwort schrieb sie, dass es ihr schwerfalle, ein Land zu besuchen, das Massaker begeht und nicht Schluss macht mit diesem Krieg. Ein weiterer Brief kam über den Atlantik. »Rosa und ich kamen hierher, als unser Berlin nicht mehr war und nie mehr so sein würde, wie es einstmals gewesen ist. Wir hatten niemanden mehr: Alle waren weg oder tot. Dieses Land nahm uns auf, und ich empfinde tiefe Dankbarkeit gegenüber dem Präsidenten. Der Präsident wird wissen, was er tut. Wir müssen die Feinde bekämpfen.« Sie war nicht in dieses Land gefahren, hatte Großvater nie mehr wiedergesehen und schrie »USA, SA, SS« und »Amis raus aus Vietnam«. Das hat sie mir später erzählt. Viel später, als wir nicht mehr in Kalifornien waren, weit weg von Seabees und Drones, und uns in Berlin auf einem Platz in Kreuzberg in der Nähe meiner Wohnung trafen. Ich hörte ihr zu und sagte »eigentlich ganz interessant«. Ich war der jüngste ihrer Neffen und Nichten.

Oxnard
Tante

Die Pressemappe lag vor mir und zeigte eine düster entschlossene Biene, die mit ihren hinteren Beinen Werkzeuge hielt, während die vorderen Beine ein Zwischending aus Presslufthammer und Schnellfeuergewehr umklammerten, ein Maschinengewehr in Aktion. Es war unpassend, dass sie für einen Moment an Hammer und Sichel dachte. »Mulberry A« und »Mulberry B« hatte der Veteran gesagt. A hatte ein schwerer Sturm zerstört. Sie hatten am 7. Juni 1944 angefangen, Entladehäfen zu bauen. »Overlord« oder »oh my Lord« – sie hatte es nicht genau verstanden, der Wind hatte Silben fortgetrieben. Als der Veteran sagte: »We build. We fight«, hob sich seine Stimme. Diese düster entschlossene Biene hatte auch etwas Kindisches an sich, als gehöre sie zur Panzerknackerbande aus vergangenen Comic-Heften oder als sei sie ein Spielzeug im Happy Meal von McDonald's.

John W. hatte erklärt, er kämpfe nicht. »Die Seabees bauen auf«, sagte er, »die Seabees helfen.« Naval Construction Battalions – Motto: Construimus, Batuimus (We Build, We Fight). Die Lastwagen mit den aufmontierten Waffen begannen, auf dem weiten betonierten Feld vor den Gästen Ehrenrunden zu drehen. Wie schwergewichtige Ballerinen verschwanden sie aus dem Blickfeld. John W. sagte: »Ich bin keiner, der feuert, ich regele hier die Logistik«, und – er zeigte auf einen Lastwagen mit einem ungewöhnlichen Aufbau: »Ich bestelle die Elektronik und sehe zu, dass sie funktioniert.« John W. war nicht zur Navy gegangen, weil er studieren wollte. In seiner Familie gingen die Männer seit Generationen zur Armee, er ging zur Navy. Die Hornisse war unter das Zeltdach zurückgekehrt. John W. hatte die Mütze aufgesetzt und sich erhoben. Die Bügelfalte seiner Uniformhose saß makellos. Die anderen Soldaten auf der Tribüne hatten sich ebenfalls erhoben. Die Reihen abwärts standen sie in ihren Hosen mit diesen akkuraten Bügelfalten, dicht an dicht. Auch ich stand jetzt. Meine knittrige Leinenhose bauschte sich ein wenig. Das Karussell begann, sich zu drehen. John W. war so weiß wie die Kornfelder von Ohio, und er sprach so, als gelte es, eine Distanz zu überwinden; als müsse er sich an einen Punkt weit in der Ferne richten. Er sprach mit der Stimmgewalt von fünfzig Männern.

Ich verließ die Tribüne. Auf dem Weg zum Empfang für die Offiziere passierten wir das »Aquarium«. Hier schwammen Taucher mit gelben Helmen und tippten mit ihren Fingern den Kindern an die Schulter, die vor der Glasscheibe standen und sie wie Fische bestaunten. Ich hatte ein Weinglas in der Hand und sprach mit den Offizieren und Kommandeuren. Ihre Bügelfalten blieben makellos, und auf ihren Uniformjacken schien der schwere schwarze, mit Sahne bestrichene Kuchen keine Krümel oder Flecken zu hinterlassen. Ihre Gesichter waren glattrasiert, und ihr Reden war höflich. Sie interessierten sich für Deutschland, allein schon wegen des Falls der Mauer und wegen des umfangreichen Kartenmaterials, das sie einstmals zum Verlauf des Zweiten Weltkriegs studiert hatten. Während ich erneut das Glas hob und etwas antwortete, dachte ich daran, wie mein Führer der kommunistischen Splittergruppe, der ich angehört hatte, gegen die anhaltende Besetzung Deutschlands durch die Amerikaner agitiert und vorgeschlagen hatte, vor einem amerikanischen Soldaten, wenn er einem begegnen sollte, zum Beispiel in der Nähe der Barracks in Frankfurt am Main oder in einem der Clubs der Stadt, auszuspucken. »Ja, ausspucken«, wiederholte er, und wir demonstrierten für die Black Panthers und riefen: »Free Free Bobby Seale.« Ich dachte an die Turnschuhe des späteren Außenministers und fühlte mich so, als hätte auch ich diese Turnschuhe immer noch an und wäre verkleidet zum Empfang eines Operettenhauses gegangen. Aus der Versammlung heraus würde sich bald einer erheben, ein Tenor, und für die Gäste eine Arie aus »Madame Butterfly« singen.

»Madame Butterfly« nahm Platz auf dem Flugzeugträger, der Kurs auf den Pazifik nahm; Flugzeuge starteten Richtung Pakistan, Afghanistan, Irak. Was wollte John W. in Bahrein, Abu Dhabi, Kairo – John W., der aufbaute, und John W., der half.

Eine Hornisse war über unseren Köpfen unter das offene Zeltdach der Tribüne geflogen. Sie hatte Kreise gezogen, und ihr Surren war unangenehm. Ich wusste nicht genau, ob ich Bienen und Hornissen voneinander unterscheiden konnte. In den Bienenschwärmen gibt es eine Drohne, die nicht gefüttert werden darf, damit sie ausfliegt und nicht nur dahockt und nichts tut. Wenn John W. für das Aufbauen zuständig war, war er vielleicht auch für Nahrung zuständig. Ich fragte ihn nicht, ob es so war. Und seine Audrey-Hepburn-Frau, meine Nichte, fragte ich auch nicht. Sie war die schönste anwesende Soldatin.

Chicago
Tante

Der alte Mann mit dem verknitterten weißen Südstaatengesicht – ich dachte an Rezessionsfotos über das Leben der Baumwollpflücker in Alabama – beugte sich über seine auf dem Tischtuch übereinandergelegten Hände und begann, laut murmelnd zu sprechen. Er dankte dem Herrn dafür, dass sie alle jetzt hier zusammensitzen dürften, dass der Truthahn gelungen und mächtig vor ihnen stehe und sie vereine als Menschen, die zusammenstünden, und er dankte der Schwiegertochter für ihre Mühe und den anderen, die mitgeholfen hatten, und dem Land dafür, dass es uns Schutz, Halt und Vertrauen böte und wir nicht in Nordkorea leben müssten. Und er dankte auch den Jungs, die draußen irgendwo einen schweren Job verrichteten. Bob hatte als Vater von John II als erster gesprochen, John II, den meine zweite Nichte geheiratet hatte, dessen erste Ehe zerbrochen war und mit dessen Tochter aus erster Ehe, die ebenfalls am Tisch saß, meine zweite Nichte nicht gut zurechtkam. Meine zweite Nichte war zu John II in diesen Chicagoer Vorort gezogen, zu ihm in das Haus, sodass alle heute bei dieser Familie zu

Gast waren, und Bob, der Alte, sonst Schweigsame, am heutigen Tag sprach. Neben ihm saßen seine beiden Enkelkinder. Das Jüngere schlenkerte mit den Beinen, und seine Finger schlugen einen Rhythmus auf den Tisch, gedämpft vom Tischtuch; unter dem weißen Leinen war eine dünne Plastikdecke verborgen, als müsse das dunkle Holz eine Windel tragen. Der Junge hielt einen Moment lang die Hand still, als Bob, sein Großvater, Amen sagte. Seine Eltern, meine zweite Nichte und John II, saßen ihm gegenüber, nebeneinander, dann sein Onkel, mein Neffe und dann ich, seine Tante – genaugenommen seine Großtante, denn ich war die Schwester seiner Großmutter –, und seine schon erwachsene Halbschwester mit roten langen Haaren und Sommersprossen, die als Schülerin beste Turmspringerin gewesen war.

Am unteren Ende des Tisches begann ein anderer alter Mann zu beten. Das war sein zweiter Großvater, mein Schwager, er sprach zum Allmächtigen, als spreche er nicht nur heute mit ihm, mit lauter Stimme: Er wollte sich bedanken dafür, dass sie in Frieden zusammensitzen durften, und erflehte den Segen für den Präsidenten, damit es ihm gelingen möge, den Frieden auch in der Welt zu schaffen und den Armen zu geben, wessen sie bedürften. Damit meinte er die Gesundheitsversorgung. Als er mit seiner tiefen Blues-Stimme begann zu erklären, dass wir alle Kinder einer Erde seien, ob Schwarz oder weiß, und in Gleichheit und Gerechtigkeit miteinander leben sollten, sagte die zweite Nichte, seine Tochter, die Mutter der beiden Jungen: »Papi, bitte, nicht schon wieder – Papi!« Er ließ sich nicht beirren, auch wenn sie beide, seine kleine, weiße, jüdische Frau, meine Schwester …

Hatte ich jetzt schon davon erzählt, dass meine Schwester, die kleine, weiße, jüdische Frau, ihren Mann in Perugia kennengelernt, geheiratet und drei Kinder mit ihm bekommen hatte? Und dass allerdings der Mann, der einmal zu den ersten Schwarzen siegreichen Footballspielern gehört hatte, auch in der Armee gewesen war, aus Chicago stammte und dann als Kunststudent in Italien angekommen war. Das würde vielleicht kein Buch ergeben mit dem Titel »Die Liebe der Afroamerikaner zu Italien«, obwohl es lange Zeit so schien, als sei er buchstäblich Italiens erster und einziger Schwarzer Mann, mit seiner Gospelstimme und den Filmrollen zu Zeiten, als Cinecittà als Filmstadt einen klangvollen Namen besessen hatte.

Seine kleine, weiße, jüdische Frau und er waren heute Gäste in der Familie ihrer zweiten Tochter, und er wünschte insbesondere den Kindern Palästinas eine Zukunft, in der sie unter der Sonne würden gehen und lernen können und ihnen Gerechtigkeit widerfahren würde. Ich bin die Tante, die Großtante der Jungen und die Schwester seiner Frau. Das Beten liegt mir nicht. Wir übrigen sagten nichts und guckten auf den prächtigen Truthahn. Nachdem das Schwarze Amen nach dem weißen Amen gesprochen war, nahm der Gastgeber, der weiß und blond und blauäugig war wie seine Vorfahren, die ein Jahrhundert zuvor ins Land gekommen waren, die Geflügelschere auf. Sie war so schwer wie eine Heckenschere. Ein elektrisch betriebenes Messer sorgte für einen glatten Schnitt. Vielleicht war es wirklich die Heckenschere. Pappbecher von der Größe eines Schnapsglases waren jedem Gedeck beigestellt, und das zappelige Kind langweilte sich und schlürfte aus seinem Becherchen. Dann verzog es das Gesicht. Der Junge hatte wohl gedacht, er hätte einen Milchshake vor sich. Die dickliche weiße Masse war aus einem Trinkkarton ausgegeben worden. Es hätte ihn geschüttelt, wenn er die Zutaten gekannt hätte: Eier, zusätzlich Eigelbe, Zucker, Vollmilch, Vanilleextrakt, Schlagsahne, Muskatnuss. Auf Brandy oder Rum hatten sie verzichtet, der Kinder wegen. Seine Großmutter, meine Schwester, liebte Eierlikör und sagte: »Ei, ei, ei, Verpoorten, Verpoorten allerorten.« Später kamen die Schwester der Gastgeberin, meine Nichte, in die ich mich verguckt hatte, als sie ein Baby war, und John W. herüber von Freunden, bei denen sie wohnten. Diese Schwester war die älteste der drei, hatte als einzige auch einen deutschen Pass, weil sie in Deutschland von der kleinen, weißen, jüdischen Frau geboren wurde, und war als einzige weiß. Am Vortag hatte sie den Besuch genutzt, um sich mit ihrer Professorin zu treffen, die sie erfolgreich durchs Studium begleitet hatte, wofür sie sehr dankbar war. Denn sie litt an Panikattacken vor Prüfungen. Sie war mit ihr irgendwo zu Navy Pier gegangen, wo die Professorin zu einer Art Luncheon Talk eingeladen war, zu dem sie als ihre ehemalige Studentin mitkommen durfte. Als sie die Lobby betraten, kam ein Angestellter im Anzug auf die beiden zu und fragte sie, die heute nicht ihr Audrey-Hepburn-Shirt trug, ob sie ihren Mantel ablegen wolle, und trug ihn zur Garderobe. Weitere Menschen traten ein, denen der Angestellte den Weg wies. Sie sollten sich auf einer Liste eintragen. Die Professorin ging in die angegebene Richtung. »Nein, Ma'am, Sie sind hier falsch. Das hier ist eine geschlossene Gesellschaft – nur für geladene Gäste«, sagte er und gab ihrer Begleiterin eine Garderobennummer. »Entschuldigen Sie bitte, ich bin hier nur die Begleiterin. Die Geladene ist …« – »Ja, aber das ist hier nur für Professoren.« – »Sorry, diese Dame ist meine Professorin.« – »Das ist natürlich … Da muss ich nachschauen, bitte warten Sie.« Sie fasste mit ihren weißen Händen nach ihrer

Professorin. Die Professorin hatte ihre Hände in den Taschen ihres Mantels gehalten und verharrte so für einen Augenblick. Sie schaute den jungen Mann an, dessen blonde Haare an die Kornfelder von Iowa oder Ohio erinnerten. Eine Weile lang. Sie sagte nichts. Die beiden passierten. Der Principal der gastgebenden Universität begrüßte sie persönlich und fragte nach der Universität. Dann sagte er zu der ehemaligen Studentin, wie froh er sei, sie hier einmal begrüßen zu dürfen, er habe schon viel von ihr und ihrer Arbeit gehört und es freue ihn außerordentlich, sie endlich persönlich kennenzulernen. »Sorry – diese Dame ist die Professorin.« Der Principal holte aus seiner Jacketttasche ein gefaltetes Taschentuch, er bat um Entschuldigung und wischte sich über die Stirn. Er hielt einen Kellner an und nahm zwei Gläser Wasser. »Mögen die Damen ...« Sie nahmen die Gläser und tauschten sie beim nächsten Kellner gegen Gläser mit Rotwein aus. Der Principal hatte sich erneut entschuldigt und gesagt, er bitte um Verzeihung, aber er müsse sich noch um einige Dinge kümmern. Von Weitem sahen sie Staudensellerie, Karotten und Hummus, dazwischen steckten frittierte Auberginenscheiben, für deren Genuss es kein Besteck geben würde. Nachher würden die Sekretärinnen die ungegessenen, aufgehäuften Auberginen, Karotten, den Hummus und die kleinen Tomaten in Plastikbehältern abtransportieren und versuchen, einen der ärmeren Studierenden dazu zu bewegen, diese Dinge mitzunehmen. Es bleibt eine Merkwürdigkeit, dass ich von diesen Dingen berichte, als sei ich dabei gewesen.

Kaum war ich in Chicago angekommen, hatte ich auch schon wieder genug von der Stadt. Früher war ich gern bei Barnes & Noble gewesen, hatte Bücher, die mich interessierten, im

Laden nahezu ausgelesen und mir einen Kaffee dazu bestellt. Ich hatte mich darauf gefreut, die Vorstadt hinter mir zu lassen und in die City zu fahren. Dass die Purple Line wahrscheinlich zu den langsamsten Verkehrsmitteln der Staaten gehörte, störte mich nicht. Immerhin gab es überhaupt eine Bahn. Nashville hatte keine. In Deutschland hatte man sich Ende der fünfziger Jahre auch über jede Straßenbahn gefreut, hatte meine Mutter einmal erzählt.

Ich sitze da bei Barnes & Noble, ein Mann tritt auf mich zu und fragt, ob ich einen 10-Dollarschein in zwei Fünfer wechseln könne. Ich suche in meiner Tasche nach dem Portemonnaie, gebe ihm das Geld – er hält noch immer den 10-Dollarschein in der Hand, guckt auf das Geld und sagt: »Ach, das sind aber nur fünf.« Sofort ist meine Nichte neben mir, die Navy-Nichte, die, die mit John W. verheiratet ist. Sie redet barsch und laut mit dem Mann und fällt ihm in den erhobenen Arm. Sie reißt ihm das Hemd hoch und nimmt den Fünfer an sich: »Gib mir den anderen Fünfer zurück – sofort.« Die Kellnerin hört auf, die Milch aufzuschäumen. Er sagt dem herbeigelaufenen Geschäftsführer, er habe sein Geld noch nicht wieder von ihr, zeigt auf mich und sagt, ich hätte ihn attackiert, ihm einen 5-Dollarschein geraubt. Er habe in aller Höflichkeit um das Wechseln eines Scheins gebeten. »Was glaubst du eigentlich, kannst du hier treiben? Glaubst du ernsthaft, du kannst mit mir hier das Spiel spielen ›armer Schwarzer Mann wird von weißer Frau schlecht behandelt‹? Ich hätte es gleich sehen müssen, und ich sage dir, mit mir spielst du das nicht.« Sie schreit entschlossen und zornig, und es sieht so aus, als würde sie nicht zögern, ihn nach dem zweiten Schein weiter abzusuchen. »Soll ich das tun?«, fragt sie ihn und steht sehr entschlossen vor ihm.

Sie erhält die zweite 5-Dollarnote zurück. »Mit mir nicht«, murmelt sie wieder. Sie hält das Geld fest und streicht sich ihre lockigen Haare zurück.

Es ist ein warmer Tag, die Blumen und Blätter sind bis in den Abend hinein von der Sonne weißgelb beschienen. Am Lake ziehen wir die Schuhe aus und gehen barfuß weiter. Der Sand rieselt unter den Sohlen und reibt zwischen den Zehen. Auf dem plätschernden Wasser brechen sich die Strahlen. Wir wollen uns zum Fest umziehen; bald würde John W. vom Besuch bei seinem Sohn zurückkommen. Auch er hat, neben dem gemeinsamen Kind der beiden, aus erster Ehe ein Kind. Gewissenhaft besucht er es, allerdings tut es ihm leid, dass dieser Sohn sich nicht für Sport interessiert und Vereinstreffen jeder Art meidet. John W. hält das für eine Anomalität, weil er selbst in diesem Alter enthusiastisch Football gespielt und ständig mit einem Haufen von Kameraden unterwegs gewesen war. Daraus schien auch die Angewohnheit erwachsen zu sein, täglich Sportwettkämpfe anzuschauen und sie mit dramatischer Gemütsbewegung zu begleiten. Das zweite Kind, das er zusammen mit meiner Nichte, der Erstgeborenen, hat, ein Mädchen, steht ihm in dieser Hinsicht wesentlich näher, und ihre Wettkämpfe begleitet er laut über den Platz brüllend. Und wenn er mit ihren Leistungen auf dem Feld nicht zufrieden ist, ist die Stimmung zu Hause katastrophal.

Managua
Tante

»Some difficulties, you know« – ich öffnete die E-Mail, und es war mir wie damals, als er dasaß in seinen breiten Männershorts und mit schnellen Bissen eine Pizza verzehrte, die mir riesig vorkommen wollte. Ich war hungrig und hierhergebracht worden, wo niemand mit mir sprach. Ein Hausangestellter war zuständig fürs Rasensprengen, aber er verstand mein Englisch nicht. Ein schönes Haus in Managua, das war alles, was ich wusste. Ich war am Flughafen abgeholt und hierhergebracht worden, war übermüdet vom Flug. Die Empfangsdame hatte mich zu einem Zimmer geleitet mit einem herrlichen steinernen Becken darin. Das Zimmer war schön, es lag zu ebener Erde, war kühl, gelegentlich blitzte ein Sonnenstrahl durch das kleine, sehr hoch gelegene Fenster. Marmorner Fußboden. Aber es gab nichts zu essen und die Empfangsdame war verschwunden. Sie hatte mir noch versichert, dass dies hier ein guter Platz sei; da draußen, Downtown, sei kein guter Platz. Allein nicht zu erreichen und – wie gesagt – kein guter Platz. Er konzentrierte sich auf die Pizza und auf mich. Wie er schaute und aß. Ein arabischer Mensch, der weiß, dass er jetzt seinen Volksfeind trifft? Wie Gojim, wenn sie mich riechen. Ich sagte: »Entschuldigen Sie, wo konnten Sie diese Pizza bekommen?« Und: »Glauben Sie, ich könnte dorthin gehen?« Er sagte: »Nein, dorthin können Sie absolut nicht selbst gehen. Ich kann Ihnen gar nicht erklären, unter welchen Umständen ich jetzt, am zweiten Tag, den ich da bin, zu Essen kam. Ich bin schließlich mit dem Taxi irgendwohin gefahren – ich wüsste nicht mehr zu sagen, wo genau das war – und jetzt habe ich diese Pizza. Glauben Sie mir – es ist aussichtslos. Aber kommen Sie, kommen Sie – ich teile. Ich teile gerne. Kommen Sie!« Wie sollte ich das Teilen der Pizza annehmen? »Es ist keine Wurst darauf«, sagte er. »Ich esse kein Fleisch«, sagte ich. Er schaute. Ich schaute zurück. Ich war sehr dankbar für das Teilen der Pizza. Er fragte mich nach meinem Namen. Wir stellten uns vor. »Bist du

Jude?« Ich biss in das Stück. Ob er auch Wasser hatte? Ich wagte nicht, das Wasser aus der Leitung zu trinken. Er hatte Wasser, und ich war Jude. Er sagte: »Du bist jüdisch.« Ich sagte: »Und du lügst.« Er hatte eine unverschämte Art, die Lider zu senken. Er log nicht. Ich solle still sein und es für mich behalten. Gelegentlich musste er durch Saudi-Arabien, wenn er reiste, und er musste, vor allem, zurückkommen. Er mochte es nicht, wenn er Saudi-Arabien zu passieren hatte, und sein Gesichtsausdruck ließ mich an ostdeutsche Transitstrecken denken. Würde man ungehindert durchfahren und ankommen oder herausgewunken, verhört, zurückgeschickt? Würde der Pass eingezogen, würde man einem Polizisten in hohen Stiefeln begegnen, der einen Schäferhund bei sich führte? Wir sprachen nicht weiter und aßen die Pizza. Ich dachte nicht darüber nach, ob ich meiner Nichte eine Karte schreiben wollte. Als die Familie ihr Haus in Maryland aufgab, fand John W. beim Aufräumen eine große Schublade, vollgestopft mit alten, vor allem an sie persönlich gerichteten Postsendungen, die sie seit Jahren aufhob, um sie irgendwann einmal zu lesen. Die Briefe waren ungeöffnet.

Später, als die Festivalleitung uns abholen ließ mit einem Bus, saßen wir nebeneinander, und er fragte, wie ich es denn hielte mit den Speise- und anderen Gesetzen. Er wusste schon, was ich sagen würde, und sagte: »Ich auch nicht, aber sag es nicht, niemandem.« Besser man hat jüdische Gesetze, als man hat gar nichts. Dass er demokratischer Aktivist war und dass er die Rebellion mitanführen würde, wusste ich damals nicht, er selbst vielleicht auch nicht. »Kinder, Mann, Beruf?« – »Kind ja, Mann nein.« – »Ach, geht das?« – »Sei nicht albern.« Er war albern. »Frag mich lieber, ob ich eine Frau liebe.« – »Ich frage dich, ob du eine Frau liebst.« Er lachte, wollte sich ausschütten vor Lachen. Ich sagte: »Ja, ich liebe eine Frau.« Abrupt hörte das Lachen auf. Er hatte davon gehört, aber noch nie eine frauenliebende Frau gesehen. Wir lachten. Er hat zwei Kinder und eine Frau. Und antwortet nicht mehr auf meine E-Mails.

Berlin
Tante

Er ist vermisst. Sollte hier am Flughafen Schönefeld ankommen und kommt nicht. Er hat für einen Mann ungewöhnlich lange Wimpern. Seine Zunge ist spitz und flink. Er sieht und hört täglich Al Jazeera und BBC News. Er kennt keine frauenliebende Frau und Männer, die Männer lieben, auch nicht, isst kein Schweinefleisch, und er hat noch nie eine wie mich gesehen: eine nicht-arabische Jüdin. Er war geflohen, ich weiß nicht mehr als das, nichts über die Kinder und die Frau und nichts darüber, ob er noch immer so unverschämt schaut, unter langen dunklen Wimpern hervor. Er antwortet nicht. Das Visum für Deutschland ist abgelaufen, das Ticket verfallen.

»Language, I don't know if I or the words are language?« Die Nachrichten betreffen Bahrein. Der Herrscher hat die Opposition ins Gefängnis gesteckt und will sich mit den Übriggebliebenen zu einem Dialog treffen. Ist er gefahren? Ist er angekommen? Ayesha, die Kleine, eben noch Studentin, sah man auf der Straße kniend im offiziellen Sender. Sie bat mit geschlossenen Augen um Entschuldigung. In der Rechten hielt sie ihren Füllfederhalter. Ein Mann mit einer Henkerskapuze über dem Kopf trat auf sie zu, die Kamera zoomte auf den in die Höhe gehaltenen Füllfederhalter, sodass die Marke zu sehen war: ein Montblanc. Der Mann trug einen

Handschuh, als hätte er einen Falken zu tragen. Zwischen Zeigefinger und Daumen hielt er eine Zange, mit der umschloss er die Feder. Als er sie herausriss, ging ein Stöhnen durch die Menge, die die Handlung auf einer großen Leinwand mitverfolgte. Nochmals kurz die Einspielung des Firmennamens. Schnitt. Ende.

Ich hatte ihn zwar nicht vom Flughafen Schönefeld abholen wollen, aber ich wollte ihn am Gebäude der Akademie der Künste treffen, und zur Begrüßung hatte ich drei Rosen von zu Hause mitgenommen. Beim Heruntergehen muss ich die Wand mit dem uneingepackten Strauß gestreift haben. Blütenblätter fielen auf die Treppe. Ich ließ sie liegen, es waren viele, und ich musste mich beeilen. Ich wartete vergebens auf ihn. Als ich zurückkehrte, lagen sie da, auf viele Stufen verteilt, besonders viele im zweiten Stockwerk.

Philadelphia
Neffe

Meine Tante hatte in einem fort von ihr erzählt. Wie sie ging, wie sie sich kleidete, wie sie schrieb – am häufigsten erwähnte sie die Tatsache, dass Elena hohe spitze Schuhe trug und klassisch geschnittene enge Röcke, besonders von den Schuhen war die Rede. Elena war die Chefin des Departments und Head of the Judaistic Association. Ich war mitgekommen. Ich dachte, sie sollte in Our City of Brotherly Love auch einen Eindruck bekommen von der Geschichte, den Sehenswürdigkeiten und wissen von »A Minute Against Slavery«: »This is to ye Monthly Meeting held at Richard Worrell's.« 1682, die Ankunft der Quäker. »These are the reasons why we are against the traffick of men-body, as foloweth. Is there any that would be done or handled at this manner? viz., to be sold or made a slave for all the time of his life?« 1688. »Wollt Ihr sein wie Holland und Deutschland?« Oh mein Gott, die Quäker waren deutlich. Carpenter's Hall, Liberty Bell, Congress Hall, Independence Hall, National Constitution, Franklin Court, Franklin's grave.

Nachdem sie ihren Vortrag gehalten hatte, fragte sie den Dean, ob er mit ihr in die Richmond Street fahren könne. Ich meine, der Dean ist kein Taxiunternehmen. Prof. Emmler hielt ihr den Wagenschlag auf, und wir fuhren die Richmond Street hinauf und hinunter. Wir hielten an Friedhöfen, und sie fragte nach jüdischen Gräbern. Wo wir fragten, war es aber eher katholisch, polnisch-katholisch, und die Einzige, die auf der Straße anzutreffen war, war eine Postbotin. Ihr begegneten wir zweimal. German Town war ganz woanders.

Sie hatte ihre Schuhe ausgezogen. Gelegentlich deutete sie auf dieses oder jenes kleine Haus und sagte: »Das ist es.« – »Eine deutsche Gegend, habe der Großvater geschrieben«, wiederholte sie – oder hatte er gesagt »eine weiße Gegend« und seiner ersten Enkeltochter – das war meine Mutter – für seinen kleinen Urenkel einen Lutscher mitgegeben? Ich weiß genau, dass ich eines dieser Kinder ... Ich habe Papa in der Hauptrolle von »Onkel Toms Hütte« gesehen, ja, da war ich selbst noch ein Kind, das hat großen Eindruck auf mich gemacht. Bloß nicht reinkommen in sein Haus – »you see: It's a white area« – das bitte nicht. Den Lutscher nahm die Mama mit nach Hause. So wird es wohl gewesen sein. Diese öde Richmond Street – die Stunden vergingen, und der Dean hatte ja nicht ewig Zeit. Er setzte uns bei der Independence Hall ab. Mit ihren aufgelaufenen Blasen an den Füßen würde sie nicht mehr viel von der Revolution mitbekommen. Es tat dem Dean leid, dass wir das Grab der Großeltern nicht fanden, auch nicht das kleine Häuschen, das ihre Großeltern mit Hilfe der Wiedergutmachung erworben hatten, und von dem wir wussten, dass es jetzt der Frau gehörte, die er nach dem Tod der Großmutter geheiratet hatte. Sie sprach von dem christlichen, deutschen Dienstmädchen, das die Restitution aufaß. Stellt sich da nicht die Frage, wann eigentlich diese Frau einreiste und wie sie überhaupt in die Staaten gekommen war? Das weiß wahrscheinlich niemand so genau. Es würde auch nichts ändern.

»Call to Action: 10,000 men. It's a New Day.« Hauptstadt des revolutionären Amerika und der Unabhängigkeitsbewegung, Thomas Jefferson und Benjamin Franklin, Gründung Amerikas. Sie erzählte, dass ihre Nachbarn weggelaufen seien aus dieser Stadt. Wegen der Morde und weil der Mann spät abends alleine im Zug saß, wenn er mit der Arbeit soweit war. Das war jetzt nicht besonders feinfühlig, würde ich sagen. Ihre Großeltern hatten gesagt, dass es gut geht. Dass sie hier gerne wohnten. Allerdings konnte meine Mutter mit ihren Schwarzen Kindern sie nicht besuchen. Um genau zu sein: Ich konnte da nicht hin. »Eine weiße Gegend«, sagte der Großvater.

Sie machte sich offenbar nichts aus Geschichte und folgte lieber Elena in eine Synagoge. Drinnen war ein Banner aufgespannt: »We train Rabbis for Europe.« Ich war da nicht dabei, aber sie hat das erzählt. Sehr plastisch. Sie ging nochmal ins Büro am nächsten Tag wegen des Honorars, hatte mich gebeten mitzukommen – aber ich kann auch nichts dafür, dass es nicht ausgezahlt werden kann und sie den Scheck erst bekommt, wenn sie schon wieder zu Hause ist.

Sie erzählte sogar dem Dean von den Rabbis for Europe. Mein Gott, sie haben hier so viele Rabbis – auch Elena könnte

Rabbinerin sein. Die Rabbis waren in Warschau, von uns waren auch welche dabei – ach nein, ich verwechsle das mit den hundert Stimmen, den Stimmen der Kantoren – also da standen sie in Warschau und weinten. Sie weinten bei geschlossenen Saaltüren, es war eine geschlossene Veranstaltung. Die Polen waren nicht eingeladen. Die Veranstaltung war für sie, für sie selbst. Es war wie Kaddisch – ein hundertstimmiges Kaddisch. Bald kommen die Stimmen nach Berlin, in die Stadtmitte von Berlin, in die Nähe des ehemaligen armen jüdischen Viertels – nach Berlin kommen sie nicht für sich selbst. Weiß nicht, wo die deutschen Juden geblieben sind. Wir haben ja noch nicht mal den Großvater in der Richmond Street gefunden. In Berlin geben die Kantoren ein Konzert in der Nähe von Paul Gerhardt, da, wo er einst predigte. Sie konnte Gerhardt auswendig: »Geh aus, mein Herz, und suche Freud«. Das wunderte mich.

Jetzt fehlt doch ihre Unterschrift. Vielleicht muss sie noch einmal dort vorbeigehen, obwohl ich das eigentlich nicht glaube. Ich bin bei so etwas quasi unsichtbar, es geht ja um sie. Das ist in Ordnung. Meine Generation ist unsichtbar, hat mir die Therapeutin gesagt. Eigentlich sind wir hinter dem Schicksal unserer Leute verschwunden, sozusagen als Person in einem Kollektiv verschwunden, ob ich das wollte oder nicht. Mein Lebtag lang bin ich der Sohn, der Sohn meiner überlebenden Mutter. Meine Schwester spürt das auch und dann sagt sie so idiotische Sachen wie: »Ich hasse das Wort Holocaust Survivor und Mama hasste es auch.« Dann will sie das Wort aus ihrem Leben löschen. Sie versteht nicht, dass das Wort auch wie eine Würdigung von Mama ist. Sie war richtig böse geworden plötzlich, und wollte nicht, dass wir weiter darüber reden. Dabei ist das doch eine Sache:

Wenn ein Journalist über Mama schreibt und ihre Verfolgungsgeschichte weglässt, ich meine, der hat doch seinen Ruf ruiniert. Aber meine Schwester blieb dabei, ich weiß auch nicht, was sie hat.

Dass ich diesem Doktoranden bei einem wirklich absolut zufälligen Zusammentreffen begegne, und er mir von meiner Tante erzählt, das ist schon komisch. Als hätte es einen Grund. Sie erzählt es mir nicht selbst, als wäre ihr irgendwas unerträglich jüdisch geworden – für mich ja nicht, aber für sie offenbar. Dabei sind wir in dieser Familie alle auf eine Art jüdisch – auch wenn es nicht alle merken. Aber wenn ich das sagen würde, würde sie stellvertretend für uns anmerken: »Und manche sind Schwarz, auch wenn es nicht alle merken«, und sie ist natürlich weiß, nicht sehr weiß, aber weiß, während ich ihr ständig und ohne Erfolg das Jüdischsein nahelege. Das ist schon etwas verrückt. Dazwischen mein Vater, mit dieser Christian-Science-Sache und seinem »oh Lord« oder »Obama«. Er bringt es fertig, »oh Lord« und »Obama« zu sagen. Ich meine, was soll das? Vielleicht muss man das auch nicht fragen. Es ist eben so.

Berlin
Nachbarin

Es war ein Sonntagmorgen, als sie mich herunterklingelte. 11 Uhr hatten wir gesagt. Ich kenne sie noch nicht lange, bin sozusagen eine gut mit ihr Bekanntgewordene. Nachbarinnen hatten sie mir vorgestellt. Damals war sie gerade aus den USA zurückgekehrt und noch ein bisschen durcheinander vom langen Flug. Ich hatte nicht gedacht, dass sie pünktlich sein würde. Meine Straßengrün-Gruppe wollte sich im Park treffen – einige legten Sachen aus zum Verschenken. Zwei

Parkwächter patrouillierten. Ich hatte viele Stunden lang Auberginen angebraten, sie dann in gequirltes Ei gegeben und das Ganze auf Blechen im Backofen stocken lassen. Das war mir gelungen, obwohl ich eigentlich nicht mit Auberginen zurechtkomme. Die Gruppe heißt nicht Straßengrün, natürlich nicht, aber es geht darum, verwahrloste Plätze zu bepflanzen, schön zu machen. Das muss man den Leuten erstmal erklären, manche wollen ihren verwahrlosten Platz ja behalten. Dieses unangemeldete Picknick gehört zu unseren Aktivitäten. Man setzt sich hin und isst. Sie hatte eine Frau aus Boston dabei, die dünn war wie ein Strohhalm. Ich setzte mich in die Sonne, und die Frau aus Boston sagte, dass die Ärzte doch nun schon wieder zuraten würden, in der Sonne zu sitzen – eine Weile lang hätte man davon abgeraten. Vor meiner Straße habe ich zwei offene Flächen bepflanzt, und eines Tages lag etwas da – es sah der Form nach aus wie ein Kürbis, aber es war aus Wolle, gestrickt. Eine Frau hat mich vor ein paar Tagen angerufen und fragte mich, ob mir ihre Arbeit gefalle. Ich hatte gedacht, da hätte jemand was verloren. Die Frau gehört zu den strickenden Frauen, die ihre Objekte in der Stadt verteilen. Wie ist sie an meine Telefonnummer gekommen? Ich meine, ich habe ja nicht zwischen die Lupinen meine Visitenkarte gesteckt. Vielleicht hat sie mich gesehen und dann eine andere Hausbewohnerin gefragt. Ich sagte, vielen Dank, und dass es wohl eine Auszeichnung sei, dass sie das Strickobjekt bei mir hingelegt hätte. Ich sagte ihr, dass ich nicht stricke. Die Frau von der strickenden Gruppe verabschiedete sich.

Die Frau, die aussah wie ein Strohhalm und aus Boston war, aß ein halbes Stückchen meiner Quiche, meine Bekannte das Dreifache. Alles andere packten wir wieder ein.

Die Parkwächter sagten zu einer Frau, dass ihr Hund nicht auf dem Rasen liegen dürfe.

Ich hatte zu tun. Ich musste Honig abfüllen. Meine neuen Abfülleimer standen in dem vergitterten kleinen Zimmer, das mir die Schule im Erdgeschoss überlassen hatte. Ich hatte die Etiketten vergessen, sodass ich die kleinen Gläser fürs Erste nur würde befüllen können. Wir hatten zusammen die Frau aus Boston zur S-Bahn-Station gebracht und uns von ihr verabschiedet. Danach war sie mitgekommen. Ich erklärte ihr die Schautafeln zu den Bienen, der Königin, den Drohnen. Sie interessierte sich für die Drohnen. Bei den ganzjährig staatenbildenden Honigbienen treten sie nur in der Vermehrungsphase des Bienenvolks auf. »Wir sind in der Vermehrungsphase«, sagte ich. »Das Geschlechtsorgan des Drohn wird herausgestülpt – nach der Paarung stirbt er.« – »Eben nicht.« – »Auf diesem Plakat sieht man einen Drohn der westlichen Honigbiene.« – »Er lebt weiter und weiter und weiter.« – »Er stirbt, entweder nach der Paarung oder durch Vertreibung.« – »Was ist …?« Sie beharrte darauf, dass der Drohn … Ich kann nicht mit ihr picknicken und wahrscheinlich kann das niemand. Sie ist immer woanders. Ich meine, bei der ratterts im Kopf. Politics ohne Ende. Ist ja ok. Ich dachte, sie würde auch mal etwas aus der Familie erzählen. Wie man eben so miteinander erzählt. Einmal habe ich sie zusammen mit ihrem Neffen getroffen. Ein ausgesprochen attraktiver Mann. »Und siehst du deinen Neffen noch manchmal«, fragte ich. Und sie antwortete: »Ja, manchmal.« Das wars. Na ja. Stadtbegrünung ist auch schön.

Englisch: Drone. Typ Ababil der Hisbollah, am 7. August 2006 abgeschossen. Iranische Ababil 3 am 25. Februar 2009 abgeschossen. Die Zahl der gleichzeitig lenkbaren Drohnen ist von zwölf auf fünfzig angestiegen. Schon jetzt werden mehr Soldaten der Luftstreitkräfte der USAF für die Bedienung von Drohnen ausgebildet als für die Steuerung von Flugzeugen. Aufstockung bis 2047. John W. war für die Elektronik verantwortlich. Er hatte das betont, auf einen Lastwagen mit einem aufmontierten, seltsam anmutenden Körper gezeigt. »Ich kümmere mich darum, dass das elektronische Equipment funktioniert. Wir sind keine kämpfende Einheit. Wir sind Logistik.«

Wir müssen jetzt Libyen aufbauen. Wir dürfen Libyen aufbauen. Ich habe nichts dagegen, dass meine Steuern für den Wiederaufbau verwendet werden, obwohl ich fast gar kein Steueraufkommen habe. Die Fatah-Führung hatte sich oft in Tripolis aufgehalten, später gingen die Leute nach Damaskus. Damaskus brennt. Ich erinnere mich an die obszönen Gesten des Händlers, der mir Unterwäsche anbot. Mitten auf einer der Straßen des Souks hatte der Mann ein rotes Seidenhöschen gegriffen, er zeigte mir die Öffnung im Schritt und spreizte seine Hand. Hatte er mein leichtes Flirten mit dem Mann gesehen, der an mir vorüberging und den ich kannte? Wozu forderte mich der Mann auf, als er lachte und seine Zahnlücke zeigte? Ich flirtete nicht mehr, ich lief durch die Straßen; verzweifelt, weil ich die Straßennamen nicht lesen konnte. Die Hauptstraße war gesperrt – schon seit Stunden. Es war zu erwarten, dass jemand aus dem Präsidentenpalais passieren würde. Es blieb mir nichts übrig, als hinter der

Absperrung zu warten, notfalls, bis es dunkel würde. Die meisten Botschaften und Kulturinstitute waren geschlossen. Ich hatte das Gefühl, von dem Mann mit der Zahnlücke verfolgt zu werden. Wachhabende an der Absperrung ließen ihn passieren. Sonst war ich immer nach der ersten Seitenstraße abgebogen und hatte im Institut die Zeitschriften und Magazine gelesen. Manchmal traf ich andere dort. Wie gesagt, es war jetzt geschlossen. Drohnen mit oder ohne h. Das ist genauso wie bei dem H von Otello, obwohl ich es früher korrigierte und auf dem H bestand.

Gerade habe ich das Gedicht gefunden, das Gedicht von Ibrahim Qashoush, dem Sänger und Dichter, der »Syrien sehnt sich nach Frieden« sang. »Lieber Tod als Erniedrigung.« Sein Tod, der Tod, den ihm die Henker beibrachten, war so fürchterlich, ich will es nicht erzählen. Das war im Juli 2011, wir protestierten da und da – wer weiß, wer der Sänger Qashoush gewesen ist. Die zwanzigjährige Laila trug seine Musik in den Ohrstöpseln mit sich, als sie Checkpoints passierte und aus dem Land floh. Ihren Geliebten hatten sie schließlich erwischt, als er seine Mutter besuchte, weil er sie lange nicht gesehen hatte. »Geh nicht«, hatten die Freunde gesagt. Er sagte: »Meine Mutter.« Er winkte ihr, als er ging, öffnete die Tür des Wagens. Jahre später sieht ihn die Freundin an der Fahrertür stehen. Immer sieht sie ihn an der Fahrertür stehen. »Nicht einsteigen«, will sie sagen, und sie wacht aus ihrem schweißnassen Schlaf auf.

Die Geschichte ist über den kürzesten Frühling hinweggefegt wie ein Tornado, hat Bäume und Sträucher mitgerissen und alles, überhaupt alles, samt Wurzeln. Wo soll ich das Gedicht aufbewahren? Es ist zerfallen wie Staub – wie Ibrahim Qashoush und wie die Tränen seiner Mutter. Ich kann diese drei Seiten Ibrahim Qashoush nicht wegwerfen, eine Seite auf Deutsch, eine auf Englisch, eine auf Arabisch. Die Blätter gehören in eine Kirche, in einen Mauerspalt, in das Loch eines Baumes, sodass sie einer finden könnte. Ich steckte das Gedicht in den Ordner »Interessante Texte verschiedener Autor*innen«. Zuvor hatte ich archivtaugliches Material gekauft, für Museumszwecke geeignet. Ein Streckenfahrplan der Berliner Verkehrsbetriebe ist falsch abgelegt. Mittendrin. Ich fange an, Geschichte zu sammeln. Diese Bewegung des Sammelns beschäftigt mich. Ich laufe viele Stunden des Tags hin und her und hin und her – dazwischen muss ich die Hände waschen wegen des Staubs, immer wieder Staub, jede Stunde Staub. Gerade hatte ich Qashoush gefunden.

Oxnard
Tante

»The eyes of the world are upon you. The hopes and prayers of liberty-loving people everywhere march with you. ... Ihr werdet die deutsche Kriegsmaschinerie zerstören, ihr werdet die Nazi-Tyrannen, die die Völker Europas unterdrücken, beseitigen, und ihr werdet der freien Welt Schutz und Sicherheit bringen. Die Alliierten haben den Deutschen im offenen Kampf, Mann gegen Mann, bereits große Verluste zugefügt. Unsere Luftoffensive hat ihre Stärke in der Luft geschwächt und ihnen auf dem Boden heftige Schläge versetzt. Unsere Länder haben uns mit Waffen und Munition in schier unermesslicher Menge versorgt, sodass wir hier bereits eine Übermacht darstellen, und wir haben nicht nur eine überwältigende Zahl an gut ausgebildeten, kämpfenden Männern, sondern wir besitzen auch eine gewaltige Reserve. Das Blatt hat sich gewendet. Die Männer der Welt marschieren für die Freiheit zusammen zum Sieg. Ich habe volles Vertrauen in euch, in euren Mut; ich glaube fest daran, dass ihr eure Pflicht erfüllt und eure Kampferfahrung zum Besten nutzen werdet. Wir kämpfen für den totalen Sieg. Wir bitten das Schicksal, mit uns zu sein; lasst uns Gott, den Allmächtigen, um Segen für unseren Kampf bitten; lasst uns darum bitten, dass er uns bei der vor uns liegenden Aufgabe begleiten möge; eine Aufgabe, die erfüllt sein möge von seinem Geiste, auf dass wir unsere Ehre und unsere Heimat verteidigt haben werden und siegen.« Operation Overlord, Operation Neptune, D-Day. Ein Ausschnitt aus der damaligen Rede war übertragen worden. Wahrscheinlich eher im Original. Die Lautsprecher knisterten und knackten an einigen Stellen.

Nach dem Empfang der Offiziere und Ehrengäste, des Veteranen und der Presse war mir alles zu viel geworden. Die auf den besten Universitäten ausgebildeten Männer hatten interessierte Fragen zur Situation Berlins nach dem Fall der Mauer gestellt, diskutierten über die Behörde und die Akten, Akten, die das Ministerium für Staatssicherheit der DDR angelegt hatte und die die Bürger*innen nun einsehen konnten, über Europas Interessen in Asien und über anderes, an das ich mich nicht erinnern konnte. Ich hatte plötzlich an einen US-Commander denken müssen, der mir mehr als ein Jahrzehnt zuvor an der Grenze zu Nordkorea begegnet war. Damals, als ich tatsächlich als Journalistin gearbeitet hatte. Der Empfang war frostig gewesen.

Ich zog meine Schuhe aus, nahm sie in die Hand und rannte den Strand entlang. Ich folgte den Wasserspuren, die die hoch aufklatschenden Wellen hinterließen. Einmal hatte mir mein Neffe diesen Weg gezeigt. RUDDER-Room schien heute geschlossen, ich sah niemanden draußen stehen. Die Türklinke ließ sich herunterdrücken – ich hatte mich geirrt. Die Leute standen drinnen, manche in großkarierten Hemden und Jeans. Sie trugen Sneakers und Basecaps. Alle trugen Caps. Ich bestellte Tee. Es gab keinen Tee, aber heißen Kakao. Ich trank ihn mit einem Schuss Rum. Und trat hinaus unter den wolkenlosen Himmel.

Berlin
Tante

Meine Schwester ging vor uns her. Der Abstand vergrößerte sich. Mein Neffe und ich folgten ihr. Durchsagen über Änderungen der Gates oder Ausrufe nach einem gesuchten Fluggast erfüllten die Gasse, die zwischen den Wartenden und Vorbeigehenden geblieben war. Wir waren uns einig, dass es nichts Effektiveres auf der Welt gebe als Berlin-Tegel, mit dem schmucklosen Charme eines Ortes, der seit mehr als einem halben Jahrhundert Leute von A nach B bringt. Fast hätten wir sie verloren.

Unsere Augen hefteten sich ihr an den Rücken, an diese dunkle Bluse, auf der die Umrisse kopfgroßer Rosenblüten hervortraten. Sie bewegten sich beim Gehen, verschoben ihre Blätter ineinander und strafften sich wieder. Der knielange Kostümrock umschloss ihre Taille; von hinten betrachtet umspannte er ihr Gesäß, sodass es sich auszubreiten schien, ein Gegensatz zu ihrer zierlichen Figur. Sie war mir schon immer klein und zierlich vorgekommen, im Gegensatz zu meiner plumpen, aus der Familie geschlagenen Größe. Sie setzte ihre Füße nach außen gedreht auf und sog schwer die Luft ein.

Auch ihr Vater hatte die Luft schwer eingesogen. Rasselnd. Sein dünner Atem, wenn er ging. Ein wenig lachte er nach dem Anfall. Meine Schwester hat ja einen anderen Vater als ich, den Mann unserer Mutter aus erster Ehe. Aus den Zeiten davor. Bevor die Alliierten die Nazidiktatur beendeten. Bevor er Zwangsarbeiter war. Die IG Farben gab es nicht mehr, nicht unter diesem Namen. Sein Name war derselbe geblieben: Felix, der Glückliche, Felix Z. – einer mit diesem Namen war ein berühmter Geiger gewesen. Wenn ich später an ihn dachte, auch nach seinem Tod noch, tauchte der Geiger immer wieder in meinen Gedanken auf und das Spielen der Geige war mir als etwas Wunderbares erschienen. Dieser Z. aber war ein hässlicher, kleiner Gnom gewesen, einer, dem das Querulieren im Gesicht gestanden hatte, er hatte mit dem Geiger nichts zu tun als die zufällige Namensgleichheit, und sicherlich waren die Leute in der Stadtverwaltung zufrieden, als er endlich aus Altersgründen bei ihnen ausschied. Ja, er war Rentner geworden, und nichts unterschied ihn von den übrigen Rentnern.

Obwohl das auch wieder nicht stimmt. Nicht für mich, wenn ich mich daran erinnere, wie es ist, unerwartet einem aus seinen Jahrgängen zu begegnen. Einmal traf ich auf einen Alten in Syrakus in Sizilien. »Wie schön, Sie sprechen Deutsch.« Schon lange war er unterwegs, zog in einem umgebauten Wohnmobil herum. »Schönes Deutsch ...« Ich kam einen Schritt näher, er bot einen Kaffee an. »War schon lange nicht mehr in Deutschland.« – »Gut, Ihr Kaffee, mein erster seit Wochen.« Er schenkte nach. »War Jahrzehnte in Kanada.« – »Seit wann ...« – »Oh, schon lange ... seit 45.« Ich erhob mich, musste gehen. Wer war er, dass er schleunigst nach Kriegsende das Land verlassen hatte? Ich wusste es nicht und hatte es eilig. Der Kaffee schmeckte mir nicht, das Bittere setzte sich mir auf die Zunge.

Felix Z. hatte sein Berlin niemals verlassen, war hier gestorben, bevor das letzte Gesetz zur Entschädigung verabschiedet worden war. Seine Angina pectoris war schon lange in eine Einmalzahlung verwandelt worden. Das hatte man wiedergutgemacht. Unter Aktenzeichen 0 5205-59/36249 hatte die Vermögensverwertungsstelle des Oberfinanzpräsidenten Berlin-Brandenburg dem Hauptwirtschaftsamt gegenüber erklärt, dass sie von März bis November 1943 seine Miete gezahlt habe. Neun Monate à 261,–RM. Alles in allem 2.349,–RM. Das ist nicht wenig, nicht wahr. Eine weitere Mietzahlung sei nicht vertretbar, man bitte um sofortige Räumung, »... da Vermögen nicht vorhanden ist«. Das stimmte. Das habe ich nachgeprüft. Die Dresdner Bank in der Schönhauser Allee 144 hatte sein Guthaben von 79,– RM zugunsten der Gestapo Anfang März 1943 gesperrt. »Ein Effektendepot besteht nicht.« Blieben also immer noch 2.270,–RM Verlust. Der, der von Amts wegen geschrieben hatte, dass eine weitere Zahlung nicht vertretbar sei, unterschreibt mit Sch am Anfang des Nachnamens – den Rest kann ich nicht lesen. Er dringt auf sofortige Räumung. Das ist geschehen, am 18. Januar 1944. Zwölf Monate lang, also insgesamt ein Jahr lang, ist die Miete vom Amt weitergezahlt worden. Interessanterweise wurde der Brief der Beschwerde führenden Vermögensverwertungsstelle ebenfalls am 18. Januar 1944 geschrieben, und noch für den gleichen Tag meldet das Hauptwirtschaftsamt den Vollzug der Räumung. Im Hauptwirtschaftsamt wird also ein wachsender Vermögensverlust für das Reich bemerkt, die Räumung wird veranlasst oder die Räumung war längst vollzogen, und man hatte die Person weitergeführt und ein bisschen weitergezahlt.

Sein Vermieter hatte keinen Grund zur Verstimmung. Vielleicht hat er parallel zum Verfahren schon wieder vermietet. Wie jemand, der die Rente eines Verstorbenen weiterkassiert. Aber das ist Spekulation. Felix hatte gesehen, dass die Gardinen noch hingen. Die haben sie weiterbenutzt, die Leute, die drin wohnten. Meine Schwester hatte auch ein Schaukelpferd gehabt.

Seine Verfolgungsleiden hatten zu dem geringstmöglichen Wiedergutmachungsanspruch geführt, die Beweislast lag bei ihm. Es war nicht Sache des Nachfolgestaats, zu beweisen, dass keine Schuld unter dem vorherigen System vorliege, sondern – als hätte man eine generelle Unschuldsvermutung anzunehmen – hatte er, der Gejagte, Beweismittel für sein Gejagtsein vorzulegen. Dabei hätten allein schon die Fotoalben, die er über sein kleines Töchterchen mit penibler Genauigkeit geführt hatte, alles erzählt. In schnörkelloser, ordentlicher Buchhalterschrift hatte er jeden Schritt seiner Kleinen festgehalten, den ersten Besuch beim Friseur, im Park mit Mama, Lichterzünden in der Synagoge, weitergeführt 1940, 1941, 1942. 1943 brechen die Eintragungen ab. Als Felix Z. wieder beginnt, in das Fotoalbum einzuschreiben, liegt Berlin in Schutt und Asche, die vier Siegermächte patrouillieren durch die Straßen. Die Schrift unter den Bildern, die seine Tochter zeigen, ist krakelig und zittrig – 1945 ist sie neun Jahre alt und war seit Jahren, ab 1942, im Untergrund versteckt, ohne ihn, ohne Papa –, er kann offenbar den Stift kaum halten. Die Schrift eines Greises. Niemand auf der Behörde interessierte sich für sein Fotoalbum. Behörden interessieren sich nicht für Fotoalben. Später kam einmal eine Historikerin, das war 65 Jahre später, und fotografierte die Seiten – aber ich komme jetzt vom Thema ab. Er erhielt eine

Summe als Anerkennung für seine Verfolgung, die er in ein winziges Häuschen verwandelte, winzig sicher, aber groß genug für einen Kaninchenstall im Garten. Ria versorgte die Tiere. Wenn sie gut gediehen waren, schlachtete sie gelegentlich eines und besserte den Speiseplan mit einem Braten auf.

Ria war in sein Haus gekommen, wie alle diese Christinnen in jüdische Häuser kamen. Sie putzte für ihn und führte ihm den Haushalt. Früher hätten sie die Lichter zu Schabbes aus- und angemacht und den Auflauf in die Backröhre geschoben. Nach einer Weile erlaubte er, dass sie ihr Kind mitbrachte, eines von der Sorte, die, erwachsen geworden, wussten, dass sie schon als kleines Kind weniger zu essen gehabt hatten als die Nachbarskinder. Ria war dankbar, dass Felix darüber hinwegsah, wie Rainerle in ihr Leben gekommen war, und sie versprach ein ordentliches Leben zu führen und gebar ihm eine Tochter. Der gab sie den Namen Angela – Engel. So kam es, dass er drei Kinder hatte, von denen er eines nicht gezeugt hatte und wohl auch nicht liebte, das sagte Rainerle später.

Felix, der Vater meiner Schwester, pflegte seine Tochter bei ihren seltenen Besuchen zu fragen, was sie denn wolle. Wahrscheinlich mutmaßte er, dass sie nur gekommen sei, weil sie noch eine Rechnung mit ihm offen habe; zum Beispiel die Frage danach, warum er nach der Scheidung mit der Mutter keinen Unterhalt zahlte und auch später nicht, als sie studierte. Sie stellte diese Frage nicht. Wegen seines misstrauischen Empfangs und wegen der Frau, mit der sie nichts zu tun hatte, war sie schließlich nicht mehr hingefahren. Nicht ein einziges Mal mehr.

Dass sie auch zu seiner Beerdigung nicht kam, hatte einen anderen Grund. In Gedanken schüttete sie ihm Blumen hinterher. Die kleinen Steine knirschten unter ihren Füßen. Im rasenden Verkehr an der Piazza Veneto war sie an eine Imbissbude getreten und hörte, wie ihr Vater pfeifend die Luft einsog und ging. Sie hatte eine Operation überstanden, eine Brustkrebssache, wie sie es nannte, und war noch zu schwach, um an eine Reise zu denken.

Ich bin ihre Schwester – die aus der zweiten Ehe unserer Mutter – und ich musste üben. Anfangs wollte ich mich nicht vorstellen. Ich dachte, das sei zwecklos. Kinder, die nach der Nazizeit geboren sind, verschwinden – entweder hinter den getöteten Kindern oder den überlebenden. Von den Überlebenden gab es nur wenige. Ich musste die Sache mit der Normalität üben, das stellte sich noch häufiger heraus. Ich erinnere mich noch gut an Roni mit dem roten Haar, Roni, der Flieger war und meine erste Liebe. Ihm war ich zum ersten Mal in der Jüdischen Gemeinde in Darmstadt begegnet. Merkwürdigerweise war dieser Ort mir immer so vorgekommen, als gingen nur Kinder und alte Männer dorthin. Ich war als Sechsjährige zum ersten Mal dort, und jetzt war ich in einem Alter, in dem mir der Kindheitsort seltsam oder sogar peinlich vorkam. Mehr als diesen einen Gemeinderaum für alle möglichen Zwecke gab es hier nicht. Roni strich mir den Hals entlang und küsste mich auf die Haare.

Roni sagt, jüdische Soldaten seien nicht anders als andere Soldaten – das sei der Job eines Soldaten. Ich biege mich ein wenig zurück, lege mich in seinen Arm. Roni streichelt meinen Arm, berührt mit den Lippen mein Ohr. Murmelt etwas. Roni wird nicht abgeschossen, Roni ist unverwundbar. Wie Siegfried – außer an der Stelle des Körpers, auf die das Blatt fiel ... Ich lege meine Lippen auf seinen Mund, flüstere, streiche über sein Gesicht, seine Augen und wieder seinen Mund.

»Du musst kein anderes Leben führen als die Gojim, warum auch.« Sagte ich das? Ich lächele und berühre ihn da, wo er sonst die Waffe trägt.

Später, viel später, Jahrzehnte später, gab es wieder Normalität. »Pronto«, sagte jemand. Ich erkannte die Stimme meines Neffen, er rief aus Rom an, sprach über dieses und jenes. Mein Neffe erklärte, er sei sehr busy gewesen, am Wochenende bei einem Frühstück mit Freunden, ein Brunch, deshalb habe er auch nicht am Abend zu mir kommen können, er sei gar nicht in Berlin gewesen – ach, vielleicht habe er mir das noch nicht gesagt. »Deine Schwester hat Krebs, die linke Brust, glaube ich, ist schon abgenommen. Ich hätte es dir vielleicht eher sagen sollen.« – »Und, wie geht es ihr?« – »Du weißt, wie sie ist. Niemals wird sie irgendetwas zugeben ... immer wird sie darüber sprechen, wie schlecht es wem anders geht.« Ich hörte nicht zu. Diese Dinge wiederholen sich. Dieses Gespräch hätte zu zehntausend Gesprächen gepasst, ich wollte das Gespräch, das jetzt und nur jetzt passte. Ich wollte es nicht glauben, hörte ihn sagen: »Nun ja, Tausende haben Krebs, das ist eine Volkskrankheit.« Konnte jemand neben der Holocaust-Ration noch einen Krebs aufnehmen? Ich hatte das Gefühl, in Ohnmacht zu fallen. Dass Jüdinnen am Holocaust starben, war mir geläufig. Dass sie an Brustkrebs starben, hatte ich für ausgeschlossen gehalten. Wenigstens den hätten die anderen, dachte ich. Ich hatte geglaubt, mindestens die beiden folgenden Generationen noch, die auch genug am Holocaust hatten, hätten auf keinen Fall Krebs. Diese Annahme bezog sich vor allem auf Krebs, wahrscheinlich weil ich ihn als besondere Heimsuchung auffasste. Ich hatte geglaubt, um den jüdischen Menschen – ich glaube, an Israelis hatte ich dabei nicht gedacht – sei ein Kreidekreis gezogen. Der Theatermacher hätte sich gebückt, mit einem weißen weichen Kalkstein eine Linie am Boden abgeschritten, einmal ringsherum. Und Adonai hätte den Raum zwischen dem Menschen und weiteren Heimsuchungen ausgefüllt, mit seiner Gegenwart, sodass nichts mehr hindurchdringen würde. War er da, um Tumore zu stoppen? Wahrscheinlich nicht. Um ... einer Gerechtigkeit willen ..., weil ... und könnte er abwesend sein für die anderen? Ich gebe zu, ich hatte diese Dinge nicht bedacht.

Immer war meine Schwester für mich das Mädchen geblieben, das fünf Jahre alt war, als sie in die »Illegalität« ging, sie und ihre Mutter, später meine Mutter, ihr Vater auch – und unsere Großeltern und Tante Senta, das sind die von der Mutterseite. Die von ihrer Vaterseite habe ich aus den Augen verloren. Da ging fast ein ganzer Clan. Als würde es sich um einen »Umzugsort« handeln. Ich setze Anführungszeichen. So wie bei »Kristallnacht« oder »Arisierung«, damit keiner denkt, die Arisierung sei normal, oder dass auch ich dächte, sie wären illegal gewesen. Dabei waren sie illegal und die Arisierung normal, und das geht – auch nach der Weizsäcker-Rede weiter. Aber das kommt erst später, wenn es darum geht, wie das weiterging mit ihrem Vater, seiner jüdischen Tochter und dem Testament.

Die Worte »illegal« und »arisch« und »Arisierung« gehören zu einer Sprechübung. Man muss das Wort Jude aussprechen, wie man einen Menschen begrüßt, das ist eine weitere Übung. Die Juden müssen das auch lernen. Niemand kann Kaspar Hauser sein und aufstehen und sagen: Ich bin nicht Kaspar Hauser gewesen.

Am Telefon hatte sie zuversichtlich geklungen. Ihr Sohn sagte auch, sie klinge zuversichtlich wie immer.

In der Menge der uns entgegenströmenden Menschen hatten wir, ihr Sohn – mein Neffe – und ich, Mühe, mit ihr Schritt zu halten, wenigstens so, dass sich der Abstand zwischen uns nicht vergrößerte. Meine Schwester steuerte auf einen Schalter zu. Wir erreichten sie, stellten uns zu ihr. Wie unbeteiligt an ihr und an den Fragen, die sie stellen würde. Wann immer sie den Airline-Schalter sah, steuerte sie ihn an. Bei Ankunft oder Abflug, das machte keinen Unterschied. Sie sagte den Damen und Herren hinter dem Tresen, dass sie die Beförderungsbedingungen in englischer Sprache benötige. Für ihren Mann, der kein Deutsch verstehe – sie benötige die Beförderungsbedingungen und überhaupt alle Flugdetails in englischer Sprache. Die Damen und Herren hinter dem Tresen baten sie, ihr Anliegen bei der Zentrale vorzutragen, und gaben ihr eine Telefonnummer. »Ach«, sagte sie, »danke schön – können nicht Sie diese Sache weiterleiten?« Die Damen und Herren schüttelten den Kopf und wandten sich dem nächsten Passagier in der Schlange zu, dessen Gepäck nicht mitgekommen war. »Ach«, sagte sie zu mir gewandt, »ich bin doch nicht gut mit dem Telefon.« Ihr Flug wurde aufgerufen. »Sag mal, hab ich mein Handy …« Ja, sie hatte ihr Handy. »Können wir denn für Ihren Mann übersetzen?«, fragte die Stewardess. »Nein, vielen Dank, das ist jetzt nicht nötig, er ist dieses Mal nicht mitgekommen. Nein, vielen Dank.« Wir vermieden es, uns anzusehen, und umarmten uns hastig.

Ein paar Jahre zuvor hatte ich sie bei ihrem Besuch in Berlin in einen nahegelegenen Park geführt, dann hatte sie das Schloss sehen wollen. Ihre Schritte wurden langsamer, fast blieb sie stehen. Sie würde sich setzen müssen. Wir gelangten ein Stück weiter zu einem kleinen Restaurant. Unter den Kastanienbäumen waren die Tische besetzt, Kellner schoben sich an uns vorbei, beladen mit Tellern, auf denen die Saucen vom aufgehäuften Reis oder der Pasta cremig herunterliefen, Minze- oder Basilikumblätter lagen darauf wie hingetupft.

Ein kleiner Tisch war gerade verlassen worden, die Servietten lagen zerknüllt auf den Tellern. Ein Kellner trat hinzu und begann, mit schnellen Handgriffen Besteck und Geschirr zu sortieren, lud es sich auf den ausgestreckten Unterarm, in der linken Hand Gläser, in der rechten Hand zwei Dessertbecher, deren Stiele er zwischen seine Finger geschoben hatte. Als wir uns setzten, sagte er, die Küche werde gleich schließen.

Wir nickten. Sie hatte ihren Stuhl zurückgerückt, die Beine übereinandergeschlagen und nach der Karte verlangt. Dann verlangte sie nach einer sauberen Tischdecke. »Sehr wohl, Madame«, sagte der Kellner, und er rief etwas, das wir nicht verstanden, in einen hinteren Gang hinein, von dem ich annahm, dass er zur Küche führte.

Das Auf- und Abtragen der Speisen, ein Klingeln aus der Anrichte, die schnellen Schritte der Leute und das Rücken der Stühle, wenn sie aufstanden – ich bestellte etwas.

Nachdem sie eine Weile über das Angebot gebeugt dagesessen hatte, schaute sie auf. Die Kellner beachteten uns nicht. Sie winkte mit der Hand. »Madame?« – »Eine saubere Tischdecke wollte jener Herr, der vorhin hier bediente ...« – »Gut«, sagte der Mann. »Was darf ich bringen?« Sie deutete auf das Menü. »Sagen Sie, Patate sauté, können Sie mir das erklären – ich meine, ist das ...« Der Kellner antwortete. Es kam nicht infrage. »Könnte ich die Beilagen mischen?«, fragte sie. Der Mann sagte: »Welche möchten Sie?« – »Ich ... mich interessiert das zunächst prinzipiell. Wissen Sie, da, wo ich herkomme, könnte das ...« Der Mann wandte sich ab. »Warten Sie«, sagte sie. »Ich habe ... da ... bei diesem Menü, diese Pilze, sind die ...« Der Kellner war an den Nebentisch geeilt und kassierte. Dann nahm er die Platten auf und begann, abzutragen. Sie rief nach ihm. »Hören Sie ... ich hatte ...« – »Er hat dich nicht gehört«, sagte ich. Am Tisch hinter uns gab eine Frau Mäntel und Jacken an ihre Kinder weiter. »Das Café schließt«, sagte sie. »Es schließt.« Ungeduld schwang in ihrer Stimme mit. Ich hörte meine Schwester fragen, warum das Café eigentlich Café hieße. »Das ist doch kein Café. Ist das nicht ein Restaurant, oder irre ich mich?« Sie saß leicht vornübergebeugt, studierte nach wie vor das Angebot. Wir senkten unsere Blicke auf ihre Hände, die im Schoß lagen. Der Kellner trat weitere Male an unseren Tisch und sagte, dass das Café dabei sei, zu schließen. Wie er schon gesagt habe, falls jemand essen wolle, müsse er um rasche Bestellung bitten. Sie erkundigte sich nach dem Fett, das zum Ausbacken der Kroketten benutzt wird. Ich werde nicht erzählen, wie diese Geschichte weiterging. Später hatte sie gesagt, es sei ein nettes Café gewesen, vielleicht ein bisschen hektisch.

Sie hatte inzwischen den Informationsschalter erreicht. Ihr Mann würde möglicherweise umbuchen wollen, hörten wir sie. Jemand sprach mit ihr über die entstehenden Gebühren. Das Paar reise mehrfach im Jahr, hörte ich sie sagen, da seien solche Informationen wichtig. »Mein Mann spricht Englisch, nicht Deutsch. Warum sind diese Informationen nicht in englischer Sprache beigefügt worden?«, fragte sie schließlich und wandte sich zum Gehen. Flugstunden entfernt in Rom saß ihr Mann zu Hause und war gerne allein. Er hatte es nicht eilig, ihr nachzukommen. Man händigte ihr die Geschäftsbedingungen auf Englisch aus. Sie drehte sich zu uns um. »Das geht doch nicht«, sagte sie, »dass man das nur in Deutsch ausgibt, nicht wahr?« Wir nickten und sahen uns an. Wieder ging sie voran, wir folgten mit Abstand. Sie könne mit diesen Füßen nun einmal nicht gut gehen, hatte sie gesagt. Noch gestern war sie mit einem verdorbenen Magen im Bett geblieben. Ich besuchte sie in der kleinen Wohnung, die mein Neffe schließlich nach Jahren des Unterwegsseins in Berlin gemietet hatte. In Schöneberg, einem Viertel, in dem er sich sehr wohl fühlte. Nein, in Schöneberg war sie nicht geboren. Sie kam aus dem Schneiderviertel im Prenzlauer Berg. Jetzt hatte sie sich aufgesetzt und die Füße über den Bettrand gestreckt. Ich sah auf ihre Füße. Waren meine Füße nicht ebenso? Verkorkst, einfach verkorkst. Mir tat das leid. Ich mag schöne Füße.

Wir saßen in der Lounge. Die Jahreskarte meines Neffen berechtigte ihn dazu, eine Person mitzunehmen. Es gab Erdnüsse und Gebäck. Ich steckte eine kleine Büchse Ginger Ale ein, noch bevor andere die Lobby betraten. Der zweite Cappuccino änderte nichts an unseren Reden, nicht der dritte und vierte – es kostete nichts mit dieser Karte. Die Reisenden kamen und gingen, wir nahmen uns weitere Schalen voller Erdnüsse. Draußen stand das Leihauto, auf dem meine Schwester bestanden hatte, obwohl sie nach der Abreise ihres Mannes nirgendwo mehr hinwollte.

Meine Schwester hatte ihn zweimal bei dieser Hitze ins Jüdische Museum geschleppt, für sie war es das dritte Mal in dieser Woche. Es war das größte jüdische Museum Europas, und sie schwärmte für den Architekten. Ein glänzender Theatermacher, der die Welt von seinem Konzept für die Holocaust-Gestaltung überzeugt hatte. Während ihr Sohn allmählich zur Orthodoxie überging, blieb sie dabei, eine Schweinshaxe zu essen und verdarb sich den Magen – entweder daran oder an der Scholle, die sie zuvor gegessen hatte. Das letzte Mal, als ich sie getroffen hatte, hatte sie alle Speisen, die ich auf den Tisch brachte, abgelehnt. »Magerquark«, hatte sie gesagt, »Magerquark, alles andere bekommt mir nicht.« Sie war mit mehreren Päckchen im Koffer, der sonst fast nichts enthielt, ins Flugzeug gestiegen. Wir hatten darüber gesprochen, wie schwer es sei, bei ihr zu Hause Magerquark zu bekommen.

Dieses Mal hatte sie diesen Anfall mit dem Jüdischen Museum. Sie betonte, dass sie sich jahrzehntelang die Songs ihres Mannes für den palästinensischen Befreiungskampf angehört habe – es sei Zeit, dass er sich mit ihrer Geschichte beschäftige. Ihr Mann war ein afroamerikanischer Sänger, dessen eine Großmutter zum Stamm der Choctaw gehörte, und er sang für die Linke, auf Festivals für den Frieden und für Mama Afrika.

Mein Neffe hatte zu Ehren des Besuchs seiner Mutter in der Lubawitscher Synagoge einen Kiddusch vorbereitet. Alle Gemeindemitglieder waren eingeladen. Ich habe meine eigene Erfahrung mit Lubawitschern. Das hat mit Chanukka zu tun. Es war in dem Jahr, in dem Rabin ermordet worden war. Die jüdischen Gemeinden in Deutschland waren eigentlich noch in Trauer. Das Fernsehen war eingeladen, und ein Wasserwerfer aufgefahren, für alle Fälle. Die Zeremonie war amerikanisch und im Freien, bitterkalt. Anschließend wurden Gäste zum Chanukka-Empfang durchgelassen, aber nur einige wenige, obwohl alle eine Einladung bekommen hatten. Wir hatten uns nicht so angezogen, dass wir stundenlang in der Kälte vor dem jüdischen Gemeindehaus tanzen konnten, damit die Gojim einen Film machen. Der Bürgermeister und der Bundespräsident waren recht angetan, die orthodoxe Jugend legte eine Hora auf die Straßen Berlins, wie sicherlich noch nie eine Hora auf diesen Straßen getanzt worden war. Wie gesagt, eine Hora auf einer vereisten Straße. Das Fernsehen wollte übertragen. Dafür war man nicht angezogen. Die Damen kamen in Pelzmänteln und dünnen Sandaletten mit Absätzen, weil sie eben zum Empfang gehen wollten, zu dem ihnen dann der Mossad den Eintritt verweigerte. Die Damen hielten es für ein Missverständnis und warteten darauf, dass sie wer erkannte. An die Gesichtskontrolle waren sie gewöhnt, nur nicht daran, dass sie sie nicht passierten. Es war aber kein Missverständnis: Der Empfang war wegen des großen Interesses zu ehrender nicht-jüdischer Gäste schon voll.

Dieses Mal war das Gemeindeblatt bereits am Anfang des Monats durch den Briefkastenschlitz in meiner Tür gefallen. Ich bückte mich und begann, auf der letzten Seite den Veranstaltungskalender zu studieren. Ich würde rechtzeitig zum Lichterfest erscheinen, nicht wie im letzten Jahr, als mein Sohn einen Tag lang weinte, weil ich das Datum verpasst hatte. Die regelmäßigen Mitteilungen wurden unkuvertiert verschickt, ein Adressaufkleber gab mich als Empfängerin an. Wenn ich im Sommer für einige Wochen aufs Land nach Brandenburg zog, ließ ich das Blatt nicht nachsenden. Konnte ich wissen, wer die Post austrug? Die Hefte verstopften den Briefkasten in Berlin, und ich musste jemanden finden, der ihn leerte. Andererseits hätte ich wegen dieser Wochen im Jahr auch ungerne das Blatt abbestellt. Später wurde das Problem offenbar verstanden, und ich erhielt das Blatt im Briefumschlag. Aber da war mein Sohn schon aus dem Haus.

Ich fuhr mit dem Finger die Spalten entlang: Es machte Mühe, herauszufinden, welche Veranstaltung die geeignete wäre. Irgendwo stand Lubawitsch – die Orthodoxen waren nicht das Richtige für uns –, an anderen Stellen standen Bezeichnungen, die ich nicht verstand. Die Lubawitscher schickten stets unbestellt einen Jahreskalender auf glänzendem Papier und eine Kurzinformation, etwa in dem Ton: Weißt du, warum wir Mazzes essen an Pessach oder warum es Haman nicht gelang, an Purim die Juden zu verdreschen? Nicht etwa, dass ich diesen Vier-Minuten-Unterricht nicht nötig gehabt hätte, aber etwas störte mich daran.

Ich mochte vor Gott nicht beschämt sein und vor den unbekannten Lubawitschern auch nicht. Außerdem war ich mir sehr sicher, dass ich keinen Wert auf einen Mann legen würde, der täglich beten ginge und seinen Kaftan nicht auszöge. Ich kannte auch gar keinen, nur aus Büchern. Bei Max Brod, den ich liebte.

Mit dem Blatt war eine Einladungskarte gekommen: eine Veranstaltung mit beloved Schneerson, wieder die Lubawitscher. Auf der Ansichtsseite streckten sich mir neun weißbehandschuhte Männerarme in Frackärmeln entgegen, eine Einladung zum Musical »Die Wunderlampe im Tempel«. Ich würde hingehen. Für die Bessergestellten gab es die Chanukka-Party im Hilton. Für die anderen die Latkes-Speisung und glasierte Pfannkuchen. Das letzte Mal tauchten dermaßen wenig Leute dort auf, dass ich alle Juden – außer mir selbst – im Hilton wähnte. Wegen dieser Latkes-Abwesenheit setzte sich auch bei mir der Gedanke von den reichen Juden fest.

Gestern hatte mein Neffe unverhofft an der Tür geklopft, seinen Kopf in den Raum gestreckt und gesagt: »Ich habe wenig

Zeit. Darf ich mich setzen?« – »Ja«, sagte ich. Er ließ sich auf dem Klappstuhl nieder, ohne das Handy aus der Hand zu legen. Ich fragte ihn nicht, was er zu tun hatte. Noch immer sah er sehr gut aus, eignete sich für die Werbung einer Zahnpasta ebenso wie die einer Aktentasche für den außertariflichen Angestellten oder für eine Investment-Kampagne: sorgloses Leben im Zwei-Familien-Haus. Auch ein charming Steward wäre er gewesen. Aus unbekannten Gründen hatte er niemals mit dieser Eigenschaft etwas angefangen. Er hatte den Diplomatentag auf der Rennbahn besucht, eine Art Jobbörse oder moderne Version von »Elsa Maxwell's Party Line«. Möglich, dass es hier auch um die Fortsetzung des Berufsbildes eines Adjutanten ging. Ich verstand nicht genug davon. Auf der Rennbahn traf er den Botschafter Palästinas, der einen libanesischen Pass besitzt. »Ein netter Mann«, wiederholte er, »ein sehr netter Mann.« – »Ich habe das arabische Problem begriffen«, sagte er, »jetzt ist es mir vollkommen klar.« Er sprach weiter, eine winzige Spinne seilte sich von seinen Haaren am Kopf ab. »Entschuldige«, sagte ich und befreite die Spinne. Mit der Handy-Hand fühlte er nach, sprach weiter. »Mauer oder nicht, Palästina hin oder her, das alles ist es gar nicht. Auch Hamid, du kennst Hamid, er ist wirklich mein Freund, ist keine Ausnahme. Oder der palästinensische Botschafter – ein wirklich netter Mann, keine Frage.« Er hatte ihn gemocht, betonte, wie freundlich sie miteinander gesprochen hätten auf der Rennbahn Berlin-Hoppegarten. Der, der einen libanesischen Pass hatte und Palästinenser war. »Das alles ist es nicht«, erklärte er. »Es geht um den Tempel, verstehst du?« Ich sah, dass ein anderes, sehr kleines libellenartiges Tierchen zwischen den Haarbäumen steckte und nicht vorankam. Er saß da mit Schlips in seinem sehr weißen

Hemd und wiederholte, es gehe um den Tempel. »Alle Muslime leugnen, dass es jemals auf dem Tempelberg einen Tempel gegeben hat«, hörte ich ihn sagen. An der Innenseite meiner Tür hing ein Poster, auf dem in Arabisch und Englisch stand: »I will keep them from harm and injustice.« Palästinensische Männer in Handschellen. Ein Plakat einer israelischen Menschenrechtsgruppe. Einmal hatte er von seinem Projekt erzählt, Joint Venture mit Schuhen in Gaza, später begleitete er einen Filmemacher in die besetzten Gebiete und traf die Eltern einer Selbstmordattentäterin. »Das war sehr interessant«, sagte er, »sehr interessant.« Sein Beifahrer hatte sich bereits am Kontrollpunkt mit den Posten angelegt. Sie wollten rüber, um den Film zu drehen, und wollten wirklich nicht, obwohl sie alle Papiere hatten, am Kontrollpunkt scheitern. Mein Klappstuhl war ein altes Gartenmöbelstück. Man bleibt hier nicht sehr lange sitzen.

»Das ist das eigentliche Problem«, sagte er, und: »Ich bin wirklich froh, dass ich das Problem gefunden habe.« Trotzdem ein wirklich netter Kerl, betonte er, der Mann aus dem Libanon, der einen libanesischen Pass habe und Palästinenser sei.

Er wird nach Nizza fliegen, um einen anderen Headhunter kennenzulernen. In Deutschland streichen sie die Arbeitslosenhilfe zusammen. Er würde fliegen. Wir saßen in meinem Büro gegenüber dem KaDeWe, sozusagen mitten in West-Berlin, über den Dächern. Er legte die Hand auf die Klinke, hatte es eilig, musste sich noch vorbereiten. »Glaube mir, es ist so – die Sache mit dem Tempel, sie ist nicht lösbar.« Er schloss die Tür hinter sich und nahm den Aufzug nach unten. Von dort sah er noch einmal hoch und schickte mir Küsschen zum Abschied. Ich stand hinter dem geschlossenen Fenster. Am

Tauentzien wälzte sich der Verkehr voran, ein Bus drängte einen Fahrradfahrer an den Bordstein, der ins Wanken geriet, aber weiterfuhr. Die Einsteigenden schoben sich in den Bus hinein. Leute mit Plastiktüten überquerten die Straßen, Autos mit offenem Verdeck und türkischer Siegermusik – ich wusste nicht, wer gegen wen gespielt hatte – fuhren dicht auf und im Schritttempo weiter. Wenn man bei Tchibo viermal eingekehrt war, gab es das fünfte Getränk umsonst.

Das war im Sommer gewesen. Die Einladung zum Musical »Die Wunderlampe im Tempel« – ich würde sie annehmen. Wie die anderen Gemeindemitglieder, die auch hingehen würden. Diese ausgestreckten Männerarme … Ich suchte weiter. Eine Chanukka-Veranstaltung hatte ich schon verpasst. Ein Freund war dagewesen. »Nie mehr gehe ich dahin.« Er habe genug, hatte Perl gesagt. »Nur Russen hatten an den Tischen gesessen, und du musst dazwischen sitzen.« – »Nun«, sagte ich, »dann sitz da und nimm ein Wörterbuch mit.« – »Ich habe noch nicht mal auf einem Stuhl gesessen, wir saßen auf dem Boden, und die Russen saßen an den Tischen und haben alles aufgegessen. Wir bekamen nicht mal ein Kuchenstück und konnten nichts von der Vorführung sehen, die im Übrigen sehr schlecht war.« Man musste hier sehr rechtzeitig kommen und sofort die Plätze für die Sippe belegen. Auf dem Sommerfestival in New York saß ich auch auf dem Fußboden. Die Merce Cunningham Dance Company trat im Freien auf, ohne Eintritt. Chanukka ohne Eintritt, was will man mehr.

Perl sprach besser Ungarisch und Französisch als Deutsch und entstammte einer entmachteten Bourgeois-Familie, die nach Paris emigriert war. Seitdem redete er über die Russen wie sonst eigentlich nur über die Deutschen. Die deutschen Juden, die eigentlich Polen, Tschechen, Rumänen oder sonstwas waren, redeten über die Russen auch so, aber die hatten andere Gründe. Wahrscheinlich waren sie sauer, weil die Russen noch Familien hatten, die sie mitgebracht hatten, Omas und Opas, entweder die Großeltern der Frau oder des Mannes oder sogar beide. Mein Finger fuhr weiter die Spalten ab. Unter WIZO – Women's International Zionist Organisation assoziierte ich eine Handvoll Frauen, die den Kosmetiksalon verlassen hatten, um sich einem wohltätigen Zweck zuzuwenden und um Lagerbestände aus den Geschäften ihrer Männer zu vermindern. Wenn jemand vorhatte, in den Gemeinderat gewählt zu werden, ging er dorthin und mischte sich unter diejenigen, die ein Los für zwanzig Mark und später dann Euro kauften ... Aber das war eine mehr oder weniger bösartige Unterstellung.

Dass ich diese Dinge nicht beherrschte, wann ich mit meinem Sohn in der Synagoge oder im Gemeindehaus erscheinen sollte, war mir peinlich. Es war wie ein anhaltendes Versagen. In keinem Jahr wollte es mir gelingen, diese Dinge ordentlich zu machen. Meine Übung ging nun schon in die Jahre. Ich hatte noch ein wenig Zeit, sagte mir der Kalender. Gebrauchtes Geschirr stapelte sich in der Küche. Ich drehte den Wasserhahn an der Spüle auf und begann abzuwaschen. Mit dem Schwamm fuhr ich die Tellerränder nach und erinnerte mich daran, wie nach Tschernobyl der jüdische Kindergarten als einziger der Stadt weiterhin Milch ausgegeben hatte. Sie hatten den Segen des Rabbinats aus Israel.

Ich weiß nicht, warum ich an diesem frühen Nachmittag bei ihm zu Hause war. Daniel Perl war mein bester Freund geworden. Er war ein dünner Kerl mit schwarzem Haar, das er im Nacken zusammengebunden trug, und sah aus wie aus dem Abschlussjahrgang einer Oberschule, obwohl er

Vater dreier Kinder war. Er war Bildhauer und arbeitete hauptsächlich mit Bronze. Die riesigen Skulpturen erforderten Formen und Geld, um sie gießen zu lassen. An diesem Morgen hatte sich Daniel Perl vorgenommen, die Lauder-Foundation zu besuchen. Er wollte um Förderung bitten. Er glaubte sich berechtigt, weil er der Enkel einer Großmutter väterlicherseits war, die im Konzentrationslager gewesen war. Von dieser Großmutter habe er seine Jüdischkeit ererbt, sagte er manchmal.

Noch nie hatte ich Daniel von seinen Eltern sprechen hören. Das musste daran liegen, dass sie im Gegensatz zu anderen Familienmitgliedern keine besondere gesellschaftliche Stellung innehatten. Der eine Onkel war ein berühmter Rabbiner gewesen, der andere ein Wissenschaftler, ein dritter, von dessen Vorhandensein Daniel Perl erst vor kurzem erfuhr, soll Direktor bei einer der UNO-Unterorganisationen sein. In meiner Familie zählte ich gewissermaßen bis drei und war schon zu Ende mit den Leuten, aber das hatte ich immer als etwas Unnatürliches angesehen und eine Besonderheit, einen schlesischen Sonderweg sozusagen.

Bevor Daniel ging, ließ er die Kürbissuppe noch einmal aufkochen. Er griff nach der Flasche mit Sonnenblumenöl. In die heiße Flüssigkeit rann der dickflüssige Strahl. »Schmeckt besser«, sagte er. In der Küche hockte er sich auf die Holzbank und begann zu essen. Er hatte keine große Lust darauf, zur Foundation zu gehen. Wer hat das schon? Aber immerhin war es eine jüdische Organisation, und sie waren doch eigentlich verpflichtet zu helfen, oder? Seine Familie war nicht die unbedeutendste. Er nahm seine Zugehörigkeit zu König David wörtlich. Ich sah auf seinen Hintern in den Jeans, wie er sich bewegte, hier und da hantierte, vom Herd zum Kühlschrank ging, sich wieder wegdrehte, um etwas auf den Mosaiktisch zu stellen, und redete. Er redete unaufhörlich, trug zu den Jeans einen abgewetzten Pullover und hielt zwischen den Fingern einen Zigarillo. Auf dem Küchenschrank bewahrte er eine Kiste auf, die ein Paar Schuhe enthielt. Wenn ihm danach war, holte er den Karton herunter und ging in sein Atelier. Er schloss sich für Stunden ein, draußen hörte man nichts. Dieser Karton hatte etwas mit der Großmutter zu tun, und er hatte ihn auf seinem Weg von Budapest nach Paris und bis nach Berlin überallhin mitgenommen.

Zu diesem Foundation-Gang zog er sich an wie immer, wählte den blauen, leicht verribbelten Pullover. Er achtete darauf, dass er die Pfeife dabeihatte. Die Eingangstür war bewacht wie alle jüdischen Einrichtungen in der Stadt. Israel hatte neben den Jaffa-Orangen von den Plantagen, die jetzt als Sicherheitszone zu den Siedlungen gehörten, auch den Mossad exportiert. Daniel Perl hatte sich daran noch nie gestört, weil er als Sechzehnjähriger von palästinensischen Jugendlichen geschlagen wurde. Damals war er für ein Jahr nach Paris gekommen, um bei seiner Tante zu leben. Als die jüdischen Schüler nach Unterrichtsende auf die Straße vor der Schule traten, standen sie dort im Spalier und warfen mit Steinen und Flaschen. Daniel Perl war ins Krankenhaus gebracht worden. Das Ganze hatte sich noch zweimal wiederholt, bis in einer Nacht, von Samstag auf Sonntag, einer der gegnerischen Rädelsführer zu Tode gekommen war. Danach hatten die Überfälle aufgehört. Die Polizei hatte Untersuchungen eingeleitet und nichts herausgefunden. Niemand hat etwas gesagt. Daniel Perl fühlte sich miserabel.

In einer Mappe trug er seinen Lebenslauf, die Darstellung der Wettbewerbe, an denen er sich beteiligt hatte, und seinen

Pass. Er war Jude genug, um immer seinen Pass dabeizuhaben und Geld, eigentlich zu viel Geld, um damit herumzulaufen.

Seit mehreren Tagen versuchte ich, einen Mann anzurufen, zu dem ich seit Jahren Kontakt hielt, weil er sich in Gemeindeangelegenheiten auskannte. Manchmal waren wir zusammen zur Synagoge gegangen, vielleicht vier- oder fünfmal in den letzten fünf Jahren. Ich besprach nach Aufforderung der leicht verblödeten Anrufbeantworterstimme sein Band, er möge mir sagen, wann die wichtige oder entscheidende Chanukka-Feier stattfinde. Immerhin standen acht Tage zur Auswahl, und ich konnte unmöglich täglich irgendwohin gehen. Schließlich rief ich bei der Gemeinde an. Die Stimme am Telefon sagte: »Doch, doch – mit dem öffentlichen Lichteranzünden, da liegen Sie richtig, das ist das Beste und hinterher das Feiern – ja, mit Kind, natürlich für die Kinder. Sie werden sehen, da kommt der Außenminister.« Dass der Außenminister erscheinen würde, sah ich schließlich als überzeugenden Hinweis an und ich beschloss, dorthin zu gehen. Inzwischen hatte sich auch der Freund gemeldet: »Ja«, hatte er gesagt, »vorher ist Gottesdienst, und der ist schön, und danach gibt es eine Feier im Gemeindehaus.« Es würde früher losgehen als sonst. Pünktlich solle ich sein, es werde bestimmt voll. Sie würden eine ordentliche Feier haben.

Als ich an der Haltestelle Amtsgericht wartete, kroch eisige Nässe meine Beine herauf. Ich hatte für diesen Abend ein Kleid angezogen, wollte alles richtig machen. Männer warteten hier, studierten unruhig den Fahrplan; sie sprachen miteinander Hebräisch. Das mussten Israelis sein. Einer hob eine Kelle, eine Schülerlotsenkelle, und stoppte den Bus. Ich sah, dass an ihrer Spitze ein Davidstern montiert war. Der Busfahrer beachtete das Zeichen nicht und fuhr weiter. Die Wartenden stellten sich ein paar Schritte weiter wieder auf. Sie waren nicht beim Geheimdienst, sie waren Angestellte des Konsulats. Neuankömmlinge, die vorherigen hatte man ausgetauscht. Im Konsulat hatte es Schüsse nach draußen gegeben, und draußen war ein kurdischer Demonstrant – manche sagten: versuchte Besetzung – tot. Der Schütze und die Konsulin verschwanden aus der Stadt. Persönlich tat mir das leid, denn die Konsulin hatte mir einmal die Hand geschüttelt und mich empfangen, obwohl der Empfang sonst nur für die Beziehungen zu Nicht-Juden gedacht war. Auch hatten mir die Kurden leidgetan, aus verschiedenen Gründen, aber vor allem, weil sie wohl nicht wussten, dass Israelis nicht verhandeln, sondern schießen. Wer nicht schießt, endet in der Gaskammer oder am Berg Sinai, wo man sich schließlich auch nicht bis in alle Ewigkeit versammeln kann. Die Deutschen wiederum hatten möglicherweise vorher davon gewusst und die Botschaft nicht geschützt. Wie dem auch sei: Die Männer standen an der Haltestelle Amtsgericht. Ich taxierte sie aus den Augenwinkeln und entschied, dass sie sephardischer Herkunft seien. Die Sache war mehr ein Sport. Ich verstand wenig von der Verwandlung der Aschkenasim aus Osteuropa in Sephardim; eine Bezeichnung, die eigentlich den Einwanderern aus maghrebinischen und anderen arabischen Ländern vorbehalten war oder niederländischen Sephardim, die Spanier waren, nachdem Isabella von Kastilien 1492 die Juden und Moslems aus dem Land getrieben hatte. In Wirklichkeit hatte ich keine Ahnung, wie ich mir mittlerweile einen aschkenasischen Juden vorzustellen hätte; ein- oder zweimal hatte ich welche getroffen, die auf mich einen derart schweizerischen Eindruck gemacht hatten, dass alle anderen Gefühle überdeckt waren. Die Männer verständigten sich wieder, einer sah auf die Armbanduhr, auf den Fahrplan, und dann winkten sie einem Taxi. In Gedanken rechnete ich die Kosten der Kurzstreckenfahrkarten nach. Nach einer Zeit kam der Bus. Ich stieg ein. Meinen Sohn wollte ich dort treffen. Er würde von seinem Klavierlehrer, bei dem er Unterricht gehabt hatte, dorthin gebracht werden. Ein netter Mensch, dieser Mann.

Ich gehe nie wieder zu einer Chanukka-Feier in die Jüdische Gemeinde. Auch das Latkes-Essen war peinlich, weil man dazu wen kennen musste, der einem sagte: »Komm mit in die hinteren Zimmer, da essen wir.« Ich hatte wie gesagt einen Gewährsmann, der mir über Jahre Bescheid sagte. Aber ich hatte doch immer Angst, er würde eines Tages nach einem dieser Anrufe plötzlich verhindert sein, und ich stünde dann da und wüsste nicht, wie ich die Latkes essen könnte, weil ich wieder am Türsteher scheitern würde.

»Eben«, sagte mein Neffe, nachdem er seinen Vortrag über die unüberwindliche Tempelfrage beendet hatte, »eben deswegen. Diese Lubawitscher waren die einzigen, die sich freuten, dass ich da war, und die mich angesprochen haben.« Ich musste ihm recht geben, mich hatten die Liberalen in zehn Jahren nicht angesprochen. Es genüge, wenn man gegen 11.30 Uhr ankomme. Man müsse nicht den gesamten Gottesdienst dagewesen sein, meinte er, und könne doch mitessen. Den Lubawitschern waren alle recht, auch Simon, der nicht beweisen konnte, dass er jüdisch war. Jemand hatte seine Mutter umgebracht, bevor er statt im Kommunismus im Judentum leben wollte, und seine Großmutter weigerte sich, eine Aussage zu machen. Mit dem Starrsinn der Überlebenden schaute sie ihn an und verschloss ihren Mund. Stunden später wollte es nicht gelingen, sie mit Tee oder Suppe zu füttern, bis man ihr schließlich eine Infusion legte, sodass er es sein ließ, ihr weiter diese Fragen zu stellen. Die Liberalen und die Lauders wiesen jenen Simon ab, die Lubawitscher nicht; die glaubten ihm, aber wollten ihn in der Mikwe sehen. Die deutschen Überlebenden und ihre Kinder blieben für die in Deutschland Gestrandeten und Importierten unwahrscheinlich wie für die Nicht-Juden, sodass ihre bloße Existenz einen Makel darstellte, den sie schwerlich loswerden konnten, und eigentlich zweifelten sie selbst daran, dass sie Juden waren. Der Lubawitscher Rabbi öffnete seine Arme weit für all jene, und sie umarmten ihn. Eine Million Dollar hatte die israelische Bank für ein neues Sektenhaus in Berlin-Wilmersdorf aufgebracht, und die Aufgabe der gutaussehenden jungen Männer mit diesen Herkunftsproblemen war es, weitere Millionen einzusammeln. Das jüdische Gesetz erinnerte sie unerbittlich daran, ihre jüdischen Mütter zu finden, die Bar Mizwa nachzuholen und die Beschneidung. Wer sein Ahnenproblem mildern wollte, konnte sich wenigstens um das Fundraising verdient machen.

Meine Schwester hatte sich den Magen verdorben und blieb in der Wohnung zurück. Mein Neffe hatte mich gebeten, mich um sie zu kümmern und sie später zur Synagoge zu bringen; dorthin, wo er den Kiddusch für sie ausbrachte. Dorthin, wo keiner mehr wagen würde, die ordentliche Jüdischkeit seiner Mama in Zweifel zu ziehen. Ich würde eine Weile brauchen, um durch die belebte Innenstadt zu ihr zu kommen. Als ich klingelte, war sie nicht angezogen. Sie könne unmöglich dorthin gehen, sagte sie. Ich gab ihr Tee und stellte einen Teller Salzgebäck auf das kleine Tischchen neben ihr.

Berlin
Neffe

Am Eingang zur Lounge saß eine Frau mit großen Brillengläsern und dunklem Teint. Die, die hier arbeiteten, sahen so aus, als würden sie niemals schwitzen oder einen Pickel am Kinn bekommen. Ich nahm mir den vierten Cappuccino, der wie gesagt nichts kostete, und einen kleinen Teller mit Plätzchen. Die Frau, die niemals schwitzte oder einen Pickel bekam, wandte sich ab. Ich steckte Segafredo-Pads in meine Hosentasche. Wir beide nahmen erneut Platz und rührten in den Tassen. »Es tut mir leid«, sagte sie. »Es tut mir sehr leid.«

Sie wiederholt sich, dachte ich und sah, wie sie mit dem Finger eine Träne aus dem Augenwinkel wischte. »Verstehst du jetzt«, fragte sie und beugte sich vor. Ihr Kleid klaffte unter den Armen weit auf, sodass man den BH sehen konnte. Es gefiel mir, wie sie sich anzog. Obwohl es sich eigentlich um einen Unterrock handelte, in dem sie durch den Flughafen schritt.

Berlin
Tante

Meine Schwester setzte sich im Bett auf und lehnte sich mit dem Rücken an die Wand. Ich hatte zugehört; sie hatte eine Menge über Berlin zu sagen, obwohl sie die Stadt nicht kannte, nicht mehr kannte. Sie schien ganz munter zu sein – trotz des verdorbenen Magens. Duschen wolle sie und sich anziehen, sagte sie. Ich wollte nochmal weggehen, etwas erledigen und wiederkommen. Oh, ich könne bleiben, sie brauche nicht lange.

Als meine Schwester nach einer Dreiviertelstunde wieder erschien, hatte sie es aufgegeben, zu duschen. Es sei doch zu aufwendig, sagte sie, und sie sei auch zu schwach dafür. Erschöpft kehrte ihr Sohn zurück. Es war ein heißer Tag, und er hatte den Kiddusch für seine Mutter gegeben, den ersten in seinem Leben. Er hatte sich Sorgen gemacht, befürchtet, dass sich ihr Zustand verschlechtert haben könnte. Schließlich hatte sie erst kürzlich diese Operation überstanden. Er hatte ihretwegen den Gottesdienst verlassen und vor dem Eingang zum Gebetshaus versucht, sie anzurufen. Sie war nicht drangegangen.

Diese Sessel, ausgemusterte Stücke aus der marokkanischen Botschaft, die er geschenkt bekommen hatte, waren sehr bequem. Er hatte sich ihr gegenüber niedergelassen. Und sie begann zu reden, wie jemand so redet. Ich weiß nicht mehr, wie es kam, dass ihre Erzählung ins Berner Oberland hinüberglitt, weg von der Stadt Berlin, in der sie im Jüdischen Krankenhaus geboren worden war. Zehn oder elf Jahre war sie damals alt. Sie hatte zu Kräften kommen sollen. Die Familie Barth – Sebastian Barth, Bruder von Karl Barth – hatte sie aufgenommen. War sie selbst es gewesen, die hatte getauft werden wollen, oder hatte das unsere Mutter entschieden? Der Vater konnte es nicht gewesen sein. Der war schon lange nicht mehr bei ihr, die Eltern schon lange kein Paar mehr. »Ich weiß schon, das passt dir nicht, nicht wahr ...«, sagte sie. Sie war ein halbes Jahr lang jeden Sonntag zur Kirche gegangen, wie alle aus diesem Ort, und die Zwingli-Bibel hatte sie in die Schule begleitet, in die sie anfangs das Vreneli brachte. Das Vreneli war das Dienstmädchen und erst fünfzehn Jahre alt. Mit ihr verstand sie sich gut, und die glaubte ebenfalls an die Bibel. Manchmal fuhren sie mit Skiern zur

Schule, und auch sie durfte gelegentlich etwas von dem Wunderknäuel abwickeln, das es im Klassenzimmer gab, wenn jemand etwas besonders gut gemacht hatte. Nur vor den Sommerlawinen hatte sie Angst, die knatterten »wie Maschinengewehre«, sagte sie, und einmal war ein Ort verschüttet worden.

Wir saßen zu dritt in dem kleinen Zimmer, ich, mein Neffe und sie; meine Schwester noch immer im Bett. Jetzt war ihr warm, und sie deckte sich auf. Er versuchte, die Stoffbahnen, die er vor dem Fenster provisorisch befestigt hatte, über den offenstehenden Fensterflügel fallen zulassen. »Nein, nein, es ist gut so«, sagte sie, »sehr gut.« – »Nein«, sagte er, »es ist nicht gut so. Die Sonne kommt durch.« – »Nein«, wiederholte sie, »lass es. Es ist für mich gut so.« – »Nein,« sagte er, »es ist nicht gut so. Die Sonne ...« Er ließ schließlich das Tuch fallen, ließ es, wie es war. Er wohnte noch nicht lange hier und war nicht vollständig eingerichtet. In der Küche hatte ich eine Reibe gefunden und einen Apfel. Er hatte gesagt, es gebe im Kühlschrank Bananen. Die Schalen hatten sich schwarz verfärbt, und wo sie zu einem Büschel zusammengewachsen waren, hatte sich ein dünner, trockener, pinselartiger Stab gebildet. »Ich glaube nicht, dass hier Bananen sind«, sagte ich über den Gang hinweg, und meine Worte dehnten sich und sollten bestimmt klingen. »Doch! Unten, ganz unten im Fach.« Sie meinte offenbar diese sich weich und pampig anfühlenden verfärbten Bananen. Das Innere war an einigen Stellen aus der Schale herausgequollen und sah gärig aus. Das gehört zu den Holocaust-Geschichten, dass die Leute dick sind, falls sie überlebt haben, und unter keinen Umständen Essbares wegwerfen. »Du musst genau ...« Jetzt hatte er gesprochen, mein Neffe. Ich konnte ihn nicht hören, klapperte in der Küche mit Reibe und Teller. Er war zu matt, um aufzustehen. Offenbar teilte er die Auffassung seiner Mutter darüber, dass es noch Bananen gebe.

Als ich ins Zimmer zurückkehrte, hatte ich eine Kanne schwarzen Tees gekocht und die Bananen in einer Schüssel zerdrückt. Eine gelbliche Schleimspur zog sich an den Seitenrändern hoch und schwappte wieder zurück, als ich sie abstellte.

Sie hatte den Kontakt zu dieser Familie verloren und mit ihnen niemals wieder gesprochen. »Ich war sehr glücklich dort«, sagte sie. »Es war wie im Paradies. Diese wunderschönen Täfelchen aus Schokolade, die es in Deutschland nirgendwo gab ...« Die geraubten Gelder waren in der Schweiz geparkt, und die Sterbepolicen der Versicherungen in die Safes gepackt, deren Gebühren die zu Tötenden selbst aufbrachten. Wenn die Miete für den Safe nicht mehr gezahlt wurde, verursachte der Mieter Kosten. Kosten für herrenloses Eigentum. Im Landesarchiv in Berlin sagten sie mir, die Frauen werden unter den Nachnamen der Männer geführt. Dies hier ist eine Bank und kein Landesarchiv. Mein Neffe reichte mir ein Papier und sagte, ich könne mehr damit anfangen und solle mich kümmern. »In der Schweiz?«, fragte ich. Ich bin keine Bankfrau und habe auch sonst nichts mit Banken zu tun. Sie machten mich nervös, seit ich als Kind mit meiner Mutter täglich wegen der Börsenkurse zur Bank lief. Sie hatte so wenig Geld, dass sie alles auf eine Karte setzte und unseren Unterhalt wie beim Roulette im Spielkasino verdiente oder verlor. Dann war sie verzweifelt, und wir aßen eine Weile lang trockenen Reis. Also Reis und nichts dazu. Seitdem machten mich Banken nervös. Und außerdem war es so, dass ich nichts von diesem Onkel gewusst habe. »Immer wieder, Jahrzehnte später, taucht jemand auf, und soll zu uns gehören. Oder gehört haben.« Es ist, als ob die Getöteten niemals schliefen. Meine Schwester guckte irgendwohin, streckte einen Fuß aus dem Bett, zog ihn wieder unter die Decke. Als kleines Mädchen wird sie diesen Onkel getroffen haben. Ihr Vater war dermaßen verliebt in seine Tochter, die er immer nur Augäpfelchen nannte. Sie war das Sternchen in seiner Familie, in der sonst noch niemand ein kleines Kind hatte. Bestimmt ist er mit ihr einmal zu seinem Onkel gegangen.

»Nein«, sagte mein Neffe, »Italien, Oberitalien.« – »Bei uns besteht noch der Safe n. 9c Groesse I auf den Namen Ihres Onkels. Nach der Abfahrt Ihres Onkels von Merano haben wir von ihm keine Nachricht erhalten und auch auf unsere Aufforderung hin, die Safe-Miete zu regeln, die wir ihm am 28.9.42 an die Adresse Belgard-Persante, Torstr. 7 (Deutschland) zugesandt haben, ist ohne Antwort geblieben. Der Mietvertrag obigen Safes ist seit dem 1. August 1942 nicht mehr erneuert worden, und daher sind folgende Beträge zu zahlen.« Es folgten die Beträge im Einzelnen. Gesamtsumme Lit. 480,– Banco di Roma, Filiale di Merano. Schreiben vom 17. August 1945. Ach, da war ein Zusatz: »Unsererseits sprechen wir Ihnen unsere besten Glückwünsche aus, dass Sie Ihren Onkel in bester Gesundheit wiedersehen können.« Die Bank, die behielt, was hier im Safe war, gratulierte zum Überleben eines jüdischen Kunden. Der, der die Auskunft über seinen Großonkel erbeten hatte, war mein Neffe. Niemand weiß etwas über den Bruder seines Großvaters. Wir konnten ihm nicht gratulieren. Er ist verschwunden. Nur sein Safe nicht, in dem er bestimmt etwas hinterlegt hatte, für den Fall der Flucht, nicht wissend, dass die Bank nichts mehr an Juden ausgeben würde. Oder es war anders: Und er hat nicht fliehen können. Trotzdem war eine Auskunft schon deshalb nicht zu erteilen, weil eben die Safe-Miete ... Kosten der Mietschulden für Deportierte oder Flüchtige, Kosten der Safe-Schulden für die Aufbewahrung nicht ausgehändigten Inhalts ... Zwischen den Schulden gab es nur einen Unterschied: Während die Mietschulden bei der Wohnung großzügigerweise nach 1945 gegenüber den Nachkommen nicht geltend gemacht worden waren, wurde die schuldig gebliebene Safe-Miete noch immer erhoben. Jetzt, heute, morgen. Wenn jemand dorthin fahren würde, und an Ort und Stelle den Niederlassungsleiter sprechen wollte ... Wer soll dahin fahren? Vielleicht gibt es in dem Safe nichts, nichts als einen Karton mit Schuhen. Oder wertlose Wertpapiere. Oder Gold und Edelsteine – Wollen wir glauben, Onkel Bernhard war reich? Die Schweiz hatte sich auf andere Konten spezialisiert; Raubgelder wurden geparkt und waren profitabel. Wer kann der Bank in Italien sagen, sie möge umständehalber auf ihre Safe-Miete verzichten und den Hinterbliebenen den Inhalt eröffnen?

Die Schweiz hatte sich auf Geldgeschäfte spezialisiert, und es war angenehm, wenn so ein verschicktes jüdisches Kind einmal ein Stück Schokolade bekommen konnte. Das Raubgeld ernährte alle, noch lange. Meine Schwester erzählte von einem Paar Stiefel, das sie als Geschenk bekommen hatte, so schön, wie sie zu Hause noch nie ein Paar gesehen hatte. Sie verwickelte sich im Laken, befreite ihren Fuß und redete weiter.

Heppenheim
Tante

Dort wollte sie nicht weg. Ein halbes Jahr war es her, dass ihre Mutter – die auch die meine war, aber später – sie zum

Zug gebracht hatte. Jetzt holte sie sie ab. Die Mutter stieg aus einem Wagenabteil am hinteren Ende des Bahnsteigs. Sie hatte den Mund rot geschminkt und trug Schuhe mit hohen Absätzen. Sie setzte ihre Füße nicht ganz sicher auf. Auf dem Perron lagen lose kleine Schottersteine. Das Mädchen blieb bei der Frau und dem Mann stehen. Es schaute auf den Weg, den sie entlangkam. Die Frau, bei der sie stand, war von hohem Wuchs. Sie trug die rötlich dunklen Haare mit Nadeln hochgesteckt. Das beigefarbene Kleid war vorne mit großen mattschimmernden Knöpfen geschlossen. Ihre Halbschuhe waren etwas angestoßen, feste Schuhe, mit denen sie zu den Kranken und auf die Wiesen ging. Der Mann, dessen Hand das Mädchen festhielt, wollte sich aus ihrem Griff lösen. Sie ließ es nicht zu. Es sah noch immer unbestimmt auf den Weg. »Ich schämte mich«, sagte sie, »ich schämte mich – sie ... also hier, wie soll ich das sagen, hier war niemand geschminkt, und der Herr Pfarrer und die Frau Pfarrer gingen im Ort umher und halfen armen Leuten. Sie waren sehr angesehen. Manchmal durfte ich bei diesen Besuchen mitkommen. Ich wollte hierbleiben, ich wollte immer hierbleiben. Und am Sonntag gingen wir in die Kirche.« Ich dachte an Rinder im Wallis. Es gibt Gegenden, in denen das Schminken keinen Sinn macht.

Zum Abschied hatte sie die Zwingli-Bibel bekommen. Die trug sie seitdem bei sich, auch später noch, als sie einen Amerikaner geheiratet und Kinder und Enkelkinder hatte. Als sie einmal in ihrer Wohnung in Chicago etwas suchte, nahm sie sie in die Hand und strich über das Leder. Sie wollte getauft werden, seit damals wollte sie getauft werden. »Das passt dir nicht, nicht wahr«, wiederholte sie und sah mich an. Es passte mir nicht. Ich hatte an die Taufe der Marranen gedacht. Weil sie eben hat sein müssen, gezwungenermaßen. Eine Taufe, die eine Mutter ihrem Kind ausrichtet, wie sie eine Vorsorgeversicherung abschließt, damit es das Kind leichter hätte, wenn es wieder geschehen würde, obwohl man schon wusste, dass es nichts nützte. Man konnte nicht verlangen, dass diese Dinge mit Wissen und Verstand gelöst wurden. Wenn also eine jüdische Mutter in einem Bergstraßendörfchen oder -städtchen lebt, was soll sie da anderes tun, als ihre Kinder taufen zu lassen. Oder? Unbeirrt fuhr ihre Stimme fort. »Ich war im Kirchenchor, und ich war stolz darauf. Sie kam zu meiner Konfirmation. Aber es war peinlich mit ihr, entsetzlich peinlich. Die Gesangbücher wurden ausgeteilt, und sie sang nicht mit. Sie hielt die Lippen geschlossen. Meine Mutter fügte sich nicht ein, nie fügte sie sich ein. Sie fiel immer auf.« Sie sprach ohne Erregung, als würde sie uns den Preis für Obst mitteilen, an dem man auch nichts ändern konnte.

Als ihre Mitschüler vierzehn Jahre alt und konfirmiert wurden und sie nicht nachgab, »gab unsere Mutter ihren Widerstand auf«, sagte sie. Sie habe dann »alles hinter sich bringen wollen«. Der Pfarrer wurde gebeten, die beiden Kinder aus der zweiten Ehe – ich war die jüngste – ebenfalls zu taufen, damit alles erledigt sei. Der Pfarrer hatte zugestimmt. Nur die Taufzeremonie, die hatte zu Hause stattgefunden, damals noch in dem Haus über der Bundesstraße. In Heppenheim, wo mein Vater als Arzt hatte arbeiten können, obwohl es nach dem Krieg so viele Ärzte gegeben hatte. Männer, die gehofft hatten, damit dem Militär und der Ostfront zu entgehen. Eingeladen war niemand. Der Pfarrer bestrich die Stirn von uns Kindern mit mitgebrachtem Weihwasser; eines war drei Jahre alt und hielt nicht recht still, das andere – ich – war erst anderthalb, dazu dieses vierzehnjährige Mädchen mit schweren, dick geflochtenen Zöpfen. Ich stellte mir vor, wie die Mutter die Lippen aufeinander gepresst hielt. Sicher presste sie die Lippen aufeinander. So erschien Christus in dieser jüdischen Familie.

Berlin
Neffe

Meine Mutter stellte ihren Tee ab und verlangte nach Zucker. »Zucker ist nicht das richtige bei deinem Magen«, sagte ich und bewegte mich kaum in meinem Sessel. »Meinst du, ich muss das ohne alles trinken?« – »Ja, meine ich.« – »Aber der Pfefferminztee, gemischt mit grünem, und dann Honig – das bekommt mir.« Sie sollte am nächsten Tag abfliegen. Ihr Gepäck abgeben, anstehen, warten. Die Schlange beim Einchecken. Ob das in ihrem Zustand möglich sei? Sie hob die Schüssel an, lobte den Eifer meiner Tante. Ich sah, wie sie einen Löffel in den Schleim tauchte und zum Mund führte. In der Küche tropfte der Hahn, sie erzählte. Ich ging in die Küche, um den Hahn zuzudrehen. Sie erzählte weiter, während ich sie nicht mehr hören konnte. Als ich zurückkehrte, sprach sie gerade über jemanden aus der Schulzeit. »Ich war übrigens nie bei Fritz zu Hause eingeladen – während der ganzen Schulzeit nicht, ist mir eingefallen. Ich hatte das nie bemerkt.« Die Tante trug die Kanne Pfefferminztee herein und stellte die Zuckerdose dazu. »Meinst du auch, ich sollte keinen Zucker nehmen?« – »Das meine ich auch.« – »So … das ist interessant«, sagte sie. »Wenn man den Zucker durch Honig ersetzt oder wenigstens durch braunen Zucker?« Ich hatte eigentlich keine Lust, in diesem Sessel sitzen zu bleiben.

In der Lounge war es besser. Das war danach, nach ihrem Abflug, und wir stellten eine weitere Schale Gebäck zwischen unsere Cappuccinos. Ich glaube, wir haben vier Stunden dagesessen und Cappuccinos getrunken. Wir waren die einzigen Gäste, die nicht fortgingen. »Eigentlich ... willst du etwas wissen? Eigentlich bin ich froh.« – »Ich weiß«, sagte sie. »Ich bin froh, dass sie weg ist.« Der schwarze Unterrock, den sie das Kleid nannte, klaffte ein wenig auf, wenn sie sich nach vorne lehnte, sodass man ihre Unterwäsche sah. Wenn sie einen Keks nahm, beugte sie sich vor. Sie nahm dauernd einen Keks. Manchmal wischte sie sich mit dem Handrücken das Augenlid an der Seite.

Berlin

Tante

Meine Mutter hatte meine Schwester acht Jahre durch die Nürnberger Gesetze geschleppt, drei Jahre durch die namenlose Zeit, als die Leute Stück für Stück ihr Dasein verloren: als Gewerbetreibende, als Radiohörerinnen, als jemand, der einen silbernen Kaffeelöffel abgeschleckt oder auf einer Parkbank gesessen oder einen Kanarienvogel besessen haben könnte; alles zusammen vier Jahre durch die Endlösung. Danach verschickte sie sie für ein halbes Jahr. Post-traumatic Stress Disorder, dachte ich und gab mir Mühe, die Flaschen an der Bar zu betrachten. Hier muss in der Erzählung eine Lücke bleiben, eben diese Lücke von einem halben Jahr. Was hatte Mama in diesem halben Jahr getan? Ist das die Stelle, wo es mit den Amerikanern weitergeht? Die Geschichte mit den Amerikanern war immer im Nebel geblieben. Vielleicht sollte ich jetzt darüber sprechen, dass sie lange Beine hatte und eine so tiefe Stimme besaß, dass die Leute manchmal zu ihr sagten: »Wie Zarah Leander, eine Stimme wie Zarah Leander.«

Ich hatte aufgehört, mit meiner Schwester zu sprechen. Es war zu anstrengend. Mein Kind hatte Ohrenschmerzen, und sie war eine Spezialistin für Ohrenschmerzen. Über die Kontinente hinweg, von den USA aus nach Europa, reichte sie die Ratschläge hinüber an das Bett des unbekannten Kindes, beschwor die psychischen Konsequenzen, die ein längeres Aufschieben haben würde. Sie legte dringend den Besuch in einer psychoanalytischen Kinderpraxis nahe und berichtete von Selbsthilfegruppen, die es andernorts zu diesem Problem gebe und auch, dass sie sehr gut arbeiteten. Den Telefonhörer hatte ich neben mich gelegt und mit dem Abwasch begonnen. Ein Auslandsgespräch, das änderte nichts. Ich beugte mich in Abständen hinunter und sagte »ja« oder »hm«. Schließlich wurde die Stimme langsamer und leiser und sagte, dass es schön wäre, sich wieder häufiger zu sprechen. Manchmal hatte ich ein Buch geschickt oder irgendetwas anderes zu ihrem Geburtstag. Sie hatte dazu nie etwas gesagt. Auch wusste ich nicht, ob der Inhalt der Bücher jemals bei ihr irgendeinen Eindruck hinterlassen, sie bewegt oder nicht bewegt hatte. Sie sprach immer so, als sei nichts davor gewesen – nichts vor dem Telefonat, kein Geschehen, auf das sie zurückkommen wollte. Sie sprach so, als erinnere sie sich an nichts – außer bei jenen seltenen Gelegenheiten, bei denen sie sich geradezu ausschließlich in die Zeiten zurückbewegte, in denen sie mit unserer Mutter untergetaucht war. Erstaunlich, dass sie keine Fragen nach meinem Beruf stellte. Nein, auch Fragen stellte sie nicht.

Als sie vor drei Tagen in Berlin ankam, hatte sie sich in das Café gesetzt, in dem nur Touristen sitzen. Sie hatte das entschieden, wie sie alles entschied. Sie hatte mich angerufen und gewollt, dass ich komme. Dann redeten wir lange über ihre Wünsche und darüber, was sie besuchen werde. Ihr Sohn hatte für diesen Tag ein Auto und hätte sie gefahren. Wir blieben Stunden in diesem Café sitzen und erhielten eine Rechnung für Eiskaffee und Mineralwasser in schwindelerregender Höhe.

Von Familienmitgliedern kann man sich aus verschiedenen Gründen nicht so einfach verabschieden. Wie konnte ich in diesen Zustand geraten, dass ich Dinge tat, die ich nicht wollte? Warum kam sie, und ich saß in der glühend heißen Sonne auf dem Wittenbergplatz, den sonst nur die Tauben und die Bettler lieben?

Jetzt genoss ich die Lounge und seine Kreditkarte. Wir aßen Erdnüsse, als wäre es ein besonderer Genuss, Erdnüsse zu essen, oder ein seltenes Vergnügen, weil es in der Stadt seit Jahren nicht genügend Erdnüsse gebe.

Warum hatte meine Schwester plötzlich Fritz erwähnt? Fritz, den sie von der Schulbank kannte und von dem sie glaubte, er sei in sie verliebt gewesen? Fritz, der heute von der stillgelegten Tonfabrik seiner Eltern profitierte. Vielleicht war er in sie verliebt gewesen. Warum sollte das nicht stimmen? Unter den Ziegeln lagen die Leichen der Säuglinge, die die polnischen Mütter nicht hatten aufziehen dürfen und für die es ein Sterberegister in der Gemeinde Heppenheim gab. Allerdings gab es das Sterberegister nur, wenn ein bestimmter Archivar Dienst tat. Die Anfragen an die Gemeindeverwaltung verliefen ansonsten ergebnislos. Wer war der Totmacher oder die Totmacherin der Neugeborenen? Eine Krankenschwester? Ein Lageraufseher? Fritz' Familie, die Strauch-Familie weigerte sich, in den Entschädigungsfonds einzuzahlen. Die

Fabrik sei nach 1945 liquidiert worden, sagten sie. Es bestand nur eine Namensgleichheit mit einem Zweigbetrieb ein paar Orte weiter, nichts sonst. In der nächstgelegenen größeren Stadt, in Darmstadt, führte der Bruder eine achtbare Buchhandlung. Es war ein Geschäft mit einem Namen, einem eingeführten Namen, einem Qualitätsnamen. Die Buchhandlung führte, wie andere angesehene Buchläden, Werke von Daniel Goldhagen, Ian Kershaw, Inge Deutschkron und selbstverständlich das »Tagebuch der Anne Frank«. Auf Bestellung konnte man – wie überall – weitere Sachliteratur erhalten. Die Dokumentation über die Zwangsarbeiterinnen der Tonziegelfabrik Strauch konnte man auf schriftliche Anfrage bei der Landeszentrale für politische Bildung bekommen. Er hatte ihre beste Schulfreundin geheiratet. Was hatte das damit zu tun? Nichts. Auch die Buchhandlung hatte nichts damit zu tun.

Immer wieder hatte mir mein Neffe Papiere gebracht, von denen er annahm, ich könnte sie entschlüsseln, aus ihnen mehr über Familienmitglieder erfahren, als er bereits wusste, oder ich könnte unrechtmäßige Entscheidungen anfechten. Tatsächlich hatte sich die Gesetzgebung zur »Wiedergutmachung«, später hieß das »Entschädigung«, fortlaufend geändert. Ich wollte diese Arbeit nicht tun. Ich empfand einen Widerstand gegen diese Papiere und ihre Absender. Wahrscheinlich fürchtete ich, dass diese Papiere in einer Weise von mir Besitz ergreifen würden, mich mitnehmen würden in die Zeiten, von denen sie handelten: »Köln-Lindenthal, den 13.6.51 […] Da weder festgestellt werden konnte, dass die Ablieferung der Wertpapiere an die Preuss. Staatsbank auf Grund diskriminierender Verfolgungsmaßnahmen erfolgt ist […] vermag der Senator für Finanzen einen Rückerstattungsanspruch [...] nicht anzuerkennen [...]. Hinsichtlich der an das Bankhaus von Heinz, Tecklenburg & Co. abgegebenen Papiere führt der Senator für Finanzen aus, dass die Ablieferung zugunsten der Reichsvereinigung der Juden in Deutschland, einer juristisch selbständigen Person, in Erfüllung eines Heimeinkaufsvertrages erfolgt sein dürfte [...], zu dessen Erfüllung das gesamte bewegliche Vermögen an die Reichsvereinigung abgetreten war.« Eine Reichsfluchtsteuersicherheit sei zu überweisen. Es sei aus den dargelegten Gründen unmöglich, einen Rückerstattungsanspruch zu begründen. »Heimeinkaufsvertrag« – Der Führer schenkt den Juden, schenkt den Juden, schenkt den Juden ... eine Stadt – Trailer – die heißt Theresienstadt – Trailer – Abspann. Dieses Schreiben vom 13. Juni 1951 kam als Brief aus Köln nach Mount Vernon, N. Y., Glen Avenue. Wahrscheinlich hatte mir mein Neffe den Brief gezeigt, der an seine Großtante Minnie gerichtet war; Minnie, die zusammen mit ihrem im Ersten Weltkrieg erblindeten Mann Theresienstadt überlebte und dort ein Baby zur Welt brachte. Das Kind nannten sie Simon. Das Baby, das Theresienstadt überlebte. Das Kind war ein Mythos oder ein Held. In der Kinder- und Jugendtherapie war Simon ein einmaliges Phänomen. Ich traf ihn einmal in Chicago und kam nicht zurecht mit ihm, was nicht Wunder nimmt. »Wissen Sie«, sagt eine Mitarbeiterin der Dresdner Bank, »es ist tragisch. Rein rechnerisch ist das ja alles richtig gemacht worden, das wäre heute auch nicht anders, das sind die Vorschriften.« Sie hat sich den Vorgang wegen des Safes angesehen und keine Fehler gefunden. Sie fühlt mit und ist wegen der Tragik bewegt. Ich wurde kurz danach geboren, 1952, mitten in die nicht erstattungsfähige Tragik hinein. »Beschwerde ... halte ich für aussichtslos.«

Als sie das erste Mal hier waren, waren sie beide in Berlin gewesen, meine Schwester zusammen mit ihrem Mann. Harold wollte früher als sie und allein zurückkehren. Jetzt besuchten sie ihren Sohn. Er hatte angeboten, ihnen die Stadt zu zeigen. Er kannte die Galerien, die Kinos und Plätze, an denen die Schauspielerinnen der Welt Theater spielten. Für den zweiten Abend besorgte er Karten für ein Festival, für das es eigentlich keine Karten mehr gab. Sie hatten das Programm sehr interessant gefunden. Am Mittag sagte meine Schwester, sie werde nicht mitkommen. Nein, auf keinen Fall. Bei dem Empfang, den er zu Ehren ihrer beider Ankunft gegeben hatte, war sie erst in den frühen Morgenstunden ins Bett gekommen. Jetzt war ihr nicht danach. Die Vorstellung dauerte anderthalb Stunden. Noch Minuten vor meiner Ankunft hatte sie im Foyer des Theaters gesessen und einen Kaffee getrunken. Dann war sie in einen Bus gestiegen und fortgefahren. Wir waren dann zu dritt in dem Stück, mein Neffe, sein Vater und ich. Eine Sängerin intonierte einen Ausschnitt aus der Peking-Oper. Es kostete sie große Anstrengung, die Tatsache zu ignorieren, dass sie während des Gesangs in einem Trainingsanzug steckte und nicht in ihrem Kostüm.

Ich hatte die Schuhe ausgezogen und saß mit untergeschlagenen Beinen auf den Lederpolstern. Den Platz der Dame mit der großen Brille hatte eine junge Frau mit blonder Haut eingenommen, makellos wie ihre Vorgängerin. Sie schaute weniger häufig zu dem Tablett mit den Segafredo-Pads. Es konnte mir einerlei sein, was diese Leute dachten. Noch ein paar Stunden, und diese Dame würde sehr wahrscheinlich niemanden hier jemals wiedersehen. Sie stiegen in Flugzeuge und lebten Hunderttausende von Kilometern entfernt.

Mir war heiß, und die Füße waren geschwollen. Eigentlich macht es nichts, dass jemand nicht in ein Theaterstück mitkommen will, für das die Karten schon besorgt sind. Das kommt vor. Es gibt auch keinen Zusammenhang zwischen der Zwingli-Bibel und dieser Unhöflichkeit, jedenfalls keinen zwingenden. An ihrem letzten Tag in der Stadt hatte meine Schwester schließlich meine Einladung zum Frühstück angenommen. Sie hatte zugesagt und hinzugefügt, ich solle darauf achten, dass sie noch vorsichtig sein müsse mit ihrem von der fetten Haxe verdorbenen Magen, oder war es von der Scholle davor gekommen? Sie sagte, das Fett sei es gewesen. Jedenfalls könne sie nicht alles essen.

Ich habe mir eine Haxenportion angesehen. Eine rosafarbene Fleischmasse wölbt sich auf dem Teller, umspannt von einer gallertartig schimmernden Schwarte. Wenn das Messer in die Schwarte hineinschneidet, fällt der Berg auseinander, die Masse verteilt sich auf dem Teller, umgeben von weißgelblichem Kartoffelbrei und fädeligem Sauerkraut. Ich habe mir Leute angesehen, die eine Haxenportion aßen. Einer saß da in einem schwarzen Anzug und einem schwarzen Hemd, den Kopf rasiert, in zierlicher Haltung, und ich sah zu, wie er mit Messer und Gabel hantierte. Die Sonne schien auf den rasierten Kopf und die Haxe, während er aß und die rosafarbene Fleischmasse vor sich zerteilte.

Zehn Uhr war ihr zu früh am Morgen. »Elf Uhr«, sagte sie, bis sie gepackt und die anderen Dinge geregelt hätte. Sie flog am späten Nachmittag. Elf passte mir nicht, aber ich stimmte zu. Wir hatten mehrere Jahre nicht miteinander gesprochen. Das Telefon klingelte. »Engelchen«, sagte sie und raschelte in die Sprechmuschel, »Engelchen, ich will nur Bescheid sagen, du kannst die Sachen wieder abräumen. Ich komme jetzt nicht, vielleicht kann ich später kommen, nicht?« Ich legte auf. Es läutete erneut. Mein Neffe versuchte, mir etwas zu erklären. Sie müsse einen Brief schreiben. Jetzt, nur noch Stunden vor ihrem Abflug, müsse sie einen Brief schreiben. Ich wusste, an wen sie schrieb. Es war ein Brief, den sie vor einem Dreivierteljahr hätte schreiben sollen. Selbstverständlich schreibe ich auch Briefe, die ich ein Dreivierteljahr vorher hätte schreiben sollen. Wahrscheinlich regte ich mich wegen ihres »Engelchen« so auf.

Mit diesem Engelchen wandte sie die andere Zeit auf mich an, die Zeit, in der sie versteckt worden war. »Du bist nicht meine Mami, meine Mami hat immer Engelchen zu mir gesagt.« Ihr Gesicht war rot geschwollen. Zwischen den Wörtern rangen erstickte Schluchzer mit ihrer dünnen Stimme. Sie hielt die Puppe fest, die die Leute ihr aus dem Puppenwagen geholt hatten. Mit diesem Wagen war sie gekommen, dick eingepackt. Zunächst die Bornholmer Straße hinunter, nicht weit entfernt von der Wohnung, die jetzt die ganze Familie verließ, unauffällig, damit es nicht gleich jemand meldete. Viele Sachen trug sie übereinander.

»Mein schöner Puppenwagen«, wiederholte sie, als sie auf diesem Bett im Zimmer ihres Sohnes saß, wo sie wegen der Sommerhitze im Zimmer die Decke zurückgeschlagen hatte. Ihre Haare waren sehr kurz geschnitten und weiß geworden. Es stand ihr gut, fand ich.

Nie zuvor war sie von ihrer Mutter getrennt gewesen.

Davor oder danach – das macht einen Unterschied. Wir waren aus derselben Familie, aber sie war davor geboren. Davor – das ist eine andere Welt. Alle, die in dieser Welt zu Hause waren, legen Splitter beiseite oder legen sie nicht beiseite oder rahmen sie ein. Aber jedes Mal fehlen Teile, Hunderte. Es will kein Bild entstehen. Außerdem legen sie die Splitter manchmal andersherum, dann passen die zuvor gelegten Stücke nicht mehr. Einer dieser Splitter hieß Lizzy. Ich habe mich von den fanatischen Familienforschern getrennt; die, die Aktenreisen in ihre Vergangenheit machen oder in die der Mütter und Väter. Es ist ein Leben füllendes Programm, diese Sache mit den Nazis und den Familien. Man glaubt den Nazis nicht, noch nicht einmal, dass sie alle getötet haben. Es stimmt ja auch nicht. Sonst wäre eines Tages nicht eine E-Mail angekommen von Kirsch. Eigentlich war die E-Mail auch nicht von Kirsch, sondern handelte irgendwie von Kirsch. Geschrieben hatte sie jemand, der Praetorius hieß, und der musste ein Sohn von Alfred Kirsch sein. Ich dachte, es sei der Sohn, aber ich weiß natürlich nicht, warum der Sohn einen anderen Nachnamen als sein Vater hat. Er könnte natürlich den Namen des Partners oder der Partnerin angenommen haben. Aber das weiß ich nicht. Alfred Kirsch soll ein Neffe der Mutter und nach Argentinien ausgewandert sein. Wahrscheinlich weil es seine Schwester, Tante Meta, auch dorthin verschlagen hatte. Mutter mochte sie nicht. Aber als der Brief aus Argentinien kam, weinte sie. Weil sie lebten. Und jetzt schreibt einer, der der Sohn sein müsste, dass der Vater zuletzt in Los Angeles wohnte. Mir passt das nicht, weil ich nur von welchen aus Argentinien weiß, und wenn der jetzt nicht mehr in Argentinien, sondern in Los Angeles ... dann ist dazwischen etwas geschehen, wovon ich nichts weiß. Ich könnte zum Beispiel glauben, die beiden hätten einen Sohn gehabt, und als der Vater alt wurde, zog er zum Sohn, und deshalb war Alfred Kirsch, der einstmals in Berlin einige Bäckereien gehabt hatte, dorthin gezogen und starb nicht in Argentinien, sondern in Los Angeles. Andererseits leben die Frauen meist länger als die Männer, und ich weiß nicht, was mit Tante Meta war. Das hat mir niemand gesagt, das denke ich mir aus, damit die Splitter passen. Als ich hörte, dass Alfred Kirsch Bäckereien gehabt hatte, freute ich mich. Ich hatte nämlich nie verstanden, warum ein Schneider wie mein Großvater häufig sagte, er habe als Konditor gearbeitet. Er wird eine Weile lang bei ihm oder mit ihm gearbeitet haben. Er war ein gelernter Konditormeister. Dann haben sie sich verkracht. Da ergreift Großmutter, also seine Ehefrau, seine Partei, und die hatte wieder eine Tochter, das war meine Mutter, und die bekommt mit, dass etwas mit dem Neffen oder mit den Geschäften des Neffen ist, aber eigentlich stimmt alles mit dem Neffen. Es ist bloß, weil die Nichte Meta das nicht wollte ... Wir werden niemals wissen, worum es ging. Und so kommt es, dass meine Mutter bei einem Brief aus Argentinien zu mir sagt, dass es die Tante ist, zu der wir sicher nicht gehen, aber trotzdem weint sie. Denn Tante Meta ist nicht tot und Onkel Alfred auch nicht, und das war eigentlich ganz und gar unwahrscheinlich, sodass meine Mutter schon einmal für alle Kaddisch gesagt hatte, und nun leben sie doch.

Es hatte nie gepasst, dieses Splitterstück, dass der Schneider als Konditor gearbeitet hat.

Ich kaute auf einer Erdnuss und dachte daran, dass der Genuss Kindern unter drei Jahren nicht erlaubt ist. War das unter Strafe gestellt? Es muss sich um ein Land wie die USA gehandelt haben oder es handelte sich um die USA. Ich sehe meine Schwester dasitzen, wie sie erzählt, dass sie nicht weiß, wie sie heißt, dass sie nicht wusste, wie sie hieß. Und dass sie keine Freunde hat oder braucht. Sie braucht ihre Kinder. Sie weiß nicht, ob sie eine Zeitlang Karstan hieß. Doch, doch – sie hieß Karstan. Ich habe es in einem Papier gefunden. An die Entschädigungsbehörde schreibt unsere Mutter: Karstan, Bln.-Neukölln. Sie hieß auch Kittel, das schon, das weiß sie genau. Unsere Mutter hieß Walther, Ruth Walther und war nicht ihre Mutter, durfte nicht ihre Mutter sein, bevor sie später Kittel hieß oder Karstan oder beides. Das muss aber schon weiter hinten in der Geschichte gewesen sein. Opa schreibt: »Mutter und Du – warst die kleine Radicke. Onkel Otto und wir hießen Franke, hörst Du, Franke.« Der Brief wurde 1963 geschrieben. »Hörst Du, kleine Radicke.«

Sie hat es gehasst, zu kochen. Das ist blöd, wenn man drei Kinder hat und kein Gesinde. Unsere Mutter kochte auch ungern und ließ es alle wissen. Zu Mutters Schulfreundin Ela hatten ihre Eltern gesagt, »wir finden einen Internatsplatz für dich«, nachdem sie aus der arischen Schule geflogen war. Eine gute Schülerin war sie gewesen und wischte dann den Nachbarskindern den Rotz ab, gut ein Jahr lang. Bis die Eltern den Internatsplatz fanden. Ein jüdisches Internat. Sie hatte sich gefreut, wieder Schule, wieder Bücher. Sie kam dort an und schälte in der Küche Kartoffeln und putzte Salat. Leute vom Prenzlauer Berg hatten kein Internatsgeld. Elas Kinder kochten später nicht oder schlecht. Auch meine Schwester blieb dabei, nicht zu kochen.

Rom
Tante

Wir haben uns lange nicht gesehen; vielleicht zehn oder zwölf Jahre nicht. Vor vier Jahren hatte ich einmal vor einem Weiterflug einen unvorhergesehenen Aufenthalt in

Rom. Sie wohnten beide schon lange wieder hier. Ich schrieb ihr, dass ich käme. Sie war nicht am Flughafen. Ich hatte zwei Stunden. Als ich anrief, sagte sie, ich käme erst morgen, das wisse sie genau. Sie konnte nicht kommen. Ihr Mann hatte im Streit die Wohnung verlassen, und sie wusste nicht, wohin er gegangen sei. Auch nicht, wo das Auto sei. Das Taxi zu ihr war teurer als der Flug. Sie fand ihren Mann im nahegelegenen Restaurant. Sie zankten weiter miteinander, er sah auf den Bildschirm über unseren Köpfen. Ich lud mir Gemüse und kleine Fleischstücke auf den Teller. Jetzt war eine von meinen zwei Stunden vergangen. »Das musst du nacheinander essen«, sagte sie und deutete mit den Stäbchen auf die Bambussprossen. Ich sah sie an. Sie wiederholte: »Das isst man nicht zusammen, nacheinander ...« Ich sah sie weiter an. »Du wirst bei mir einsteigen und rechtzeitig wieder am Flughafen sein. Der Taxifahrer kennt diesen Weg nicht«, sagte ihr Mann. Ich wartete. Er ging zurück zur Wohnung, die Zeit wurde knapp. Ich ging ihm nach. »Weiß nicht«, murmelte er, »weiß nicht, wo es ist, ich hatte es für dich gedacht.« – »Was?« – »Ein Buch – ein Buch auf Deutsch, ein dickes Buch ...« Er drehte und wendete einige Stapel, ging noch einmal in das, was er »Studio« nannte. Ein weiteres schweres Buch im Flugzeug ... hoffentlich fand er es nicht. Ich drängte zum Aufbruch. Er fand es nicht und war schlecht gelaunt. Auf einer unwegsamen Landstraße hielt er an und fragte jemanden nach dem Abzweig zum Flughafen. Wir kamen so spät am Flughafen an, dass ich dachte, die Passagiere seien bereits zum Boarding aufgerufen worden. Ich rannte durch eine Sperre hindurch. Noch stand das Flugzeug an der Abfertigung. Die Sitzreihen waren rot gepolstert, herausgeputzt wie eine wartende Braut. Niemand war dort. Ein Abfertiger holte mich ein, er schrie und drohte mit der Polizei. Ich war nicht zu spät gekommen: Man hatte einen Streik ausgerufen. Und ich war in den Sicherheitsbereich eingedrungen. Dafür konnte sie nichts. Wirklich nicht. Es macht auch nichts, dass ich diese Geschichte noch in einer anderen Version erzählen werde. In der Version, in der es mein Neffe ist, der den Flughafen gar nicht verlässt. Eben weil sie sagt: »Du kommst erst morgen«, sodass er aufgibt und sagt: »Für morgen kannst du den Besuch streichen.«

Berlin

Tante

»Mein Vater schenkte mir einmal eine goldene Kette mit einem Kreuz als Anhänger. Ich war sehr glücklich«, sagt meine Schwester. Ich habe im Fotoalbum gesehen, dass er mit ihr 1939 zum Chanukka-Fest gegangen ist. Die Synagogenkarte mit dem neunarmigen Leuchter war eingeklebt. Da waren sie alle noch legal, fast noch Bürgerinnen und Bürger. »Wann war das?«, frage ich. Sie scheint mich nicht gehört zu haben. Sie redet weiter. Es muss also nach 1945 gewesen sein, und er muss gewusst haben, dass sie bei den Englischen Fräulein in die Schule geht und sie getauft werden will. Darum schenkt er ihr das Kreuz wie ein vorausgeschicktes Taufgeschenk. Man kann natürlich nicht wissen, ob er das ausdrücklich gegen den Willen meiner Mutter gemacht hat, die die Taufe nicht wollte. Ich weiß nicht, ob die beiden zu diesem Zeitpunkt überhaupt noch miteinander sprachen. Felix, der Glückliche, Felix, der Überlebende, Felix, der später die christliche Zugehfrau heiratete. Ich wusste, dass er auf Lizzys Platz am Wohnzimmertisch gesessen, in Lizzys Bett geschlafen und von ihrem Teller gegessen hatte. Lizzy war die beste Freundin meiner Mutter gewesen, damals, bevor er zu ihr gegangen war. Meine Mutter und ich hatten sie einmal in Marburg besucht, wohin es sie von Berlin aus verschlagen hatte. Die steinernen Stiegen in dem Haus, in dem sie wohnte, waren so abgetreten, wie ich es noch nie zuvor gesehen hatte. In der Stadt, in der wir wohnten, waren die meisten Häuser neu erbaut, wieder aufgebaut, sodass ich Stiegen, die in Jahrhunderten abgetreten worden waren, nicht kannte. Ich verstand nicht, dass meine Mutter ihre beste Freundin besuchte und danach sagte, dass wir nicht wiederkommen würden, obwohl sie sich umarmt und zusammen geweint hatten. Mit Lizzy war vereinbart worden, damals, als sie noch in Berlin wohnte, dass sie ihr und meiner Schwester Zuflucht bieten würde. Als die Familie den Bescheid bekam, »eine Bestandsaufnahme unseres häuslichen Besitzstandes anzufertigen«, wie sich meine Schwester ausdrückte, gingen sie dorthin. Sie machten sich keine Illusionen darüber, was es bedeutete, dass jüdische Vermögenswerte zu erfassen waren. Lizzy hatte die Tür geöffnet und gesagt, ihre Freundin solle einen Moment im Flur warten. Warum ließ sie die beiden – meine Mutter und meine Schwester – so lange stehen? Lizzy kam zurück, sagte etwas. Meine Mutter und meine Schwester verließen das Haus. Felix, der Glückliche, der Papa, der für seine kleine Tochter das Fotoalbum angelegt und sorgsam, Monat für Monat, beschriftet hatte – er hatte den gemeinsamen Haushalt verlassen und sich bei Lizzy versteckt. Drei hat sie nicht aufnehmen wollen. Jetzt standen die Freundin und ihr Kind vor der Tür, während der Ehemann und Vater drinnen versteckt war. Später, im letzten Verfolgungsjahr, ist auch er dann durch die Keller der Trümmerstadt geirrt, wurde von Ratten überfallen, und es hätte nicht viel gefehlt, er hätte auch danach noch sein Leben ausgehaucht. Er keuchte und hustete so sehr, dass sie ihn nach der Befreiung erst einmal ein halbes Jahr lang im Jüdischen Krankenhaus in Berlin behielten. Da hat er offenbar schon Fräulein Elli gekannt, für das er freundlichst um ein Paar Nylonstrümpfe bat, seine Schwiegereltern, die Eltern seiner Ehefrau bat er darum. Er wusste, dass sie einen Auswanderungsantrag in die USA gestellt hatten. »Die USA« – dort musste es alles geben, mindestens ein Paar Nylonstrümpfe. Seine Frau allerdings, die hat er nie mehr wiedersehen wollen. Sie sei ihm nicht treu gewesen, schrieb er.

Meine Schwester und ihr Mann sind bei ihrem Berlinbesuch in die Gegend gegangen, aus der sie kam und die sie kannte. Oder gekannt hatte. Die erste Straße rechts nach der Kreuzung, das war die Straße, in der das Kurzwarengeschäft lag. Die Mutter hatte hier, als sie noch Schülerin war, oft Reißverschlüsse und Nähgarn eingekauft, meist für Großmutter Rosa, die zu Hause arbeitete. Ich habe mir vorgestellt, dass Rosa eine Art Franchise-Unternehmen führte, das in vertraglich festgelegten Mengen Kunden zuarbeitete. Kein Einzelkundenbesuch im Laden, bei dem die Fenster eingeschlagen wurden und die Kontrolle der Besucher und Besucherinnen jedem von der Straße aus möglich war. Damit hat sich die Familie sicher länger durchschlagen können als die Einzelhändler oder die Leute, die im öffentlichen Dienst beschäftigt waren und gleich rausflogen. »Großkunden« – damit versuchte ich mir zu erklären, dass einer in der Familie behauptete, Großvater habe eine Fabrik gehabt, und ein anderer sagte, dass er ein Schneider gewesen sei. Wobei die Vorstellung von der Fabrik unser aller Glauben an den bedeutenden

Besitz eines toten Juden am nächsten kam. Diese Auffassung teilten wir mit den Nicht-Juden, die dachten auch so, nur dass sie den Besitz nicht zurückgaben.

Die Behörde »Stelle zur Regelung offener Vermögensfragen« verlangte die Angabe des genauen Ortes usw. Großvater, Großmutter, Mutter und ihr erster Ehemann Felix – hatten sie Vermögenswerte, und wenn ja: Wo und welche? Woher sollten wir das wissen? Ich hatte für alle möglichen Anspruchsberechtigten einen Antrag gestellt, nachdem die Mauer gefallen war. Jetzt war ihr Wohn- und Arbeitsort nicht mehr im unerreichbaren Osten, sondern gehörte zur Bundesrepublik Deutschland. Beweislasten schoben sich durch meinen Briefkasten. An solche praktischen Dinge dachte meine Schwester nicht, als sie hinfuhr. Sie war diese Straßen mit dem Leihauto abgefahren und hatte versucht, sich an die Toreinfahrt zu erinnern. »Warte«, sagte sie zu ihrem amerikanischen Ehemann, dessen Großmutter Choctaw gewesen war und der Lieder zur Befreiung der Palästinenser sang: »Warte, ich glaube hier ... kannst du hier parken?« Er hielt in der zweiten Reihe, blieb sitzen. Sie öffnete die Wagentür. Ihre Handballen stemmten sich gegen den Sitz, und sie drückte sich hoch. Sie trat auf das Pflaster und richtete sich auf. Pfeifend sog sie die Luft ein. Nachdem sie einen Moment verharrt und die Augen leicht zugekniffen hatte, setzte sie ihre unsicheren Füße auf und machte Schritte auf die Toreinfahrt zu. In ihrem Gesicht stand ein Lächeln. Viermal war sie ausgestiegen, weil sie dachte, dass es da gewesen war. Sie las die Türschilder. Die Zeit war ihr stehengeblieben. Als würde sie erwarten, dass Trudchen und Herbert noch immer hier wohnen würden. Wie sie hier gewohnt hatten, als sie das fünf Jahre alte Kind aufnahmen. Sie hielt den Kopf schräg und lächelte wieder. Wenn sie Hals und Kopf drehte und ihre Augen dabei etwas fixierten, sah sie aus wie ein Vogel. Beim Reden verzogen sich ihre Mundwinkel, und die Grübchen in ihren Wangen erschienen. »Ich habe mich wohl geirrt – fast sah es so aus, als wäre es das gewesen«, sagte sie. Sie hielt den Kopf schräg und lächelte. Für mein Leben gern hätte ich solche Grübchen gehabt. Ich hatte solche Grübchen nicht. Es musste am Vater liegen, ich hatte einen anderen.

Wie hießen die Leute? Es ist jetzt sechzig Jahre später. »Ebers«, sagt meine Schwester. »Ich glaube, Ebers oder Ebert.« Wir schauen im Telefonbuch nach. Der Vorname? »Trudchen, das heißt sicher Gertrud, Gertrud Ebert.« Sie weiß, dass sie Ebert heißen. »Wenn sie unter dem Namen des Mannes eingetragen ist ... Wir haben doch die Straße.« Wir schauen nach dem Straßennamen. Warum soll jemand immer noch in dieser Straße wohnen? Andererseits leben die Frauen länger als die Männer ... Sie kann auch unter ihrem Namen im Telefonbuch stehen.

»In dieser Wohnung gibt es Telefonbücher.« – »Ich weiß nicht.« – »Natürlich wirst du Telefonbücher haben, du hast ein Telefon, oder? Bring die vorderen Buchstaben des Alphabets.« Die Telefonbücher sind neu. Ich rufe jemanden an, zweimal. Eine dunkle Männerstimme auf dem Anrufbeantworter, ein anderes Mal eine Frau mit einer Stimme wie von einer Dreißigjährigen. Sie ist es nicht, und sie hat auch in ihrer Verwandtschaft niemanden mit Vornamen Gertrud. »Oder Herbert?« – »Nein, Herbert auch nicht.« Bei einem dritten Ebert nimmt niemand ab, auch kein Anrufbeantworter. Meine Schwester fährt mit ihrem amerikanischen Mann, mit dem sie sich zankt, die Straßen ab, Bornholmer Straße, Schönhauser Allee, und sucht den Hauseingang von Ebert.

Der Zank ist nicht ortsgebunden, auch nicht zeit-, alters- oder temperaturgebunden. Er ist da, immer. »Herbert und Trudchen«, sagt sie. »Onkel Herbert und Tante Trudchen.« Die Häuser dort sind alt und noch nicht renoviert. Sie hat den Eingang nicht gefunden.

Er sagt, dass er von seinen Verwandten auch nichts erbt. »Reservat«, sagt sie, »Trunkenbolde im Reservat.« – »Noch nicht mal an die Weißen verloren«, sagt er. »An Schwarze«, sagt sie, »an Schwarze.« Er meint eine Tante, die in den Genuss des Familienerbes gekommen und von Geburt hellhäutig war, sodass sie während der Aufstände in den Siebzigern aufpassen musste, wenn sie in ihrem Schwarzen Viertel über die Straße wollte. Black-hearted, ja schon, aber so weiß, dass sie damals das Viertel wechselte. Sie hatte Angst bekommen, dass sie sie für eine Weiße halten würden, obwohl es eine Laune der Natur gewesen war, sie mit ihrer hellen Haut inmitten ihrer Schwarzen Geschwister zu platzieren. Sie verloren das Erbe seiner Lieblingstante aus Chicago, das auf einem unbekannten Weg ins Reservat und von dort an die Weißhäutige gegangen war. »Noch nicht mal eine Weiße«, sagt meine weiße Schwester und sieht in sein Schwarzes Gesicht.

Im Landesarchiv gibt es einen Eintrag aus dem Jahr, in dem Mutter und Kind in die Illegalität gingen. Kurzwarenhandel – das ist ein eingetragenes Gewerbe. Sie hat nicht im Landesarchiv angerufen oder ist dorthin gefahren. Sie ist mit dem Leihauto herumgefahren, immer wieder um diese Ecken, und war sich fast sicher.

»... die das Kind weitervermittelten an Rhode, Kommandantenstr., für 4 Wochen. Bis zu dieser Zeit sehr verwöhnt und nie von meiner Hand gewesen, schrie das Kind unablässig nach seiner Mutter, auch des Nachts im Schlafe, aß nichts und bereitete also entsetzliche Sorgen.« Aus dem Bericht unserer Mutter an die Entschädigungsbehörde.

Später ist ihr Mann abgereist, und sie blieb mit dieser Verstimmung im Bett liegen, die meinen Neffen dazu gebracht hatte, Schabbes zu unterbrechen und sie anzurufen, weil er einen Kiddusch für sie organisiert hatte. Das erste Mal, dass er, seit er in Berlin wohnte, der Spender für einen Schabbes-Gottesdienst gewesen war. Und sie war dann nicht gekommen. Er sagte übrigens nie »Schabbes«, er sagte »Shabat«.

Ich starrte auf die Glasplatte. Wir hatten Kekskrümel darauf verteilt. Die Abdrücke unserer Finger klebten am Rand. Mein nackter Fuß begann zu jucken, ich kratzte. Die Dame mit dem blonden Teint schaute zur Seite. Ich hätte den Cappuccino lieber mit Amaretto getrunken. Das Kleid, das eigentlich ein Nachthemd war und mir gut stand, wie ich fand, war schwarzglänzend. Hin und wieder strich ich mir über den Rücken. Ich strich über den Rücken des Kleides, das ein Nachthemd war, in dem ich in der Lounge am Flughafen saß.

Meine Schwester hatte vorgestern drei Gerichte bestellt. Erbseneintopf, dann eine Scholle, dann eine Schweinshaxe. Die Kellnerin hatte eingewandt, dass es zu viel sei, aber sie hatte trotzdem bestellt. Sie hatte alles gegessen. Der Asphalt glühte in der Sonne. Im Schatten schliefen Punks, Betrunkene und Bettler. In der anderen Stadt, in Rom, wohin sie zurückgekehrt waren – ich erinnere mich an das Buch zum Verhältnis der Juden zu Italien –, hatten sie ihre Bettlerin an der Ecke, die sie kannten. Ihr gaben sie jeden Tag etwas, wenn sie an ihr vorübergingen, und sprachen ein paar Sätze. Sie hob die weggeworfenen Zigarettenstummel auf und wickelte den restlichen Tabak aus, in einen Korb hinein. Daraus drehte sie neue Zigaretten. Meine Schwester rang nach Luft. »Es war zu viel«, sagte er, »zu viel.« – »Ich habe die Kartoffeln nicht gegessen«, sagte sie. »Ich vermute, es ist das Fett. Das Fett, das ist es gewesen.« – »Soll ich dir ein bisschen Berliner Luft abfüllen und mitgeben?« Ich sagte das, damit sie sich nicht wieder in die Laken zurückzog und nichts mehr sagte. Sie schloss die Augen.

»Meine Freunde fanden sie wundervoll«, sagte mein Neffe. Sie pflegte sich angeregt mit dem Besuch zu unterhalten, manchmal so lange, bis der Freund gehen musste, weil man ihn zurückerwartete. »… und ich hatte dann gar nichts von dem Besuch«, fügte er hinzu. »Sehr nett«, sagte die Mutter dann. »Dein Besucher ist wirklich ein sehr netter Junge.«

»Wusstest du eigentlich, dass es im vorigen Jahrhundert bereits Juden gab und dass es da eine Dichterin gab …« Sie war offenbar wieder wach. Ich schaute sie an. Das Gesicht meines Neffen blieb ausdruckslos. Wie eine Schale war es geöffnet. Nichts befand sich darin. »Ich wusste das nicht«, fuhr sie fort. »Das Jüdische Museum ist wirklich sehr interessant, sehr interessant … Du solltest einmal hingehen.« Ich hielt mir die Ohren zu wie ein Kind und wollte mit den Füßen stampfen und treten. Ich schaute sie an.

Die Mutter hatte sie bei Eberts gelassen und gesagt, sie komme wieder, sie abholen. Sie war nicht gekommen. »Telefon für dich – hier, nimm, nimm doch, es ist für dich.« Tante Ebert hielt ihr den Hörer hin. »Nun komm schon, mein Kleines, es ist deine Mutter – komm schon.« Die Decke spannte sich über ihrem Körper und den angezogenen Beinen. Sie ließ sich zum Telefon schieben. »Du bist nicht meine Mutter.

Meine Mutter hat immer Engelchen zu mir gesagt.« Zwischen den Worten versperrten Schluchzer dem Kind den Mund. Heftige kurze Atemzüge stießen ihm durch den schmalen Oberkörper.

Frau Eberts Schwiegersohn war ein sehr ergebener und überzeugter Nazi. »Du musst jetzt hier reingehen«, sagten die Eberts und verriegelten hinter dem Kind die dunkle Rumpelkammer. »Und sehr, sehr still musst du sein, sonst kommt dich der Teufel holen«, hatten sie gesagt. Vor der Tür schritt einer auf und ab und sprach mit der Tante. Plötzlich drehte er sich und drückte die Klinke herunter. »Nichts«, sagte Tante Ebert, »du bist an der Rumpelkammer.« – »Na dann – schließ auf.« Ihr lief die Pinkel zwischen den Beinen hindurch, und sie drückte sich den Kopf der Puppe in den Mund. Der Schlüssel wollte sich nicht finden. Stunden später holte die Mutter sie ab und suchte einen anderen Ort für das Kind.

Ich blieb mit ihr in der Wohnung zurück, immer noch in der Hoffnung, sie würde aufstehen, und ich könnte sie zum Gottesdienst bringen, sodass sie wenigstens einen Teil noch erleben würde. Als mein Neffe zurückkehrte, war er in Begleitung eines Freundes aus seiner Lubawitscher Clique. In seiner Kammer standen Eimer und Putzlappen, und über einer Leiter hing ein Staublappen. Niemals würde meine Schwester aus der Kammer einen Lappen holen; sie holte ihn auch nicht, als sie die Tasse umstieß und sich der heiße Tee auf den Fußboden ergoss. Mein Neffe wischte die Lache auf.

Einerseits ist das alles sehr lange her, andererseits auch nicht. In der ein oder anderen Weise haben diese Dinge damit zu tun, dass meine Schwester drei Gerichte bestellte und ich das Wort Engelchen nicht hören wollte. Wenn ich von Daniel

Perl erzähle, der jünger als ich ist und für mich ein sehr guter Freund, obwohl mir nicht klar ist, ob er überhaupt mit jemandem befreundet ist, verstehe ich meine Schwester besser – vielleicht –, obwohl ich sie beide unerträglich finde. Perl schließt sich mit den Schuhen der Großmutter ein. Er streicht mit den Fingern über das Leder. Und küsst die Großmutter, die zahnlose. Der Großmutter hatte die Aufseherin – »eine dumme, ordinäre Person«, sagt Daniel –, der Großmutter hatte die Aufseherin die Zähne ausgeschlagen. Wenn Perl an die Großmutter denkt, erinnert er sich an ihren ausgeschlagenen Mund. Perl erzählt mir davon, seit ich ihn kenne. Ich kenne ihn seit rund fünfzehn Jahren.

Kurz vor der Befreiung haben die Häftlinge die Aufseherin in die Kloake des Aborts gekippt. Perl wusste es. Perl redete sich in Rage bei diesen Dingen, besonders, wenn jemand anderer von einer Großmutter im KZ gesprochen hatte. Dann pries er die Vorzüge des KZs seiner Großmutter, vor allem weil da die Russen gekommen waren und den Insassen nicht diese Massen an Lebensmitteln gegeben hatten wie die Amerikaner, an denen sie dann zugrunde gingen, weil ihre Mägen das nicht vertrugen.

Wenn er die Schuhe streichelte, war er bei ihr, saß auf dieser gepolsterten Fußbank, auf der er immer gesessen hatte, und hörte ihr zu. Großmutter hatte seinen Vater geboren: Eduard, einen Ungarn, der später bestritt, Jude zu sein. Mag sein, es wäre nicht nötig gewesen, nicht hier, wo sie auch in der Führung saßen. Perls Mutter stammte aus einer Kommunistenfamilie, was sich auf die Beziehungen zum jüdisch-ungarischen Hochadel auf Seiten der Großmutter entlastend auswirkte. Die Verhältnisse waren komplex, und man kann verstehen, warum sehr viele Juden ständig mit ihrer Herkunft beschäftigt sind. Perl, den seine Großmutter die Gesetze einhalten hieß und mit der er freitags betete, war demnach nicht Jude. Nach weltweit vorherrschender jüdischer Religionsauslegung erkannten die Rabbinerinnen und Rabbiner ihn, dem das Judentum nur vaterseitig zuteilgeworden war, nicht an. Die Halacha schloss ihn aus, die meisten Juden auch. Das war nicht einfach für den Gang zur Lauder Foundation. Obwohl sie die berühmteste Expressionistensammlung hatte. Dort hatte man nach der jüdischen Mutter gefragt, und Perl hatte unverrichteter Dinge wieder gehen müssen. Er dachte nicht im Traum daran, die Hosen herunterzulassen, und dieser Nachmittag entschied schließlich darüber, dass Perl fand, es sei psychoanalytisch gesehen ein Verbrechen, seinem neugeborenen Jungen die Vorhaut zu beschneiden. Eine Brit Mila kam nie mehr in Frage. Perl betrachtete in diesen Atelierstunden, in denen er sich einschloss, die Schuhe der Großmutter. Todesmarschschuhe. Das war Perls Geschichte. Wie schon gesagt, entschloss er sich, niemals wieder zu einer Chanukka-Feier in der Gemeinde zu gehen. Das war natürlich schade, weil ich und mein Kind dann niemanden mehr hatten, um beieinander zu sitzen – inmitten aller anderen, die ebenfalls beieinander saßen. Wahrscheinlich war es das, was mich mit Perl verbunden hatte, die Möglichkeit, beieinander zu sitzen, obwohl ich ihn manchmal schwer ertrug, besonders wenn er bei gemeinsamen Essen Einzelheiten aus den Konzentrationslagern der Großmutter in Erinnerung brachte oder ihm im Bäckerladen das letzte Brot nicht gegeben wurde, sondern einer anderen Kundin. Dann sprach er davon, wie blond sie gewesen war und dass ihn die Deutschen hassten. Das war zwar nicht auszuschließen, aber es ging mir auf die Nerven.

Als Perl von seinem Besuch bei der Lauder Foundation zurückkam, traf er die Dame aus dem Kulturausschuss. Nach den Neuwahlen eine interessante Sache, dachte er. »Es gibt keine Neuigkeiten, nicht wahr«, sagte er. Die letzten beiden Worte hoben sich über die gewöhnliche Satzmelodie hinaus, und er fügte beim Sprechen einen leichten Rachenlaut hinzu. Perl liebte seinen Akzent. Die Dame aus dem Kulturausschuss sagte: »Die Russen.« Perl schaute sie an. Ihr Gesicht war mädchenhaft geblieben. Perl mutmaßte, wegen ihres begüterten Vaters, der ihr eine Dachetage gekauft hatte und auch sonst alles. Sie hatte sich von ihrem Freund getrennt – »wegen der Standesunterschiede«, sagte sie – und er verstand ihre Lage, wenn sie erzählte, dass sie bei der alten Tante des Freundes in Andalusien auf dem Boden geschlafen und kein Bad für sich gehabt hatten. Sie konnte ihren Liebhaber nicht in das Hotel mitnehmen, weil er die Nacht nicht bezahlen konnte – natürlich nicht. Aber mit dem Fußboden seiner Tante und ihrer Angst vor Skorpionen ... »Es wäre nicht gut gegangen«, sagte oder dachte er. Perl fühlte sich den Millionärssorgen verbunden und war im Allgemeinen antiamerikanisch und europäisch eingestellt. »Sie haben Ivan Rebroff«, sagte sie, »und keinen Hochschulabschluss.« Perl erinnerte sich nicht daran, ob die Russen, die ausgewandert waren, einen Hochschulabschluss hatten. Sie hatte in diesem Punkt eine Art Obsession. Weiß nicht, was sie da hatte. Ich zum Beispiel lese gerne Kinderbücher.

Rebroffs Frau saß auch im Ausschuss und trug immer sehr roten Lippenstift auf. Wahrscheinlich hatte auch sie keinen Hochschulabschluss. Die Kulturausschussdame, deren Trennung vom Freund ihm eingeleuchtet hatte zeigte sich resigniert. Die Russen stimmten sie nieder. Keiner aus dieser

Fraktion hatte es für nötig gehalten, wenigstens einmal hinzugehen, um ihr neu erworbenes Atelier und ihre Werke anzusehen. »Das macht man doch eigentlich«, sagte die Dame, die die Standestrennung von ihrem Freund vollzogen hatte. Perl fand, dass es besser wäre, wenn die Russen nicht zu ihr kämen. Das hatte etwas damit zu tun, wie er über die Kunst der Dame aus dem Kulturausschuss dachte, nicht über die Russen. Das Atelier der Dame war so groß wie eine Dreizimmerwohnung, gut beheizt, und es besaß eine volle Büroausstattung. Die Dame sagte noch, man habe sich anzupassen an das Gastland, und sie redeten kein Deutsch, sodass sie ausgeschlossen war – und insbesondere mental waren sie Russen, worüber sie selbstverständlich nichts gesagt hatte. Perl fühlte sich nach diesem Gespräch bestärkt in seiner Entscheidung, keine Chanukka-Feier mehr zu besuchen.

Später verschwand Perl, unangekündigt, hatte Schlüssel und Scheckkarte dagelassen. Seine Frau hatte die Krankenhäuser der Stadt angerufen und dann alle Freundinnen und Freunde. Alle Angerufenen hatten erschrocken zurückgerufen, aber nichts beitragen können. Mit einer Ausnahme. Sie hatte nicht zurückgerufen. Perl hatte zwischen sich, die Kinder, seine Frau und das europäische Judentum den weitestmöglichen Abstand gelegt und war mit dieser anderen Frau nach Australien gegangen.

In der Lounge, wo wir Erdnüsse kauten, hatte mir mein Neffe eine Frage gestellt. Ob ich seinen Lebenslauf bezeugen könne, fragte er mich. Er bat mich, ihm zu helfen – »bis in die dritte Generation zurück«, sagte er. Kind eines Survivors ... seiner Mama ... ist bis in die dritte Generation nachzuweisen ... »Sie ist ein Closet-Jew«, sagte er. »Rassenlehre«, sagte ich.

Er sprach in hohen, dünnen Tönen, die er in einem Bogen in die unteren Lagen überführte, wo sie schließlich wie mit Nachdruck hingesetzt blieben. »Der Papa ist ein Choc- (hochgesprochen) -taw (fallend), die Großmutter (fallend) eine Schwarze – woher sollen sie wissen –« – »Wissen?« – »Was ist – hilfst du mir mit den Papieren?«

Seine Mutter hatte, bevor sie zum dritten Mal in einer Woche ins Jüdische Museum aufbrach, an der Seite seines Vaters einen Kongress der Christian Science besucht. Wenn sie diesen Kongress nicht besucht hätte, wovon ich ausgegangen war, hätten wir uns sehen können – bevor sie sich den Magen verdarb oder an wen Briefe schrieb, obwohl sie mit mir verabredet war. Ich sprach mit ihrem Mann und wollte sie sehen, während er an diesem Kongress teilnahm. »Nein«, sagte mein Neffe, »nein.« Das ginge nicht. Seine Mutter – meine Schwester – habe über die Jahre Gefallen an diesen Treffen und an Christian Science gefunden, zumindest finde sie es sehr interessant, und begleite ihren Mann regelmäßig und gern. Die Hochzeitszeremonien seiner Schwestern hatten immerhin noch einen religiösen Cocktail dargestellt, der es allen Anwesenden erlauben sollte, sich darin wiederzufinden. Vom Jüdischen war am wenigstens die Rede. Gleichzeitig war das Jüdische auch niemandem in dieser Familie entgangen. Ich fragte ihn nicht, wie oft sein Vater ihn zu den Christian-Science-Leuten mitgenommen hatte. Niemals führten wir solche Gespräche in Anwesenheit von Juden. So gemein wollte ich nicht sein, vielleicht hätte der Rabbi ihm viele und weitere schwere Auflagen erteilt, von deren Erfüllung seine jüdische Zulassung abhängen sollte. Er hatte mit Gründlichkeit in Archiven gesucht und Verwandte gefunden. Er arbeitete als Journalist. Die Mitglieder der Reichspressekammer hatten den Nachweis über die Abstammung ihrer Vorfahren bis zum Jahr 1800 zu erbringen, bei der Reichskammer der bildenden Künste hieß es bis zu den Großeltern. »Die Wahrheit ist ernst«, sagte er, »es ist wirklich ernst mit diesen Dingen.« Er sprach jetzt leiser und erzählte, wie man eines Tages die Frau des verdienten Vorstehers zu Grabe trug, und natürlich gehören die Eheleute in ein gemeinsames Grab. Man brachte sie also auf den jüdischen Friedhof und fand nach der Beerdigung anhand der Papiere heraus, dass sie zum Judentum konvertiert war. »Und zwar im Juni 1945, verstehst du.« Ihr Mädchenname brachte es an den Tag. Sie war Krankenschwester gewesen und hatte in Hamburg bei den Tötungen der Kinder mitgewirkt. Ich blieb uneinsichtig, was das Interesse an jüdischer Reinrassigkeit betrifft.

Eines Tages brachte er mir einen Brief von einer Bank aus Meran. »Du verstehst mehr davon«, sagte er. Was sollte ich an diesem Brief verstehen? Ich zog die Töne in die Höhe und ließ sie stehen. Dem Schreiben war zu entnehmen, dass ein Mann mit Namen Berthold Kirsch – hatte ich nicht vorher von einem Onkel Bernhard gesprochen – seit Jahren für sein Depot keine Gebühren gezahlt habe. Deshalb werde es einen Zugang zum Safe nur nach Begleichen dieser Gebühren geben, wenn überhaupt. Was sollte ich tun, was erwartete er von mir? Wer war Berthold Kirsch überhaupt? Sollte ich herausfinden, ob die Bank den Inhalt des Depots ausgeliefert, selbst behalten, den Nazis überschrieben hatte, und wie man die Gebührenfrage lösen könnte? Ich bin ja kein Profi in diesen Dingen. Dafür hätte ich meinen Beruf aufgeben müssen. Es gelang mir weder, den ursprünglichen Inhalt des Depots zu ermitteln, noch Vorgänge, die nach dessen Anlage stattgefunden haben mochten, zu recherchieren.

Unter mir wohnt Erika Schneider. Sie ist Vorsitzende des Betriebsrats bei einer der größten deutschen Versicherungen: Allianz. Ich zeige ihr das Schreiben. »Ich verstehe das, das berechnen wir heute auch so. Die Verfügungsgewalt wird obsolet. So ist das, tragisch, nicht wahr? Das ist so korrekt.« Die Meraner Bank äußert gegenüber meinem Neffen, er sei zu beglückwünschen, dass er seinen Onkel bei hoffentlich guter Gesundheit antreffe. Mein Neffe hat seinen Onkel nicht bei guter Gesundheit angetroffen. Wir haben ihn alle nie mehr getroffen, er hat ihn nicht kennengelernt, ich auch nicht. Verschollen. »Es war nicht einfach, unter den Kunden die jüdischen herauszufinden. Die Oberfinanzdirektion hatte Weisung erteilt.« Erika Schneider spricht jetzt von ihrer Versicherung, der Allianz. »Auf jeden Fall sind die angefallenen Gebühren zu begleichen. Das wäre bei uns auch nicht anders.« Die Betriebsratsvorsitzende zieht ihre mageren Schultern hoch. Sie ist aufgeregt über das Zeithistorische an diesem historischen Konto. »Das wäre heute auch nicht anders«, sagt sie zum zweiten Mal. Ob sie die Höhe der Gebührenberechnung nachprüfen solle? Erika Schneider macht mich darauf aufmerksam, dass es in ihrem Hause ehemals Konten jüdischer Mitbürger, wie sie sich ausdrückte, gegeben habe. Ob ich mich immer noch und unter diesen Umständen an ihr Haus und an sie wenden wolle? Ich wollte. Es wurde kein Fall ermittelt, in dem eine Firma wegen unterlassener Namhaftmachung eines jüdischen Kontos angezeigt oder bestraft worden wäre. »Finden Sie eine Bank, die kein Konto eines jüdischen Bürgers angezeigt hätte«, sagt sie. »Ich kann ja nicht aus den allgemeinen Zahlungsbedingungen austreten«, sagt sie. Ihre Firma habe die Sammelklagen geschädigter jüdischer ehemaliger Klientinnen und Klienten oder von deren

Nachfahren zurückgewiesen. Dann ist sie dem Entschädigungsfonds beigetreten, aber das ist eine andere Geschichte. Das hat mit dem Image zu tun, das die Versicherung für internationale Geschäfte benötigt, für Deutschland weniger. Schneider sagt, dass die Meraner alles richtig machen. Das sei bedauerlich, natürlich. Aber wie gesagt, sie selbst hätte die Sache ganz genauso gehandhabt.

Berlin

Neffe

Er hätte mein Nachbar sein können. Vielleicht war er einer, den ich für einen Freund oder guten Bekannten gehalten hatte. Er saß vor mir. Ich glaubte nicht, dass er mich ansah. Vielmehr drehte er das vor ihm stehende Bierglas mehrfach mit der rechten Hand zu sich und wieder von sich weg, bevor er es zum Mund führte. Ich bemerkte, dass die Eingangstür der Kneipe jedes Mal, wenn sie geöffnet wurde, ein leicht kreischendes Geräusch verursachte. Ich sah immer wieder hin.

»Es liegt am Thema, das Thema ist ... Wir müssen uns dem Hier und Jetzt zuwenden. Ich wollte auch keine Auschwitz-Kunst mehr ausstellen. Wir müssen uns von diesem Trauma irgendwie auch verabschieden, diese Stigmatisierung als Opfer, das wollen die Gruppen doch selbst nicht, oder?« Ich hatte eigentlich nur ein Bier trinken wollen.

Berlin

Tante

Zweimal habe ich versucht, jemanden kennenzulernen, der für die Jewish Claims Conference Eigentum suchte. Einmal hatte ich jemanden gefunden und der Mann hatte mir versprochen, unter der Hand und ohne Aufsehen für mich mitzusuchen. Wissen sollte es niemand, denn das war schließlich kein Wohltätigkeitsunternehmen, und die Interessen der Institution waren andere. Die Person hatte sich nicht wieder gemeldet und war eines Tages aus der Stadt verschwunden. Ich hatte dann einen Herrn vom jüdischen Zentrum aufgesucht. »Wenn Sie mir sagen, wo ich suchen kann«, sagte ich, »dann werde ich kommen.« – »Nein, nein«, sagte er, »ich werde das für Sie unternehmen.« – »Wann kann ich mit einem Ergebnis rechnen – ich meine ...« – »Ich lasse Sie das Ergebnis wissen.« Ich konnte auch nicht erreichen, dass ich das Zentrum besuchen könnte wie die Nutzerin einer Bibliothek. Es schien mir, er wache über dem Eingang, als handele es sich um sein persönliches Eigentum. Er möge die Art, wie ich Bücher und andere Druckschriften gestalte, sehr, sagte er noch, und dass ich hochqualifizierte Arbeiten liefere. »Wirklich äußerst qualifiziert.« Bei mir verdichtete sich die Vorstellung, er besitze im Keller stapelweise Papiere, die ihm nicht gehörten. Ich wunderte mich, dass Namenslisten der Shanghai-Flüchtlinge bei einer Verlegerin zu kaufen waren, die wiederum mit dem Herrn liiert war, und dass diese Listen nicht einfach im Archiv standen. Nie konnte ich erfahren, wie und wo genau gesucht worden war. Ich wollte mich mit den Persönlichkeiten gut stellen. Das Kopfnicken oder -schütteln blieb vage. Nach einigen Monaten rief ich an. »Nichts«, sagte er. »Ich bedauere, dass ich nichts für Sie tun konnte.« Warum hätte er auch etwas für mich tun sollen? Ich spielte in der Gemeinde keine Rolle. Schließlich kam der Bescheid der Verwaltungsstelle für offene Vermögensfragen, in dem sie mir mitteilte, ich hätte ihre Fragen nicht beantwortet. Das Verfahren wurde eingestellt. Es war bemerkenswert, dass ich für die Inanspruchnahme des Amtes keine Gebühr zu entrichten hatte.

Ich suchte das Papier, die Briefe des Amtes für die Regelung offener Vermögensfragen Lichtenberg (AROV IV). Ein anderes Papier lag dazwischen – ach, jetzt ist sie schon abgereist, hier stand Eberts Adresse: Ebert, Hermann, Schönhauser Allee 236. Da hätte sie nicht dauernd um den Block fahren und in der Hitze aus dem Auto aus- und wieder einsteigen müssen. Die Adresse stand in ihren Unterlagen, und zwar im Antrag Reg. Nr. 24678 (Hessen): Zeugnis für Schaden am wirtschaftlichen Fortkommen. Herr Ebert ist als erste Fluchtadresse angegeben. Warum hat sie hier nicht gesucht? Wahrscheinlich hat unsere Mutter für sie den Antrag gestellt, sodass sie sich nicht daran erinnerte. Das Formblatt vor mir ist mehr als sechzig Jahre alt. Ist es nicht merkwürdig, wie manche Papiere schadlos altern? 1992 stellte ich einen Antrag auf Überprüfung der Wiedergutmachungsleistungen – ungefähr vierzig Jahre später als sie. Ich beantragte Einsicht in das Grundbuch für die Familien von der Seite der Mutter und der Seite ihres Vaters sowie Einsicht in das Gewerberegister. Ich meldete für mich und meine Geschwister Ansprüche auf etwaige Vermögenswerte, Grundbesitz oder Gewerbe an. Im Dezember 1994 teilte das Amt unter Berufung auf das Gesetz vom 3. August 1992, zuletzt geändert durch das Entschädigungs- und Ausgleichsleistungsgesetz vom 27. September 1994 (BGBl. I S. 2457) mit, dass dem Antrag keine Konkretisierung folgte. »Bei Grundstücken sind nähere Angaben zur Belegenheit (Ort, in Berlin auch Stadtbezirk, Straße, Hausnummer) zu machen. Sollten Sie innerhalb der gesetzten Frist Ihren Antrag nicht konkretisieren, wird Ihr Antrag zurückgewiesen.« Ich hatte noch nicht einmal das Depot-Problem gelöst. Wen sollte ich nach Konkretisierungen fragen?

Eines Tages hatte mir mein Neffe, der die biografischen Recherchen anstellt, damit er den Lubawitschern beweisen kann, dass er Jude ist, die E-Mail von Alfred Kirsch bzw. seinem Sohn mit Nachnamen Praetorius aus Los Angeles gezeigt. Großmutter Rosas Schwester hatte Alfred Kirsch geheiratet. Er schrieb, Großvater – also dann muss er doch der Enkel sein – habe in Berlin mehrere Bäckereien gehabt. Ich antwortete: »Bitte sagen Sie mir, wo diese lagen und ob eine Restitution erfolgte. Und wenn nicht, stellen Sie einen Antrag. Die Frist ...« Ich gebe zu, dass das vielleicht ein abschreckender Ton ist, um einen frisch gefundenen Verwandten zu begrüßen. Das hatte alles mit diesem anderen Brief zu tun, den meine Schwester an jenem Morgen dringend schreiben musste, weswegen sie gesagt hatte: »Engelchen, du kannst den Tisch wieder abräumen.« Alfred Kirsch bzw. dessen Enkel, der diesen lateinisch klingenden Nachnamen hatte – Praetorius – hat sich daraufhin überhaupt nicht mehr gemeldet.

»... wird Ihr Antrag zurückgewiesen.« Ich hatte nichts erwartet. Niemand hatte etwas erwartet, auch Wertheim-Erben erwarten nichts. Konrad Weiß hatte die Sache im Parlament eingebracht. Unter dem Eisenman-Gedenksteinfeld gibt es ein Memo-Terminal. Am Flughafen ein Abflug- und Ankunfts-Terminal, für die Vermögenswerte arisierten Judeneigentums kein Such-Terminal.

Sie ging vor uns her. Der Abstand vergrößerte sich. Unsere Augen hefteten sich ihr an den Rücken, an diese dunkle Bluse mit den Umrissen kopfgroßer Rosenblüten. Sie bewegten sich beim Gehen, verschoben ihre Blätter ineinander und strafften sich wieder. Der knielange Kostümrock umschloss ihre Taille. Von hinten gesehen zog sich ihr Gesäß breit hin, ein Gegensatz zu ihrer zierlichen Figur. Sie war mir immer klein und zierlich vorgekommen, im Gegensatz zu meiner plumpen, aus der Familie geschlagenen Größe. Sie setzte ihre Füße weit nach außen gedreht auf und sog die Luft schwer ein. Wir hatten sie bis zum Warteraum begleitet und blieben stehen, bis sie die Abfertigung und den Check-in passiert hatte.

Einmal war es Zeit zu gehen. Wir griffen in die Erdnussschale und steckten Segafredo-Pads für je eine Tasse ein. Ich mochte die Pads. Wir hatten keine Koffer zum Hinterherziehen und schlenderten an der Bar mit den alkoholischen Getränken vorbei. Dann sah ich, dass die Gebäckschale aufgefüllt war. Die Erdnüsse rieben salzig in meiner schweißigen Hand. Ich steckte die Hand in meine Handtasche und ließ die Erdnüsse fallen. Leckte an dem Salz und griff in die Schale mit den Schokoladenplätzchen. Eines steckte ich in den Mund, die anderen hielt ich auf der gespreizten Handfläche. Der Schokoladenüberzug schwitzte. Die Frau am Empfang sah herüber. Sie trug eine sehr weiße Bluse, die am Hals leicht offenstand, dazu einen schwarzen, kurzen Etuirock. Ich konnte nicht grüßen, weil der Keks zwischen den Lippen steckte, und überließ es ihm. Draußen schlugen uns Schwaden des heißen Sommers entgegen. Wir kicherten, ich hatte Kopfweh. Er zahlte am Parkautomaten. Die Lounge hatte nichts gekostet, aber der Automat für den Parkplatz reagierte nicht auf seine Karte. Meine Hand fingerte in der Tiefe der Tasche und griff süßsalzklebrig in die Erdnüsse.

Ich versuche, die Dinge aufzuzählen, die meine Schwester macht. Sie sagt zum Frühstück zu, kommt und sagt, sie habe keinen Hunger. Gerne setze sie sich dazu, wir sollen uns nicht stören lassen. Oder sie kommt nicht. Ein anderes Mal sage ich, mein Kind hat Schnupfen. Der Schnupfen entwickelt sich zu einem Vorlesungsthema, am Telefon. Ich hasse es, lange zu telefonieren. Ihre Geldsorgen sind notorisch. Sie geht essen, jeden Tag. Früher hatte sie ein Dienstmädchen. Weil sie weniger verdiente als das Mädchen, begann sie zu hungern, um das Dienstmädchen bezahlen zu können. Einmal hat das Dienstmädchen im Zorn die Geldscheine vor ihren Augen zerrissen, bevor es ihr den Rücken kehrte. Meine Schwester hat sie aufgehoben, wieder geklebt und zur Bank getragen. Nachdem ich alle Versagenspunkte zusammengetragen hatte, breitete sich eine Welle des Verständnisses in mir aus.

»Du bist nicht meine Mutter, meine Mutter sagt immer Engelchen zu mir.« Das Kind stand mit hochrotem Kopf am Telefonhörer, seine Hand war schweißnass, das Gesicht geschwollen vom Weinen. Sein Puppenwagen stand im engen Wohnungsflur. Die Tante und der Onkel haben alles versucht, mit ihr gespielt, für sie gekocht, ihr vorgelesen. Sie haben der Puppe Kleidchen angezogen und sie gefragt, ob es ihr gefalle. Das Kind hat sie angesehen mit seinen großen dunklen Augen. Nur angesehen und nicht gesprochen. Einmal hat es die Hand ausgestreckt nach der Puppe, der die Tante eine weiße Schürze angezogen hatte. Die Tante hat ihr die Puppe hingehalten. Sie hat ihre Hand wieder zurückgezogen und abgewehrt und wieder angefangen zu schluchzen. Sie hat erst aufgehört mit dem Weinen, als sie vor Erschöpfung nicht mehr konnte. Dabei war das Kind immer dünner geworden. Es saß stundenlang vor seinem Teller mit Haferbrei und hat nichts angerührt. »Was möchtest du denn«, fragte die Tante immer wieder. Sie zeigte auf eine Birne. »Magst du die?« Das Kind schüttelte den Kopf. »Mama«, sagte es, »ich mag meine Mama haben.« Die Tante schaute sie an. Der Haferbrei hatte obenauf eine feste bräunliche Haut gebildet. Sie stellte den Teller weg. Am frühen Abend begann der Bombenalarm.

»Wir müssen in den Keller gehen«, sagte die Tante und strich dem Kind eine Strähne aus dem Gesicht. »Wir können nicht, können dich nicht ... mitnehmen – die Leute dürfen nicht wissen, dass du hier bist.« – »Dann bleib bei mir«, das Kind fasste nach ihrer Hand. »Das geht nicht, dann würden sie kommen und nachsehen, dass in der Wohnung keiner zurückbleibt, und es muss auch alles verdunkelt sein. Sonst würden sie kommen und mich zur Rede stellen.«

Heinz – Heinz war Luftschutzwart geworden. Er hatte sich freiwillig gemeldet. Wehruntüchtig wegen Kleinwüchsigkeit – abgestempelt als wehruntüchtig. Da setzte er sich den Helm auf und bekam eine Uniform. Heinz, der Luftschutzwart, passte auf zwei Häuser auf. Jedes Haus war im Keller mit dicken Hölzern zusätzlich abgestützt, jedes Heinz-Haus. Heinz hatte darauf hingearbeitet. Drüben, über der Straße, lagen zwei Bunker. Aber sie gingen immer in den Keller im Haus. Kein Haus hat so dicke Mauern wie die Heinz-Häuser: »Es stimmt«, sagte Heinz. Dann saß er mit unten, in der Uniform des Luftschutzwarts, neben sich seine Tochter in den blauen Kleidern vom Landjahr. BDM.

»Rühre dich nicht von der Stelle, bis du mich oder Onkel Herbert ...« Als ich im Telefonbuch für sie suchte, hatte sie da nicht von Hermann gesprochen? Wie kommt sie jetzt auf Herbert? Sie spricht weiter: »... in der Wohnung hörst. Verstehst du das?« Das Kind nickte, es war jetzt ganz ruhig, nur seine Augen brannten, und es war ihm heiß. Es hatte Durst. Die Tante stellte den Sessel mit dem abgewetzten Lederbezug in die Mitte des Raums. »Hier, setz dich und bleib sitzen, verstehst du – um Gottes willen, bleib sitzen. Onkel Herbert und ich – wir müssen gehen, wir müssen uns beeilen, verstehst du. Bleib sitzen, egal was geschieht.« Die Wohnungstür klappte hinter ihnen zu, das Pfeifen und Heulen setzte ein. »Unter gar keinen Umständen aus den verdunkelten Fenstern gucken, unter gar keinen, hörst du ...« – »Lieber Gott«, flüsterte das Kind, »lieber Gott.« Es bewegte die Lippen. Nichts war zu hören außer diesem Pfeifen und Heulen und dem Scheppern der Fenster. Das Kind saß da in diesem dicken, abgewetzten Ledersessel und war niemand. Niemand atmete hinter diesen heruntergelassenen Jalousien. Niemand starrte in das Dunkle, das zu toben und bersten begann.

In Deutschland gab es solche wunderbaren Stiefel nicht. Zum Abschied die Zwingli-Bibel. Die schönen Schokoladentäfelchen mit den Bildern darauf. Da war es wieder – ihr Glück, wie meine Schwester sagte. »Ich ging in den evangelischen Religionsunterricht, alle dort hatten evangelischen Religionsunterricht. Mutti wollte nicht. Aber die anderen wurden konfirmiert und ...« Wieder seufzte sie, während sie weitersprach. »Hätte sie mich dort gelassen, ich wäre geblieben. Ich fand es wunderschön.«

Ihr Vater schrieb nach Übersee wegen eines Paars Nylons für Fräulein Elli. »Ihr müsst Euch keine Sorgen machen.« Eng beschriebene Zeilen. »Ich habe in Elli eine liebe Person gefunden, die sich um mich kümmert. Es wäre sehr, sehr schön, wenn ein Paar Nylonstrümpfe ..., falls Ihr wieder so ein wunderbares Paket schickt ...« Felix schrieb aus dem Krankenhaus, dem Jüdischen Krankenhaus Berlin – siebte Woche. Schwere Dauerbronchitis als Folge der Zwangsarbeit/

Angina pectoris. Mit der Mutter meiner Schwester will er nie, nie mehr etwas zu tun haben – »Es wird niemals mehr etwas werden«, schrieb er. Aber in Elli habe er eine liebe Person gefunden. Die Nylonstrümpfe sollten meine Großeltern für Elli aus den USA schicken. Sie hatten die Auswanderung geschafft. Felix überlebte, die Ehe zwischen ihm und unserer Mutter wurde bald aufgelöst. Das Kind ging mit der Mutter, Felix weigerte sich, ihrem neuen Ehemann das Kind zur Adoption freizugeben. Er zahlte keinen Unterhalt, gleich, ob es Kriegs- oder Friedenszeit, Sterbens- oder Lebenszeit war.

Heppenheim
Tante

»Bitte, lass mich taufen, Mutti«, sagte meine Schwester täglich mindestens einmal, »lass mich taufen, dann kann ich zur Konfirmation gehen. Alle gehen zur Konfirmation.« Schließlich gab unsere Mutter ihren Widerstand auf. Der Pfarrer kam nach Hause, in die Ludwigstraße. »Weißt du noch, wir wohnten am Anfang in der Ludwigstraße, und er taufte uns alle drei. Mutti sagte, sie macht das nicht noch einmal mit: alle drei.«

Berlin
Tante

Meine Schwester sah an mir vorbei, beim Sprechen presste sie die Mundwinkel zusammen. Ihre Stimme klang kindlich, als würde sie einer Puppe etwas erklären. Sie war in den Kirchenchor eingetreten, und nach ihrer Taufe ging Mutti zu ihrer Konfirmation. »Da sang sie nicht mit«, sagte sie und streckte sich auf der Couch. Ihre nackten Füße hingen über die Kante, das Laken war hochgerutscht. Sie war an diesem späten Vormittag nicht angezogen, weil sie sich den Magen verdorben hatte und im Bett bleiben musste. Wegen der Scholle oder der Haxe, die sie gegessen hatte. Sie sagte, es sei das Fett gewesen, das Fett war nicht gut, sagte sie. Es war der Tag, an dem ihr Sohn seinen ersten Kiddusch in der orthodoxen Gemeinde gab: für seine Mutter, weil sie zu Besuch gekommen war.

Heppenheim

Tante

Ihre Finger strichen über den Einband. Er fühlte sich gut an, ein schlichtes, glattes Leder. Der Umschlag war nicht geschliffen oder gespalten. Es war auch kein Engerlingstich zu sehen. Nach längerem Gebrauch würde es geschmeidig, fast seidig werden. Der Einband würde am Buch anliegen wie eine Haut. Sie mochte es sehr gerne in die Hand nehmen, ihr erstes eigenes Gesangbuch. Die hauchdünnen Seiten mit dem Goldschnitt fächerten sich beim Blättern übereinander auf. »Aber während wir alle sangen, sang Mutti nicht mit. Sie hielt die Lippen aufeinandergepresst. Gab das Gesangbuch weiter, als es verteilt wurde. Sie fügte sich nicht. Sie fügte sich nicht ein. Sie fiel immer auf.« Ihre Finger strichen über das Laken.

Als unsere Mutter – ich war noch nicht geboren – sie in dem Schweizer Dorf abholte, hatte sie auf ihren Lippen ein glänzendes Rot aufgetragen. Sie trug Nylonstrümpfe und Schuhe mit Absätzen. Hier trug niemand Schuhe mit Absätzen oder Rot auf den Lippen. »Ich habe es sehr geliebt da, sehr – wie im Paradies war es. Jeden Sonntag gingen wir zur Kirche. Die Frau Pfarrer machte Besuche bei den armen Leuten und nahm mich manchmal mit. Ich bin dort ein halbes

Jahr lang gewesen ...« Ihre Stimme wurde leiser. Sie wiederholte »ein halbes Jahr«.

»Nur wenn die Sommerlawinen zu Tal stürzten, hatte ich Angst. Das war wie das Knattern der Maschinengewehre und ich wurde nervös. Einmal war ein Ort verschüttet.« Sie zwinkerte mit dem Augenlid. Wie früher, dachte ich. Das Augenlid klappte auf und nieder. Wie ein Schmetterlingsflügel, dachte ich. Ihre Lider zuckten in unregelmäßigen Abständen. Immer hatten ihre Lider gezuckt. Nur leicht, nur ein wenig – ihre Lider lebten eigenmächtig.

Mutti hatte sich in eine der Bankreihen gestellt. Eine alte Frau ging langsam am Arm ihrer Enkelin, dahinter weitere Tanten und Onkel, kleine Kinder. Alle gewaschen und in sauberen Kleidern. Die Jungen hatten keine Lederhosen an, sie steckten in grauen oder dunkelblauen Hosen, in die schon häufig eine Falte eingebügelt worden war. Sie glänzten. Auf dem Altar standen zwei dicke weiße Kerzen. Eine rundliche Frau mit rotem Gesicht entzündete sie. In hölzernen Lettern waren Nummern hoch über den Köpfen an einer Wand angeschlagen. Die Frau trug ein beigefarbenes Musselinkleid. Sie legte auf jeder Kirchenbank Gesangbücher aus. Durch die halb geöffnete Tür zur Sakristei konnte sie große Feldblumensträuße sehen, die auf dem Boden standen. Die Frau brachte sie heraus und stellte sie dem Gekreuzigten zu Füßen, dann sah sie zur Empore. Der Organist war gekommen. Er trug Fahrradklemmen an den Hosenbeinen. Immerhin hatte er ein dunkles Jackett angezogen, dachte die Frau und wartete darauf, dass er die Klemmen abziehen würde. Er verschwand auf der Empore. Hinterkopf und Hals bewegten sich, abgeschnitten über der Balustrade.

Die Menschen strömten jetzt zur Kirche, begrüßten einander, die Alten kamen, manche auf einen Stock gestützt, und nahmen die kleinen Kinder zwischen sich. Die Frauen trugen die Haare onduliert, in Dauerwellen, die alten Frauen aufgesteckte Knoten. Sie blieb in einer dieser Reihen stehen. Niemand kannte sie, wie es schien. Sie trug ihre schwarzen Haare zum Bubikopf geschnitten. Eine weiß eingefärbte Strähne lief an einem Wirbel entlang, der sich am Haaransatz an der Stirn naturwüchsig bildete. Der Pfarrer war zum Altar getreten und beugte sich über die aufgeschlagene, dickleibige Bibel. Sein Talar mit dem schwalbenschwanzähnlichen Gebinde um den Hals verlieh ihm ein matronenhaftes Aussehen. Nun wandte er sich der Gemeinde zu, die Gespräche verstummten, er hob die Hände. Die Orgel begann. Töne fielen herab und dehnten sich über der Menge aus, schwollen an, saugten die Hörenden auf in die Gewalt des Allmächtigen. Der Pfarrer im schwarzen Talar erhob seine Arme und senkte sie wieder. Die Menschen standen auf, ein leichtes Blättern, ein vielstimmiges Singen hob an. Ihre Mutter hatte kein Gesangbuch genommen.

Nachdem sie geendet hatten, schwebte der Gesang noch einen Moment über den Köpfen. Pause. Der Pfarrer sprach ein Gebet. Während die Orgel erneut einsetzte, öffneten sich die beiden schweren Kirchentüren weit, die Konfirmandinnen und Konfirmanden schritten herein. Die Jungen in schwarzen Anzügen und mit glänzendem Scheitel, die Mädchen in Kleidern, die ihnen die Knie bedeckten, in durchsichtigen Perlonstrümpfen und mit feinen schwarzen Schuhen an den Füßen. Der Rock der Schwester wippte steif um ihre Taille. Der Ausschnitt verstärkte den unbeholfenen Eindruck. Sie hatte nicht die Oberweite einer Frau, ihre Brüste waren nicht mehr als eine verschwindende Wölbung unter dem Stoff. Sie hatte dieses Kleid gewählt und es unbedingt haben wollen. Der Pfarrer sprach einen Psalm, die Gemeinde antwortete. Dann setzte der Chor der Konfirmandinnen ein: »Wer nur den lieben Gott lässt walten und hoffet auf ihn allezeit, den wird er wunderbar erhalten in aller Not und Traurigkeit.« Der Pfarrer bestieg die Kanzel: »Gott liebt diese Welt, und wir sind sein eigen. Wohin er uns stellt, sollen wir es zeigen. Gott liebt diese Welt.« Die Gemeinde antwortete: »Wer Gott, dem Allerhöchsten, traut, der hat auf keinen Sand gebaut.« Ihre Mutter sprach nicht mit. Sie hatten vereinbart, dass sie in der elften Reihe stehen sollte. Sie stand in der elften Reihe. Ihr Unterkiefer schob sich unmerklich vor und zurück. Dann wieder presste sie die Kieferknochen aufeinander. Mit den Fingern strich sie unter dem Augenlid entlang. Im nächsten Augenblick berührte sie die Nasenflügel. Von der Seite versuchte meine Schwester einen Blick von unserer Mutter aufzufangen. Es gelang ihr nicht.

In ihrem Gesangbuch hatte jemand einen gedruckten Zettel stecken lassen. Darauf stand: »*Opferlicht 1,– DM – Bete, Maria, für die Reinigung unserer Seelen.* 16.3.1945 durch Bomben zerstört. 1973 wieder hergestellt. ›Sie litten, stritten und starben / im blutigen Völkerbrand / Du sühne, schaffe und lebe / für Heimat- und Vaterland!‹ 1914 bis 1918 / 1939 bis 1945.«

Was soll das – Opferlicht. Das musste aus einer katholischen Kirche stammen. Was soll das ... Mutter, die in der elften Reihe stand, war mit dem Leiden, Streiten und Sterben nicht gemeint, mit Heimat- und Vaterland auch nicht. Bomben hatten sie befreit. Hat sie oder ihre Familie etwas mit 1914 bis 1918 zu tun? Ja – Großvater EK I. Andere Daten, an die sie sich erinnerte: 1938 Novemberpogrome, keine Aussicht mehr auf Schulunterricht und später dann Untergrund bis 1945, die Befreiung.

Meine Schwester redete unaufhörlich weiter. »Sie öffnete den Mund nicht, nicht ein einziges Mal, und wenn sich die Hände der Leute zum Gebet ineinander verschränkten, hingen ihre Arme seitlich am Körper herunter. ›Ihr seid seine auserwählten Heiligen‹, hörte ich den Pfarrer sagen. Ich hatte Angst, dass ich den Spruch vergessen oder eine Zeile weglassen würde. Ich sagte den Vers für mich auf, wieder und wieder. Ich stand da mit hochrotem Kopf, und die Leute schauten zu mir. ›Wir sind seine Auserwählten, sind seine Heiligen, weil Jesus diesen Weg gegangen ist ... Geliebte Gottes, Gottes Geliebte ...‹« Sie fiel auf, immer fiel die Mutter auf. »Es ist immer darum gegangen, ob sie auffiel.« Die Schwester zog das Kissen zurecht und stopfte es unter ihrem Ellbogen fest.

Die Orgel trug ihr Herz hinauf durch den Raum, durch den Ort, der sich endlos an der Straße entlanggezogen hatte, wenn sie an Sonntagen zum Gottesdienst gelaufen war. Immer der Bundesstraße nach.

Dass unsere Mutter sie Engelchen genannt hatte, sagte meine Schwester. Immer hatte unsere Mutter sie Engelchen genannt. Diese Kirche raubte ihr den Engel, jetzt, nachdem alles überstanden war.

Die Konfirmandinnen setzten sich mit ihren gesteiften Kleidern. Die Gesichter waren gerötet, während die Augen glänzten. Sie tuschelten heute nicht. Einer aus der ersten Bank wusste den Anfang seines Psalms nicht mehr, sie schauten, es ist still. Der Pfarrer spricht die ersten Worte vor, langsam, er beginnt mit der zweiten Zeile – der Junge, der jetzt dran ist, öffnet den Mund. Spricht die Zeile mit brüchiger Stimme weiter, bis der Text zu Ende ist, setzt sich. Der nächste. Man weiß nicht, wann man drankommt. Jeder kommt dran. Sie wird eine Konfirmationsurkunde erhalten: »Laß warm und hell die Kerzen heute flammen, die du in unsre Dunkelheit gebracht. Führ, wenn es sein kann, wieder uns zusammen. Wir wissen es, dein Licht scheint in der Nacht.« Die Mutter sah sich diese Sätze, geschrieben auf Büttenpapier, später an. Am Hals zog sich eine Rötung bis hin zum Haaransatz. Wenigstens Bonhoeffer, dachte sie.

Sie hatte ihr keine Armbanduhr geschenkt und auch sonst nichts. Tanten waren nicht zu Besuch gekommen. Meta, die Schwester der Großmutter, oder war das die Schwester ihres Vaters? Hatte der überhaupt Geschwister? Meta war in Argentinien, wenn sie nicht in Los Angeles war. Und die Großeltern kamen auch nicht. Die waren genauso weit weg. Es war gut, dass die Großeltern nicht hier waren ... Es hätte ihnen das Herz gebrochen. Sie hatten die Kleine in die Synagoge geführt, mit ihr die Feste gefeiert.

Am Ende schüttelten die Gemeindemitglieder in der Kirche einander die Hand und sagten »Friede sei mit dir«. Ein Mann in einem blauen Anzug, dessen Jackett über seinem Bauch spannte, streckte der Mutter die Hand hin. Sie sah eine dicke Hand, an deren Ringfinger ein Siegelring steckte. Als sie ihre Hand gab, blickte sie auf die eingearbeitete kleine quadratische Schmuckplatte, auf der ein Diamant glitzerte. »Friede sei mit dir«, wiederholte der Mann. Sie öffnete den Mund und murmelte »Friede«. Da nickte er und schüttelte einer Nachbarin zu seiner Rechten die Hand und wünschte ihr Frieden. »Gut Schabbes«, sagte sie nicht und steckte ihre Hand in ihre Jackentasche.

Ihr jüdischer Vater war es, der meiner Schwester das ersehnte Kreuz, einen kleinen goldenen Anhänger mit Kette, schenkte. In einem kleinen Päckchen war es angekommen, an sie adressiert, und sie war sehr stolz darauf. Er hatte in den vergangenen Jahren wegen seines Fräuleins E. nach drüben geschrieben und dass man sich keine Sorgen zu machen brauche. Die Zeit im Jüdischen Krankenhaus hätte ihm gutgetan – er war wochen- und monatelang dagewesen – nur dass es schön wäre, wenn es für das Fräulein E. ein Paar Nylons geben könnte, falls sie wieder ein Päckchen schickten. Er sei da in sehr lieben Händen. Nur mit ihr – und er meinte ihre Mutter – komme gar nichts mehr infrage. Nichts. Kursiv hervorgehoben. Möglich, dass es einen Zusammenhang gab zwischen der Mutter, den Nylons und dem Kreuz, das er, der Tate, seiner Tochter schickte.

Bremen

Tante

Merkwürdig, dass sich ihre Schwester nicht an die Sache mit Mallet erinnerte. Obwohl sie es selbst war, die diese Seiten mit der Hand abgetippt hatte. »Der Gott Israels, das ist der Gott der Rache, gnadenlos, unversöhnlich; es sei dem Judenthume von seiner Lehre Haß gegen andere Nationen geboten. Unter dem Fluch des Himmels stehend sei das Volke Israel, predigte Pastor Dr. Mallet.« Dies war eine Abschrift von Joachim Adler, Religionslehrer bei der israelitischen Gemeinde. 1858 antwortete Joachim Adler Herrn Dr. Mallet, Hamburg. »... sein sichtbares Abbild mit Liebe umfassen, und darum die Menschenliebe als den Anfang und das Ende, den Mittelpunkt und Gipfel der Gesetze betrachten, als den Hauptsatz der Religion, die da befiehlt, du sollst wohlthun, den Hungrigen speisen, den Nackten kleiden, den Kranken heilen und den Gefangenen befreien. ... Du sollst dein Ackerfeld nicht ganz abernten, deinen Ölbaum nicht rein abpflücken, deinen Weinberg nicht ganz ablesen, sondern davon dem Fremden, der Waise, der Witwe überlassen.« Diese hinterlassenen Papiere haben etwas damit zu tun, dass diese Malletsche Predigt in den fünfziger Jahren in Bremen gehalten wurde, die Entgegnung Joachim Adlers nicht. Meine Schwester hat die Dokumente für die Mutter mit der Schreibmaschine abgetippt und ihr geschickt. Aus diesem Vorgang kann ich schließen, dass meine neunzehnjährige Schwester in Bremen einen protestantischen Gottesdienst besucht hatte, und dass sie wusste, was diese jahrhundertealte Feindseligkeit bedeutete. Jener Dr. Mallet erinnert mich an Lavater, der hundert Jahre zuvor Moses Mendelssohn angriff, weil er als Vertreter der Aufklärung hatte Jude bleiben wollen. Es ist aber auch egal, ob Pastor Dr. Mallet damit etwas zu tun hatte. Zu jener Zeit hatten die Juden in Deutschland keine Bürgerrechte. Diese Predigt war nun erneut gehalten worden, nachdem es nicht nur keine Bürgerrechte mehr gegeben hatte, sondern Massenmord. »Unter dem Fluch des Himmels stehend …«, sodass die Täter die Himmelsvollstrecker wurden, auch in diesen Zeiten.

Wir haben sie einmal in Bremen besucht. Es regnete leise, war düster und neblig. Sie war dort gestrandet, weil es eine Schande war, ein Kind noch vor der Ehe auf die Welt zu bringen. Die einzigen Menschen, die sie da kannte, waren Tante und Onkel Lange. Sie waren protestantisch und hatten sie an den Sonntagen mitgenommen. Wahrscheinlich war ihr elend langweilig dort oben, wo sie sich vor den Blicken unserer Nachbarinnen und Nachbarn und der guten Gesellschaft versteckte. Schon wieder Kirche, schon wieder Verstecken. Also da steht sie als Jüdin – oder ehemalige Jüdin – am Sonntagmorgen neben den Langes in ihren unauffälligen beigen

Mänteln mit einem dicken Bauch und hört Ende der fünfziger Jahre oder war es Anfang der sechziger Jahre eine Predigt, die Herrn Dr. Mallet folgt. Daran hat sich das Ungeborene noch verschluckt.

Es war ein merkwürdiges Geschehen. Die Langes saßen da und beschenkten sich mit Weihnachtspäckchen. Auf ihren Knien stapelten sich kleine Kartons und Kistchen. Bei Herrn Lange reichte sein Kinn noch gerade so darüber. Erst war er aufgestanden und gab der Ehefrau, dann stand die Ehefrau auf und gab dem Ehemann und so war es immer hin und her gegangen, bis sie beide zu Ende beschenkt waren. Wir schauten diesem Vorgang zu, und am Ende erhielt ich auch ein Päckchen, das mir auf den Schoß gelegt wurde, und meine Mutter auch, und meine Schwester erhielt auch etwas. Wahrscheinlich den Kinderwagen, den sie bald gebrauchen konnte, ein riesiges Gestell mit einem Korbaufsatz. Konex Classic Retro würde ich heute sagen. So ungefähr jedenfalls. Ein teures Modell, teurer als mein gebrauchtes Auto in der Anschaffung. Ihr Kinderwagen war natürlich nicht so teuer.

Ich stelle mir übrigens eine praktische Frage: Hat sie als vierzehnjähriges Mädchen damals, als sie austrat und protestantisch wurde, den Mitgliedsausweis Nr. 29 bei der Jüdischen Kultusgemeinde für Bensheim u. Bergstraße zurückgegeben oder blieb eine Art unausgesprochene Parallel- oder Doppelmitgliedschaft bestehen? Ich kann mir nicht vorstellen, dass es möglich ist, aus dem Judentum auszutreten.

Rom
Tante

Meine Schwester konnte sich nicht daran erinnern, von der Mutter jemals Schmuck bekommen zu haben. »Glaube ich nicht«, sagte sie. Das ist nicht wahr – es war später, viel später, als sie das Kind hatte und mit mir und der Mutter in Rom herumging, zwischen den Katakomben und dem Ghetto der Lebenden. Sie hatte ihr eine silberne Münze mitgebracht: 5 Reichsmark. Wahrscheinlich hatte die Bank diese Bestände angeboten. Drittes Reich, 5 Reichsmark Paul von Hindenburg, Rückseite Hakenkreuz – Jaeger 367 Silber, Bestell-Nr. 3003-542 (01203670000_00).

Sie ging fast täglich dorthin, um sich über die Wechselkurse zu informieren, die hier im Schaufenster ausgestellt waren. Wie eine Spielerin ging sie hinein und sagte »Kaufen« oder »Verkaufen«, und wenn sie Glück gehabt hatte, dann konnte sie damit unsere Fahrkarten für den Zug nach Rom bezahlen. Vielleicht würde die Münze eines Tages im Preis steigen, dachte sie, und dann hätte sie ihr etwas Dauerhaftes geschenkt. Sie wollte eine Fassung für die Münze in Auftrag geben und fragte nach einer Silberschmiedewerkstatt. Befremdet drehte meine Schwester die Münze zwischen den Fingern. »Das kann man hier nicht tragen, weißt du, die Leute hier … sie würden das missverstehen.« Unsere Mutter wollte das nicht einsehen. »Ist es nicht gut, wenn dir das Hakenkreuz vom Halse baumelt? Nicht du hängst am Hakenkreuz, nein, es hängt an dir, an deinem jüdischen Hals. Das … ist einfach ein Schmuckstück, da gehört es doch hin, aufgehängt an deinem Hals. Und es wird wahrscheinlich im Wert steigen, verstehst du?«

Sie hatte sie gezwungen, mit ihr im Viertel der Gold- und Silberschmiede herumzugehen. Alle waren hier Juden. Der erste, dessen Laden sie betraten, betrachtete die Münze, drehte sie herum, sah die Frauen an. Er gab die Münze zurück, meine Schwester übersetzte für ihre Mutter. Sie machten noch zwei weitere Versuche. Niemand wollte eine Fassung anfertigen. Im dritten Laden hatte der Mann nichts mehr gesagt und sie stehen lassen, war nach hinten gegangen und hatte die Frauen im Auge behalten. Sie hatte nicht mehr fragen wollen. »Es hat keinen Zweck«, sagte er auf Italienisch. Abwehrend hob er die Hände und bedeutete ihnen zu gehen. »Was meint er?« Hastig steckte meine Schwester die Münze in die Tasche und zerrte unsere Mutter aus dem Laden. »Es geht nicht! Verstehst du nicht, dass es nicht geht?« Hätte sie ihr nicht irgendetwas mitbringen können, eine Schallplatte, ein Kleid, einen Fisch als Anhänger. Musste es diese Münze sein, von der sie behauptete, sie werde noch um ein Vielfaches im Wert steigen? Ich könnte sie heute noch kaufen für 28,50 Euro. Später fand ich in den zurückgelassenen Sachen meiner Mutter ein Buch, das meine Schwester meiner Mutter zu ihrem Hochzeitstag mit ihrem zweiten Mann, meinem Vater, geschenkt hatte. Es war das »Tagebuch der Anne Frank« und meine Schwester hatte hineingeschrieben: »In Erinnerung an gemeinsame Tage.« Allerdings war sie da erst dreizehn oder vierzehn Jahre alt. Vielleicht ist eine der Freundinnen meiner Mutter mit dem Mädchen ein Geschenk kaufen gegangen, und es war nicht ihre Idee gewesen – ja, so muss es gewesen sein. Jemand war mit ihr einkaufen gegangen, damit sie ein Geschenk haben würde, und sagt: »Nimm doch das Buch. Das wird deiner Mutter gefallen.« Oder sie hätte gesagt: »Das Buch hat doch – das ist doch eine gemeinsame Geschichte, das passt.« Und dann liegt es bei den Hochzeitsgaben und meine Schwester hat Glückwünsche hineingeschrieben in ihrer ordentlichen Jungmädchenschrift.

Berlin

Tante

Sie war bei Onkel und Tante Ebert abgeholt worden. Das hatte mit dem Schwiegersohn der beiden zu tun. Erich war eines Tages zu Besuch gekommen und hatte geklingelt. Oben in der Wohnung hat man ihn nicht gehört, weil im Hof jemand einen Teppich ausklopfte. Der dumpfe Schlag drang durch das Treppenfenster. Eine Weile stand er da und drückte ein paar Mal auf den Klingelknopf.

Ich habe das auch gemacht. Hingehen und den Klingelknopf drücken. Ich hatte ihre frühere Wohnung gesucht und gefunden: Prenzlauer Allee. Sie war versiegelt worden, damals, und die Kosten für Gas und Wasser wurden vom Konto einbehalten. Einen Blick hatte ich werfen wollen, nur einen Blick, dann hätte ich gewusst, wo ihre Betten gestanden hatten, wo die Küche war und wo das Klavier stand. Hatten sie überhaupt ein Klavier? Immer behauptete ich, sie hätten ein Klavier gehabt. Ein Klavier und eine Probierpuppe, ein Plättbrett und Plätteisen sowie eine Spezialnähmaschine – das wusste ich aus den Akten. Andererseits wurde in der Familie behauptet, Großvater sei auch Konditor gewesen. Als Schätzkosten waren 10,40 RM berechnet. Beim Hausstand war kein Klavier angegeben. Ich hätte gerne ein Klavier gehabt. Ich dachte, in der Bornholmer Straße hätte das Klavier neben dem Plättbrett gestanden. Über mir drehte sich ein Fensterflügel. Eine Frau erschien und rief herunter: »Die is schon vermietet. Hier ist überhaupt alles vermietet. Hat keinen Zweck.« Das Fenster schloss sich. Ich schlich trotzdem in den Hof und sah, was sie sahen, wenn sie aus dem ersten Stock schauten oder wenn sie aus dem ersten Stock geschaut hätten, oder das, was sie sahen, solange sie noch aus dem ersten

Stock hatten schauen können. Soennecken, Soennecken – Handakten DIN A4 Quart.

Ich bin den Papieren hinterhergefahren. Meine Großeltern stammen von hier, meine Mutter und die älteste Schwester auch. Ich weiß es. Aus den Papieren, die mit den Jahrzehnten steif geworden sind und dazu neigen, wie feine Oblaten zu brechen. Die Häuser sind so blödsinnig nummeriert. Nirgendwo sind die Häuser so nummeriert. Ich weiß fast alles über das Haus. Ich kenne seine Bewohner. Im vierten Stock Brohes, Herr und Frau Brohe, Herr Gutmann und Frau Pfeffer und ein weiterer zur Untermiete – ziemlich viele Leute in einer Dreizimmerwohnung. Der Hausstand steht in den Schätzakten der Oberfinanzdirektion. Die Brohes waren nicht in den Schätzakten der Oberfinanzdirektion, die Brohes stehen im Protokollbuch des Polizeireviers. Ein J neben der Eintragung und ein E für evakuiert oder Meldung an StaPo. Alles ist mit der Hand geschrieben. Die Untermieter Pfeffer und Gutmann sind zur Polizei gegangen und haben ausgesagt, dass sie den Wohnungsgeber und dessen Frau seit drei Tagen nicht mehr gesehen haben. Die Beamten haben die Tür aufgebrochen und festgestellt, dass Herr und Frau Brohe angekleidet auf ihren Betten lagen. Der Tod sei wahrscheinlich durch Tablettenvergiftung eingetreten. Wenn die Wohnung nicht so überbelegt gewesen wäre, hätten sie sicher den Tod durch Leichtgaseinwirkung vorgezogen. Das taten die meisten.

Die Protokollbücher sind nach Jahren geordnet. Ich bin im Jahr 1944. Im Stock tiefer wird auch die Tür von den Beamten aufgebrochen und eine weitgehend ausgeräumte, offensichtlich verlassene Wohnung vorgefunden. Herr und Frau Cahn sind flüchtig, die Wohnung wird versiegelt. Im gleichen Monat ein anderer Fall im Parterre. Einer, der sich erhängt hat. Kein J daneben. Die Frau gibt »psychische Erkrankung des Ehemanns« an. Sie muss sich um die Bestattung kümmern. Der Polizist schreibt, dass sie die Leiche in diesem Fall auf Bitten der Ehefrau mitgenommen haben. Denn sie habe angegeben, Jüdin zu sein, sodass sie Schwierigkeiten bekäme, wenn sie sich um die Bestattung kümmern und den Tod anzeigen würde. Und sofort offensichtlich wäre, dass kein »deutschblütiger« Ehemann mehr da ist. Ein anständiger Polizist, er nimmt die Leiche mit.

Auf der Bank an der Ecke wird ein fünfzehnjähriges Mädchen aufgegriffen. Sie hat ein paar Lebensmittelkarten zu viel in der Tasche.

Frau Pfeffer und Herr Gutmann sind im Sterbebuch der Stadt Berlin nicht verzeichnet. Die beiden gehen an den frühen Morgen, die sich ohne Dunst über der Stadt ausbreiten, auf einer Uferstraße spazieren. Ich sehe sie, manchmal betrachten sie die berühmten Gräber auf dem Dorotheenstädtischen Friedhof. Dann gehen sie weiter.

Die Zeit verging, und Erich klingelte bei der Frau, die unter den Eberts wohnte. Jemand öffnete. Erich sagte: »Entschuldigung.« Eigentlich wolle er ein Stockwerk höher, und er zeigt mit dem Uniformarm nach oben. Die Frau sagte: »Ach, das ist mir nur recht. Kommen Sie, nehmen Sie den Kuchen mit und ein Stück extra. Das ist für die Eberts, und eben das extra.« – »Für zwei Leute, das ist großzügig, wirklich.« Erichs Verlobte war nicht in der Lage, solche Mandeln aufzutreiben. »Nich für zwei – nee, da is was Kleines zu Besuch – nehmen Sie mal.« Erich benutzte die Stiefelhacken zum Anklopfen, auf den Händen die Teller der Frau von unten. Die Schwiegermutter öffnete. »Oh, wir haben dich wohl nich gehört, nich –

das ist der Teppichklopfer, tut mir leid. Komm rein. Was bringste denn da.« Die Frau von unten hat es ihm mitgegeben für sie beide. »Und für den Besuch«, sagte Erich. »Wer ist denn euer Besuch?«, fragte Erich. Trudchen wischte sich die Hände an der Schürze ab. »Nun komm erst mal rein. Wir haben niemand nich zu Besuch – was redet die Frau denn.« Erich stellte den Teller auf der Anrichte ab. »Wir haben niemanden … komm, ich werde etwas Kaffee aufbrühen, komm mit in die Küche. Hermann, Hermann, wo bist du eigentlich … Erich ist da. – Kaffee? Einmal hattest du richtigen gebracht, weißt du noch?« Erich stellte die Teller ab. Er war über zwanzig und hatte eine Stellung. Ich habe vergessen, was es genau war.

Erich Dohl ging in die Stube und sah niemanden. Dann stieß er die Schlafzimmertür auf und schließlich drehte er am Schloss der kleinen Tür im Nebenraum. Die Tür gab nicht nach. »Hilfst du mir die Tassen tragen?« Tante Gertrud klapperte mit Besteck. Erich stellte sich in die Öffnung. »Trudi, was ist in der Kammer hier?« – »Nichts, Erich – das ist eine Abstellkammer.« Tante Gertrud verschüttete etwas heißes Wasser. Das Wasser im Filter war über den Rand geflossen. Kaffeesud zog Schlieren am Porzellan. Gestreckter. »Warum kann ich sie nicht öffnen, deine Abstellkammer?« – »Erich, ich bitte dich, seit wann schaust du uns hinter die Türen – komm und hilf mir tragen.« Die Eberts mochten Erich. Erich war ein netter und ein schöner Mensch. Erich blieb vor der Abstellkammer stehen. Er wollte nicht Kaffee trinken. Er wollte, dass jemand diese Tür öffnete. Tante Trudchens Kaffeetasse schepperte auf dem Unterteller, als sie das Geschirr ins Wohnzimmer trug. Er schritt den kurzen Flur vor der Tür auf und ab, blieb stehen, ruckte am Schloss und marschierte wieder auf und ab. »Herbert«, rief die Tante in den Hof – wie kam sie auf Herbert, in dem Brief an die Behörde steht Hermann – »Herbert, kannst du kommen.« Herbert legte den Teppichklopfer beiseite. Ihm standen kleine Schweißperlen auf der Stirn. Als er die Wohnungstür hinter sich schloss, zog er ein weißes, an den Außenrändern rot gestreiftes Taschentuch aus der Hosentasche und fuhr sich über das Gesicht. »Grüß dich, Erich«, sagte er. Erich Dohl blieb im Gang stehen. »Hast du eine Erklärung, warum diese Tür verschlossen ist.« Onkel Herbert schaute zur Tante; sie goss Wasser auf. Oder stellte sie das Tablett auf dem Wohnzimmertisch ab? Die Tischplatte glänzte, Tante Gertrud polierte sie. Wöchentlich oder alle zwei Wochen. »Das ist doch die Rumpelkammer, Erich. Was suchst du denn? Lass dir erst einmal Guten Tag sagen, nich.« – »Heil Hitler«, antwortete Erich. Er lehnte an der verschlossenen Tür und zündete sich eine Zigarette an. »Hast du den Schlüssel?« – »Natürlich haben wir den Schlüssel, Erich, aber was soll das?« – »Dann mach auf.« Erich Dohl hatte die Uniformjacke straffgezogen. An diesem Tag fanden die beiden Leute den Schlüssel nicht.

Am nächsten Tag wurde das Kind, zu dem seine Mutter immer Engelchen gesagt hatte, von einer Freundin der Mutter abgeholt. Engelchen wurde woandershin gebracht. Rhode, Kommandantenstraße.

Meine Schwester hat ihren Mann dazu gebracht, mit ihr hier herumzufahren. Im Auto bei sengender Mittagshitze. Sie schaute in die Hauseingänge und versuchte, sich zu erinnern. Sie stieg aus und ging auf ein altes Haus zu. Mit unsicheren Schritten ließ sie die Hofeinfahrt hinter sich. Der Mann wartete im Auto. Sie zankten nicht miteinander. Sie kam zurück, öffnete die Wagentür. »Nein, auch nicht«, sagte sie, »hier ist es nicht gewesen.«

Nach ihrer Ankunft hatte meine Schwester angerufen und gefragt, ob ich sie in einem Café treffen könne. »Wann?« – »Jetzt«, sagte sie, »wir sind schon da.« Sie würde die Stadt in zwei Tagen wieder verlassen. Als sie anrief, hielt ich das Telefon mit gespreizten Fingern. Meine Fingerkuppen waren mit grauem Staub bedeckt. Ich hatte in einem Regal etwas gesucht und eine Mappe herausgezogen. Darin hatte ich Hunderte kopierter Seiten eines Tagebuchs aufbewahrt – ein Tagebuch, geschrieben in Stolze-Schrey, einer Steno-Schrift. Kann ich nicht lesen – nur wenige Leute können das. Ich habe einen Mann gefunden, der es lesen kann. Weil ich wissen will, was da steht, bezahle ich dem Mann die Transkription. Zur Probe hatte ich schon ein paar Seiten geschickt. Dem Mann war die Sendung eigentümlich vorgekommen, diese Seiten hatte er schon einmal gesehen. Er hatte sie schon einmal übertragen – für eine Universität in den USA. Warum ich nicht diese Fassung lese? Ich kann sie nicht lesen, ich darf sie sogar nicht lesen. Das hatte mit einem Streit zu tun, den Michael Simon, Sohn der Frau, die in Theresienstadt Tagebuch geschrieben hat – das war Tante Minnie –, mit der Universität führte, weil das sein privates Erbe sei und nichts, was der Öffentlichkeit oder der Universität gehöre. Er stritt sich mit der Professorin, die er zuvor darum gebeten hatte, eine Publikation des Tagebuchs herzustellen. Der Sohn hatte den Rechtsstreit gewonnen. Der Mann, der diese Steno-Schrift noch lesen kann, hörte auf, das Gelesene zu übertragen. Der Sohn erhielt das Original zurück. Er kann auch keine Stolze-Schrey lesen. Der Sohn soll das einzige Theresienstadt-Baby gewesen sein, das im Lager geboren wurde und überlebt hat. Er ist berühmt. Deshalb. Er hat mir diesen Packen überbringen lassen, alles in Stolze-Schrey. Er beauftragte einen Mann damit, mir den Packen zu übergeben. Wahrscheinlich den Sohn seiner Cousine. Ich bin ungelenk bei den Verwandtschaftsausdrücken. Ungeübt. Die, die in Theresienstadt gewesen war – so sprachen wir nicht. Diese Worte standen nicht im Wohnzimmer herum oder im Kinderzimmer mit den Doppelstockbetten. Die, die auch in der Richmond Street wohnten. Aber auch das war nicht die wirkliche Bezeichnung, die wirkliche Bezeichnung wäre gewesen: die, die in Theresienstadt in die Blätter ihres Notizbuchs mit goldenem Schnitt in Stolze-Schrey geschrieben hatte. Mangel an Papier. Sie schrieb in Kurzschrift. Einer, der wahrscheinlich der Sohn der Cousine war, hatte diesen Packen gebracht. Er hatte diese Tante, Tante Minnie, eigentlich war es die Großtante, sehr gemocht. Theresienstädter Tagebuch. Wie Elberfelder Kurzwarenhandlung. Ich kann dieses Tagebuch nicht lesen, und wenn ich es versuchen würde, würde der Sohn Einspruch erheben. Er war es, der es mir überbringen ließ. Ich hatte nicht darum gebeten, ein Theresienstädter Tagebuch in meiner Zweizimmerwohnung zu haben. Ich hatte diese Mappe mit dem Papierstapel hinter dem Regal hervorgezogen, staubte sie ab und legte sie zurück. Ein Theresienstädter Tagebuch, das ich nicht lesen kann und fast niemand sonst, kann ich nicht in eine Mülltonne geben. In die Mülltonne im Hof, in die alle Leute aus dem Haus Sachen werfen. Als sie anrief, dachte ich darüber nach und legte den Haufen Papiere zurück. Ich sagte ja und legte auf.

Dieser Streit um das Tagebuch ist nicht zu verstehen. Er gibt es aus der Hand, damit es erforscht, lektoriert und veröffentlicht werden kann. Dann holt er es zurück, sagt »persönliches Eigentum«, kann es selbst nicht lesen. Es wird nicht veröffentlicht. Die Wissenschaftlerin steht da, als hätte sie jemanden diebisch überlistet und seines Eigentums beraubt, und außerdem sind die Jahre und das Geld, das sie damit zugebracht hat, den Text publikationsfähig zu machen, dahin. Warum ist das so? Warum will einer die Sache, die er aus der Hand gab, wieder zurückhaben, und es ist jetzt seine und nur seine. Er will es selbst veröffentlichen, aber er tut alles, damit es nicht geschieht. Und? Es geschieht nicht. Es hatte keinen Streit unter den Leuten gegeben.

Ich hatte einmal mit einer Frau zu tun, bei der ich mich mit einem Filmteam angekündigt hatte, um ihr Leben und Überleben für einen Fernsehsender aufzunehmen. Die Frau sagte zu, und das Team änderte den Flugplan, weil die Frau nicht am Donnerstag konnte, sondern nur am Sonntag. Am Samstag ließ die Frau ausrichten, dass sie gar nicht zur Verfügung stünde und ihr alles zu viel sei und irgendwas sei komisch für sie. Das Öffentlichmachen ist einerseits ja etwas Gutes, aber andererseits ist es die letzte Entäußerung von etwas, das nur sie hat, nur sie, und es bleibt auch ein Dokument ihrer Beschämung, ihrer Zeit, zu der sie Opfer und Todgeweihte war. Das kann man nicht kommentieren. Diese Dinge folgen nicht einer ausgehandelten Logik oder einem Wunsch, der erfüllt werden sollte. Vielleicht gerade nicht. Da ist Simon, der das Baby aus Theresienstadt gewesen war, nicht der einzige. Jemand stiehlt einem Überlebenden das Tagebuch seiner Mutter, soll ich das glauben? Ich habe das Tagebuch schließlich doch in Ausschnitten in der Umschrift eingesehen. Da stand täglich: xx Kilo, das Baby schreit. xx Kilo, das Baby seltsam ruhig. xx Kilo, seine Haut – sie macht sich Sorgen um seine Haut.

Vor ihr standen eine Flasche Wasser und eine ausgetrunkene Schale Milchkaffee. Der Sonnenschirm warf auf den Nachbartisch kühlenden Schatten. Sie waren bereits mehr als eine Stunde hier. »Einen Apfelschäler«, sagte sie. Ich sagte: »Wie bitte?« Einen Apfelschäler wolle sie hier noch kaufen und einen Triumph-BH. Das war eine deutsche Marke, und deshalb würde es hier sicher billiger sein – ach ja: und ein Waffeleisen, »hörst du – ein Waffeleisen«. »Schade«, sagte ich, »gestern sah ich eines auf dem Flohmarkt.« –»Wo soll ich das kaufen, was meinst du?« – »Bei Karstadt.« – »Meinst du wirklich? Ist es nicht besser, zu Kaufhof zu gehen?« – »Ich weiß es nicht.« Sie beschrieb, an welche Art Apfelschäler sie gedacht habe. Eierschneider, Butterformer, Radieschenverzierer, Kugelausstecher, Kräuterschneider, Zwiebelmesser, Eierköpfer, Cremespritzbeutel – später kam der Pizzarollschneider dazu. Ich war in diesen Dingen beschlagen, meine Mutter hatte einmal einen Geliebten gehabt, der ihr keine Geschenke machen konnte, ohne dass es seiner Frau aufgefallen wäre. Aber aus seinem Haushaltslädchen konnte er etwas mitbringen. Die Wohnung quoll über vor Schnitzmessern, Spargelschälern und anderen Dingen. Er hatte übrigens eine ungewöhnliche Begründung, warum er Mutter zwar über alles liebe, aber seine Frau nicht verlassen könne. Und zwar wegen des Kindes. Das sagen alle. Und weil es alle sagen, übertrumpfte er die Reden der Männer und sagte: Es sei besonders, ein »Zwitter« – und er senkte die Stimme dabei. So als könnten die Nazis noch mithören und dem Kind etwas antun. Die Volksgemeinschaft hatte noch lange Bestand, das stimmte schon, und schaute danach, wie lange der Mann bei Mutter zu Besuch geblieben war. Er wolle die Frau damit nicht allein lassen. Ich wusste nichts über »Hermaphroditen« und

»Intersex«, nur etwas über Kaspar Hauser. Auf einer Party fragte ich einen Mann. »LGBTIQ+«, sagte er, und er meinte das Plus oder »trans«. Allerdings war das auch nicht richtig. Ich lese nach. Also, er hatte ein Kind, das ein intersexueller Mensch war. War das Kind krank? So krank wie eine Jüdin? Sein Kind werde demnächst sechzehn, sagte er noch. Es blieb dabei. Er kam nicht mehr.

Jahrelang war er unser Sonntagsmorgenbesuch. Später studierte ich und fand seinen Laden, ging hinein und sagte: »Sind Sie Herr Riethmann?« – »Ja«, sagte der Mann, der im blauen Kittel hinter dem Verkaufstresen stand, wie die Leute in Kitteln in Eisenwarenhandlungen stehen. »Was kann ich für Sie tun?« – »Rudi Riethmann?« – »Ja.« Ich sagte ihm, wie ich heiße, und: »Ich bin die Tochter.« Es war ihm nichts anzumerken. Ich sagte: »Das war alles, was ich sagen wollte.« Er schaute, und ich schloss die Ladentür hinter mir, ohne dass er mich zurückgerufen hätte.

Ob meine Schwester davon etwas wusste, weiß ich nicht. Ich glaube nicht. Damals war sie nicht mehr zu Hause. Wir sprachen weiter über Waffeleisen und Kunstausstellungen. Sie wollte alles sehen, natürlich. So vergingen die Stunden und die zwei Tage, die sie da war. Sie ist dann davon satt geworden, dass wir darüber sprachen. Das nächste Mal würden wir hingehen.

Jemand hatte Mutter gesagt, sie solle aus Berlin verschwinden. Sie erzählte ein einziges Mal davon: »Sie hatten mich bestellt. Die schwere Tür drehte sich in den Angeln. Als ich den Raum betrat, sah ich in ihre Gesichter. Glatt rasiert. Feine Schnittspuren auf der Haut. Einer hob den Arm. Sie schrien mich an. Ich taumelte. Ein Zweiter kam auf mich zu, ich schaute auf die Schnalle an seinem Gürtel. Die Waffe war eingehängt. Nach etwa anderthalb Stunden Verhör ging der, der den Arm gehoben hatte, aus dem Zimmer und ließ mich mit dem anderen allein. Ich schaute auf die Schnalle an seinem Gürtel. ›Mach, dass du verschwindest, raus aus Berlin. Und untersteh dich, wieder herzukommen.‹ Er spannte die Mundwinkel, die obere Lippenpartie bewegte sich, und ich sah seine Zähne. Sein Mund öffnete sich. Die Arme hielt er angewinkelt. Sommer. Feine Schnittspuren auf der Haut in seinem rasierten Gesicht. Es war ein sehr heißer Tag, ein Tag, an dem die Luft zwischen den Häusern stand und mir das Kleid am Körper klebte. Ich verließ das Gebäude in der Französischen Straße. Ein Schaffner kontrollierte die Fahrkarten. Ich fuhr ohne Ausweis.«

Wenn das Personal wechselte, musste sie zweimal Glück haben. Zweimal. Das Personal wechselte nicht. Zweieinhalb Stunden Fahrt Richtung Schweidnitz. Am Abend kam sie an dem angegebenen Haltebahnhof an. Außer ihr stieg niemand aus. Es stieg auch niemand ein. Die Uhr zeigte halb neun. Sie lief durch den Ort und weiter. Der Weg wurde schmaler und war nicht mehr gepflastert, die Häuser blieben hinter ihr zurück. Die Tannen standen dicht und hoch. Sie musste sich erinnern. Wenn sie den Wald durchquerte, würde sie auf ein anderes Dorf stoßen. Und dann sollte es nach einer Biegung das vierte Haus sein, das nicht mehr in Sichtweite lag. Der Wald raunte ihr Sprüche zu, und die Steine stießen sich an ihren Schuhen. Es sollte das vierte Haus sein, hatte sie gesagt. Nicht klingeln, nicht bei jemand anderem klingeln. Es war halb elf in der Nacht, als sie vor ihr gestanden hatte. Sie gab den Brief ab und schaute die Frau an. Es war geregelt, alles war geregelt, und sie würde das Kind nachholen. Die Frau, die vor ihr stehen blieb, las den Brief langsam. Dann sah sie für einen Moment vor sich hin. Ihr Mund öffnete sich, ihre Lippen bewegten sich. »Wer schreibt mir diesen Brief«, sagte sie. »Ich kenne den Absender nicht. Gehen Sie«, sagte die Frau. Sie sah an ihr vorbei oder auf die Stelle, an der ihr Tuch am Hals auseinanderklaffte. Die Frau war kleiner als sie und wiederholte die Worte.

In ihren Haaren fing sich die Abendkälte. Der Wald ächzte und knirschte wie unter fremden Tritten, und die Steine stießen sich an ihren Schuhen. Sie stand und schaute auf die Fältchen, die sich von den Augenwinkeln der Frau bis zu den Wangenknochen zogen. Schließlich wies ihr die Frau die Küchenbank an. Sie weckte sie vor dem ersten Hahnenschrei. Das Geld reichte für eine Rückfahrkarte bis irgendwo. Dort stieg sie aus und ging den Tag lang zu Fuß weiter, Richtung Cottbus, die Landstraße entlang. Schlesien – das war fehlgeschlagen.

Sie traute sich nicht, sich wieder bei ihrer Zeitung zu melden. Für ein paar Stunden in der Woche war sie dort untergekommen. Ulrich hatte sie merkwürdig angesehen. »Ich weiß jetzt, welcher Rasse Sie angehören.« Ihr stieg das Blut in den Kopf. »Ich interessiere mich für diese Dinge.« Ihre Finger wurden kalt. Sie bewegte sich nicht. »Sie sind als Typ anders, anders als wir – die Germanen. Sie sind weißhäutig – Sie haben feine Züge.« Die Tür zum Gang lag hinter seinem Rücken. »Ich habe lange darüber nachgesonnen, wie Sie einzuordnen sind.« Niemand kam herein. Mit Lochbändern in der Hand, die die Artikel vom Tage enthielten, eine Meldung, die noch nachgekommen war, einen längeren Hintergrundbericht, der schon vorproduziert war, alle Informationen waren auf diesen Lochbändern enthalten, die in riesigen

Gießmaschinen eingelesen wurden. Das Tempo gehörte zur Zeitungsproduktion. Sonst kamen dauernd Leute herein. Niemand kam jetzt mit einem Lochband in der Hand herein oder ging eilig weiter zum Maschinenraum. »Sie sind der Prototyp ... indogermanische Prototyp.« Sie sah ihn nicht an. Seine Stimme klang leiser, entfernte sich. Sie schaute auf ihren Platz. »Ihre schwarzen Haare ... Sie haben feine Züge ... über Ihren Typ ... Das Lehrbuch sagt ... selten Gelegenheit, diesem Typ in der Wirklichkeit ... Äußerst selten in Deutschland ... eigentlich gar nicht ... rassehygienische Studien interessiert ...« Sie schaute auf ihren Platz. »... der Farben der Augen ... und wie Sie ...« Sie schaute auf ihren Platz. »... groß und schlank ...« Niemand kam herein.

Sorau / Żary
Tante

Wie sie nach Sorau gekommen war, weiß ich nicht. Flugzeugwerke. In Sorau ging das Kind in die Schule. Die Anwesenheitsliste. Die Lehrerin ruft die Namen auf. Welchen Namen? Das Mädchen ist meine Schwester und erinnert sich nicht. »Vergessen«, sagt sie. Jedenfalls hieß sie anders als ihre Mutter. Sie ging in die Schule. Mutter war nicht ihre Mutter, hieß Frau Walther, Frau Walther saß in der Kammer ... und sie war die kleine Nichte aus der Stadt. Bombardierte Stadt. Mutter atmete über ihr. Kleine Kammer mit Eimer. Oberlichtschein aus dem Treppenhaus. Einmal am Tag stieg der Mann hoch und leerte den Eimer aus. Er kratzte an der Tür am späten Abend. Er ging zum Klo die Treppe tiefer, brachte frisches Wasser. Die beiden über ihm und der aus der Mansarde gingen auch am Abend zum Treppenklo, früher am Abend. Der Mann hatte abstehende Ohren, dunkelbraunes, gewelltes

Haar. Wie Riethmann, in den sie sich später verliebte. Weiße Zähne und schwere Hände. Fritz Kittel. Die Verlobte von Fritz Kittel wohnte in der Stadt. Noch nie hatte sie ihn besucht. Sie würde Fritz Kittel später besuchen – später. Mutter war seine Verlobte, jetzt war Mutter seine Verlobte. Am Wochenende kommt sie zu Besuch – aus der anderen Stadt. Die Verlobte kommt am Wochenende. Der Blockwart sah hinter ihr her, lange Beine, dachte er und eine Stimme wie Zarah Leander. Das Kind spricht nicht, im Unterricht wird das Kind nicht sprechen. »Die Mutter«, sagt es, »am Wochenende …« – »Sprich nicht«, sagt die Mutter. Die Verlobte sagt: »Sprich nicht. Du hast den Schock von den Bomben.« Das Kind spricht, es habe den Schock von den Bomben. Es spricht ein bisschen. Das Kind hat wieder gesprochen. Freitags kam die Verlobte – Mutter trat in die Stube – sonntags reisten beide ab. Mit dem Zug. Jede Woche reiste sie an – sie reisten ab und reisten an – und dann verschwand die Mutter – vier Tage verschwand die Mutter, die Verlobte reiste in die Stadt, in die Kammer mit dem Eimer, dem Behälter mit Wasser und dem Essen, das Fritz Kittel hinstellte. Das Kind spricht: »Guten Tag, Tante Ruth«, wenn die Verlobte am Freitag anreist. Niemand wusste, wie das Kind hieß. Das Kind wusste nicht, wie es hieß. Es muss acht Jahre alt sein. Warum weiß sie nicht, wie sie heißt? Das Kind spricht, es hat wieder gesprochen. Es sagt: »Ich hab den Schock von den Bomben.«

Es läuft über eine Landstraße zur Schule. Das Kind hat ein Schulbrot dabei. Das Kind hat einen Apfel. Es liegt mit den Ellenbogen auf dem Fenstersims und isst den Apfel, der sein Pausenbrot hatte sein sollen. Das Kind hat Tante Edith unverhofft in der Wohnung angetroffen. Die Mutter steht in der Mitte des Zimmers, aufgerichtet, und starrt ihm entgegen.

Tante Edith/Ruth legt einen Finger auf den tonlosen Mund. An ihrem Hals rötet sich ein Strich, kriecht nach oben, das Ohrläppchen wird warm. Es verfärbt sich. Sie sprechen nicht. Mutter bleibt in der Mitte des Zimmers. Das Kind geht ans Fenster. Mutters Augen folgen ihm. Das Kind geht zurück vom Fenster. Die Mutter verlässt das Zimmer langsam rückwärtsgehend, sie lässt das Kind nicht aus den Augen; die Mutter, das ist oben; das Kind geht nicht mit dorthin, wo Frau Walther wohnt. Mutter, das ist oben. Das Kind geht nach draußen, es geht zur Kirche, jeden Sonntag, Fritz Kittels Nichte. »Was ist denn mit deinen Eltern?«, fragt das sommersprossige Kind, das in der Kirchenbank neben ihr sitzt. »Betest du jetzt? Damit die Eltern kommen und dich abholen?« Der Pfarrer stimmt das Vaterunser an, Fritz Kittels Nichte spricht mit: »und vergib uns unsere Schuld, wie auch wir vergeben unseren Schuldigern.« Das Kind spricht mit. Immer will das Kind, dass eine Schuld vergeben werde. »Denn so hoch der Himmel über der Erde ist, läßt er seine Gnade walten über die, so ihn fürchten.« Das Kind fürchtet ihn. Die Mitschülerin zeigt ihr ein kleines Bild mit der heiligen Maria darauf, wie sie sich zu Jesus hinunterbeugt. »Ich schenke es dir, meine Oma hat es mir gegeben.« Ihre Oma hat eine Menge dieser Bilder. Wo ist die Oma dieses Kindes? War sie nicht der Großeltern Augenstern? Warum wollten es seine Großeltern nicht sehen?

Das Kind erinnerte sich an ein Fest mit einem vielarmigen Leuchter, in dem die Kerzen hell brannten. Die Großmutter hatte ihre kleine Handtasche getragen. Die Tasche besaß ein Innenfutter mit Lasche wie für einen Spiegel. Hier steckte ein bronzefarbener flacher Pin. Die Zehn Gebote waren in römischen Zahlen leicht erhaben aufgeprägt. »So trage ich die

Gesetze mit mir«, hatte Großmutter gesagt. Warum gab es kein Gebot, das Großmutter zurückbrachte zu Augenstern, sodass sie wieder beisammensäßen im Zimmer und darauf warteten, dass die Kerzen entzündet würden?

Das Kind sollte nicht mitgehen mit den Schülerinnen aus seiner Klasse, nicht zu jemandem nach Hause. Dietlindes Großmutter trug eine geblümte blauweiße Schürze, und einmal hatte sie ihrer Enkelin zwei Stück Kuchen in die Schule gebracht, in der Pause. Ein saftiges Stück Kuchen mit Pflaumen, aus denen der Saft heraustroff. Das Kind, das fast nichts sprach und das den Schock von den Bomben hatte, hatte das Ende des langen Seils gehalten und es über ihren Kopf geschwungen, es schlug auf dem Boden auf, und Dietlinde sprang. Die Großmutter sagte zu ihm: »Bist du das Mädchen aus der Stadt ... is bestimmt schwer für dich, kriegst du denn Post von Mama ...« Das Kind hatte nicht gewusst, was es sagen sollte. Sprich nicht. Der Hals schnürte sich zu, die Augen brannten. »Is gut«, sagte die Frau und ging zu Dietlinde. Sie hielt die Kuchenstücke auf der flachen Hand. Das Kind sah, dass der Saft aus den Pflaumen heraustroff. Die Frau nahm das zweite Stück und brachte es ihr. Es stand noch da, mit dem Seil in der Hand und guckte. Jeden Freitag, wenn sie angereist war, fragte Mama es nach der Schule und was es am Tage geredet hatte. Sie fragte, wollte die Antworten wissen, die das Mädchen der Lehrerin gegeben und was Dietlinde zu ihr gesagt hatte. Und was sie darauf gesagt und ob jemand anderes mit ihr geredet hatte. Manchmal sagte sie: »nichts«, sie habe nichts geredet. Immer wieder nahm sie sich vor, nichts zu erzählen. Und sagte: »Nein, heute nichts.« Sie glaubte ihr nicht, bis sie erzählte. Alle sollten einen Knopf für das Sticktäschchen mitbringen. Fritz Kittel war Eisenbahnarbeiter und hob keine Knöpfe auf. Die Lehrerin hatte das Kind angesehen. »Das ist nicht schön, dass du es vergessen hast«, sagte sie. In seinem Gesicht stieg Röte hoch. Es war von seinem Stuhl aufgestanden und starrte nach vorne. Während die Lehrerin redete, schaute das Mädchen auf einen Kratzer an der Wand, oberhalb der schwarzen Tafel. Es sah auf diese Stelle, unbestimmt neben der Lehrerin, sodass es sie reden sah, aber nicht hörte. Die Lehrerin zog beim Reden die Strickweste enger um sich. Sie sprach noch immer. Es war dem Kind, als zöge sich der Kratzer auf der Wand weiter, sodass es ihm mit den Augen folgte. Es hielt den Kopf unbeweglich, während einer dieser Sätze wieder gesprochen wurde, aber abbrach. Diesmal brach er ab. Die Lehrerin ging die Bankreihe entlang, bis sie bei ihm stand, und dann legte sie dem Mädchen einen Knopf hin. Einen schönen roten Knopf. Mit weißen Strichen war eine Blüte darauf gemalt, ein roter Knopf mit einem Gänseblümchen in der Mitte.

»Sorau/Niederlausitz, Lazarettweg 1, Vorarbeiter, Eisenbahner, 23. März 1945, Eisenbahnausweis – Ausweis für Frau Kittel – einen Monat lang gerettet – 20. April, dann die Amerikaner – wie schön, an Hitlers Geburtstag. Doch nicht? Schon früher. Ja, schon 19 Tage früher – am 1. April 1945.«

Berlin

Tante

Während mein Neffe, der der Jüngste der drei Kinder meiner Schwester war, die Schalen der Pistazien aufbiss, begann er wieder damit. Ich kannte das schon. »Ein Closet-Jew! Hörst du – jemand, der sich nicht bekennt.« – »Ich verstehe nicht«, sagte ich, »sie wusste, wer sie ist.« – »Aber ... ich meine, jemand ...« Vielleicht würde er wieder vom Tempel reden und von seiner Sicht auf die arabischen Probleme, von denen auch der palästinensische Botschafter gesprochen hatte, ein sehr netter Mann, wie er sagte, sehr nett, mit einem libanesischen Pass. Allerdings war der palästinensische Botschafter ein Muslim, und er, mein Neffe, hatte die Probleme der Muslime erkannt – jetzt, als er verstand, dass es einen Tempel gegeben hatte. Er begann, Hebräisch zu lernen. Wozu? Wozu lernt ein Amerikaner, der in Deutschland lebt und in Rom geboren ist, Hebräisch? Er legte Wert darauf, Hebräisch zu lernen. Woran glaubte er? Wollte er wie vor ihm Generationen amerikanischer Juden ins Gelobte Land und die Leute von der Bedeutung des Tempels überzeugen oder wollte er vor dem Messias angekommen sein? Kannte er die Geschichte seiner Mutter? »Natürlich«, sagte er, »natürlich – ich kann das alles auswendig, ich habe das schon tausendmal gehört.« Seine erste große Liebe war die Tochter des Rabbiners von Champaign. Das war das erste Mal, dass er die Riten mit nach Hause brachte, zelebrierte, und seine Mutter sah zu.

Hebräisch lernen kostet im Augenblick für Russen zehn Euro im Monat, das ist fast nichts, das ist geschenkt. Er ging zu den Russen. »Ich glaube, es ist für die Alijah«, sagte er, »aber das macht nichts. Warum tust du es nicht?« Aha, Neueinwanderer*innenkurse. Ich nahm auch fast alles mit, was es umsonst gab, aber die Alijah bei den Russen – »Vielen Dank«, sagte ich, »vielleicht ein anderes Mal.« Man soll es nicht ablehnen ein für alle Mal, man kann nicht wissen ...

Am Samstag hatte er alle eingeladen; alle, die sich bekannten. Er hatte das leere Marmeladenglas zu meinem Koffer gestellt. Ich hatte Medizin darin aufbewahrt, eine wässrige Flüssigkeit. Das Gefäß hatte ich aus einer anderen Wohnung mitgebracht, und es war möglicherweise im Abwasch mit

Fleischernem in Berührung gekommen. Bestimmt war es mit Fleischernem in Berührung gekommen. Ein Idiot hatte sicher denselben Abwaschschwamm benutzt. Jetzt stand das Glas da, und er konnte all sein Geschirr und Besteck wegwerfen, wie er sagte. Es tat mir nicht leid. Schließlich aß er Mozzarella. Den Käse hatte die Verkäuferin mit ihren Fingern angepackt, um die Regale aufzufüllen. Zuvor hatte sie mit ihren Händen Wurst geschnitten. Das hatte er nicht gesehen. Die Packung schnitt er über der Spüle auf. Sie fiel wegen einer Ungeschicklichkeit ins Becken. Schafskäse war weniger genehmigungspflichtig, dafür aber außer dem holländischen Chemiekäse alles, was einen gewöhnlichen Kuhkäse auszeichnete. Auf dem IKEA-Küchentisch lagen die Genehmigungslisten verschiedener Rabbinate. Sie sollten beim Einkauf mitgenommen werden. Ich sollte alles dort nachsehen, bevor ich zur Kasse ginge. Ich würde nach meiner Brille suchen, diese dicke Liste halten und dann die Produkte auf ihre Etikettierungen hin überprüfen. »Bei Lidl sind sie sicher nie gewesen«, merkte er an. »Sie« – die Aufsichtsbeamten des Rabbinats? »kosher_Kosher_Zert.« Was ist das und wo soll ich es herbekommen? Es wird sich ausbreiten, weil es gut ist, auch bei Laktoseintoleranz. Sagte er.

Am Abend ging er zu einem Empfang. Er aß aus allen Schüsseln und von allen Tellern, die man ihm vorsetzte. Wie der Ulpan-Sprachunterricht war es fast umsonst. Ich beteiligte mich nur noch selten an den Haushaltsdingen. Einmal brachte ich Dinkelmehl in verschiedenen Sorten mit. Meine Fahrradtaschen quollen über davon, sodass er bis Ostern backen konnte. Mit oder ohne treife Butter. Und Waschpulver, auch Waschpulver hatte ich gebracht. Das war koscher.

Fritz Kittel hatte sie oft zur Schule gebracht. Die kleine Nichte aus der Stadt, weil sie doch ausgebombt waren, nicht? Am Sonntag trödelte sie den staubigen Weg zur Kirche entlang, vorbei an dem schattenlosen, brachen Feld – ein langer Weg, auf dem ihr niemand begegnete. Krähen saßen auf dem Niemandsland, schwarz und laut. Sie setzte sich in eine der hinteren Bänke. Stand auf, als die anderen aufstanden, oder setzte sich, wenn sich die Reihen vor ihr setzten. Fritz Kittel verbrachte die Zeit mit seiner Verlobten, natürlich. Mit ihm hatte sich die Kleine sicher gefühlt. Sie sollte nach dem Gottesdienst schnell wiederkommen, sollte sich beeilen. »Tante Edith« wollte die Schulsachen mit ihr durchgehen. Ihre Lehrerin wusste nicht, dass sie noch nie in einer Schule angemeldet war, das Rechnen fiel ihr sehr schwer. Sie ging jetzt in eine vierte Klasse. An ihrem ersten Tag hatte Fritz Kittel sie hingebracht. Er hatte mit der Lehrerin geredet. »Sie ist sehr verstört«, sagte er, »wegen der Bomben. Niemand weiß, was das Kind gesehen hat.« Manchmal erinnert sie sich nicht, hatte er der Lehrerin gesagt. Sie hat sich zum ersten Mal auf eine Schulbank gesetzt. Langsam hat sie den Kopf gehoben, höher und höher, und schließlich schaute sie auch zur Tafel, vor der die Lehrerin stand. Später, als alles vorbei war, machte sie eine Aufnahmeprüfung. Das war in Marburg, vierzehn Tage hatten sie gebraucht, um in Marburg anzukommen. Eine Woche lang wurde sie geprüft. Sie kam in die 5. Klasse, obwohl ihr die ersten drei Klassen fehlten. Sie lernte nach, jede Woche kam ein Student, den sie nicht mochte. Das war danach. Viel später. Nachdem die Amerikaner da waren. Tante Edith hatte außerdem noch »Ruth Franke« geheißen. Und später dann »Edith Walther«. »Ruth Franke« hatte sie unterrichtet, die Jahre davor. Manchmal war sie unerbittlich gewesen. Nur in Mathematik war sie nicht so gut gewesen. Dafür hat sie schon ein paar Brocken Englisch gekonnt. »Ruth Franke«, »Tante Edith« – ihre Mutter.

Am ersten Abend, dem Ankunftstag meiner Schwester, hielt ihr Sohn Schabbes zu Hause. In der Wohnung drängten sich die Menschen und waren festlich gestimmt. Der Sohn führte seine Mutter zu den Kerzen. Sie strich das Streichholz an. Die Leute verstummten. Der Docht fing an zu brennen, die zweite Kerze. Die Mutter trat zurück, er stand neben ihr, wartete – sie schaute sich um – die Menschen warteten. Sie sah ihn an. Eine junge, beleibte Frau ging nach vorne und sagte Kiddusch. Die Kerzen brannten. Sie sah in die dünnen Flammen und in das Gesicht ihres Sohnes. Was soll das? Dass alle sehen, seine Mutter kann keinen Kiddusch sagen? In ihrem Keller, in Kittels Wohnung, gab es nirgendwo einen Kiddusch zu sagen.

Berlin
Neffe

Wir hatten uns hier getroffen und aßen Erdnüsse. Wir warteten darauf, dass jemand die Schale mit den Keksen auffüllte und darauf, dass die Angestellte der Lounge ein weiteres Segafredo-Päckchen öffnen würde. Draußen war es heiß, der Asphalt vor dem Flughafengebäude wölbte sich, eine klebrige, weiche Masse. Ich hatte aufgepasst, dass ich beim Aussteigen nicht mit dem Schuhabsatz hängenblieb. In meinem Kopf wiederholten sich die Tage und Wochen wie ein Da capo: Die erste Woche verstrich. Meine Mutter hatte Pläne, beziehungsweise sprach sie von Plänen. Sie wollte, dass ich ihr sage, wie sie dorthin und dorthin käme. Schlug vor, wir könnten uns am Abend treffen, in der Galerie, zum Essen. Ich wartete auf ihren Anruf, verlegte einen Besuch und verschob meinen Besuch bei der Bank. Wir trafen uns am Abend nicht. Auch nicht in der darauffolgenden Woche. In der dritten Woche hörte ich auf, meine Angelegenheiten zu verschieben. Das war auch nicht mehr nötig. Dann saßen wir in der Flughafenlounge. Meine Tante machte eine Bemerkung darüber, dass ich ihre Grübchen hätte, wenn ich rede. Ich weiß, dass ich jünger aussehe als ich bin. Meine Freundin Denise sagt das auch, und sie bringt es fertig, dass ich mich dann immer etwas geschmeichelt fühle oder verehrt, oder sagen wir besser begehrt. Obwohl mich meine Tante kennt, bin ich sicher, sie weiß nicht, wovon ich lebe. Jahrelang hatte ich auch nicht gewusst, wovon ich lebe oder wo eigentlich. »Auf Reisen«, antwortete ich, wenn sie fragte. »Auf Reisen.« In einer Stadt hatte ich im Keller ein paar Möbel abgestellt. Blieb da eine Zeit, lernte Sprachen. »Ich muss trainieren.« Trainieren ist eigentlich eine Art Lebensmotto für mich. Ich wollte einmal zusammen mit einem Freund eine Schuhfabrik in Gaza eröffnen, ein anderes Mal hatte ich mich komplett in die Sache mit Mailand verliebt, ein Restaurant in Mailand. Das konnte ich mir vorstellen. Meine Tante bemerkte, dass ich von Schuhen so wenig verstünde wie von einem Restaurant. Nun ja, learning by doing, oder? Ich habs dann nicht gemacht. Leider. Immerhin weiß ich, dass Schnürsenkel zum Binden der Schuhe da sind. »Ich habe allerdings jetzt nicht mehr viel Zeit, ich werde heute Abend zu einem Meeting gehen, und ich vermute oder hoffe, dass ich da etwas über ein Joint Venture erfahren kann, von dem habe ich vielleicht schon einmal gesprochen ... Sorry, hab ich nicht? Ich bin ein bisschen stolz darauf, dass ich der erste Schwarze Amerikaner war, der Südafrika nach der Apartheid besuchte. Wusstest du das?«

Mein Notebook und das Portemonnaie blieben verschwunden nach dem Aussteigen aus dem Taxi. Trotzdem: Ich wurde ehrenhaft begrüßt und jemand sagte, er sei stolz darauf, mich hier zu haben, und ich war auch stolz. Ich ging zum Chef der – wir würden sagen – Industrie- und Handelskammer –, und wieder begrüßte mich jemand und sagte, er sei stolz auf meine Anwesenheit, und ich war auch stolz. Später fragte eine Werbefirma, ob sie ein Abendessen mit mir organisieren und dabei Aufnahmen machen dürften. Das passiert mir eigentlich oft oder gelegentlich, ich meine, sie sagen, ich sei smart und good-looking. Für ein Abendessen sagte ich zu. Ich mache das gerne. Ich kann vergleichsweise viel über meinen Aufenthalt in Südafrika sagen. Dagegen kann ich nichts über meine Freundin sagen oder darüber, wie meine Freundin gewesen wäre. Oder ob ich jemals eine Freundin haben würde. Fast wäre sie meine Freundin gewesen. Aber ich hasse Zigaretten, und meine Freundin war eine Juristin und Raucherin. Außerdem wusch sie sich absolut selten die Hände, und ich wasche mir die Hände und zwar andauernd, würde ich sagen. Das ist sehr wichtig für mich. Zusammenfassend kann man sagen, ich weiß fast nichts über mich oder darüber, wie es kam, dass die Freundin wegblieb. Dieses Jahr habe ich zum ersten Mal alles Geschirr, das im Hause war, gekaschert. Die treifen Essen, die meine Tante mitbrachte, wurden im Hausflur geparkt. Sie versteht diese Dinge nicht.

Sie findet immer etwas an mir, womit sie dramatisch nicht einverstanden ist. Was sie weniger beeindruckte, war meine Schilderung darüber, wie ich mir beim Bücken und Wischen und Reinigen den Kopf stark angestoßen hatte. Sie redete später über den Gast, der auch eingeladen war, und seine Frau. Ich stand da in weißem Hemd mit Fliege und mit schwarzer Hose und zeigte den Gästen, die sich bereits an den Tisch gesetzt hatten, die Stelle an der Stirn, an der die Beule wachsen würde. Ich nahm es nicht ernst natürlich, das passiert, wenn man jede Krume finden will. Die Frau fragte ihren fünfjährigen Sohn, ob er sich daran erinnere, wie sie die Teller zum Schlachtensee getragen hätten. »Es ist das nächstgelegene fließende Wasser«, sagte die Frau. Die Frau war eine Übergetretene. Ich weiß, das sollte man nicht sagen. Aber ich muss das tun. Sie war blond – es tut mir leid, das sollte man auch nicht sagen – und Direktorsgattin eines jüdischen Mannes, der bei Übernahme seiner Firma durch saudiarabische Leute königlich – sagt man königlich? – ausgezahlt wurde. Seine Schickse, so hat meine Tante über die Frau gesprochen, geht mit dem Sohn zum Schlachtensee. Ich stelle mir vor, wie sie am Schlachtensee steht. Eine Zeitlang ging meine Tante morgens zwischen acht und zehn Uhr dorthin. Sie legte ein zusammengerolltes Handtuch auf einen Ast im Gebüsch, zog die Hose aus und hängte die Bluse über dünne Zweige. Die Flipflops hatte sie vergessen. Sie taucht in das nachtschwarze Wasser. Mit raschen Stößen. Weiter, weiter, Äste und Blätter treiben auf der Oberfläche. Die Schwimmerin holt aus mit den Armen, schiebt das Wasser zurück. Ich schwimme nicht gern, ich mag das nicht, Wasser und die Vorstellung, dass auch andere darin sind. Um die Wahrheit zu sagen: Es ekelt mich. Es macht mir keine Freude.

Berlin

Tante

Meine Haare legen sich wie ein Teppich aus, wenn ich eintauche. Teller und Tassen schwimmen zwischen meinen Haaren. Mit Saugnäpfen halten sie Besteck. Servierplatten saugen an meinen Unterschenkeln, Gabel und Messer stecken zwischen den Zehen.

Offenbar war mein Neffe dabei gewesen: beim Käschern in fließenden Wassern. Ich mochte ihn jetzt wieder mehr; er, der eines der echten »Second Generation Children of Survivors« war oder sogar »Third«. Allerdings, das muss ich erwähnen, waren die unmittelbaren Survivors keine KZ-Überlebenden, sondern welche, die illegal überlebt hatten. Die Survivors, das waren meine Mutter, meine Großeltern. Seine Urgroßeltern nicht, die hatten auf der Vaterseite nicht überlebt, und die ermordeten Onkel und Tanten jetzt nicht mitgerechnet, die hat er nicht kennengelernt. Nein, aber seine Mama, meine Schwester, meine Mutter – seine Großeltern – überlebten in der Illegalität. Dokumentiert in den Fragebögen des Hessischen Staatsministeriums, Der Minister des Innern, Abt. VI – Wiedergutmachung, Betr.: Anmeldung von Ansprüchen gemäß Gesetz zur Wiedergutmachung nationalsozialistischen Unrechts §14. Nr. 8. Wie ist der Körperschaden entstanden: Durch die Lebensweise während der Illegalität (Versalien), und Nr. 16. Art der Verfolgung, durch die Schaden an Körper und Gesundheit entstanden ist. Antwort: Illegalität (Versalien). Schaden an Freiheit durch Freiheitsentziehung oder Freiheitsbeschränkung: ja. Diesen Zustand muss man als Sohn oder Enkel erstmal verkraften.

Die Anderen waren Kinder von Ausgewanderten und wussten jetzt alles besser als er, meistens waren sie mit fließendem Hebräisch zurückgekehrt; eine Sprachgewandtheit, die im Untergrund des Dritten Reichs nicht zu erwerben war. Der Zionismus eroberte das Interpretationsmonopol alles Jüdischen. Die ehemals nach Israel Ausgewanderten wurden als Rückkehrer oder als welche, die hin und her gingen, mit ihren engen Beziehungen zum Heiligen Land in gleich welcher deutsch-jüdischen Tischgemeinschaft sofort führende Figuren. Die diasporischen Juden dagegen litten oft an mangelhaften Hebräischkenntnissen – ein mögliches Indiz dafür, dass auch ihr Judentum defizitär sein könnte. Und so kam es, dass die Israel-Auswandernden überall den Ton angaben. Vielleicht muss man statt Auswanderer sagen, dass es sich durchweg um Leute handelte, die zu Israel eine Beziehung gehabt hatten. Beziehung, so wie ein Sohn sagen könnte, ich habe eine Beziehung mit ihr, weißt du. Außerdem stammten sie aus einer Gesellschaft, in der sie die Mehrheit gebildet hatten, und so selbstverständlich nahmen sie jetzt auf den breiteren Stühlen Platz, als gebührten sie ihnen. Aber das sind unverständliche innere Community-Umstände, die außerhalb keiner versteht. Jedenfalls redeten sie viel von Gleichheit, die sie anstrebten, zwischen Arabern und jüdischen Israelis, aber schon die Gleichheit zu allen möglichen anderen Juden fiel ihnen deutlich schwer. Sie mochten ihre Besonderheit, mit der die Deutschen sie behandelten. Machten Witze darüber, nun ja.

Die Leute verstummten. Der Docht fing an zu brennen, die zweite Kerze. Die Mutter trat zurück, er stand neben ihr, wartete. Sie schaute sich um, die Menschen warteten. Sie sah ihn an. Eine junge, beleibte Frau ging schließlich nach vorne und sagte Kiddusch. Die Kerzen brannten. Sie sah in die kleinen Flammen und in das Gesicht ihres Sohnes. Diese junge beleibte Frau war die Tochter des Direktors, den die Saudis ausgezahlt hatten. Der Closet-Jew wusste nicht, was zu tun war. Das hätte sie längst nachholen können, nicht wahr? Die Tochter des Direktors, den die Saudis ausgezahlt hatten, hatte es auch schwer. Sie war sechsunddreißig Jahre alt und suchte seit ihrem siebzehnten Lebensjahr nach einer Partie fürs Leben. Das ist schwer genug, aber in ihrem Fall lastete die Sache wie ein Fels auf ihr. Die Großmutter hatte sie als Erbin eingesetzt. Sie musste mit einem Mann verheiratet sein, um ausgezahlt zu werden, und es musste ein Jude sein. Das ist eine Herausforderung, trotz der Russen, von denen die Gemeinden jetzt voll waren. Die Großmutter in England war dagegen, dass ihre Enkelin für die Gojim arbeitete – in Deutschland. So arbeitete die Erbin zwar ebenso wie auch Nicht-Erbinnen arbeiten, aber doch so, als sei sie in einem prä-matrimonialen Zustand. Gleich und eigentlich jederzeit. Sie war belastet von dieser Hypothek, eine, die den Testamentswillen zu erfüllen sucht. Ja, tatsächlich sucht. Sie kam wie zum Auftritt. Wie eine, die beinahe Erbin ist. Und wie eine, auf der ein Fluch lastete. Es musste erfolglos bleiben, dass sie ihn ausgesucht hatte, den Ästheten, der unfähig war, ihre Leibesfülle anzufassen, und überdies war er auch in einem Zustand davor – und damit meinten die Freunde, er müsste sich bekennen, tatsächlich, sozusagen ein Coming-out als Jude: von Kopf bis Fuß Jude werden und auch morgens beim Frühstück.

Die Telefone glühten, wenn wir begannen, über seine Closet-Jew-Mutter, meine Schwester, zu sprechen. Das kam gelegentlich vor, obwohl ich mich hinterher darüber ärgerte, dass ich mich wieder provoziert gefühlt hatte. »Guten Tag«, sagte er, »wenigstens wissen wir, dass sie nicht lügt«, und redete wieder über ihren Krebs.

Meine Schwester hatte diesen Ton, diesen begütigenden Ton, wenn sie zu mir sprach, als wäre ich ein Kind. Sie sprach auch mit dem Schalterbeamten am Flughafen in diesem Ton. Und mit ihrem Mann. Ob er noch etwas trinken möchte. Als die Kellnerin das bestellte Wasser gebracht hatte und auf dem Tisch den ausgetrunkenen Eiskaffeebecher am Nebentisch abstellte und auch den unbenutzten Aschenbecher beiseiteräumte, sagte sie: »Wie aufmerksam, nicht wahr, das haben Sie gesehen, dass wir nicht rauchen. Rauchen ist wirklich sehr schädlich. Das ist sehr gut, sehr gut, wie Sie das machen.« Sie fügte noch weitere Sätze an. Möglicherweise lächelte die Kellnerin, eine Frau in den Dreißigern, die sich mit raschen Händen bewegte und mehrere Teller gleichzeitig auftragen konnte, indem sie sie mit gespreizten Fingern auf der flachen Hand und dem Unterarm balancierte. Zum Herrn am Schalter hatte sie ebenfalls gesagt, dass er das gut mache. Er hatte das Formular ›Kundenwünsche‹ nach ihren Angaben ausgefüllt. Sie führte Beschwerde darüber, dass die Flugbedingungen bei Air Berlin nicht in englischer Sprache publiziert werden. »Mein Mann ist nicht deutschsprachig«, wiederholte sie. Manchmal nahmen Beschäftigte der Airline ihren Kundenwunsch auf. Meistens erhielt sie eine Telefonnummer, die sie gerne an mich weitergereicht hätte. »Du weißt doch, ich bin schlecht am Telefon«, sagte sie. Die Mutter, unsere Mutter – meine war sie nach 1945 geworden –, hatte versteckt in der Kammer gesessen und nicht gesprochen. Das Kind war nach draußen gegangen und hatte gesprochen. Hätte das Kind zu viel gesprochen, wäre die Mutter aus der Kammer weggekommen. Sie wusste, dass sie dann auch weggekommen wäre. Wahrscheinlich wusste sie es. Kinder wissen sehr viel.

Während sie die Kellnerin und mich lobte, hatte ihre Stimme einen hohen Klang. Mutter sah aus der dunklen Kammer und hörte, wie ihr Kind ein Glas Wasser bestellte und die Kellnerin den Eiskaffeebecher wegtragen hieß. Wie die Kellnerin den ausgetrunkenen Eiskaffeebecher wegtrug und das Kind sie lobte, wie Mutter das Kind gelobt hätte, wenn das Kind für Mutter den Becher abgeräumt oder weggetragen hätte – falls sie im Freien in einem Café in Berlin gesessen hätten. Die Mutter kannte den Platz, den Wittenbergplatz, auf dem Tauben und Bettler zusammenkommen. Sie solle sich nicht auf die Parkbank setzen. Ein Bettler sitzt da mit einer Flasche in der Hand und einem roten Gesicht. Das Kind kennt den Platz nicht, das Kind kannte die Kammer über ihm auch nicht, nur dass sie da war und nicht da war. Ihre Stimme hatte einen hohen, gleichzeitig sanften Klang angenommen. Ich hatte Zigaretten in der Tasche. Ich holte sie nicht heraus, rauchte nicht. Es hätte keinen Spaß gemacht, wenn ich ihren Kommentar hätte hören müssen.

Meine Brust zog sich zusammen und der Atem schien sich festzusetzen, drückte nach oben und setzte sich unter dem Kehlkopf fest. Im Kopf begann sich ein feiner Schmerz anzukündigen. »Closet-Kid ... Closet-Jew«, sagte mein Neffe, als wir in der Lounge saßen.

»Hallo Süße. Engelchen, du kannst den Tisch wieder abräumen. Ich muss einen Brief schreiben.« Natürlich musste meine Schwester diesen Brief schreiben. Während ich einkaufen ging, war die Butter weich geworden. Ich hatte Brötchen gekauft und Croissants. Einen Aufstrich und eine Paste, die sie vertragen würde, und ich hatte allen Bescheid gesagt, damit sie auch da wären. Die Briefe hatten geschrieben werden müssen. Niemand würde diese Briefe beantworten. Den ersten Brief, der damit zu tun hatte, erhielt ich eines Tages von meinem Großvater.

Großvater gehörte zu den Familiengestalten, die aus meinen Tagen nie verschwanden. Lange haben die Großeltern überlegt: Sollen sie, sollen sie nicht. In ihrem Alter noch ... und auch die Sprache. »Kommt«, schrieb Senta, »kommt, hier ist es gut.« Sie war die jüngere Tochter, und Gott weiß, wie sie über Shanghai dort angekommen ist. Im Gelobten Land. Das Gelobte Land war in Übersee, nicht in der Wüste Negev. Sie kamen. Über sechzigjährig. In Berlin sagte die Nachbarin: »Ist schon vermietet, nichts zu machen. Da brauchen Se nich stehen bleiben.« Sie hatten ihr einen Pelz zum Aufbewahren gegeben, ihre unreinen Konten waren gesperrt. Später hatte die Nachbarin zu Großvater gesagt, er solle machen, dass er weiterkommt, sonst würde sie die Polizei holen. Seinen Namen habe sie nie gehört. Eine kurze Zeit lang hatten die Großeltern in Charlottenburg in einem Zimmer gewohnt. Da hat jemand geschrieben, er habe gewusst, dass sie niemals Franke geheißen hätten. Niemals. »Und«, fährt der Schreiber fort, »wir – meine Frau und ich – haben das Ehepaar nicht angezeigt, wiewohl wir ihren nicht-arischen Hintergrund erkannt hatten.« Der Briefschreiber will, dass das der Spruchkammer vorgelegt wird. Er will als Lehrer wieder eingestellt werden, war Parteimitglied der ersten Stunde. Er hatte es Anfang April 1945 unterlassen, zwei Juden anzuzeigen, Oma und Opa. Ich möchte hinfahren und mich bedanken, dass er Oma und Opa nicht angezeigt hat. Oma und Opa wären dann von S-Bahnhof Westhafen ins Krematorium und in den Himmel gefahren. Auf Gleisschwellen in Grunewald kann man in chronologischer Reihenfolge die Daten für die Transporte abschreiten und die Anzahl der deportierten Menschen. Oma und Opa, das weiß ich jetzt nicht, aber meine Mutter und meine Schwester und der Ehemann Felix sollten am 18.10.1941 dort einsteigen. Aus Gründen oder aus Willkür wurden sie nicht abgeholt. Oma und Opa wären für die späteren Jahreszahlen infrage gekommen, als der Briefschreiber sie erkannt hatte. Nicht angezeigt, »wiewohl wir ihren nichtarischen Hintergrund erkannt hatten«. Das soll für die Wiedereinstellung genügen. Da mögen sich die Antragsteller nun fast auf eine Stufe gestellt haben mit Fritz Kittel. Dem Mann, von dem ich wollte, dass ihn die Bundesbahn posthum ehren möge oder die Eisenbahnergewerkschaft, die wegen ihrer Lokführer, die Auschwitz-Transporte fuhren, nicht dermaßen viele in ihren Reihen haben dürfte wie Fritz. Fritz Kittel. Der Beauftragte der Deutschen Bahn sagt, die Ehrung von Fritz Kittel, also wenn es denn ausschließlich um ihn gehen würde, das sei nicht machbar, nicht durchsetzbar. Dass so ein Einzelner ... das ist gewissermaßen zu wenig ... da müsse man schon mehr sagen, und es bräuchte einen komplexeren Ansatz. Ein widerständiger Reichsbahnarbeiter, der Juden rettet – würde die Bahn eine Täterkartei aus dem Personalbestand ausstellen wollen? Andererseits sind die Akten der Reichsbahner verschwunden.

Die Möglichkeit, Oma und Opa ins Gas zu schicken, hat der Nachbar verstreichen lassen. Hat sie nicht genutzt. Hat Abstand davon genommen. Sicher erkannte die Spruchkammer eine Widerstandshandlung in der Normabweichung: unterlassene Tötung, obwohl es doch nahegelegen hätte. Ich will mich bemühen, es meinem Kind fortan besser zu vergelten, wenn es nicht stiehlt und mordet.

Die Großeltern entschlossen sich. Viele Wochen würde man per Schiff brauchen, um dort anzukommen. Die Fristen liefen, jetzt mussten sie entscheiden. Großvater machte es wie Felix Z., der Vater meiner Schwester, also der erste

Ehemann unserer Mutter. Er steckte diese Entschädigungssumme in ein kleines Haus mit Vorgarten, grüner Rasen, zwei Rosenstöcke am Eingang. In der Nähe seiner zweiten Tochter. Ja, in der Nähe, das würde gut sein. Es war beinahe wie ein deutsches und jüdisches Viertel, wie er nach seiner Ankunft feststellte. Den Neuankömmlingen, die kaum Englisch sprachen, war es sehr recht. Sehr weiß übrigens, ausschließlich weiß. Diese Bemerkung habe ich ihm nicht verziehen und auch nicht, dass er an der Seite seines Präsidenten stand, als ich gegen den Vietnamkrieg war. Mein Ein und Alles war er gewesen, aber ich war nicht gefahren, niemals dahingefahren, wegen dieser beiden Sätze. Das waren die Zeiten, in denen die CIA die Bürgerinnen und Bürger ausspähte, die in weißen Vierteln Schwarze empfingen. Ich sage das nicht zu seiner Entschuldigung. Ich sage das zu ihrer Entschuldigung, zur Entschuldigung meiner Schwester, die ihre Schwarzen Kinder zu Hause ließ, wenn sie ihn besuchte.

Wegen Angela Davis und Bobby Seale hatte ich mit Großvater gebrochen. Großvater, das war für mich ... als wäre die Güte als Person unterwegs. Die Güte trug ein Jackett, und in der Seitentasche hatte sich immer etwas für mich gefunden. Ein Lutscher, ein Bonbon, irgendetwas. Er war allein gekommen. Zu Besuch nach Deutschland. Oma lag drüben unter ihrem Federbett, das sich aufwölbte. Das Weiß in Weiß gehaltene Muster des Bezugs war ihr vertraut, die eingewebten Pfauen und Fasane wie ihre Gefährten. Lange hatte Opa nach diesem Bett und diesem Bezug gesucht.

Heppenheim
Tante

Ich ging an der Hand meiner Eltern die Landstraße entlang, weiter und weiter, bis der Bahnhof erschien. Vor zwei Stunden schon einmal. Im Zug aus Darmstadt war er nicht, sie hatten keine genaue Ankunftszeit erfahren können. Er würde in Frankfurt landen, und dann musste er sich durchfragen. Er fragte. Er erschrak vor dem deutschen Wort, das aus seinem Mund herauskam. Es war überfärbt mit einer amerikanischen Aussprache. In der Nacht, bevor er geflogen war, hatte er geträumt. Unten im Keller, in Berlin, unter der Kirche, hinter dem Verschlag, und wie sie Tritte hörten. Stiefel und andere Schuhe, leichte Tritte wie die von Kindern. Großmutter überkam ein Hustenreiz, er rieb ihr den Rücken, während sie sich ein Tuch vor den Mund presste. Ihr Gesicht verfärbte sich rot. Er formte mit den Fingern seiner Hände Schattenfiguren. Tränen stiegen ihr in die Augen, die Schritte entfernten sich. Sie legte das Tuch hin, er starrte auf seine Hände, die Luke über ihrem Kopf wurde aufgetan. Sie blieben sitzen, drehten langsam den Kopf, das einstürzende Licht blendete sie. Droben saß Goebbels mit einem Mephisto-Gesicht und formte mit den Fingern seiner Hände Schattenfiguren.

Was hätten die Großeltern bei meiner Mutter, ihrer ersten Tochter, tun können – in dieser Provinzgegend, in der sie niemanden kannten. Schlecht zu Fuß war die Großmutter, schlecht zu Fuß. Berlin würde nicht mehr ihr Berlin sein. Berlin, in dem die Nachbarn lebten, bei denen sie sich bedankten, dafür, dass sie sie nicht an die Rampe zum Bahnhof Putlitzstraße, S-Bahnhof Westhafen gebracht hatten. Berthold und Rosa bedankten sich nicht.

Er vermied es, länger zu den Leuten zu sprechen, versuchte, sich kurz zu halten. »Wo bitte fahren hier Züge zum Hauptbahnhof?« Er hatte vergessen danach zu fragen, wo er die Fahrkarte kaufen konnte. In seiner Tasche klimperten Cent-Stücke. Deutsches Geld – er brauchte deutsches Geld. Er hatte ein gestutztes Bärtchen auf der Oberlippe stehen gelassen. Niemand trug ein gestutztes Bärtchen auf der Oberlippe. »Bitte kennen Se mer umtauschen ...« Unter seinem Jackett begann er zu schwitzen, die Krawatte war ihm eng. »Wie bitte?« – »Kennen Se mir ... ?« In Schlochau hatten sie zu Hause Jiddisch gesprochen, bis er ins Waisenhaus kam. Da sprachen sie nicht Jiddisch. Nie mehr hatte er seitdem Jiddisch gesprochen. Musste er jetzt hier 1955 vor diesem Schalter in der Haupthalle Jiddisch reden? Wie um seinen Fehler wieder gutzumachen, redete er weiter auf Englisch mit Deutschem gemischt, und er redete lange und viel. Am Abend, nachdem zwei Züge ohne ihn angekommen waren, stieg er aus dem zweitletzten Waggon. Er hielt auf dem Trittbrett inne. Ein Spalt klaffte zwischen dem Zug und der Bahnsteigkante. Zwei Koffer hatte er bei sich, der eine mit Bindfäden umschnürt.

Meine Mutter hatte Tulpen für ihn gekauft. Meine Beine waren müde von dem langen Weg, es war tagsüber heiß gewesen, und ich hatte mein einziges Kleid nicht schmutzig machen sollen. Ein Wind nahm ein Tulpenblatt mit sich, rote Tulpen waren es. Ich hatte das gegenüberliegende Blatt ausgezupft. Es sollte gleichmäßig aussehen. Da hatte der Wind noch eines mitgenommen. Den Weg über hielt ich den Strauß in der Hand. Schließlich war nur noch eine Blüte übriggeblieben. In der Schule hatte jede ihre Tulpe gemalt, gelbe, rote, rosafarbene – und in der Mitte gab es den grünen

Stempel. Ich fand die grünen, starken Stempel schön, schöner als die sich vor Hitze verschlaffenden Blütenblätter. Hinter dem Rücken hielt ich den Strauß verborgen. Bis der Großvater nahe herangekommen war mit langsamen Schritten: Ich streckte ihm den blütenlosen Strauß entgegen. Damals lernten wir uns kennen, Großvater und ich. Liebe war es – sofort war es Liebe zwischen uns beiden. Später rannte ich einmal fort von zu Hause, angezogen mit dem puffig leichten Sommerhöschen, das sie aus Philadelphia geschickt hatten. Ohne mein Kinderhemdchen, mit nacktem Oberkörper. In Eile. Ich wollte zu ihm »hinüber« – ich hatte »hinüber« gehört – immer die B1 entlang.

Berlin
Tante

»Mir ist heiß«, sagte sie. Sie wollte die Decke umdrehen. Den kühlenden äußeren Bezug fühlen. Sicher hatte niemand Großvater etwas von ihrer Taufe gesagt. Sie auch nicht, sie war jetzt vierzehn Jahre alt. Großvater hat nicht danach gefragt. Großvater stellte diese Frage nicht. Hätte er sich das vorstellen können? Nach allem, was sie erlebt hatten? Er wird fragen, ob sie einen Freund hat, wenn sie größer wird, und ob sie ihn heiraten will. Wie soll er fragen wollen, ob sie getauft worden ist? Niemand wird Großvater fragen, ob er getauft wurde. Seit er denken konnte, gab es niemanden in dieser Familie, der jemals getauft worden wäre. Röschen und er hatten Geld gegeben für die Gemeinde, für den Verein Jüdische Blindenanstalt. Jedes Jahr. Vielleicht war er sogar Vorbeter, wer kann das wissen. Gib – gib! So du bist vor deinem Gott.

In seinem Brief – ich meine den Brief, den er schrieb, als sein Präsident den Vietnamkrieg führte und Napalm auf

Felder und Menschen niederging – spricht er von Berlin, das Berlin davor, vor der Befreiung. »Ich denke noch an Kummerows Café am Tiergarten. Der Sohn ein Nazi, aber Frau Kummerow war sehr gut, denn Oma hat eine Nacht dort geschlafen als Muttis Tante. Mit der Laterne in der Hand hat man Omi im Tierpark gesucht. Keiner wusste von dem Leid.«

Ich suche Kummerows Café am Tiergarten. Ich glaube, es ist das Baumkuchen-Café. Ich kann nicht wissen, ob es das ist. Im Westen gab es keinen guten Baumkuchen. Manchmal sprach meine Mutter davon, dass es nur in Berlin Baumkuchen gebe, und nur der ohne Schokoladenguss der echte sei. Einmal hat sie Baumkuchen bestellt. Sie öffnete das Paket an einem Abend. Nachdem sie das durchsichtige Papier entfernt hatte, stellte sie den Kuchen vor sich hin und schnitt eine Scheibe ab. Sie aß vorsichtig, leise, alleine. In meinem Mund schmeckte der Kuchen trocken. Sie aß von dem Kuchen lange, langsam, leise, alleine. Ich hätte gerne einen mit Schokoladenüberzug gehabt.

»Und Mutti hatte doch immer solche Probleme mit den Beinen.« Es war mir wie etwas Ungehöriges vorgekommen, dass ich auf dem Dachboden in Chicago saß und den an die Schwester gerichteten Brief las.

»Mein liebes Kindchen«, so hatte der Brief angefangen. Er war kurz gewesen. Sie erinnerte sich nicht mehr an diesen Brief. Großvater hatte ihn an meine Schwester geschrieben, in den späten sechziger Jahren.

»Weißt du«, und sie sah irgendwohin nach unten, nahm das Handy in die Hand und legte es zurück, »wenn man gesunde Beine hat, geht das schon mal mit dem Tiergarten, aber Oma hatte diese dicken Beine.« Sie war fünf Jahre alt gewesen, sie waren »illegal« und der Krieg gegen die Sowjetunion hatte begonnen. Sie weiß nicht, was sie redet, dachte ich. Wieder nahm sie das Handy in die Hand und legte es auf einen anderen Platz. »Sie konnte nicht daran glauben, dass sie es schaffen würde. Mutti hat sie überzeugt. Irgendwie hat sie das geschafft. Da war ich meistens nicht dabei.« Sie nahm das Handy in die Hand und legte es auf einen anderen Platz. Wenn sie aufstehen würde, dachte ich, könnten wir durch den Tiergarten gehen. Ich fuhr manchmal mit dem Fahrrad dorthin, wenn ich weiter in Richtung Alexanderplatz wollte. Ich ging niemals in den Tiergarten, um dort spazieren zu gehen oder eine Pause zu machen.

»Dein Vater hat sich um euch nicht gekümmert. Nur der Onkel Otto war gut, der Mutti und mich eine Nacht in seinem Bett schlafen ließ. Lebt er noch? Hast du seine Adresse? Er hat Mutti in Werder zum Kirschenpflücken eine Unterkunft bei Leuten besorgt, die große Nazis waren. So haben wir drei Jahre dieses Elend mitgemacht. Mutti hätte es nun in Amerika guthaben können, aber leider ... Nun habe ich zum Glück ein Frauchen, das nur auf Opas Gesundheit bedacht ist – nur gute Kost, kein Fett, Essen: keine gute Butter, nur Diät –, das fehlte Mutter.«

»Und weißt du, die Strickjacke ...« Eine lange weiße Strickjacke, mit eingestrickten Zöpfen. Sie wurde niemals von jemandem getragen, solange ich mich erinnern kann. Sie war für »das«. Wenn der Bescheid zugestellt sein würde und sie sich an dem und dem Platz einzufinden hätten. »Betrifft: Abwanderung. Herrn/Frau/Fräulein« – Ihre Abwanderung in das Protektorat ist für den 5.8. behördlich angeordnet. Ausgestellt »Berlin N4, den 30.7.1942«. Die Großtante hat die Abwanderung nicht überlebt. Wie kommt es, dass der Bescheid noch da ist? »REISE-Gepäck: lediglich ein Coupékoffer und ein Rucksack ... nicht mehr als 50 kg wiegen. Abzugeben vor Reiseantritt: Charlottenburg: Pestalozzistr. 14/15 (Pestalozzistr. unterstrichen)«, nicht Eberswalder Str. oder Münchener Str., »Transport-Nr. 04887.« Deportation – deportare lateinisch: fortschaffen, wegbringen, wegtragen, verbannen – die Fortgeschafften. »Anna Kummerow, Altonaer Str. 36, Restaurantbesitzerin, Serviererin erkrankt; Schwiegersohn Obersturmbannführer Bruno Thomas, durch welchen längeres Verweilen unmöglich gemacht wurde.« Ach so, da war eine Chance gewesen, weil die Serviererin erkrankt war, aber –

Ich hatte die Entschädigungsakten eingesehen.

Die Jacke wirkte ungetragen, sie schmiegte sich nicht an einen Körper. Den anderen, den Glaubensgleichen, war der Vordruck schon lange zugegangen – sie gehörten zu den letzten, denen er zugestellt wurde. Nach Riga? Großmutter dachte, sie muss eine Jacke stricken, etwas, das warm ist ... Ich legte sie auf meinem Boden aus, das Muster stach mir in die Augen. In der Tiefe der Kommode bewahrte ich sie auf. »Das ist aus der Mode«, sagte meine Nachbarin und hielt einen Rock in die Höhe und die Jacke. Sie zog am Ärmel. »Die kannst du fortgeben.« – »Nein. Nein«, sagte ich, »die nicht. Die weiße Jacke trage ich.«

New York

Tante

Ich hatte ihn in der Bronx getroffen, in New York. Ein Professor. Aus der Nähe von Gießen. Die Schüler bekamen zwei Tage schulfrei. In der Turnhalle wurde Stroh aufgeschüttet, darauf schliefen sie, bis sie fortkamen. Nach Osten hieß es, würden sie fortkommen. Eine Turnhalle voller Menschen und ihrer

Bündel. Ich war fünfzehn, sagt er mir. Als der Mann erzählt, ist er fünfundsiebzig. Sechs, sieben Jahre älter als meine Schwester damals war. Er sollte nicht zur Schule kommen, weil die Menschen in der Turnhalle schliefen. Bei diesen Erzählungen berechne ich den Altersunterschied. Die Berliner Juden schliefen nicht in seiner Turnhalle, bestimmt nicht.

Berlin

Tante

Ich sah auf ihre Füße. Auf diese Füße mit den auswärts stehenden Großzehen und den sich auswölbenden Ballen. Diese Füße, auf denen sie ging, als wären sie ein verkehrtes Paar. Immer schon ging sie auf diesen Füßen wie mit einem verkehrten Paar Schuhe. Sie strich über das Laken, strich es glatt, drehte die Knie auswärts wegen der Hitze. Dann strich sie wieder über das Laken und zog die Füße ein.

Ich denke über die Altonaer Straße nach. Immer noch denke ich über die Altonaer Straße nach. Das hat damit zu tun, dass einmal ein Dieb mein Auto aufgebrochen hatte, und ich die Tür hatte richten lassen. Ich fuhr deswegen nach Moabit, die Altonaer Straße liegt auch in Moabit. Die Beifahrertür war aufgebrochen. Meine Tasche war gestohlen. Es war nichts Wertvolles darin gewesen. Ein Mann, der mir behilflich war, wusste, welche Vertragswerkstatt jetzt aufzusuchen war. »Ein Freund von mir«, sagte er, »das ist ein Freund, der wird es gut machen.« Hans Münchow, Karosseriebau, Reparatur, Spezialist für Versicherungsschäden. Ich kam gegen elf Uhr in die Werkstatt. Herr Münchow stellte sein Bier ab, besichtigte die Wagentür, machte Fotos. Ich unterschrieb eine Abtretungserklärung und bat um eine Überprüfung der Bremsen bei dieser Gelegenheit. Ich fragte Münchow, ob er schon lange mit dem Mann, der mich geschickt hatte, befreundet sei. »Ja«, sagte Münchow. »Nächste Woche um die gleiche Zeit?« – »Ja, um die gleiche Zeit.« Als ich kam, war die Mitarbeiterin schon gegangen. Herr Münchow deutete auf das Buch, das ich unter dem Arm trug. Er lese auch gern. Ließ sich den Titel zeigen. Sagte, er war eigentlich auf dem Gymnasium. Wenn sein Vater nicht gewesen wäre ... Dann nahm er einen Schluck aus der Flasche und redete von seinem Schuldirektor. Herr Münchow war mindestens sechzig, eher sogar siebzig Jahre alt, wenn nicht älter, dachte ich. Der Schuldirektor habe Mauersberger geheißen – ich verstand den Namen nur undeutlich – und sei Jude gewesen. Ich stand an den Tresen gelehnt. »Das kommt alles von den Großeltern«, sagte Münchow, »dann stünde ich heute nicht hier.« – »Was kommt von den Großeltern?« – »Dass das so ausging mit mir ... Soll ich mal sagen, wie die geredet haben – die haben geredet ...« Herr Münchow ließ Daumen und Zeigefinger an den Spitzen zusammenkommen, hielt die Finger einen Moment zusammengepresst, beschrieb einen kleinen Halbbogen, bevor er sie mit einer kurzen schnellen Bewegung aufspreizen ließ. »Das macht man doch nicht mit den Menschen«, sagte Herr Münchow, »das ist doch nicht anständig.« – »Was ist nicht anständig?« – »So machte der Alte, der Opa«, wiederholte Münchow und ließ Daumen und Zeigefinger wieder durch die Luft kreisen und aufspreizen. »Was macht man mit dem Juden? Den lässt man in den Kessel voll mit heißem Öl ...« Herr Münchow machte eine Pause – schloss und öffnete Daumen und Zeigefinger. »Das ist doch nicht anständig«, wiederholte er. »Die Großeltern waren stramme ...« Er hatte eine Art, die Sätze abzubrechen, sodass sie in der Luft standen. »... und der Papa auch. Von denen hat ers.«

Ich stand noch immer am Tresen und wartete auf die Fahrzeugpapiere. »Und der Vater wollte es dem Mauersberger, der eben Jude war, zeigen, unbedingt zeigen und Fehler nachweisen … und da glauben Sie doch, dass ich da nicht weiterkam. Sechziger Jahre. Das ist dann alles auf meinen Buckel gefallen.« Herr Münchow wiederholte noch mehrere Male, dass man so etwas nicht macht.

»Sie wissen, dass Ihre Großeltern Antisemiten waren?« Es war meinerseits wirklich eine Frage. Ich wartete auf die Fahrzeugpapiere. »Die haben Leute versteckt.« Diese Version kannte ich. Immer hatte wer, von dem man es nicht genau wusste, wen versteckt. Alle hatten wen versteckt. »Hier – nicht weit, gerade da, Birkenstraße, da haben die Juden versteckt – Menschen, die nichts getan haben.« Was sollte ich dazu sagen? Herr Münchow nahm wieder einen Schluck aus der Flasche und setzte sie hart auf. Er redete weiter. »Und wenn die Juden kein Geld mehr hatten und sie alles aus denen rausgekriegt hatten, dann schmissen sie sie raus.« – »Wo war das genau, wissen Sie das?« – »Birkenstraße 54 in der vierten Etage, Seitenflügel, hinter einem großen Schrank. – Eine Schweinerei«, sagte Herr Münchow, »unschuldige Menschen.« Herr Münchow entschuldigte sich für seine langen Reden, schaute mich an und sagte: »Und Sie, wie finden Sie das?« – »Ich bin Jüdin, wie soll ich das finden.« Herr Münchow hatte sich das gleich gedacht, schon vorige Woche. Gleich nachdem ich zum ersten Mal den Fuß in seine Werkstatt gesetzt hatte, sagte er. »Da bin ich ja nun ganz falsch bei dem Zeug, das ich da geredet habe.« – »Vielleicht haben Ihre Großeltern ja meine Großeltern hinterm Schrank gehabt und dann das Geld genommen und sie beide rausgeschmissen. Sie haben einmal geschrieben, dass sie bei welchen in

Tiergarten im Versteck waren, aber nicht lange – nein, nicht lange.« Ich hätte gerne meine Fahrzeugpapiere gehabt. Herr Münchow sagte mir noch, dass seine Frau auch so aussähe wie ich. Mit Grund hätte er sie geheiratet. Wer weiß, wo die herkomme – bestimmt ... dann brach er ab. »Ich bräuchte den Fahrzeugschein.« – »Ach ja«, sagte er. »Entschuldigung, ich halte Sie auf. Bestimmt halte ich Sie auf.« Er gab mir einen Umschlag. Nachdem ich die Adressangabe der Kummerows – es ist häufig unklar, ob sie sich mit einem oder mit zwei M in der Mitte schreiben, gefunden hatte, war mir später so, als wären Großmutter und Großvater auf die Münchows getroffen. Vielleicht war das so, sie hatten ja keine Wahl gehabt. Ich sprach mit niemandem über die Altonaer Straße, die Münchows und über die Handbewegung zwischen Daumen und Zeigefinger. Schon gar nicht mit meiner Schwester.

Mein Neffe schlenderte zur Segafredo-Maschine, zischend lief der Kaffee in die Tasse. Das Entscheidende bei Espresso ist, mit welchem Druck der Kaffee durchschießt – wie hoch die Pression ist. Dies hier war eine ausgezeichnete Maschine. Kaffeemaschinen haben an und für sich nichts mit Antisemitismus zu tun oder mit Philosemitismus, auch nicht, wenn es sich um Espresso handelt. Ich konnte aber die Espressomaschine nicht ansehen, ohne an Renate Abent zu denken. Meine Beziehung zu ihr hatte sich auf einer Kaffeemaschine gegründet. Und darauf, dass ich Jüdin war. Renate Abent war vor etwa einem Jahr in die Stadt gekommen, sie hatte sich auf eine Annonce gemeldet. Das Kind einer Schauspielerin brauchte eine Tagesbetreuung, ein bisschen Haushalt dazu. Man hatte ihr die Stelle gegeben, weil sie auf einem Ökohof gelernt hatte, in der Gegend von Freiburg. Das Kind würde wahrscheinlich weniger von McDonald's bekommen als bei seinem Vater. Außerdem hatte Renate eine stämmige Figur, trug eine Brille mit Nickelbügeln, die sie nicht vertrug. Sie war gedunsen im Gesicht, mit Augen, die unter Hautwülsten verschwanden. Der Körper war rund. Der Freund der Schauspielerin schaute gerne auf die Körper und hatte für die Nachbarin einmal eine Rose aufgegessen. Er würde für Renate Abent keine Rose aufessen. Über ihre Beziehung zu Kindern sagte sie aufgeklärte Dinge – das hatte ich beim Abholen im Kindergarten bemerkt. Sie bekam ein Zimmer und den Monatsverdienst, ging mit dem Kind ins Café und einmal auch zu mir. Sie war entzückt von meinem Milchkaffee, wie sie sagte. Und das wieder hatte mit meiner außerordentlichen Kaffeemaschine zu tun. Einmal hatte ich mein gesamtes zurückgelegtes Geld genommen und diese wunderbare Maschine gekauft.

Ich kannte Renate erst kurz, trotzdem wusste ich vieles über sie. Ihr Großvater war ihr als sehr jungem Mädchen zu nahegekommen. Wegen einer falschen ärztlichen Diagnose hätte sie beinahe das Augenlicht verloren, die Mutter auch. Ein Onkel war Schuhmacher oder Sattler, und wenn sie nach Hause führe, könnte sie eigentlich meine Tasche mitnehmen, an der sie eine schadhafte Stelle bemerkt hatte. In den ersten zehn Tagen war sie im Bus bestohlen worden – aus dem Rucksack heraus, direkt neben der Stelle, an der sie den Sticker aufgenäht hatte »Ausländer sind alle«.

Ich lieh ihr Geld. Sie bot sich an, beim Kindergeburtstag zu helfen, halbierte die Erdbeeren und belegte die Tortenböden. Sie erzählte ein Stück Familientragödie, die Leute hatten alle ihre Familientragödien. Dann begann sie, sich für den Holocaust zu interessieren. Sie fragte, bedauerte die Stumpfheit bei ihr zu Hause. Einmal hatten wir eine Woche zusammen zu arbeiten. Als sie hörte, dass ich krank sei, kam sie mit einer jungen Frau zu Besuch. Sie stellte mir sie als ihre Schwester vor. Sie wollte mich besuchen und ihrer Schwester diesen wunderbaren Kaffee vorführen. »Leider – leider – der Filter ist verstopft. Die Maschine muss in den Laden gebracht werden, damit man weiß, was ersetzt werden muss.« Es mache ihr nichts aus, die Maschine wegzubringen. Gerne würde sie das tun. Ich sah den beiden über den Hof nach. Ich hatte das Geschäft beschrieben. Erinnerte mich nicht mehr an den Namen. Zwischen den beiden Restaurants, hatte ich gesagt, ein wenig zurückgesetzt. Jede hatte die sperrige Tasche an einem Henkel angefasst, die Maschine schwankte. Danach verlor sich ihre Spur. Einmal noch erreichte ich sie am Telefon. Sie erzählte eine Geschichte von einem Liebhaber, der ihr ein Kind gemacht habe. Wir redeten über Krankenhäuser und Entbindungsstationen, und sie sagte, dass der Liebhaber genug Geld habe und wolle, dass sie zu ihm komme, aber sie gehe nicht. Wahrscheinlich hat sie auch gesagt, er sei ein reicher amerikanischer Jude, aber das weiß ich nicht mehr genau. Nach acht Wochen war mir der Name des Ladens eingefallen. Ich rief dort an. »Bitte können Sie mir sagen, ob der Filter für meine Espressomaschine jetzt da ist …« – »Madame, wovon sprechen Sie?«, sagte der Mann am Telefon. »Hier ist keine Maschine hergebracht worden. Ich wüsste es. Wir haben überhaupt nichts zur Reparatur hier.« – »Was?« – »Das Sieb?« Ich wiederholte meine Frage. »Ach, das ist eine Kleinigkeit, das ist nicht der Rede wert. Das kostet fast nichts. Aber hier wurde keine Maschine …« – »Danke schön, dann entschuldigen Sie bitte.« Ich telefonierte mich durch die Krankenhäuser der Stadt – ohne Ergebnis. Achtzig Mal wählte ich die Telefonnummer, unter der sie gewöhnlich zu erreichen war.

Ihr Job bei der Schauspielerin war zu Ende gegangen. Man habe sie rausgeworfen und »Diebin« genannt, hatte Renate aufgebracht erzählt. Und korrekt bezahlt habe man sie nicht. Dienstmädchenschicksal, hatte ich gedacht. Ich war auf ihrer Seite und gegen die Ungerechtigkeiten der Herrschaften. Sie hat einmal noch den Telefonhörer abgenommen, ich redete ihr zu wie einer, die krank ist. Wir verabredeten uns bei ihr. Die Mittagshitze stand zwischen den Häusern und über den Gehwegen, auf denen kein Kind spielte und niemand lief. Auf der Hand balancierte ich ein rundes Kuchenblech. An den Türklingeln war ihr Name nicht angegeben. Ein Mann mit italienischem Akzent öffnete die Haustür. »Wohin wollen Sie?« Ich gab etwas Unzusammenhängendes an. Es konnte nur so gewesen sein, dass das Klingeln niemand gehört hatte. »Warum wollen Sie dorthin«, sagte der Mann. Ich dachte, die Italiener in der Stadt werden spießig. Jedenfalls ließ er mich nach einer Weile ein und empfahl mir, es mit der zweiten Wohnung rechts ganz oben zu versuchen. Dann stand ich am Fahrstuhl. Er kam nicht. Mir war heiß, das Kuchenblech in der Hand. Schließlich stieg ich das Treppenhaus hoch, ging an der Fahrstuhltür im dritten Stock vorüber. Am metallenen Griff hing ein Schild: »Aufzug defeckt.« Das Schild merkte ich mir wegen des Schreibfehlers. Ich stieg weiter. Im letzten Stock entdeckte ich das angegebene Klingelschild. Wieder und wieder drückte ich auf den Knopf. Dann sah ich durch das kleine Glasauge. Gegenüber stand eine Tür offen. Ein Telefon stand auf dem Boden. Bis auf den Fußbodenteppich war das Zimmer leer.

In den folgenden Monaten begann ich mich für Leihhäuser zu interessieren. Eines lag unmittelbar neben ihrer ersten Arbeitsstelle, da, wo sie das Kind der Schauspielerin betreut hatte. Ich hatte keine Vorstellung von Leihhäusern. Von einer Freundin wusste ich, dass sie einmal eine Briefmarkensammlung dorthin getragen hatte. Sie hatte Heroin in der Wohnung, das sie nicht haben wollte. Nachdem sie es die Toilette heruntergespült hatte, war sie ins Pfandhaus gegangen. Später war ihr Mann tot. Er hatte die Ware nicht mehr gehabt und das Geld vom Pfandleiher war bei Weitem nicht genug.

Ich ziehe die Beladenen an. Sie leiden an gewöhnlichen Entgleisungen, an einem Verbrechen, das ihre Familie zerstört, an Sucht, an Vergewaltigung – es kümmert niemanden. Ich aber – ich habe den Holocaust, da schlüpfen sie unter. Sie machen sich an den Massenmord heran. Eine andere murmelte beim Frühstück die Liste der Konzentrationslager durch und lud Leute ein, wenn sie Zwangsarbeiterinnen gewesen waren, genauer gesprochen slaves, Sklaven, und ihre Gefühle für auserwählte Menschen wie mich waren grenzenlos. Sie war als Kind im Heim gewesen. Nun fädelte sie sich im Holocaust-Business ein und lernte interessante Menschen kennen. Renate Abent hatte da viel behutsamer gesprochen und gewusst, dass ich auf Elendsgeschichten stand. Wir waren doch beide leidend, nicht wahr? Meine Kaffeemaschine war verloren.

Während ich im Fall von Renate Abent oder der Dame, die gerne ehemalige Zwangsarbeiter und Zwangsarbeiterinnen um sich hatte, von einem Sekundäreffekt des Holocaust-Mitleidens oder vielleicht von einem Tertiäreffekt spreche, handelt es sich bei der Frau des Großvaters meines Neffen – das war also der erste Mann meiner Mutter, der, der den

Überlebensplatz bei Lizzy eingenommen hatte, sozusagen um einen Primäreffekt. Mein Neffe sprach von der zweiten Frau seines Großvaters, während er den Zucker im Espresso umrührte. Zwischen ihm und ihr hatte ein gutes, herzliches Verhältnis bestanden. Und doch hatte »er« alles verändert. Das hätte mein Neffe nicht gedacht, natürlich nicht. »Er« war ihr mitgebrachter Sohn, der, der schon bei Geburt im Leben zu kurz gekommen war. Sohn und Mutter, die Großmutter meines Neffen, Großmutter aus zweiter Ehe – vielleicht muss man da Stief-Großmutter sagen, aber das ist wirklich zu kompliziert –, also dieser Sohn und die Mutter mussten die Sache vereinbart haben, während er zu Besuch gewesen war. Trotzdem sagte mein Neffe jetzt: »Sie hat es nicht gewusst – er wusste es.« Vielleicht war er in dem winzigen Dachzimmer schon schlafen gegangen. Wenn er in Berlin ankam, ging er dorthin. »Sie braucht mich vielleicht«, sagte er. Ich lud meinen Neffen oft ein, er lehnte ebenso häufig ab. »Weißt du«, würde er sagen, »ich muss – ich möchte mit der Familie sein.« Es war eigentlich nicht seine Familie, auf einem Nebenweg vielleicht aber doch. Er wohnte dann in diesen Möbeln, die nicht nach seinem Geschmack waren, und der Weg zur Innenstadt bedeutete: zweimal umsteigen und abends nicht zu spät erscheinen, sonst würde es keinen Bus mehr geben. Er vermied es, von ihrem Telefonapparat aus zu sprechen, wollte keine Kosten verursachen. Deswegen war er dauernd in Eile, und es war ungemütlich, wenn er sich meldete. Das, was »er« und seine Mutter – die Stief-Großmutter, da ausgemacht hatten, glich der Geschichte meiner Großeltern mütterlicherseits. Auch da hat es diesen Primäreffekt gegeben. »Aber«, sagte der Anwalt meines Neffen dazu, »Erbstreitigkeiten gibt es allenthalben. Muss das was Besonderes sein?« Unappetitlich ja, so wie einstmals Herr Nachmann, der ehemalige Vorsitzende des Zentralrats der Juden in Deutschland, sich an Wiedergutmachungsgeldern – heute heißt das Entschädigung – bereicherte? Ja einerseits, aber anders. Erschleichung der Entschädigungsgelder als Erbschaft, ist das der Tatbestand? Karl Marx würde sagen, man sieht doch dem Geld nicht an, wo es herkommt, was auch wieder stimmt. Also die Geschichte der Großeltern mütterlicherseits ist eben auch so eine Sache, eine Erbschaftsangelegenheit, und man sah dem Geld nicht an, wo es hergekommen war.

Frankfurt am Main
Tante

Als Röschen gestorben war, kam der Großvater – der, in dessen Taschen die Güte steckte – einmal in meine Stadt, fast fünfzehn Jahre später. Ich hatte die Briefe nicht mehr beantwortet. Wegen des Vietnamkriegs und weil er gesagt hatte, dies sei ein weißes Viertel, ich müsse das verstehen. Als er kam und ich ihn nach mehr als zwanzig Jahren wiedersah, sagte er, dass wir zwei Stunden miteinander verbringen könnten. Zwei Stunden, nachdem wir uns mehr als zwei Jahrzehnte nicht gesehen hatten. Ich wohnte nach dem Tod meiner Mutter, seiner Ältesten, in Frankfurt, in der Nähe des Mainufers. Wir trafen uns im Westend. Er schien jetzt, wo er mir am nächsten war, so sehr entfernt zu sein, als hätte sich der Ozean zwischen uns ausgebreitet – hier auf der Straße des Kettenhofwegs. Die Bürgersteige lösten sich auf und umspülten unsere Füße, wie wir so dastanden. Ich dachte an die amerikanischen Kisses, die er vor Jahren in den Briefen schickte, lange beständig, verlässlich – und dann kaum mehr.

Und dann nicht mehr. Gertrud – das Frauchen, wie er in dem Brief geschrieben hatte – würde auf ihn warten. Er wolle sie nicht warten lassen. Ein Gespräch in einem Café. Ich hatte versucht zuzuhören und zu verstehen. Die ganze Zeit über hatte er gesprochen. Er hatte Deutsch gesprochen. Das änderte nichts. Ich hatte zwei Stunden lang nicht verstanden, worüber er sprach. Zum Abschied sagte er »hier« und streckte mir einen Briefumschlag entgegen. Ich begleitete ihn zu einem vereinbarten Haltepunkt. Sie war bereits in den Bus eingestiegen. »Später öffnen, bitte, sie will es nicht.« Er sprach hastig, ich verstand nicht. »Danke.« Umarmung. Ein kurzes Winken mit der Hand. Ich sollte mit ihm zusammen etwas geheim halten. Bevor ich fragen konnte, was ich geheim halten sollte, war er im Wageninneren verschwunden. Der Bus fuhr an; er stand noch im Gang und hielt sich fest, während er zu mir zurücksah. Es schien so, als sei sein graues Jackett zu groß für ihn. Seine kleingewordene Statur, ein rundgewordener Rücken … der Bus verschwand im Verkehr. Ich blieb stehen und schaute noch, als schon lange nichts mehr zu sehen war. Später hatte ich Zweifel daran, dass unsere Begegnung stattgefunden hatte.

Ich ging die Straße weiter, setzte mich auf eine Bank und schlitzte den Briefumschlag an der Seite auf. Diese Briefe waren mir vertraut. In seiner steilen, engen Schrift kündigte er sich an. Wenige Zeilen, in denen er schrieb, dass es ihm gut gehe, und eine 1-Dollarnote. Immer schickte er eine 1-Dollarnote, seit Jahren. Ich hatte einen ganzen Haufen davon und bewahrte sie wie eine Kostbarkeit auf. Andere bekamen Kaffeelöffel von einer Patentante oder Kuchengabeln, und ich erhielt 1-Dollarnoten. »Mach schnell«, hatte er gesagt, »sie will es nicht.« Er schaute sich kurz um und stieß sich am

Tisch. Sie? Gerti. Das gute Frauchen? Dann war er dicht an mich herangetreten und hatte mir den Umschlag in die Hand gedrückt. Er schloss meine Finger um das Papier. Es war kaum mehr zu sehen. Was hatte ihn zu dieser Heimlichkeit bewogen, ich meine, die übliche 1-Dollarnote, das wäre sicher kein Problem gewesen. Hatte er einen 20-Dollarschein …? Er wird doch nicht einen 20-Dollarschein oder noch mehr in diesen Brief gesteckt haben? Ich hatte den Brief nicht vollständig geöffnet. Es war eine 1-Dollarnote, die hervorlugte, wie immer. Wie früher. Ich hatte weder sein Gespräch verstanden noch seinen Brief, und noch nicht einmal an dieser 1-Dollarnote war irgendetwas zu verstehen.

Berlin
Tante

Es ist anders bei uns, nicht wahr, hatte die zweite Frau ihres Vaters erklärt, so etwas gebe es bei uns nicht. Nichts war anders. Nichts war anders als bei Opa. Es geht um den Vater meiner Schwester, der nicht mein Vater ist. Mamas erster Mann, der, von dem Opa schrieb, er hat sich nicht gekümmert – »nur Onkel Otto kümmerte sich« –, bevor er auch in den Keller hinabstieg und den Ratten eine Beute war und Zwangsarbeiter, dann lebenslänglich hustete, sodass das Husten und die Rattenjahre in den Begriff Wiedergutmachung und in seine Akte einflossen – die Zwangsarbeit übrigens nicht.

»Weißt du, die Sache ist die – Angela ist nicht der Typ, das zu tun, einfach nicht der Typ. Ich glaube, er hat sie selbst … irgendwie. Weißt du. Er war immer so, und sie hat ihn immer verteidigt. Der hat noch nie wirklich etwas gearbeitet. Glaube mir. Nein, Angela, das glaube ich nicht.« Dazwischen pickte mein Neffe die Erdnüsse auf und aß sie. Angela war die Halbschwester meiner Schwester aus dieser zweiten Ehe ihres Vaters, die nach dem Krieg geschlossen wurde. Es war ohne Bedeutung für mich, ob Angela nicht der Typ war. Ihr Bruder, das Rainerle, der, den die zweite Frau ihres Vaters mit in die Ehe gebracht hatte und der schon immer im Leben zu kurz gekommen war, der betrog meine Schwester um das Erbe, ein Erbe, das aus diesem winzigen Haus bestand, in das ihr Vater die Wiedergutmachung gesteckt hatte – ein Vater, der im Untergrund von ihrem Teller gegessen und in ihrem Bett geschlafen hatte, während das Kind draußen herumlief oder sich in Rumpelkammern in die Hose pinkelte. Er saß bei Mutters Freundin ... Nie hatte er irgendetwas für sie gezahlt, auch später nicht. Er war 1995 oder 1992 – um diese Zeit herum muss es gewesen sein – gestorben und hatte nichts hinterlassen als dieses kleine, schiefe Haus mit Kaninchenstall dahinter. IG Farben. Sonst ist dazu nichts zu sagen, außer dass sich die Stiftungsinitiative der Deutschen Wirtschaft, die Stiftung Erinnerung, Verantwortung und Zukunft in seinem Fall, dass man sich eine Entschädigung – ich weiß, es ist eine symbolische Handlung, nichts weiter; man kann ja den Stundensatz der arischen Arbeiter nicht zum Ausgangspunkt machen –, dass man sich diese Entschädigung in seinem Fall gespart hatte, denn vor Inkrafttreten des Gesetzes starb er. Die Sterberate war miteinberechnet worden. Tote waren nicht anspruchsberechtigt.

Aber in jenem Wiedergutmachungshäuschen – jenem Häuschen für Schaden an der Person, der Freiheit, der Gesundheit und so weiter – in diesem Haus wohnte sie weiter, seine zweite arische Frau, die ihm den Haushalt geführt und den Jungen mitgebracht hatte und die vor dem Krieg bei ihnen die Schabbeskerzen gelöscht hatte. Nun saß der arische Junge im Haus und hatte Angela, die aus der Verbindung zwischen dem Wiedergutgemachten und der zweiten Frau hervorgegangen war – eben jener, die als Dienstmädchen oder Haushaltshilfe ins Haus gekommen war – etwas von diesem Erbe, das ja ohnehin keineswegs ihm von Rechts wegen in vollem Umfang zufallen konnte, also dafür hatte er der Schwester Angela eine Summe Geldes herübergeschoben. Seine jüdische Schwester oder genau genommen halbe Schwester – die erste Tochter – erhielt nichts. Ria, die zweite Frau, die, die immer gesagt hatte, bei uns gibt es so etwas nicht, hatte das geregelt, unterschrieben, überschrieben, während er, mein Neffe, im Haus war, ihr Gesellschaft leistete und sie ihn lieb gewonnen hatte. Ria hatte die einzige überlebende jüdische Tochter – meine Schwester – um das Erbe ihres Vaters gebracht. Ich will hier die Einzelheiten des Berliner Testaments nicht vertiefen. Ein Entschädigungserbe. Ich betone das, obwohl man dem Geld nicht ansieht, wo es herkommt. »Nun«, sagte der Anwalt, der einmal Marxist gewesen war – nicht, dass das etwas zur Sache tun würde –, »das kommt vor, dass Erben einander um das Erbe betrügen.« Ein guter Anwalt, eigentlich. Er, Rainer, schrieb Briefe. Er brauche den Erbschein. Meine Schwester schrieb diesen Brief an jenem Morgen, an dem sie mir erklärte, ich könne die Butter wieder abräumen und abdecken. Sie könne vielleicht später kommen. Kann sie – sie kann auch zur Hölle fahren. Sie hätte diesen Brief schon längst geschrieben haben können. Ich habe nicht erfahren, was in diesem Brief stand. Wahrscheinlich, dass sie ihm den Erbschein nicht überlassen könne. Falls sie sich wirklich derart klar hat verhalten können, was ich bezweifle.

Philadelphia

Tante

Ich glaube, dass es auch wieder mein Neffe war, der mir auf einem seiner Stopps zwischen den Kontinenten sagte, dass Großvater gestorben sei. Niemand hatte es mir gesagt, ich hatte auf seine Briefe nicht mehr geantwortet. Wegen dieser zwei Sätze. Und wegen Gertrud. Die Briefe waren immer kürzer geworden, bis sie ausblieben. Gertrud möchte das nicht, hörte ich Großvater sagen.

Rosa, die Großmutter, mit der er nach Philadelphia ausgewandert war, nachdem sie überlebt hatten – mit der er ausgewandert war, bevor es sich die Amerikaner anders überlegten, blieb bei mir auf dem Schreibtisch in Berlin in einem gold-metallenen Fotorahmen stehen. Ein etwas gedunsen wirkendes Gesicht, in dem ihr breiter Mund und ihre Augen lächelten. Rosa war an der Freiheitsstatue erstickt, zugrunde gegangen. Es war wie die Sache mit den Befreiern von Majdanek, über die Perl immer sagte, Gott sei Dank, es waren die Russen, die gaben den Leuten nicht diese Unmengen an Lebensmitteln, die sie nicht vertrugen. In den Kellern von Berlin hatten Berthold und Rosa gelebt wie Asseln, bis die Amerikaner – Verzeihung, die Russen – und die anderen die Häuser und die Keller zerschmissen und Berthold und Rosa herauskamen.

Rosa wälzte sich auf ihren wasserdicken Beinen durch den Supermarkt und kaufte ein. Es gab: Hershey-Sirup, Butterfinger, Hähnchenschenkel, Campbell's Tomato Soup und Marshmallows. Ihr Herz streikte, und sie kippte um. »Wenn sie diese Dinge weiter isst, wird sie sterben«, sagte der Arzt. Großvater kaufte Spezialschlösser für den Kühlschrank, für die Küchentür und verwahrte die Schlüssel. Sie rüttelte an den Schlössern, strich durch die Wohnung. Immer hatte sie diesen Hunger, der sie in der Nacht biss, bis sie aufstand. Sie suchte. In jedem Winkel suchte sie nach etwas zum Essen.

Wieder war sie bettlägerig, der Spezialist kam. »Du sollst nicht essen«, sagte der Spezialist. Omas Augen glänzten. »Rosa, please, stop eating any sweets, do you hear me?« Sie nickte. Der Arzt hatte Erfahrung. Ein Junge, der aus Connecticut gekommen war und ein ausgezeichnetes Examen gemacht hatte. Die Berichte über die concentration camps hatte er gelesen, und er fand Hitler böse. Er wusste auch, dass Rosa in einem Keller gesessen hatte. Das tat ihm leid. »Stop eating sweets«, hatte er wiederholt. Er war für die Seele nicht zuständig, niemand war zuständig für Rosas Dibbuk. Der Geruch des Kellers hing in ihren Kleidern, bei Tag und bei Nacht drang er aus den Poren ihrer Haut und klebte an ihr. Als sie starb, fand Großvater ihre Handtasche, eingeklemmt zwischen Ellbogen und Rippenbogen, darüber die Bettdecke. Er zog sie behutsam heraus und drückte den Verschluss auf. Drinnen steckten Süßigkeiten, ein kleiner abgepackter Pudding, Pralinen, in der Seitentasche eine Tafel Schokolade. Eine braune, abgegriffene Tasche mit einem eingesetzten großporigen, harten Lederbauch. Später würde ich die Tasche bekommen, viel später. Sie hatte einen silbernen Schnappverschluss, drinnen eine Futtertasche. Hier steckten die zehn Gebote, zehn Gebote in römischen Zahlen. Ich verwahrte sie zwischen der Wäsche. Rosa hatte die zehn Gebote gerettet und war mit ihnen ausgewandert.

Großvater trug Großmutter aus dem weißen jüdischen wiedergutgemachten Häuschen auf den jüdischen Friedhof. Rasch, so rasch wie möglich, so wie es sein muss. Von Erde gekommen, zu Erde gegangen. Großvater saß Schiwe für seine Frau und sagte Kaddisch. Sie hatten überlebt, und sie hatte es doch nicht geschafft. Gepriesen sei der Ewige. Wir erhielten ihr Bild im Goldrahmen. »Dich liebe Frau, die Gott mir gab, umschließet jetzt Dein kühles Grab. Verlassen, einsam steh ich hier und blicke sehnsuchtsvoll nach Dir. Wir haben herzlich Dich geliebt. Dein Tod hat tiefstens uns betrübt. Du Liebste liegst im Herzen mein, vergessen wirst Du niemals sein! So schlafe sanft in Gottes Ruh. Bis Gott auch uns einst führt Dir zu. Papa.« Zum Gedenken entzündeten wir eine Kerze, die leise flackerte vom Lufthauch im Raum, in dem wir uns behutsam bewegten. Sie durfte nicht ausgeblasen werden, brannte bei Nacht und bei Tag, ohne Unterlass. Berthold und Rosa, das war wie Jorinde und Joringel, ihr Leben lang – das war eine Liebe, an der das Hakenkreuz gescheitert war. Man sagt so etwas nicht, ich weiß. Sie stieg aus in Ellis Island, landete in Philadelphia in diesem kleinen Haus mit Rosen an der Eingangstür und starb. Berthold war sehr traurig, sehr einsam, und schließlich heiratete er die Frau, die auch Rosa gekannt hatte, Gertrud, die die Haushaltshilfe gewesen war und an den Freitagabenden das Licht gelöscht hatte.

Berlin
Tante

Seit vier Tagen war er wieder hier, bei Ria, der zweiten Frau seines Großvaters, und wohnte wieder in dieser Mansarde. Der Hasenstall an der Rückwand des Hauses war offen geblieben. Es war schwer, das Tier einzufangen. Sie hatte es geschafft. Mit runzligem Lächeln erzählte sie davon. Über der Anstrengung hatte sie vergessen, die Lockenwickler aus den Haaren zu drehen. Sie hatte das schwer gewordene Tier fest an sich gepresst und zurückgeschleppt. Man stellt sich das nicht vor, in Groß-Berlin. Aber es ist so. Ein zitterndes Tier; sie stand jetzt unfrisiert vor ihm. Er war eine angenehme Gesellschaft für sie. Als sie ihm am Morgen Brötchen brachte, freute er sich und sagte es ihr, charming wie zu einer jungen Frau. Sie brachte selbstgemachte Marmelade und Kuchen. »Oh« und »ah« – seine großen Augen strahlten sein Dankeschön in ihre Küche. Dann trug er die Teller zur Spüle und wusch ab. Keines ihrer Kinder hatte sich jemals so höflich verhalten. Er redete mit ihr, interessierte sich für ihre Besorgungen und kleinen Anschaffungen und hörte keine laute Musik. Was dieser lang aufgeschossene junge Mann bei ihr suchte, wusste sie nicht. Sie fragte auch nicht. Sein Großvater war tot. Seine Mutter hatte ihren Vater höchstens zwei- oder dreimal besucht. Er war sein Enkel. Merkwürdig, wie das Enkelkind der ersten Frau am Wohnzimmertisch bei der zweiten Frau sitzt. Ria begann mit der Zeit, darauf zu warten, dass er sich meldete. Kam er nicht meistens im Frühjahr? Als er klingelte, hatte er einen Strauß Blumen in der Hand und seine blaue Tasche bei sich. »Das ist alles, was ich brauche«, hatte er erklärt. Nie hatte er mehr Gepäck dabei. Sie holte einen Zwetschgenkuchen aus dem Ofen und stellte ihn zum Kühlen auf ein Brett. Er sog den Duft tief ein und sprang in der Küche herum. Später setzten sie sich zusammen an den runden Tisch im Wohnzimmer. In einer kristallenen Schale gab es geschlagene Sahne, im Glas mit Würfelzucker steckte eine Zange. Sie hatte Servietten gedeckt. Die Kuchengabel bohrte sich weich in den durchtränkten Boden. Er aß ein drittes Stück. »Iss nur«, sagte sie, »iss – ich hätte das nicht alleine essen können. Ich hab für dich gebacken.«

In Jahren der Kindheit hatte ich an voll beladenen Kuchentafeln, die niemals unsere eigenen waren, gesessen und Platten und Torten angestarrt. »Ein drittes niemals«, hörte ich meine Mutter warnend sagen. »Ein zweites auch nicht sofort, unter Umständen nach mehrmaliger Aufforderung, eher das auch nicht.« Einmal waren wir lange bei einem Maler im Atelier geblieben. Er hatte dünne Waffelkekse mit einer Zitronenfüllung in eine Glasschale gefüllt. Ich hatte mir überlegt, wenn er zu jeder vollen Stunde sagt: »Nimm doch, bitte – greifen Sie zu«, dann gilt die Aufforderung so, als sei sie wieder zum ersten Mal ergangen. Dann zählte ich bis zur zweiten Aufforderung. Ich besaß keine Uhr und handelte nach Gefühl. Als wir ihn schließlich verließen, enthielt die Glasschale nur noch ein paar Krümel. Ich war beschämt, und später war die Kindheit vorbei.

»Wusstest du, dass mein Urgroßvater gestorben ist?« – »Nein, woher soll ich das wissen.« – »Wusstest du, dass seine zweite Frau, Gertrud, das Haus bekommen hat und seine Kinder nichts?« – »Nein.« Ria entrüstete sich. Unter dem Tuch piekten die Lockenwickler. »Das ist bei uns anders. Das ginge nicht.« – »Entschuldigung bitte –«, er nieste in ein Taschentuch, »was hast du gesagt?« – »Bei uns geht das nicht, so etwas.« – »Wie das möglich ist, leuchtet mir nicht ein.« – »Weißt du, Junge, es würde einfach nicht geschehen. Niemals könnte ich deine Mutter – als Tochter aus erster Ehe – ohne ihren Anspruch auf ihres Vaters Erbe lassen, nicht wahr. Das tut man eben nicht – findest du nicht?« Gertrud hat ihn gepflegt, und sie hat dafür gesorgt, dass er ihr alles überschrieb, als er nicht mehr konnte. Nur seinen Gebetsschal gab sie heraus. Den mochte sie nicht. Ich hatte nicht gewusst, dass er einen Gebetsschal besaß. Ich kannte keine betenden Männer.

In dem Rosenhäuschen in Philadelphia sitzt sie jetzt als Dame und hat ein Kind irgendwo anders, und das wird es später als Erbe erhalten. Die Töchter und Enkel – die haben ein altes Foto davon. Der Anwalt zuckte die Schultern. »Nein, so etwas würde es bei uns nicht geben. Hier sind alle Kinder gleichberechtigt.« Sie zupfte an ihrem dünnen Kopftuch, durch das die Lockenwickler stachen, und gab ihm noch ein Stück auf den Teller. Wie war Gertrud in die USA gekommen, die deutsche Zopf-Gertrud, wie die Mutter einmal gesagt hatte. War sie vorher gekommen oder nachher? Und woher? Opa hatte keine Fragen gestellt. Über Großmutter Rosa wölbte sich das weiße Federbett nicht mehr auf. Zwischen den Steinen schob der Wind vertrocknete Rosenblätter hin und her.

Ich hatte den Käse wieder in das Wachspapier eingeschlagen, das Brot weggelegt und die Butter in den Kühlschrank gestellt. Aufgeschnittene Tomaten lagen auf dem Teller. Ich deckte die Pfanne ab. Die unbenutzten Bestecke fielen klackend zurück in ihren Kasten. Die Brötchen warf ich in den Mülleimer. Nie hatte ich Brötchen in den Mülleimer geworfen. Drei Stunden vor dem Abflug meiner Schwester sollte ich sie bei meinem Neffen abholen. Ich war da, atmete in schnellen, tiefen Zügen, während ich die Treppenstufen hinaufstieg. Vor dem Fenster stiegen zwei Schmetterlinge auf und flogen umeinander. Ich setzte mich umständlich auf einen Stuhl. »Das macht doch nichts, Engelchen – jetzt haben wir eben noch Zeit«, sagte sie. Mein Neffe setzte sich auf die Couch, ich ließ Wasser aufkochen. Die Schmetterlinge hatten sich getrennt. »Du hast doch sicher noch ein trockenes Brötchen«, sagte sie schließlich. »Nein«, sagte ich. »Du bist so schweigsam.« Ich stellte ihr einen Tee hin und sagte, dass ich mit zum Flughafen kommen würde. »Den Brief habe ich geschrieben«, sagte sie. Die Spur der Schmetterlinge verblasste. »Schön«, sagte ich.

Damals hatte ich den 1-Dollar-Brief in der Schmuckschatulle abgelegt. Ich würde nicht in die USA fahren. An einem heißen Tag trug ich ein Kleid mit einem runden Ausschnitt, meine Schlüsselbeinknochen standen vor, die Haut war warm und gebräunt. Irgendwo lag die blassgrüne Kette mit ihren eng aneinandergereihten kleinen Perlen. Ich wühlte in der Schatulle; erschreckt zog ich die Hand zurück. Die Nadel einer Brosche hatte sich in den Finger gebohrt. Ein Blutstropfen quoll aus der Wunde und tropfte auf die verstreuten Papiere. Ich bemerkte den halbgeöffneten Brief. Seit Jahren steckte er hier. Ich hielt den verletzten Finger abgespreizt, während ich den Umschlag weiter aufriss. Auf liniertem Papier in seiner steilen Schrift begann der Text: »Mein letzter Wille. Im Fall meines Ablebens bestimme ich, neben meiner über alles geliebten Frau Rosa begraben zu werden. Das ist der einzige und sehnlichste Wunsch, den ich habe.«

Die 1-Dollarnoten waren seit einigen Jahren nicht mehr gekommen. Ich hatte nicht geantwortet – wegen der weißen Gegend und wegen des Vietnamkriegs und weil Gertrud, die zweite Frau, es nicht wollte. Ich hatte die Scheine gesammelt und in einer Tüte aufbewahrt. Ein dickes Päckchen. Jahrzehnte später trug ich sie in einen Friendly's. Das erste Mal, als ich »drüben« war. Das erste Mal. Freundlich hatten sie geheißen, Berthold und Rosa Freundlich. Ich fragte die Frau an der Tankstelle nach dem Weg. Sie schickte mich geradeaus, »und dann«, sagte sie, »dann halten Sie sich rechts. Nicht links bei Friendly's«, sagte sie, »nicht links. Bei Friendly's sind Sie schon zu weit.« Tatsächlich war ich zu weit gefahren, zu Friendly's. Immer wieder wäre ich zu Friendly's gefahren. Das machte mir nichts aus. Großvater hatte Freundlich geheißen und hier irgendwo gelebt. Ich liebte es, zu Friendly's zu fahren, bestellte einen Reuben, ein Sandwich mit Corned Beef, Swiss Cheese und Sauerkraut, und schrie im Wagen: »Alles meins, hören Sie, alles meins, das gehört alles uns.« Dann lachte ich. Mein Sohn schaute unsicher aus dem Wagenfenster. Die Dollars waren bei Friendly's mit zwei Reuben ausgegeben. Beim zweiten Besuch schrie ich nicht mehr, obwohl es mich immer noch freute, Friendly's zu treffen. Die Dollars konnte ich ausgeben, der letzte Wille blieb unerfüllt. Wegen unbedachter Ablage in der Schmuckschatulle. Weil ich keinen Schmuck trug und weil ich von seinem Tod erst ein Dreivierteljahr später erfahren hatte.

»Ich glaube, der Tee ist nicht süß genug«, sagte meine Schwester, nahm zwei Löffel Zucker und rührte ihn in ihre Tasse. »Es ist nicht das Richtige jetzt«, sagte ich. »Jetzt ist es nicht das Richtige. Ich meine, der Zucker ... hast du nicht eben noch erklärt, dass dein Magen –« Ich wollte sie nicht daran erinnern, dass sie drei Gerichte bestellt und aufgegessen hatte. »Vielleicht soll ich aufstehen, was meinst du?« – »Natürlich sollst du aufstehen.« – »Ich kann mich waschen und anziehen, was meinst du?« – »Ja, du kannst dich waschen und anziehen.« Schweigen. »Wie lange wirst du im Bad sein?« Andere Leute fragt man, wie lange wirst du unterwegs sein, beim Einkaufen oder beim Arzt. Ich frage sie: »Wie lange wirst du im Bad sein?« Ihr Tag verging, bevor er angefangen hatte – im Bad. »Warum fragst du?«, sagte sie. »Ich könnte dann weggehen und wiederkommen.« Das schien sie nicht zu mögen. »Ungefähr eine Dreiviertelstunde, wenn ich mich beeile«, sagte sie. »Du bleibst, nicht wahr?« Sie presste ihre Stimme zusammen, sie klang hoch und affektiert. Dieser Ton machte mich nervös.

Sie verschwand im Badezimmer. Ich war nicht weggegangen, ich schüttelte ihr Kissen auf, strich über das Laken, blätterte in einer Zeitung, sah auf das Telefon und wartete darauf, dass er von dem Kiddusch zu Ehren seiner Mutter, den seine Mutter nicht erlebte, zurückkehren würde. Er hatte begonnen, Riten zu studieren und ihnen Folge zu leisten. Seine Leidenschaft für das Judentum war plötzlich ausgebrochen. Er hatte sich eine Wohnung gemietet, die erste, in seinem fünfunddreißigsten Lebensjahr. Er zahlte eine Menge für seine Verhältnisse, um diesen Kiddusch auszurichten und auch um damit in den inneren Kreis eingelassen zu werden.

Es fehlten zehn Minuten an einer vollen Stunde, die verstrich, bevor sie in der Tür erschien. Sie war nicht angezogen. »Ach«, sagte meine Schwester, »mir war nicht danach.« Dann ließ sie sich auf die Couch fallen. Ihre Hände zogen am Nachthemd, das Handy hatte sie mit ins Bad genommen. Sie ging es holen und legte es neben sich auf den Tisch. »Schlüssel auf dem Tisch bringen Unglück, weißt du das?« – »Ja.« Sie schien es vollkommen aufgegeben zu haben, wenigstens noch am Ende des Gottesdienstes zu erscheinen. »Vielleicht hieß ich eine Weile Karstan. Ich weiß nicht mehr.« – »Karsten – kann es Karsten gewesen sein?« – »Karstan, sage ich doch, Karstan.« Sie verstummte. »Vielleicht. Oder so ähnlich.« Ich komme nicht mehr mit. Hatte sie nicht erzählt, Walther oder Franke geheißen zu haben? Von Karstan hatte ich noch nie gehört.

Aus einem Grund glaubte ich zunächst, dass sie von der Gegend um den Prenzlauer Berg redete. Sie waren in einem

Haus untergekommen. »Vorläufig«, hatte der Mann gesagt. Er war Hausmeister für eine große Hausverwaltung und fragte nicht. Jemand sagte: eine Frau und ein Kind. Er hatte genickt, weil er dagegen nichts zu sagen gewusst hatte. Sie hatte gesagt: Zwei, drei Monate, das würde schon helfen. Warum sollte er nicht helfen? Das Kind würde unter dieser Adresse angemeldet werden und in die Schule gehen. Da war sein Bruder Hausmeister. Mit Else und Gerlinde lebte er in der Parterrewohnung, da würde man Platz machen. Gerlinde machte eine Ausbildung in einem Kaufhaus als Änderungsschneiderin, und Else, die ältere, arbeitete als Telefonistin. Eigentlich war sie Landschaftsgärtnerin bei den Henkel-Werken gewesen, das hatte ihr Spaß gemacht. Das war später nicht mehr gegangen, sie wurde beim Reichssicherheitshauptamt Telefonistin. Sie ging sehr früh aus dem Haus, weil es drüben in Tiergarten lag. Der Mann gab ihnen die Hälfte seines Ehebettes. Mutter und Kind lagen zusammen darin und löschten das Licht, wenn das Kind die letzte Lektion für den Tag gelernt hatte. Das mit der Schulanmeldung ließen sie sein. Ihre Mutter hatte die Lehrbücher besorgt, die sie gebraucht hätte, wenn sie in die Schule hätte gehen können, und sie ließ sie nicht eher schlafen, als bis sie die Hausaufgaben gemacht hatte. Sie hatten begonnen, zusammen zu lernen, nachdem er eines Morgens ein Lesebuch vor sie auf den Küchentisch gelegt hatte. Ihre Mutter lächelte: Es war ihr, als hätte sie seit Wochen das erste Mal gelächelt. An diesem Abend kam Else sehr spät nach Hause. Sie stöberte im Küchenschrank und entdeckte ein kleines Glas selbst gemachter Quittenmarmelade. »Wusste gar nicht, dass wir das haben«, murmelte sie. Ihr Vater stand über der Abwaschschüssel und sagte: »Nein, das nicht. Das ist für die Gäste.« – »Gäste«, wiederholte Else, »Gäste.« Sie gab sich keine Mühe, leise zu sein. Sie wiederholte das Wort und dehnte es, bis es sich in eine schrille Höhe zog. Ihr Vater ließ die Gabel, die er in der Hand hielt, zurückgleiten. Seine Hände waren bis zu den Handgelenken in das Abwaschwasser eingetaucht. Er drehte sich zu seiner ältesten Tochter herum, noch immer mit den Händen im Abwaschwasser. »Wage nicht, das zu wiederholen.« – »Gäste«, sagte Else und wiederholte das Wort in diesem hochgezogenen Ton. Er nahm ihr das Marmeladenglas aus der Hand und stellte es zurück in den Küchenschrank. Dann spülte er die Tassen und Teller weiter, kratzte aus einem Topf die angebrannte Milch heraus und trocknete ab. Er hielt ihr ein zweites Geschirrtuch hin. »Ich trockne für die Gäste ab, ja?« Sie dehnte das Wort »Gäste« und verzog den Ton in die Höhe. Er ging drohend mit dem Handtuch auf sie zu. Sie nahm es und begann, einen Teller trockenzureiben. Ihr Vater sprach nicht. Hielt ihr eine nasse Tasse hin, sie nahm sie, wischte sie aus, stellte sie auf den Teller und wandte sich um. Ein Zipfel des Tuchs war eingeklemmt zwischen Tasse und Teller. Sie stülpte das Tuch über das nächste nasse Stück, als hinter ihr etwas schepperte und die Tasse zerbrach. »Geh mir aus den Augen.« Sie schlug die Küchentür hinter sich zu.

Am Vormittag blieb das Kind allein in der Wohnung, in diesem halben Ehebett. Es regnete, seit es die Augen geöffnet hatte. Seine Mutter würde versuchen, einen Apfel zu bekommen oder ein halbes Pfund Butter. Sie hatte die schweinslederne Tasche mitgenommen, die einmal eine Schultasche gewesen war. Sie musste etwas in diese Küche bringen. Am besten Kaffee, aber sie konnte sich nicht vorstellen, dass sie Kaffee bekommen könnte. Der Regen lief ihr in den Mantelkragen, und die Schuhe waren bis zur ersten Querstraße durchgeweicht. Unter einem überstehenden Hausdach wartete sie auf die Straßenbahn. Es schien sehr lange zu dauern, bis die Wagen in den Gleisen einfuhren. Zwei Haltestellen später stiegen zwei Männer ein. Sie hatte es ihnen nicht angesehen. Im vorderen Waggon begannen sie. Die Leute holten ihre Ausweise aus den Mänteln und Taschen. Einer der Männer sah auf. Sie drückte sich durch die Leute bis zur hinteren Plattform. Der Mann bahnte sich einen Weg durch die Fahrgäste. Sie presste die Tasche an sich, sprang und rannte. Im Umdrehen erkannte sie, dass er ihr nachgesprungen war. Zwei Häuser vor ihr schloss jemand eine Haustür auf, sie schlüpfte durch und stieg die Treppe hoch, bis sie zu Ende war. Die Frau stieg ihr hinterher. Dies hier war ihre Wohnungstür. »Zu mir können Sie wohl nicht wollen?«, sagte die Frau. »Sie wollen mit hinein, nicht wahr«, fuhr sie fort. »Können Sie auch, können Sie auch.« Sie hatte in ihren nassen Sachen bei der Frau gesessen. Die Frau hatte die Wohnungstür abgeschlossen. Dann hatte sie mit jemandem telefoniert. Ihr Herzschlag pochte in ihren Ohren, dröhnte in ihrem Kopf, bis sie ihn vor Schmerz stützte. Nach einer Zeit hatte die Frau die Wohnzimmertür geöffnet. »Sie können jetzt gehen. Aber das« – sie zeigte auf die Tasche – »lassen Sie da.« Sie war aufgestanden und mit ihrem krampfenden Magen heruntergegangen. Als sie die Haustür öffnete, war der Regen dichter geworden. Autos fuhren vorbei und bespritzten ihren Mantel. Sie erinnerte sich nicht mehr daran, wie sie wieder in die Wohnung zurückgekommen war. Zwei Federbetten lagen auf ihr. Sie fror. Mit dünnen Lippen sagte sie ihrem Kind etwas. Wochenlang stand sie nicht auf, langsam bewegte sie sich morgens auf das Waschbecken in der Küche zu. Sie stellte sich einen Schemel hin und setzte sich, wenn sie sich mit dem Waschlappen über das Gesicht und die Arme fuhr. Danach setzte sie die Füße vorsichtig auf und kroch wieder unter das Federbett. Am Abend hörte sie Else reden, manchmal mit ihrer Schwester Gerlinde, laut an ihrer Tür.

Der Hausmeister brachte ihr warmen Tee oder eine Brühe, die er gekocht hatte. Dem Kind gab er ein Brot. Auf dem weißen Kopfkissen schienen ihre dunklen Haare fast schwarz. Einmal brachte er einen kleinen Spiegel zu ihr. Sie lächelte und streckte die Hand aus. »Sehen Sie hinein – Sie werden sehen, wie schön Sie sind.« Ihre Tür hatte er angelehnt gelassen. In der Wohnung schlug jemand die Küchentür zu. Er strich leicht das Federbett zurecht.

An einem frühen Abend erwachte sie aus ihrem dämmrigen Schlaf. Sie hörte die Stimmen seiner Töchter. Sie redeten eine Weile, und sie redeten sich in Rage. »Man muss es ihr klarmachen.« – »Ja, jemand muss es ihr klarmachen.« – »Ich tus. Er wird es nicht tun. Im Gegenteil. Er ist ja nicht bei sich. Ich tus.« Else stieß die Zimmertür auf. Das Kind saß auf dem Stuhl und fuhr mit dem Finger die Zeilen in einem Buch nach, während es die Lippen bewegte. Gerlinde kam hinter ihrer Schwester herein. »Stehen Sie auf.« Sie glühte inwendig wie in den vergangenen Wochen, verstand nicht. »Stehen Sie auf oder wie lange soll ich das wiederholen?« Die Mutter drehte sich an die Bettkante. Über ihren Augen tanzten Pünktchen, dicht beieinander, und ließen das Licht trübe werden. Else trat an das Bett und riss die Decke herunter. Das Kind hielt inne im Lesen. Das Deckbett war vor Elses Füße auf die Erde gefallen. Die Frau im Bett stützte sich auf einen Ellbogen, mit dem Fuß versuchte sie, einen ihrer Schuhe zu erreichen. Else sah sie an, dann gab sie dem Schuh einen Tritt. Er schlitterte den Boden entlang. Die Mutter war blass, noch blässer. Sie hatte sich jetzt aufgerichtet und stand unsicher in ihrem Nachthemd. Fast waren beide gleich groß. »Verstehen Sie.« Elses Gesicht kam näher. Dann schlug sie die Mutter, auf den Kopf, stieß sie vor die Brust, sodass sie taumelte. Sie hielt sich nicht mehr im Gleichgewicht und fiel hin. »Verstehen Sie.« – »Komm Gerlinde, hier ist nichts mehr zu tun.« Die Zimmertür schlug hinter den beiden zu. Die Mutter atmete schwer. Das war die Zeit gewesen, in der sie »Karstan« geheißen hatte. Sie wusste es nicht mehr genau, »Karstan« oder so ähnlich. Am nächsten Tag zogen die Karstans die Wohnungstür hinter sich zu. »So drohte uns z.B. die Tochter eines Herrn Karstan, Bln.-Neukölln ... Von dieser mußte ich tätliche Mißhandlungen in Kauf nehmen, da ich immer noch schwer krank war. Anzeigen liefen auch in Sorau/Niederlausitz.« Ach so, Neukölln, Weichselstraße 21.

Meine Schwester atmete schwer und fächelte sich mit einem Papierblock Luft zu. »Weißt du eigentlich, dass Tante Senta tot ist?«, sagte sie. Mein Neffe, ihr Sohn, hatte es mir gesagt. Tante Senta, die Jessica heißen wollte und Jessica hieß, sobald sie den Boden des weiten Landes betreten hatte. Ich muss die Einzige gewesen sein, die sie mit Tante Senta anredete, wenn ich an sie dachte. Oder damals, als ich einmal mit ihr gesprochen hatte. Zehn oder elf Jahre mag das her sein. Ich hatte eine halbe Stunde Zeit während einer Zwischenlandung in ihrer Stadt. Unerwartet landete die Maschine dort. Ich stellte mir vor, sie würde in mein Gesicht sehen und das Gesicht ihrer Schwester in meinem sehen, und sie würde dann weinen und einen Herzschlag bekommen. Ich rief sie an. Es war das erste Mal in meinem Leben, dass es mir gelang, ein Telefon mit einer Buchstabenkombination zu bewältigen. »Nein, ich kann nicht zu Besuch kommen.« Jemand hatte mir gesagt, sie liegt den Tag über in ihrer Kammer im Haus und kann sich nicht bewegen. Mit der Zeit hatte das Haus begonnen, die Gerüche ihres Körpers abzusondern. Es war unmöglich, dort über Nacht zu bleiben.

Wahrscheinlich war es anders. Ich hatte Angst, in ihr Gesicht zu sehen und das alte Gesicht meiner Mutter zu sehen. Meine Mutter war nicht alt, als sie starb. Ich hatte Angst davor, zu erfahren, wie meine Mutter ausgesehen hätte. Wie Jessica wahrscheinlich oder ihr ähnlich. Sie klang nicht sehr überrascht am Telefon, eher wie jemand, der seit Jahren diesen Anruf erwartete. Sie sagte ein ums andere Mal »oh my god« und notierte sich meine Adresse. Dann begann sie, mir zu den Feiertagen Briefe und Karten zu schreiben. Sie waren unter der übrigen Post sofort zu erkennen, weil sie vollgeklebt waren mit Aufklebern – kleine Pakete mit Schleifchen, ein Herzchen am Ende der Dreieckslasche auf der Rückseite und ein Blumenkörbchen neben der Adresse. Post, bei der die Jahrzehnte stehen geblieben waren und sich die Absenderin vorstellte, einem kleinen Mädchen zu schreiben. Warum hatte sie dem kleinen Mädchen nie geschrieben? Dieser Feiertagsbriefverkehr mit meiner Tante begann zwei, drei Jahre, bevor sie starb. »Oh my god« sollten die einzigen Worte bleiben, die sie je mit mir sprach.

»Tante Senta hatte das gewusst, die Sache mit Gertrud damals, und sich aufgeregt. Maßlos aufgeregt, wusstest du das?« Ohne eine Antwort abzuwarten, fuhr meine Schwester fort: »Tante Senta wollte ihn auf dem jüdischen Friedhof bestatten, nach orthodoxem Ritus, das war ihm sehr wichtig.

Neben Rosa, neben seiner Rosa – und weißt du das? Sie hat es verhindert. Sie hat es zu verhindern gewusst, und anschließend erbte sie das Haus.«

Wer ist es, der mit Großmutters Löffeln isst, nachdem die Ariseure ihren Küchen- und Wohnzimmerschrank geplündert hatten? Das weiß ich nicht. Aber wer jetzt die Wiedergutmachung aufisst, das weiß ich. Infolge ausgebliebener Verfolgung lebten die Profiteure auch länger.

Täter auch. In einem lieblichen Tal in Österreich, in Dungau, haben mehr als zwanzig gewohnt. Das war die Buchenwaldclique, ursprünglich insgesamt fast vierhundert. Sie fielen erst beim Sterben auf, weil sie protestantisch waren. Im Waldviertel, die Leute tranken nach der Beerdigung Veltliner oder Grünen Silvaner. Was hatte der Pfarrer als Beruf des Verstorbenen angegeben? Stehen Sie auf zur Ehre des Verstorbenen, eines angesehenen KZ-Aufsehers. Eine gottesdienstliche Handlung: nicht bestrafte Mörder zu bestatten. Die Gemeinschaft der Kirche gilt über den Tod hinaus.

Ich legte die Hände ineinander und dachte an den Brief mit der 1-Dollarnote. Anfangs waren Päckchen gekommen mit Hershey-Sirup, Butterfinger, Marshmallows und weißen Mädchensöckchen, die am Bund mit einer Tüllspitze abschlossen. Zu Ostern hatte ich sie zu meinen schwarzen Lackschuhen angezogen. Sie wippten mir um die Fußfesseln. Ich ging am Straßenrand, balancierte am Rinnstein entlang und war ein Kinderstar. Dazu trug ich ein verschossenes graues Kleid aus Cord. »Tritt bloß nicht drauf«, sagte ein Mann, der vorüberging. Annette hatte herüberkommen wollen zum Spielen. Aber Annette kam nicht, sie kam auch in den darauffolgenden Tagen nicht. Ich hatte sie von einem Butterfinger kosten lassen. In der Schule sagte sie, zu Hause hätte man ihr gesagt, sie solle keine amerikanische Schokolade essen. »Amerikanische Schokolade schmeckt nicht.«

»Fritz Kittel war Bahnbeamter. Er wusste, dass dieser Zug der letzte sein würde, der fährt. Die Russen waren nicht mehr weit. Die Mutter wollte nicht. Wenn sie beide, Mutter und ich, mit ihm kämen, würden wir zurückfahren. Ins Reich. Er hörte nicht auf, er bekniete sie, er redete auf sie ein.« Unvermittelt unterbrach sie sich. »Gib mir Tee, ja?« – »Ich kann dir frischen machen …« – »Das ist nicht nötig, das musst du nicht.« Ich ging in die Küche ihres Sohnes und stellte Wasser auf, suchte in den Büchsen, fand ein paar Teebeutel. Als ich wieder hereinkam, saß sie noch so da, wie ich sie verlassen hatte, das Handy neben sich. Sie sah zum Fenster, das auf einen Hof führte. Ich goss ihr ein. Sie rührte in der Tasse. Bis Heringen an der Werra fuhren sie. Der Zug wurde beschossen, er fuhr wieder zurück, um nicht erneut auf die Russen zu treffen, fuhr Umwege. »Dreizehn Tage fuhren wir«, sagte sie. Der Zug war überfüllt, Soldaten, Frauen und Kinder – jemand hatte einen hoch bepackten Handwagen dabei. Die Frau musste ihn zurücklassen. Niemals hätte der Handwagen zwischen die dicht gedrängt sitzenden und stehenden Leute gepasst. Die Mutter schnitt den Männern die Haare und rasierte sie. Dafür tauschte sie Essen ein. Jahrzehntelang schnitt sie die Haare, meine auch. Ich konnte Haareschneiden nicht leiden. Sie sagte, sie könne Haareschneiden. Seit damals. Seit sie dafür bezahlt worden war. Sie war auch für was anderes bezahlt worden. Ich weiß das nicht genau. Mein Vater hatte das einmal gesagt, als er wütend auf mich war und darauf, dass ich sie lange Jahre nach ihrem Tod so sehr verehrte. »Wie eine Heilige«, sagte er. Und dann sagte er: Was ich denn glaube, wie sie durch die Nazizeit gekommen sei, »deine Heilige«.

Eine Vierzehnjährige hat darauf eigentlich nichts zu sagen, ich sagte nichts. Der Satz blieb in mir stecken.

Wenn sie meine Haare schnitt, war sie grob, so grob, dass ich manchmal weinte. Lange Zeit war »Lederstrumpf« meine Lieblingslektüre. Die Stellen über das Skalpieren hatten mich sehr interessiert. Ich ging später niemals zum Friseur. Meine Haare werden nicht mehr geschnitten.

»… muss ich annehmen, dass sie mir nicht treu gewesen war.« Die erste Ehe mit dem, der der Glückliche hieß, ging auseinander. Es stand nirgendwo, dass der Glückliche die fehlenden Lebensmittelkarten gebracht oder ein halbes Pfund Butter auf dem Schwarzmarkt aufgetrieben hätte.

In Heringen hielt der Zug nach dreizehn Tagen. Sie stiegen aus. Die Bahnbeamten trugen Hakenkreuze an ihren Uniformen, Flügelrad und Hakenkreuz, Dienstmütze mit Reichsadler und Hakenkreuz – Litzenkragenspiegel und Ärmelband »Ostbahn« waren bereits Vergangenheit. In den Wohnstuben gab es noch keine hellen Flecken, nicht von den Fotos, die jemand abgenommen hätte. Die Bilder der Söhne standen auch da, in Uniformen, mit schwarzem Flor. Der Bürgermeister war der Bürgermeister, auf der Post klebten sie Hitler-Marken auf die Briefumschläge. Sie lebten bei einer Frau zur Untermiete, sagten, sie seien Ausgebombte aus Berlin. »Wo war Fritz Kittel?« – »Ich weiß es nicht.« Die Vermieterin sagte, sie müssten sich Papiere besorgen. Sie sagte: »Ja, wir werden uns Papiere besorgen.« Bericht an die Entschädigungsbehörde: »Das Kind erreichte Heringen (Werra) in ausgewachsenen u. durchlöcherten Hausschuhen, die Füßchen waren zerschunden, sodass ich sie fortgesetzt tragen musste. Frau Kittel, Papiere – 23. März 1945, Eisenbahnerfrau.«

»Hast du die Papiere, damit ich beim Bürgermeister anrufen kann?« – »Bei welchem Bürgermeister?« Dem Bürgermeister von Bickenbach. »Ich habe die Papiere, ja.« Warum wollte meine Schwester dort anrufen?

Ich sah an ihm vorbei. »Sie hat Vorstellungen. Überführung nach Italien. Sie will die Überführung nach …« Kekse wurden nachgefüllt. Er kam mit der wieder aufgefüllten Kaffeetasse zurück, setzte sich und brachte eine Handvoll der feinen Kekse zum Vorschein. Mit der Zeit hätten sie auch gern etwas anderes gegessen. Es gab aber nur Erdnüsse oder feine Kekse. Sie aßen die Kekse. »Was mich wirklich …« Ich kannte das, das, was ihn ›wirklich‹ … Er war der, der die Angelegenheit zur Sprache gebracht hatte. Vielleicht hatte alles damit begonnen, als er versuchte, Ordnung in seine Telefonnummern zu bringen. Welche Telefonnummer gehört zu wem – er muss sich gelangweilt haben, dass er sein Telefonbuch in Ordnung bringen wollte. Er rief Nummern an, Nummern, von denen er die dazugehörenden Namen nicht aufgeschrieben hatte. Er rief auch an, wenn er zwar den dazugehörenden Namen aufgeschrieben hatte, jedoch nicht mehr wusste, warum und zu welchem Zweck er einmal Kontakt hatte oder Kontakt hatte haben wollen.

Da er keine Arbeit hatte, nahm er an zahlreichen Einladungen zu Ehrungen und Preisverleihungen teil. Er achtete darauf, dass es dort zu essen gab. Tagsüber hatte er genug Zeit. Zeit, um sein Telefonbuch in Ordnung zu bringen. Diese Ehrungen finden meistens gegen Abend statt.

Die Stimme, die ihm antwortete, gehörte einer älteren Frau. Sie verschliff die Wörter beim Sprechen. »Na, da geh isch längst net mehr hi. Isch bin jedde zweite Tach higegange«, sagte die Stimme, »awer des is net mehr. Des is alles wechgekomme.« – »Warum? Können Sie mir das erklären?« – »Na, hat die Frau Ihne des net erklärt?« – »Mer wisse nichts«, sagte die alte Stimme eines Mannes aus der Entfernung. Ob der Mann vom Nebenzimmer aus zuhörte? Bei geöffneter Tür? »Da is ein Wech drübbergekomme, net wahr. Das is paar Jahr her, nich. – Nee, mehr drüber weiß ich net, da müsse Se frache aufm Amt, net wahr?« Von hinten hatte der Mann gerufen: »Sach nichts mehr. Sach nichs mehr. Des is a Juddegrab.« Dann hatte die Frau nichts mehr sagen wollen und aufgelegt. Ich war im Jahr davor dort gewesen. Die Gräber lagen ordentlich aneinandergereiht, an den Seiten und neben den Mauern gab es jeweils eine ältere Reihe. Milchiger Regen drang in meine Haare, sodass sie vor Nässe aufsprangen und sich auf meinem Kopf nach allen Richtungen hin aufrichteten. Eine undefinierbare Mischung aus Jheri und Brazilian. Ich hätte damals nicht von »Jewish Hair« oder Jewfro gesprochen, von Angela Davis schon. Erst Jahre später: Das konnte nur aus den USA kommen, like thick, intense, curly, frizzy, long brown hair. Ich hatte mich eingelesen, nachdem ein Schwarzer Verkäufer zu mir gesagt hatte: »I like your hair.« Ich guckte ihn an und fragte: »Why?« – »It's like mine.«

Fast zwei Stunden lang war ich hin- und hergegangen. Ich war über die Bundesstraße mit dem Fahrrad gefahren. Es war neun Jahre her, dass ich das letzte Mal an diesem Ort angehalten hatte. Ich war schon einmal in der Nähe gewesen und war trotzdem nicht hingegangen, hatte damals nicht angehalten. Jetzt hatte ich angehalten und war mit einem geliehenen Fahrrad hergekommen, dessen Sattel für mich nicht hoch genug war. Ich war über die Bundesstraße gekommen. Nicht zu Fuß, wie ich es als Kind vorgehabt hatte – die Sache mit der B1 und Großvater –, aber mit dem Fahrrad.

Ich hatte mich viele Stunden vorbereitet. Es war mir recht, dass die Reise lange dauerte. Ich hatte mir die Geschichte erzählt, die ich der Mutter erzählen würde. »Sieh, hier bin ich, und sieh, wer ich bin.« Ich war in einen sakralen Tonfall verfallen. Eine Art Göttersprache, die ich allerdings aus der Odyssee entliehen haben konnte. Der Regen wurde dichter, ich irrte herum, hielt einmal jemanden an, eine Frau, die einen Blumentopf mit Zwergastern in der Hand trug. Mehrjährig und winterhart waren diese Pflanzen. Die Frau wies mir eine Richtung. Es war falsch, da war jemand anderer aus dieser Familie. Es war die Frau, von der Mutters Freundin gesagt hatte, solch eine böse Frau sei ihr noch nie in ihrem Leben begegnet. Wie in jeder Komödie, war es die Schwiegermutter. Ich zweifelte an meinem Orientierungssinn und nahm mir vor, mit System zu suchen: jede Reihe einzeln abzugehen und dann einen Strich zu machen. Zwei Stunden, drei Stunden ging ich so zwischen den Reihen umher – ich war durchnässt und fror, und es war wie eine Niederlage, dass ich den Grabstein nicht fand. »Sieh, hier bin ich, und sieh, wer ich bin.« Das hätte ich sagen wollen. Und weil ich ihren Stein nicht fand, sagte ich diesen Satz, jetzt schon im Dämmer, zu allen Toten hin, sozusagen ins Dunkle hinein wie zum Publikum eines Theatersaals. Ich hatte zu dem Ort gefunden, den ich so viele Jahre nicht betreten hatte. Ich war danach zurückgekehrt zu den Leuten, bei denen ich untergekommen war, und hatte Fragen abgewehrt: »Ja, alles in Ordnung.« – »Und is es gepflegt?« – »Ja«, murmelte ich, »is es.« Ich hasste gepflegte Gräber. Ich kann mir das Grab des Rabbi Löw in Prag, geschmückt mit Geranien und Begonien, nicht vorstellen. Dieses Missverständnis breitete sich erst später aus mit dem Einzug der Russen in die jüdischen Gemeinden. Am anderen Tag war ich nach Hause zurückgekehrt, ohne das Grab meiner Mutter gesehen zu haben.

Er hatte die Erdnuss in die Höhe geworfen. Die Lippen öffneten sich weit, mit dem Mund schnappte er nach der Nuss. Flughafenlounge. Mit den mahlenden Bewegungen seines Kiefers zerkleinerte er sie. »Ich muss dir sagen«, sagte er, »was mir wichtig ist, ist, dass die Gebeine noch da sind.« Er kaute weiter. »Der Stein – wenn sie den Stein zerschreddert haben ... Das ist es, worum es geht.« – »Woher willst du das wissen?« Das Zerkleinerte wurde breiig in seinem Mund. »Ich weiß es. Die Frau von der jüdischen Gemeinde hat es mir am Telefon so gesagt, und ich habe alles genau mitgeschrieben.« Er oder die zuständige Dame von der jüdischen Gemeinde bestand auf den Gebeinen. Andererseits würde es sich gehören, den christlichen Ehemann auch zu überführen. Mein Neffe schien nicht zur Kenntnis nehmen zu wollen, dass ich die Grabstätte nicht gefunden hatte und deshalb eine Debatte über die Überführung des Sargs meiner Mutter, seiner Großmutter, schwierig, wenn nicht gegenstandslos sein könnte. Die Kiefer meines Neffen mahlten weiter, zermalmten die Erdnussklümpchen, sodass sie wie Brei zwischen seinen Zähnen durchdrangen und ihm die Backentaschen stopften. Er hatte sicherlich mehr als eine Erdnuss im Mund. »Man lässt eigentlich die Eheleute zusammen, aber das ...« Er bohrte mit der Zunge nach einem abgesplitterten Stück Erdnuss, hinten in der Backentasche. Er drehte es an der Spitze und bohrte seitlich an der Zahnrille. Dabei sammelte sich Spucke in seinem Mund. »... geht überhaupt nicht, überhaupt nicht. Wir haben keinen jüdischen Friedhof in Deutschland gefunden, der ihn aufnehmen würde. Alle haben abgewunken.« Meine Schwester – seine Mutter – hatte gesagt, sie wolle den Sarg überführen lassen. Schön, dann hätte sie ja ihre Friedhofsverwaltung fragen können. Das heißt, die Friedhofsverwaltung in der Vatikanstadt, in Rom, wo sie seit langem wieder lebte, sie und ihr amerikanischer Mann, mein Schwager, in der Stadt, in der zwei ihrer Kinder geboren waren. Ich muss schon sagen, dass mich dieses Interesse an der Überführung des Sargs unserer Mutter wunderte, und es hatte mit dem Umstand zu tun, dass meine älteste Schwester, die Mutter meines Neffen, mit dem ich in der Flughafenlounge so lange saß, bis sie die Segafredo-Pads wegräumten, damit rechnete, nach dem Schreiben dieses einen Briefs mit Hilfe eines Anwalts ihr Familienerbteil väterlicherseits zurückzuerhalten. Sie rechnete also mit einer Geldsumme, die sie bis dahin nicht gehabt hatte, und dieses Geld hatte doch irgendwie mit der Wiedergutmachung, mit dem Überleben, mit der Illegalität von Mutter und Tochter zu tun, und so war sie auf den Gedanken gekommen, Mutter, ihre Retterin, wieder »heim«zuholen und eine angemessene jüdische Bestattung nachzuholen. Es könnte auch sein, dass die Hinwendung ihres Sohns, meines Neffen, zu den Lubawitschern der Auslöser gewesen war. Vielleicht war er es, der sie deutlich auf den Mangel an jüdischer Gottgefälligkeit hingewiesen hatte, den diese einem Unfalltod geschuldete Schnellbestattung in jenem Bickenbach bedeutete. Als ich das Grab besuchen wollte und nicht fand, hatte ich von einem solchen Ansinnen überhaupt noch nichts gehört. Ich hätte mir mehr Zeit nehmen müssen. Dann hätte ich auf die Friedhofsverwaltung oder ins Rathaus gehen können, und es wäre mir dann sicher gelungen, das Grab zu finden, dachte ich.

Unsere Tante, die, die nach Shanghai geflüchtet und Schneiderin war, war in den USA geblieben, in demselben Viertel, in dem auch Großvater und Großmutter nach ihrer Emigration gelebt hatten und in dem Gertrud jetzt saß. Meine Schwester hatte ihren amerikanischen Mann, der Choctaw und afroamerikanisch und ein Maler und Sänger war, einst in Italien kennengelernt. Außer dem jüngsten Sohn, meinem Neffen, waren auch ihre Kinder in die Staaten ausgewandert oder dort geblieben – nachdem die Eltern sie über ein Jahrzehnt hinweg dorthin mitgenommen hatten, bevor sie beschlossen hatten, nach Italien zurückzukehren.

Oder sie schrieb noch an diesem Brief. Wahrscheinlich. Sie hätte klären müssen, ob sie in der Vatikanstadt eine Genehmigung bekommen würde – eine Zustimmungsurkunde: Überführung jüdischer Gebeine zusammen mit katholischen Gebeinen. Danach hätte sie den Brief geschrieben, der die Ausstellung eines Leichenpasses, im besten Fall nach einmaliger Bitte, zur Folge gehabt hätte. In einem weiteren Brief, den sie sicher schrieb, würde sie einen Zinkeinsatz für die verbliebenen menschlichen Körperteile zur Überführung bestellen. Es ist wahrscheinlich bereits gottlos, diese Worte aufzuschreiben. Es sind nicht meine, es heißt so: »verbliebene menschliche Körperteile«. Josefs Gebeine wurden beim Exodus aus Ägypten mitgenommen und schließlich auf dem von Jakob erworbenen Grundstück bei Sichem bestattet. Von Staub zu Staub ... Der Auszug aus Bickenbach ist eigentlich kein Exodus, oder? Den Leichenpass konnte man erst erhalten, wenn ein weiterer Brief an einen Amtsarzt geschrieben worden wäre, der den Tod amtsärztlich bescheinigt hätte.

Der Überführungsträger beziehungsweise derjenige, der berechtigt wäre, einen solchen Gebeintransport durchzuführen, hieß Schader oder Rindfleisch. Sie hätte sich für Rindfleisch entschieden, und die Fa. Rindfleisch wäre mit den Gebeinen über die Alpen zu ihr gefahren. Sie schrieb jedoch nur einen Brief, eben diesen anderen Brief, um dessentwillen sie nicht zum Frühstück kam, obwohl sie zugesagt und ich die Uhrzeit ihretwegen so spät gelegt hatte.

Die Friedhofsverwaltung des Ortes Bickenbach an der Bergstraße hatte uns gesagt, es sei ein Ehrengrab. Das einzige Grab auf dem Gemeindefriedhof, auf dem es einen Davidstern gab, einen Davidstern und ein Kreuz. Was allerdings nicht ausschlaggebend für die Einstufung als Ehrengrab gewesen war. Zumindest hatte diese Tatsache der besonderen Würdigung nicht ausdrücklich geschadet; sie war trotzdem geschehen.

Das Stückchen hatte sich gelöst. Es glitt in die Spucke. Er wälzte es noch einmal in der Mundhöhle von einer Seite zur anderen, balancierte es einen Moment lang an der Zungenseite und schob es in die Zungenmitte, bevor er es verschluckte.

»Die Ehre hatte mit ihm zu tun, nicht wahr? Wofür oder um wen hatte er sich verdient gemacht?« – »Woher soll ich das wissen? Es geht um die Kanalisation in seiner Gemeinde, die hat er zuwege gebracht. Deshalb ist das ein Ehrengrab. Oder wegen etwas anderem, das kann auch sein.« Ein Ehrengrab, und die Fäkalien fließen jetzt ab. Ich spotte nicht, nein. Wer wollte noch die Jauchewagen durch die Stadt fahren sehen.

Wir interessierten uns nicht für diese Ehrung, die dem gläubigen Katholiken widerfuhr. Von seinem kanalisierten

Ort hatten wir noch nie gehört. Es waren nur wenige Wochen, die wir ihn zum Stiefvater gehabt hatten. Zu kurz, um ihn zu mögen. Er mochte gutes und schweres Essen. Das waren wir nicht gewöhnt. Als Mutter begann, ihn nach Hause mitzunehmen, waren wir nicht da. Ich sollte Englisch lernen, meine andere Schwester – deren Geschichte ich nicht erzähle – wanderte mit einer Familie durch die deutsche Bergwelt, und die dritte, meine Schwester, die Mutter meines Neffen, die jetzt von der Überführung des Sargs sprach und die die Briefe nicht schrieb oder wegen des Briefeschreibens nicht zum verabredeten Frühstück gekommen war, die hatte damals weit entfernt in Italien gelebt. Das war, bevor sie mit ihrem amerikanischen Mann in die USA ging, und sie hatte schon deswegen keine Ahnung davon, dass unsere Mutter wieder geheiratet hatte. Mutter lebte von der Wiedergutmachungsrente, damals hieß sie so und machte irgendwas gut, jedoch nicht so, dass es für ein Ei zum Frühstück gereicht hätte. Die Kinder aßen davon mit. Nudeln mit Tomatensoße, Reis mit Tomatensoße, zerstampfte Kartoffeln. Der Mann aß Schnitzel mit Kartoffeln und Salat oder Braten mit Gemüse – und trank Wein. Dagegen ist nichts zu sagen. Ich nickte ihm zu, kein Weinglas in der Hand und keinen Teller vor mir. Mutter auch nicht. Mutter hatte kein Geld mehr auf dem Konto. Warum gab er ihr kein Haushaltsgeld? Zu kurz war sein Leben, um darüber zu reden, wie ein Mann, der Fleisch isst und Wein trinkt, von der Frau ernährt werden soll, wenn er kein Haushaltsgeld zahlt. Sie hatte in einem smaragdgrünen Kleid geheiratet. Ich trug bei der Trauung ein grau und schwarz abgesetztes Batistkleid mit langen durchsichtigen Ärmeln; von der Taille an aufwärts waren kleine schwarze Knöpfchen aneinandergereiht, in deren Mitte Strassbesatz funkelte. Den Abschluss bildete eine winzige flache Stoffrose. Das großzügige rund ausgeschnittene Dekolleté lag flach an meinem noch kindhaften Körper an. Ich besaß nicht die Oberweite einer Frau, das Kleid war zu groß. Meine andere Schwester, deren Geschichte ich nicht erzähle, trug ein pinkfarbenes, mit beigen Blumen durchsetztes Kleid, das oberhalb der Knie abschloss, bauschige dreiviertellange Ärmel. Konnte Mutter damit rechnen, dass sie einen Ehekontrakt hätte abschließen müssen, darüber, dass ein Mann, der Fleisch aß und Wein trank, am Tisch einer Frau, die gewöhnlich kein Fleisch aß und nur selten ein Glas Wein trank, der Frau Fleisch liefern soll und Wein? Auf ihrem Konto war nichts mehr. Nicht einen Kieselstein hätte ich davon kaufen können. »Das Brautkleid deiner Mutter war von Nina Ricci«, flüsterte mir Jahrzehnte später die Trauzeugin zu, »wirklich eine ungewöhnliche Frau.« Schön, das hatte er sicher bezahlt, warum nicht. An dem Problem mit der Weinflasche und dem Fleisch auf dem Teller änderte auch Nina Ricci nichts. Der Grabstein für die beiden wurde von seiner Familie, die katholisch war, bezahlt. Das tut eigentlich nichts zur Sache. Allerdings kommt es darauf an, wo dieser Grabstein jetzt war.

Unter Umständen und wenn ich Gemeindemitglied wäre, hätte ich den Stein nach Berlin auf den jüdischen Friedhof bringen können, auf den neuen, der alte ist überfüllt. Da hätte er vielleicht abseits an der Mauer stehen dürfen – wenn man dem zugestimmt hätte, und ich hätte zu beweisen gehabt, dass die Eltern der Großeltern auch Juden gewesen waren – ich hatte keine Ahnung, wie mir der Judennachweis bis ins soundsovielte Glied rückwärts hätte gelingen sollen. Die Großeltern waren beide Vollwaisen gewesen, als sie heirateten, und hatten in den Kellern, in denen sie sich versteckten, die israelitischen Abstammungsurkunden ihrer Eltern nicht bei sich. Da war wohl nichts zurückzuverfolgen. Oder ich bemühe einen hochrangigen Gemeindebeamten und versuche, eine Beziehung zu kontaktieren, damit man ihnen den Holocaust nachsieht.

Julia Konetzki zum Beispiel, von deren Tochter ich alles über dieses Problem schon gehört hatte, hat keine Beziehungen und als kommunistische Dame im Großen und Ganzen auch keine Fürsprecher aus der Gemeinde; sie war ja nicht Mitglied. Sie will ihre Großmutter umbetten, damit sie in Weißensee zum Ewigen, ihrem Richter, fände. 1942 war es gelungen, die alte Dame ohne weiteres Aufsehen auf einem öffentlichen Friedhof zu begraben. »Und«, sagt die jüdische Gemeindeverwaltung, »warum haben Sie Ihre Großmutter nicht gleich auf den jüdischen Friedhof gebracht?« Julia Konetzki hat im französischen Untergrund überlebt, als Kind. Sie soll jetzt der jüdischen Gemeindeverwaltungsdame plausibel machen, warum die Konetzki-Familie nicht zusammenkam, nicht Schiwe saß, wie es sich gehörte, zur Trauer kein Zeichen am Haus anbrachte, und wie es käme, dass Großmutter überhaupt heimgeholt werden müsse ... hätte sie sich denn zu Lebzeiten nicht bekannt? Julia Konetzki erinnerte sich an die Zeiten, als sie mit einem Zug der »Reichsbahn« nach Bulgarien fuhr. Die ostdeutsche Eisenbahngesellschaft hatte nichts gegen die Weiterführung des vormaligen Namens gehabt, und der Zug, der sie nach Bulgarien gebracht hatte, war ein Original aus altem Bestand. Sie hatte überlegt, ob es dort für Großmutter ... aber sie kannte dort niemanden mehr. Ihre Reise lag schon lange zurück und die Verbindungen zu den Leuten hatten sich aufgelöst. Auch zu Hause traf sich niemand mehr in der »Mi« – MITROPA – und sie weinte dem keine Träne nach. Das »Nie genug! Vom Wahlbetrug« klang ihr noch immer in den Ohren. Die Brot-Union hatte sich zur respektablen Großbäckerei entwickelt, und Julia würde bald wieder Stollen aus der »deutschen Weihnachtsregion Erzgebirge« bestellen. Auch bei den Zutaten wurde garantiert deutsche Butter verwendet. Mittlerweile hatten sich die Worte Erzgebirge und Todesdrohungen gegen Geflüchtete zu etwas Zusammengehörendem verdichtet, eine Manufaktur vertrieb »Klimakleber« als Räucherfigur. Julia Konetzki hätte auch französische Butter im Gebäck mit Geschenkkarton und Frauenkirche gemocht. Überhaupt hatten sie zu Hause immer alles gefeiert und eine religiöse Bildung war quasi nicht da. Wie gesagt: In der Gemeindeverwaltung haben die Russen zu sagen.

Glaubt die jüdische Gemeindeverwaltung, dass es 1942 in Deutschland passend gewesen sein könnte, die Obrigkeit vom Ableben einer Jüdin zu unterrichten, damit die Zugehörigkeit der übrigen noch lebenden Familienmitglieder deutlicher zutage trete?

Ich schaute mir die Friedhöfe an, zuerst die Heerstraße. Man muss dorthin gehen, wenn die Sonne scheint. Friedhöfe sind nichts für nasskalte Tage. Heerstraße hatte den Vorteil, dass auch da berühmte Juden lagen, neben berühmten Nicht-Juden, jedenfalls berühmt vor 1939; danach keine Juden mehr und jetzt wieder. Auch war die Heerstraße nahe meiner Wohnung gelegen. Es gibt da 700 Hektar als Überhang. Ab dem übernächsten Jahr könnte ich preiswert eine neue Meterstelle bekommen. Das Grababteil für die Gebeinkisten, die zur Beisetzung von geruhten Gebeinen genutzt werden, nimmt nicht viel Platz in Anspruch. Ich könnte die Eheleute in einem Grab unterbringen. Beim Kauf beider Grabstellen könnte ich die Kisten so tief bestatten und nebeneinander unterbringen, dass ich die volle Nutzungsstelle für ein Familiengrab behalten könnte. »Sie brauchen Gebeintruhen zur Überführung«, sagte der Herr, »oder einen Transportsarg. Die reine Friedhofsgebühr – ohne Feier – beträgt 1.380,– Euro, es kämen 250,– Euro pro Gebeintruhe hinzu. Fa. Rindfleisch oder Fa. Schader bekommen für den Transport ungefähr 1.200,– Euro. »Wahrscheinlich brauchen Sie auch eine amtsärztliche Bescheinigung des Todes.« Heerstraße hat allerdings einen Nachteil: Heerstraße ist kein »Haus des ewigen Lebens«. Ich brauche einen »guten Ort«, einen Ort, den der Messias findet, damit er Mama mitnehmen kann und sie wiederaufersteht. Was soll der Messias auf einem öffentlichen Friedhof lange suchen? Hier erlischt das Nutzungsrecht für die Grabstätte nach einer Frist.

Ich muss den Bus nehmen. Den X 34. Zum Scholzplatz, hat man mir gesagt. Seit Bahnhof Zoo überlege ich, wo ich aussteigen muss. Ich frage den Fahrer. »Sie sind zu weit gefahren. Sie steigen um, gehen auf die andere Seite und fahren zwei Stationen zurück«, sagt der Fahrer. »Ich muss zum Jüdischen Friedhof. Wissen Sie, wo der ist? Muss ich dann rechts oder links gehen?« – »Weiß nicht«, sagt der Fahrer. »Glauben Sie, dass der geöffnet ist? Da drüben fahren Sie zurück, zwei Stationen.« Ich steige um. Es ist ein nasskalter Tag. Es gehört zu Beerdigungen, dass es ein nasskalter Tag ist. Man kann es sich nicht aussuchen. Ich will nicht sagen, ich hätte diese Beerdigung von Gerhard Marcus jetzt ausgenutzt, um mir den Friedhof anzusehen. Seine Tochter hatte vor meiner Haustür gestanden, als ich zugereist war in Berlin und mit einem Neugeborenen dastand und eigentlich nicht wusste, wo ich bin, und gesagt: »Steig ein, wir fahren zur Synagoge.« Ich war eingestiegen, als ob ich schon immer in eine Synagoge gefahren wäre, was tatsächlich seit Jahrzehnten nicht vorgekommen war. Auf diesem Weg hatte sie einen Unfall, hatte den falschen Gang eingelegt, für ein halbes Jahr oder vielleicht sogar ein Jahr ihre Fahrerlaubnis verloren, ich erinnere mich nicht mehr an die genaue Dauer. Sie war von einem antisemitisch eingestellten Richter unverdient hoch bestraft worden, obwohl sie Leib und Leben des Neugeborenen und der Mutter – wie mir schien zu Recht – höherstellte, als das Eintreffen von Polizei oder Fahrzeughalter wegen eines Kratzers abzuwarten; einen Zettel mit Namen und ihrer Anschrift hatte sie angehängt. Dieses Erlebnis hatte mich mit ihr und ihrer Familie verbunden, und wir beide waren verbunden geblieben. Ich frage den zweiten Fahrer: »Wo muss ich aussteigen zum Jüdischen Friedhof?« – »Kein Problem«, sagt der Fahrer und schaut auf die Straße. »Nächste Haltestelle, gleich die nächste und dann ein paar Schritte nach rechts.« Hinter mir fährt der Bus an und überholt mich. Ein paar Schritte hat er gesagt, dann rechts. Ich sehe das Schild. »Zum Englischen Friedhof«. Zwischen den regennassen Bäumen laufe ich auf dem schwarzen Asphalt, ich muss zum Scholzplatz.

Dreihundertundzehn Trauergäste waren an diesem Tag über den Scholzplatz zum Jüdischen Friedhof gekommen. Wie oft der Mann im Gefängnis gesessen und aus Lagern fortgelaufen war, denke ich während der Grabrede. Ein Jahr, bevor niemand mehr auf dem Friedhof in der benachbarten Heerstraße unterkam, hatten sie ihn der Schule verwiesen, ein Jahr vor dem Abitur. Emigriert nach Italien, ein Jahr später nach Frankreich, interniert, von der Wehrmacht verhaftet,

Flucht aus dem Gefängnis, wieder Paris, weiter Flucht ins unbesetzte Frankreich, Flucht in die Schweiz, dort interniert. Findet seine Jugendliebe wieder, die sich nach England rettete, Inge, das einzige Kind ihrer Eltern. Inge, die als selbstbewusste, junge Sechzehnjährige in einem Wettbewerb vor dem Kurpublikum in Marienbad auftrat. Inge, die gerne Schauspielerin geworden wäre. Sie intonierte Fritzi Massarys »Joseph, ach Joseph, was bist du so keusch, das Küssen macht fürwahr doch kein Geräusch« und »Warum soll eine Frau kein Verhältnis haben, ist sie hübsch, wird man sagen, die muss doch eins haben ...« Das Marienbader Publikum lachte und amüsierte sich. Einer Dame gefiel die Nummer so sehr, dass sie Inge ihre Telefonnummer und Adresse in England gab. Sie solle sich melden, das begabte Kind, das die einstige Sängerin entzückte. Als Inge als letzte der übriggebliebenen jüdischen Schülerinnen ihr geliebtes Gymnasium in Berlin-Steglitz verlassen musste, saß sie zu Hause und schälte Kartoffeln. Bis Papa aus dem KZ in zerdrückten Kleidern und mit einem Gestank wiederkam, als hätte er wochenlang im Stall zugebracht. Die Eltern hatten einen Zwischenhandel für Kurzwaren und Lingerie. Da kauften die arischen Kunden noch lange. Die Geschäfte wurden per Boten und Post abgewickelt, keine verräterischen Ladenauslagen. Inges Eltern wollten die Lage überstehen. Aber das Kind, das Kind hatte doch keine Aussichten nirgendwo, suchte nach der Telefonnummer und Adresse der Dame aus dem Publikum. Inge war als jetzt Siebzehnjährige zu alt, um mit dem Kindertransport mitgenommen zu werden. Sie fand die Adresse der Sängerin. Mit dieser Adresse reiste sie aus, wurde Kinderkrankenschwester und sang: »Humpty Dumpty sat on a wall, Humpty Dumpty ...« Inges Eltern haben in Berlin-Steglitz zwei Stolpersteine, das Geburtsdatum und das Datum ihrer Ermordung ist darauf vermerkt. »Er hat nicht gelitten«, sagte ein SS-Mann zu Inges Mutter, die nach ihrem Mann abgeholt wurde. Er kannte den alten Herrn und hatte ein Auge auf ihn gehabt. Er hatte Inges Mutter sprechen wollen. Inge sagte: »Das gab es auch, dieses hastige schnelle Telefonat – ein Funken Menschlichkeit.« Inges Mutter hatte sich bedankt. Inges erste Liebe, Gerhard, war schon verhaftet, wieder ausgebrochen ... Später fand er Inge, mit einer Suchanzeige über das Rote Kreuz. Sie schickten ihre Kinder im Andenken an die überwundenen Lager und Haftanstalten in Vichy-Frankreich auf das Französische Gymnasium. Die mochten es nicht. Die Enkel gingen auf eine internationale Schule. Den Mann von Inges zweiter Tochter überraschte die Mitteilung, die Mutter seiner Kinder hätte den Ältesten zum Übergang doch wieder im Französischen Gymnasium angemeldet. Mama zog die Anmeldung wieder zurück. Sie blieben auf ihrer internationalen Schule, in der Englisch gesprochen wurde.

Darüber hatten wir zu Gerhards Lebzeiten nie gesprochen. Wir hatten über Wohnungen gesprochen, wenn wir uns trafen, denn er war Immobilienverwalter. Was soll einer sonst machen, wenn er aus den Lagern kommt? Entweder Häuser oder Zucker oder Rotlicht ... er war bei der Hausverwaltung geblieben und kümmerte sich später um das Unterkommen der Kontingentflüchtlinge aus Russland und einmal auch um mich.

Mir gefiel der Friedhof. Aber wir hatten keine Chance, überfüllt, und wegen der gojischen Verheiratung hatten wir einen schlechten Stand. Ich schlug vor, eine Schicht Erde – sechs Fuß – über die bestehenden Gräber zu legen, sodass wir Mama über jemand anderem hätten bestatten können.

Ich meine, so ist das beim Alten Jüdischen Friedhof von Prag. »Nein? Schon wieder nein?« Wir mussten ja den Ehemann mitnehmen.

In Würzburg, wo meine andere Schwester lebte, hatte man gleich abgelehnt. Man brauche nicht weiter zu fragen. Die Kontingentgeflüchteten stellten den Gemeindevorstand. Sie können sich keinen christlich-jüdischen Grabstein leisten. Ihre Jüdischkeit ist unglücklicherweise sehr infrage gestellt. In ihren Pässen sind sie Juden, wenn ihr Vatersname als Jude angegeben ist. Das genügte, um verprügelt zu werden. Es genügte nach der Halacha, die nur die Mutter anerkennt, nicht. Jetzt geben sie sich Mühe, die Jüdischkeit überzuerfüllen. In ihren Lehrbüchern, mit denen sie Entgangenes nachholen wie Sitzengebliebene, steht wahrscheinlich nichts von christlich-jüdischen Ehen. Weißensee in Berlin war seit undenklichen Zeiten der einzige liberale Ort – sogar Urnen gibt es dort, noch von vor dem Ersten Weltkrieg natürlich. Wenige, aber es gibt sie, ich glaube zwei. »Bitte – es gibt 115.000 Gräber auf 400.000 Quadratmetern in Weißensee – kann ich da nicht meine Mutter mit den Gebeinen, die Herr Hitler nicht hatte nach Riga – ja, Riga hatte auf der Akte gestanden und Sondermaßnahme – abgekürzt Sm ... das ...« – »Bitte«, sagte die Stimme am Telefon nochmals, »passen Sie auf, dass der Stein nicht zerstört wird, passen Sie auf.« – »Und was ist mit dem Sarg, mit den Gebeinen? Ist es nicht so, dass es darauf ankommt, Mama mit den Füßen in Richtung Jerusalem zu legen, also südöstlich?« Die Frau wiederholte: »Nein, der Stein, passen Sie auf den Stein auf.« So musste ich mir die Friedhöfe ansehen, ob ich diesen oder jenen für einen guten Platz hielt und ob ich darum kämpfen wollte. »Kleines Platzrecht«, hatte die Dame gesagt, »bitten Sie um ein kleines

Platzrecht, und begründen Sie, warum die Kinder nicht von Anfang an dafür gesorgt haben, dass die Tote auf dem jüdischen Friedhof bestattet wird.« – »Die Kinder waren minderjährig, zehn und zwölf Jahre alt, ich bitte Sie ... sie hatten auch kein Geld.« Das hatte der weintrinkende und schnitzelessende Stiefvater vollkommen aufgebraucht. »Schreiben Sie das alles auf und begründen Sie das. Man kann dann nur hoffen«, sagte die Stimme, »aber Scholzplatz/Heerstraße kommt nicht infrage. Da ist alles voll. Und es ginge auch nur im hinteren Bereich an einer entlegenen Mauerstelle.« Eine Verstorbene minderen Status? Mama war keine Selbstmörderin. Ich behaupte nicht, dass sie nie daran gedacht hatte.

Die öffentlichen Friedhofsordnungen sind für solche Probleme nicht geeignet. Wenn nach dreißig Jahren das Nutzungsrecht für ein Grab abläuft, dann ist der unmittelbar Hinterbliebene schon betagt oder tot, und es kann ihm gleich sein, was mit dem Grab ist. Weil wir aber Kinder oder Jugendliche waren, als Mama starb, konnten noch dreißig Jahre und mehr vergehen, in denen es möglich sein sollte, an das Grab zu gehen. Das war ein Sonderfall. In jeder Beziehung, auch was den christlichen Ehemann betrifft. Nutzungsrecht für das Platzieren einer koexistierenden jüdischen Seele, eine jüdische Unmöglichkeit! Wie kann ich Mama an einen »guten Ort« bringen, und wie kann ihre Seele eine Leuchte Gottes sein? Aus Staub bist du, zu Staub wirst du. Wie konnte das passieren, dass Mamas Nutzungsrecht abläuft? Obendrein geschützt als Ehrengrab, auch wenn das wegen der Verdienste um die Fäkalienbeseitigung der Stadt geschehen war und ihren katholischen Ehemann betraf. »Da hätte Se Ihre Mutter glei auf den Juddefriedhof bringe müsse, drübbe in Alsbach.« Wo hätte der christliche Ehemann bleiben sollen, alleine im

Ehrengrab? Die beiden waren zusammen gestorben am selben Tag. Ein Autounfall. Beide tot. »Das Haus des Lebens« war ihnen verschlossen. Er hatte etwas länger gelebt, ein paar Minuten wahrscheinlich. »Dann muss er sich um die Beerdigung seiner Frau kümmern«, sagte der Vormund, und da auch er nach weiteren Minuten starb, schließlich seine Familie. Das hat sie getan. Aber eben auf diesem öffentlichen Friedhof, bei dem das Nutzungsrecht für zu Staub gewordene Seelen ablief. Ohne Verlängerungsmöglichkeit. Wenn die Seele ins Heilige Land zurückgekehrt war, in Eile wie der Hirsch zu Gott, wäre das kein Problem. Wenn aber nicht?

Ich kann nur hoffen, dass der Platz nicht wiederbelegt worden ist. Ab diesem Jahr ist es billiger zu sterben, damit beziehe ich mich auf die Friedhofsgebühren in Berlin. Konfessionelle letzte Ruhestätten waren und sind wesentlich teurer.

Herr Undock saß mir gegenüber. Er bewegte seine Hände. Ungewöhnlich lange Fingernägel, dachte ich, und ich dachte daran, wie seine strahlend schönen blauen Augen in diesem Beruf zur Geltung kamen. Mir war so, als ob er den Blick eher leicht gesenkt hielt. Er trug einen Anzug aus feinem grauem Stoff. Ein Bestattungsunternehmer. Es war ein schönes, klares Gespräch gewesen. Der Bestattungsunternehmer hatte seine Ausbildung in Stahnsdorf gemacht. Er liebte den Friedhof in Stahnsdorf. »Ist das Grababteil denn schon eingeebnet oder neu belegt?« Ich hörte ihn von einer Meterstelle sprechen, und weil die Gebeinkisten recht klein seien, könne man beide Gebeinkisten auf eine Stelle setzen, und dann wäre direkt noch eine Grabstelle frei. So könnte ich eine Familiengrabstätte günstig erwerben, und die Gebühren würden sinken. »Treffen Sie diese Entscheidung nicht in diesem Jahr«, sagte Herr Undock, »die Gebühren werden sinken.«

Ich verließ etwas benommen die Fa. Meyers mit einem wuchtigen, ausgewölbten Kreuz im Firmenemblem und war an diesem Samstagmorgen davon überzeugt, dass ich für mich selbst spätestens im nächsten Jahr eine Grabstelle kaufen würde, am liebsten auch in der Heerstraße, aber nicht auf dem jüdischen Friedhof, sondern auf dem anderen Platz, wo die berühmten Juden gelegen hatten, früher. Es waren etwa 700 Hektar im Überhang, und dieser öffentliche Friedhof war auch schön. Sehr schön. Es war ungefähr 12.30 Uhr, und Herr Undock hatte sich anderthalb Stunden Zeit für mich genommen. Gegenüber gab es einen Döner-Stand. Mit 6,80 Euro zog er sich deutlich aus dem Preiskampf zurück, der zwei Straßen weiter mit 3,60 Euro pro Döner tobte. Billiger als in Kreuzberg, das kann nur mit der Mafia zu tun haben, dachte ich und daran, dass in Charlottenburg die Russen herrschten. Ich kaufte bei dem Stand, der unverhofft für 3,60 Euro verkaufte. Hier kehrten viele Anwälte und Beschäftigte des Gerichts ein, vielleicht fühlte der Besitzer sich sicher. In Kreuzberg sind die Preisverhältnisse umgekehrt. In Charlottenburg ist alles teurer als in Kreuzberg. Dafür hatten die Charlottenburger keine Leute im Viertel, die gegen die Gentrifizierung waren. Sie hatte schon lange stattgefunden.

Bei Madeleines Frühstück für Frauen waren die meisten schon gegangen. Madeleine war eine von Inges Töchtern. Es war eine witzige Runde gewesen. Eine Frau fragte mich nach meiner Meinung. Ihre Freunde hatten ihr empfohlen, ihren dreijährigen Sohn in die Welt der Computer einzuführen, er werde sonst Nachteile haben, schwerwiegende schulische Nachteile, sie denke aber, das habe noch ein Jahr Zeit. Ich gab ihr Recht. Eine dünne Person im schwarzen Kostüm setzte sich auf: »Woran erkennt man, dass jüdische Kinder Genies sind?« Eine helle Stimme antwortete ohne Zögern: »Die anderen sind alle getauft.« Wir lachten, bis uns die Bäuche wehtaten. Die Frauen erhoben sich. Ich begann abzuräumen, stellte die Teller aufeinander und brachte sie in die Küche. Eine Frau in Beige hatte geschwiegen. Die meisten waren gegangen. Jetzt stand sie da und sah Madeleine an: »Ich habe Probleme«, hörte ich sie sagen, »du kannst dir nicht vorstellen. Kennst du meinen Sohn?« Madeleine nickte. Sie sah ihn oft, ein großer Mensch mit einem kleinen Kopf, breite, gedrungene Schultern, vom Bodybuilding wahrscheinlich. Er war korrekt zu ihr gewesen, förmlich und versah seine Aufgabe. Ich kannte ihn nicht. Die Frau war Ende vierzig, schätzte ich, trug eine Brille, strähnige blonde Haare fielen auf ihre Schultern. Bei der Vorstellung hatte jemand etwas von einer unermüdlichen Buchhalterin bei der Gemeinde gesagt. Immerhin war sie zu Madeleine gekommen. Madeleine ist klug in diesen Dingen und umtriebig. Man kann nicht nur mit der Opposition frühstücken. »Habe ich etwas unterlassen? Hat er nicht Jahre in der Sicherheit gedient, war er nicht in jedem Ferienlager mit dem orthodoxen Rabbiner? Ist er nicht schon ganz jung in Israel gewesen und hat sich freiwillig zum Militär gemeldet?« Die Frau wischte sich mit dem Handrücken die Augen hinter den Brillengläsern. Ihre Hände waren nicht ruhig. »Er will nicht lassen von diesem Mädchen, will er nicht.« – »Was ist denn mit diesem Mädchen? Ist sie nicht nett?« – »Nein, das ist es nicht. Sie ist nett, sogar sehr. Und es geht jetzt schon ins vierte Jahr diese Sache, und er will nicht aufhören mit ihr, will er einfach nicht.« – »Warum soll er auch, ist doch schön«, sagte ich im Vorbeigehen und lud die angegessenen Kuchenstücke auf einen Haufen. »Ist doch schön, dass er jemanden lieben kann, finden Sie nicht? Das ist doch wunderbar, nicht wahr, und besser, als wenn er zu ukrainischen Frauen geht und sie schlägt ...« – »Dazu werde ich auf keinen Fall etwas sagen«, sagte Madeleine. Ihre rote Couch war freigeworden. Auch die letzten Gäste hatten sich erhoben und verabschiedeten sich. Sie war Therapeutin und beriet Holocaust-Überlebende und deren Kinder und Kindeskinder in Traumafragen. Schlechte Juden waren nicht ihr Gebiet. »Ja«, sagte die Buchhalterin, die offenbar nicht alles gehört hatte, »ja, aber was hab ich falsch gemacht, dass es sein muss, eine von den Goj?« – »Ach«, sagte ich mitfühlend, »es ist nicht so schlimm. Sie werden sehen. Warum soll es nicht gehen? Sie haben bestimmt alles richtig gemacht.« – »Er war Vorbeter, und das in seinem Alter ... das ist ganz ungewöhnlich.« – »Ach«, sagte ich, »wie schade, das stimmt.« Es kommt in den besten Familien vor, sagte ich nicht. Wahrscheinlich hat es mir sogar Freude gemacht. Dass es den Orthodoxen passierte, ihnen, die nie ein Einsehen gehabt hatten mit einer wie mir. Ich hatte den Makel getragen wie einen Aussatz, dass ich, wie soll man das nennen, nicht reine Kinder zur Welt brachte. Es war auch ein praktisches Problem. Alle wussten, dass es auch ein praktisches Problem war. Das konnte die Buchhalterin nicht geltend machen. Ihr Sohn war lange genug in Israel gewesen, hätte er nicht ein Mädchen finden können? Musste er dieses blonde Kind lieben? Wahrscheinlich. Ich tröstete sie, redete ihr gut zu. Ich erzählte ihr nicht, wie tief die arischen Männer in meine Familie eingedrungen waren, bis auf den Friedhof sogar.

Zum Scholzplatz, hat man mir gesagt. Wie oft der Mann im Gefängnis gesessen und aus Lagern fortgelaufen war, denke ich während der Grabrede. Darüber hatten wir nie gesprochen. Seine Liebste war geflohen und wartete darauf, dass das Dritte Reich zugrunde gehen und sie heiraten würden. Solange sang sie »Humpty Dumpty sat on a wall« und war in England Nanny. Deswegen war er so oft ausgebrochen, zuletzt in Frankreich, nachdem sie ihn aufgegriffen hatten. Weil sie wartete. Als es mit den Nazis einem Ende zuging, fanden sie sich über den Suchdienst des Roten Kreuzes, heirateten und lebten wieder in Berlin. Wie vorher. Nur, dass er nicht studiert hatte und später seine Kinder studierten. Tochter Madeleine auch. Das war es, was sie für ihn tun konnte. Sie tat es. Obwohl sie nicht gern studierte.

Als Madeleines kleiner Sohn David die Tür einen Spalt breit öffnete, hinter der wir die Kuchen und Brote wegtrugen, schloss sie ihn in die Arme und sagte: »Give me a hug, gimme a hug.«

Die beiden deutschen Eltern hatten beschlossen, sollten sie Kinder haben, sie auf Englisch liebzuhaben. Das taten sie. Wenigstens darin waren sie sich einig. Es war das Mindeste, wenn sie schon nicht ins Gelobte Land gingen. Der eine hatte sein Leben zwischen Bottrop und Berlin verbracht, studienhalber in England, die andere zwischen der Schorlemerallee und Charlottenburg. »Look, daddy, look«, sagte der Sohn, »yeah«, antwortete der Vater. Ich wusste nicht so recht, ob ich die Schuhe hätte ausziehen sollen oder nicht. Daddy lud mir das Kuchenstück auf, für das ich mich überall entschied: Sachertorte. Mit meinen unbeschuhten Füßen fühlte ich mich unbehaglich an diesem Familientisch. Das Kind fing an zu brüllen. Es hätte sich auch für Sachertorte entschieden, wenn es vorher Sachertorte gesehen hätte. »Ich würde mein Kuchenstück gerne allein essen«, sagte ich. Das Kind brüllte lauter.

Ich hatte es nicht gewusst, dass Heerstraße auch eine Möglichkeit sein könnte. Ich hatte gedacht, wir müssten zwischen Friedhof Weißensee und Scholzplatz entscheiden, allerdings war der Scholzplatz schon voll belegt. »Heerstraße«, sagte der Mann, »das ist eine Grabstätte, wo sie berühmte Juden vorziehen.« Er hatte blaue Augen und beriet mich. Seine Fingernägel waren lang über der Fingerkuppe überstehend, und er war sehr gepflegt. Ich stellte mir vor, er schlüge jetzt mit rechteckig manikürten Fingernägeln in der Preisliste nach den Kosten für ein Doppelgrab. »Nach '33 dann natürlich nicht mehr«, sagte der Herr, keine Juden mehr in der Heerstraße und dass die Konfessionsfriedhöfe im Augenblick teurer seien als die kommunalen. »Platz genug ist vorhanden, reichlich«, sagte der Herr und zeigte auf einen inneren Kreis. »Der ist allerdings jetzt belegt, aber es ist wirklich reichlich Platz vorhanden. Ja, es ist schön da, sehr schön – ja, ist es.« Er riet ab, noch in diesem Jahr ein Grab auf einem Konfessionsfriedhof zu wählen. »Die Preise werden ab Jahresbeginn fallen, müssen fallen. Ein neues Gesetz«, sagte er, »die Konfessionellen müssen sich anpassen.« Baumbestattung. »Kommt eine Baumbestattung infrage?« Ich wusste nichts von Baumbestattungen, die sich ausdehnten und ausbreiteten in die Wälder Mecklenburg-Vorpommerns, ausgewiesene Wälder, Friedwälder in landschaftlich reizvollen Gegenden. Allerdings: alte Eiche, 180 Jahre alte Eiche. Darauf hatte ich lebendig auch schon gelegen, auf der Ritze der eichenen Ehebetten … FriedWald, das ist eine Firma zum ewigen Frieden, Darmstadt, eine Südhessenerfindung: expandierende Friedwälder. »Die Grabpflege übernimmt die Natur.« Mammeles Gebeine unter der Eiche … Heilige Haine, eingerichtet und ausgewiesen vom Innenministerium, heilige Haine, die das

Innenministerium einrichtet. Die Grünen, dachte ich. Der Antrag, die Urne ins Wohnzimmer stellen zu dürfen, stammt aus Nordrhein-Westfalen. Odenwald, Reinhardswald – ich würde den Odenwald wählen. Als Kind sah ich den Elfenbeinschnitzern dort zu. Sie weichen jetzt auf Mammutelfenbein aus dem Permafrost aus. Erbach, Elfenbeinhauptstadt Deutschlands. Die »Erbacher Rose«. Ach! Merkwürdig, dass ich an die Sedanfeiern denken muss und Besatzungstruppen im Rheinland aus den französischen Kolonien. Odenwald, das Nutzungsrecht wäre verlängerbar, aber die Feuerbestattung steht dem entgegen.

»Ich kenne das schon«, sagte mein Neffe, »ich habe das schon dutzendmal gehört.« – »Was?« – »Ihre Geschichten.« Er meinte die Geschichten seiner Mutter, meiner Schwester. Darüber hatte ich nicht gesprochen. Vorige Woche hatte ich angerufen. Ob er helfen würde, etwas auszufüllen. Ich kam an diesem Freitag vor 16 Uhr, damit er mir noch die Tür aufmachen würde. Er hatte davor in Eile die Wohnung in Ordnung gebracht. Schließlich sollte ich in der Küche ein Licht anschalten, und er setzte sich neben mich. Durfte ich ihn mit diesen Papieren jetzt belästigen? Ich musste unbedingt die US-amerikanischen Visumspapiere ausfüllen. »Du arbeitest, und ich sitze daneben.« Ich fragte nicht, wir gingen den Vordruck Zeile für Zeile durch. Später begleitete ich ihn auf dem Weg. Er wechselte die Seite, die Lubawitscher sollten nicht sehen, dass er heute woandershin ging. In der Jackentasche trug er Konzertkarten für die Philharmonie. »Sie sind schon bezahlt.« Er sagte das mit Nachdruck. Mir war das gleichgültig, ob er die Karten schon bezahlt hatte oder noch bezahlen würde. Er wollte mir sagen: Ich werde heute kein Geld in die Hand nehmen. Es fehlte ihm an der Leichtigkeit, mit dem einem diese Dinge von der Hand gehen sollten. »Bist du weitergekommen wegen der Großeltern und ihrer Eltern, ich meine, dass deren Eltern Juden waren? Ich weiß, sie waren Vollwaisen. Das ist ein Problem.« – »Jetzt hast du die Beweislast, ja? Musst die ordentlich reine Jüdischkeit beweisen?« – »Ich habe ein weiteres Mitglied der Familie gefunden.« – »Wen?« – »Onkel Max.« Schweigen. »Wusste auch nicht, dass sie noch einen Onkel gehabt hatte.« – »Wo?« – »Weißensee.« Schweigen. »1945.« – »Wer ist Onkel Max?« Ich wusste nicht, wer Onkel Max ist. Wir überquerten die Joachimsthaler Straße, auf der sich der Verkehr entlangwälzte. Hier war es heller als in den Seitenstraßen. »Max, das ist mein Großonkel.« – »Das wäre dein Großonkel, oder hast du ihn gekannt?« – »Nein.« Schweigen. »Max wurde aufgehängt, hier in Berlin, muss im April gewesen sein, im April 1945. SS-Leute haben ihn gefunden und an Ort und Stelle sofort aufgehängt.«

Wir sind bereits im nächsten Jahrhundert, und noch immer findet er Tote. Ich weiß nichts von Max, noch nie von Max gehört. Wie ist es gelungen, mir jahrzehntelang nichts von Max zu erzählen? »Wie kommt er nach Weißensee?« Er glaubt, dass es nur ein Gedenkstein für Max ist, dass Max nicht dort beerdigt wurde. Manchmal hatte meine Mutter, seine Großmutter, zu meiner älteren Schwester »Max, ach Mäxchen« gesagt. Es hatte keine Bewandtnis für mich damit gehabt. Wie eine leichte Verdrehtheit, eine Laune ... Es war ein wenig seltsam, nichts weiter. Später hatte auch ich meinen Sohn hin und wieder mit Mäxchen angeredet. Ich wusste nicht, warum auch ich meinen Sohn gelegentlich so anredete. Es geschah nur selten, in wärmeren Stunden oder Minuten zwischen uns beiden, von denen ich mir mehr gewünscht hätte; vor allem später hatten wir sie nicht mehr, als das Kind in die Pubertät kam.

Ich hätte lieber das Fahrrad genommen. Ich dachte, ich tue ihm einen Gefallen, wenn ich ihn begleite und mit ihm zu Fuß gehe. Er wird mehr als eine Stunde laufen müssen, eine hin und eine zurück. Die Lubawitscher ziehen um. Millionen von der israelischen Bank reichen dafür nicht. Ob die Philosemiten zum Fundraising geeignet sind? »Reicht das jetzt, deine Familientoten?« – »Nein«, sagt er, »ich brauche die Sachen über die Großeltern.« Als wir uns trennten, habe ich die Formulare eingesteckt. Wie mit dem Brustkrebs – ich hatte gedacht, bei uns nicht. Es wäre ganz und gar unmöglich – wer den Holocaust hat, kann nichts mehr bekommen, der hat alles, was vorstellbar ist, schon erlitten. Ich war zu ihm gekommen wegen des Formulars und kehrte mit einem Ermordeten zurück. Seine Tastatur war mir nicht geläufig, er deutete mit dem Finger an die richtige Stelle. Ich verstand nicht. Er sagte: »Gut, dann streck deine Hand aus.« Dann führte er meinen Zeigefinger an die Stelle auf der Tastatur, die er gemeint hatte. Wie gesagt, er hielt den Schabbes ein.

»Ich kenne alle diese Stories«, sagte er. Er sah vor sich auf den Teppich. Ich kannte keine dieser Stories. Vom Kiddusch erzählte er nichts. »Es war in Ordnung«, sagte er. »Es ist, wie es ist«, sagte er und zuckte mit den Schultern.

Während meine Schwester, seine Mutter, sich unter ihrer Bettdecke vergrub und sich nicht anzog, begann über ihr der Bombenalarm, sie wurde nervös. Die Mutter ging mit ihrer Tochter in das Feldgebiet, zum Bunker, dorthin, wohin alle gingen. Das Kind zitterte. Die Leute zitterten. Oben hörte man ein mahlendes, grollendes Geräusch näherkommen. »Der Feind kommt«, flüsterten die Leute. Sie saßen Tag und Nacht und Nacht und Tag da unten. Viele Tage lang. Das Kind sagte auch: »Der Feind kommt.« Mutti flüsterte: »Nein, das sind doch die, bei denen Tante Else ist. Das ist nicht der Feind.« Als das Geräusch verstummte, ging ihre Mutter zur Tür. Sie stemmte sich gegen das schwere Eisen, bis es nachgab, und packte meine Schwester an der Hand. »Nicht doch, junge Frau«, warnten sie Stimmen, »nicht doch, das sind vielleicht nicht mehr unsere.« Das Kind wagte sich auch nicht hinaus. Da packte es die Mutter fester, »sie zerrte mich aus dem Bunker und quer über den Acker«. Sie stolperte mit ihren ausgetretenen Schuhen, bei denen sich die Sohlen lösten. Ihr Kopf füllte sich, schwoll auf mit diesem Wort. »Tante Else.« Die Erde war aufgewühlt, die schweren Kettenfahrzeuge hatten tiefe Spuren gegraben. »Ich habe sie nie zittern gesehen. Sie schien nie Angst zu haben. Und dann sahen wir den Soldaten. Er hielt das Maschinengewehr im Anschlag. Ich wollte umdrehen. Sie hielt mich fest.« Kleine Pause. »Sie ging mit mir direkt auf ihn zu, sie war nicht aufzuhalten. Ich zog an ihrer Hand. Dann sprach sie mit ihm. Der Soldat griff in seine Tasche und gab mir einen Kaugummi und ein Stück Schokolade. Einer nach dem anderen stiegen die Leute aus dem Bunker heraus. Sie sahen unschlüssig aus. Eine Frau mit einem Kopftuch hatte es ihnen nachgetan, in weiter Entfernung. Jetzt hatte sie sie erreicht, und als sie sah, dass ich etwas in den Mund steckte, sagte sie: »Kind, das ist alles vergiftet, das ist vom Feind.« Die Frau ging weiter mit langsamen Schritten, die Soldaten ansehend. Ich sah meine Mutter an. Sie sagte nichts. Wir blieben bei den Tanks stehen. Sie sagte: »Das ist von denen, bei denen Tante Else ist.« – »Ich zitterte auch vor denen, bei denen Tante Else war, und mir schwoll der Kopf an.«

»Ich rief da an.« – »Wo denn?« – »Bei der Frau.« – »Bei welcher Frau?« – »Bei der alten Frau.« – »Ich kenne keine alte Frau.« – »Sie stand bei mir im Telefonbuch.« – »Und?« – »Woher soll ich wissen, wer bei mir im Telefonbuch steht?« – »Warum hast du sie angerufen?« – »Ich ordne mein Telefonbuch.« – »Und?« – »Ich wusste nicht mehr, wer sie ist.« – »Und?« – »Ich rief sie an.« – »Und?« – »Fragte sie, wer sie ist.« – »Und?« – »Sie sagt, sie lebt in Bickenbach.« – »Und?« – »Und dass sie Gräber pflegt.«

Ich wusste, wer sie ist, als ich die Frau aus seinem Telefonbuch anrief. Ich sagte: »Bitte sagen Sie mir, ab wann sind Sie nicht mehr zum Grab gegangen?« – »Wir haben damit nichts zu tun, hörst du, nichts.« Sagte eine brüchige männliche Stimme aus einer Entfernung. Die alte Frau: »Dazu kann ich nix sagen. Das is doch e Juddegrab«, sagte sie, »das hätte Se halt auf den Juddefriedhof von Alsbach bringe müsse. Net wahr. Da hab ich nix mit zu tun. Nix, verstehen Se.« – »Bitte, können Sie mir sagen, wer den Auftrag zur Räumung gegeben hat oder wer das Grab geräumt hat.« – »Ich weiß nix. Mer wisse nix.« Im Hörer gab es ein Klacken, sie hatte aufgelegt. Warum hatte sie nichts gesagt? Sie musste doch wissen, wann sie mit der Grabpflege aufgehört hatte. Sie hatte dafür Geld bekommen und ihre Sache ordentlich gemacht. Im Nachbarort fand ich den Blumenlieferanten für den Grabschmuck. »Ich möchte Frau Peter sprechen.« – »Ist am Apparat.« – »Guten Tag.« Nein, darüber wisse sie nichts. Sie hätten auch lange nicht mehr geliefert. Ab wann nicht mehr? »Ich weiß es nicht, ich ... warten Sie – Peter senior, Frau Peter senior weiß es vielleicht.« Ich hörte, wie der Ladenbetrieb weiterging, eine Kasse klingelte. »Das müssen Sie umtopfen und dann gut angießen.« Frau Peter senior erinnerte sich an die

Lieferungen. Die Lieferungen waren nicht regelmäßig bestellt worden. »Von Zeit zu Zeit, verstehen Sie«, sagte Frau Peter. Zu bestimmten Anlässen. Zu Weihnachten oder Allerseelen und wahrscheinlich auch zum Todestag. Sie war angerufen worden und machte dann etwas zurecht. Es war schon lange nichts mehr bestellt worden. Andererseits war es nicht so lange her gewesen, dass sich niemand mehr erinnert hätte. So lange also auch nicht. Frau Peter senior würde an der Grabstätte vorbeischauen, wenn sie dahin unterwegs wäre. Sie lieferte für andere Gräber. »Das gibts doch net«, sagte sie, »dass ein Grab verschwindet. Das hat doch jemand gesehen und einer geräumt. Des is doch net möglich.« Frau Peter verstand und wollte den Dingen auf den Grund gehen. Sie werde mich anrufen, sagte sie, wenn sie etwas in Erfahrung brächte. Sie glaube schon, dass sie etwas in Erfahrung bringen würde. Ich sagte Frau Peter nicht, dass es das Grab der Jüdin war. Ich sprach vom Grab der Mutter. Frau Peter fand auch, dass so etwas nicht sein könne, dass das Grab der Mutter verschwindet. Es war tatsächlich ja ein Doppelgrab, aber mit ihm, dem katholischen Partner, gab es kein Messiasproblem. Wir würden ihn zurücklassen, und das beschränkte Nutzungsrecht würde angewendet werden. Falls nicht die Ehrengrabregelung wegen der Verdienste um die Kanalisation greifen würde ... Mir kamen die Worte der bösen Frau in den Sinn. Hatte sie nicht damals gesagt: »Dann nehmt ihr eure Leich und ich nehm meine.« Meine Schwester hatte als Älteste das alles mit ihr absprechen müssen und war in Tränen ausgebrochen. Dann hätte die Frau den toten Sohn zurückgehabt.

»Was mich wirklich interessiert«, sagte er, »ist, ob die Gebeine noch da sind. Es ist nicht so wichtig, ob sie einen Weg darüber gebaut haben. Wichtig ist, ob die Gebeine dort ruhen.« Es ging mir auf die Nerven, dass er, seit seine Mutter diese Idee von der Überführung gehabt hatte, diese Vorträge hielt. Diese Idee hatte ausschließlich damit zu tun, dass der Vater meiner Schwester gestorben war, und seine zweite Ehefrau samt ihrem mitgebrachten Sohn sie um ihren Erbanteil hatte bringen wollen; eine Hinterlassenschaft, die überhaupt nur entstanden war, weil der Vater eine Wiedergutmachung erhalten hatte. Ihr Sohn, mein Neffe, hatte schließlich die Tat bemerkt, und es war eine Gerichtsentscheidung zu erwarten, bei der die Ansprüche seiner Mutter als erster Tochter dieses Vaters berücksichtigt werden würden – sodass sie auf diese Weise Geld haben würde und damit das Unterfangen der Überführung der mütterlichen Gebeine in Angriff genommen werden könnte. Nachdem mein Neffe sich den Lubawitschern zugewandt hatte, hatte er seine Mutter immer wieder auf die Gebeine und den Grabstein der Großmutter aufmerksam gemacht, bis auch sie davon überzeugt war, dass Juden nur an »guten Orten« vom Messias gefunden werden könnten. Er versank in den Lederpolstern, die Knie traten spitz hervor. Seine Arme lagen weit ausgestreckt über der Rückenlehne. »Ich meine …« Ich sah den Kellner von weitem kommen. Er füllte auf. »Er füllt auf«, sagte ich. Flughafenlounge.

»Wir fühlen uns der Tradition verpflichtet und sehen diesen Grabstein als einen ewigen Gedenkstein an. Deshalb möchten wir ihn unbedingt an einem würdevollen Platz wissen. Meine Mutter wurde in Berlin am 23.2.1915 geboren. Sie war zusammen mit ihrer ganzen Familie Mitglied der Vorkriegsgemeinde. Hier heiratete sie am 3.12.1934 in erster Ehe nach jüdischem Ritus Felix Z. Die Familien wurden durch die Folgen des Nationalsozialismus verstreut oder getötet.

Meine Großeltern waren Rosa Freundlich, geb. Rosenberg am 2.10.1890 in Bölzig (Kreis Schlochau), und Berthold Freundlich, geb. am 3.1.1887 in Peterswalde (Kreis Schlochau), wohnhaft in der Prenzlauer Allee 235 in Berlin. Beide haben sich sehr für die Wohltätigkeit in der Gemeinde in Berlin engagiert, insbesondere bei der Unterstützung von Blinden. Über sie wie auch meine Mutter und ihren ersten Ehemann Felix Z. und meine Schwester Hannelore wie auch über meine Tante Senta fand ich Unterlagen bei der Oberfinanzdirektion (Landesarchiv Berlin), und auch bei den Wiedergutmachungsämtern von Berlin. Die Gräber meiner Großeltern liegen heute jedoch in Philadelphia, in den USA, wohin sie 1951 auswanderten. Sie waren der Sm 55/34522 entgangen.

Meine Mutter Hella Freundlich heiratete in Berlin. Sie wohnte zunächst in Berlin-Johannisthal und zog dann mit Tochter Hannelore und Ehemann Felix in die Bornholmer Straße 82. Am 6.1.1942 gingen sie in die »Illegalität«. Hella Freundlich, verh. Zacharias: Sm 59/36249.

Meine Schwester Hannelore ist im Jüdischen Krankenhaus in Berlin geboren; ich selbst wohne seit 1989 in Berlin und bin hier Mitglied der Jüdischen Gemeinde. Meine Mutter hatte bis zu ihrem Lebensende eine geringe Wiedergutmachungsrente als rassisch Verfolgte erhalten. Sie war innerlich Berlinerin geblieben, und wir denken nun, dass es das Beste ist, ihr Grabstein könnte gewissermaßen an ihren Ort zurückgebracht werden.

Ich bitte Sie also im Namen meiner Geschwister um die Erlaubnis, den Grabstein auf einen jüdischen Friedhof in Berlin bringen zu dürfen bzw. ein kleines Platzrecht erwerben zu dürfen.

Über Ihren positiven Bescheid würden wir uns sehr freuen.« Anlage: Div. Dokumente, wie sie in den OFP-Akten zu finden waren. In den Akten des Oberfinanzpräsidenten Berlin-Brandenburg ist die Verwertung der jüdischen und reichsfeindlichen Menschen durch die Nationalsozialisten dokumentiert. Wahrscheinlich hatte ich damit die Tatsache und den Verlauf der Verfolgung dokumentieren wollen. Ich hatte damit um Nachsicht gegenüber einem Schicksal bitten wollen, das nicht mit einer ordentlichen jüdischen Beerdigung zu Ende gegangen war.

Diesen Brief richtete ich an den Kulturdezernenten der jüdischen Einheitsgemeinde. Der Davidstern stand auf dem Stein. Wie soll ich den ewigen Gedenkstein bewahren ohne ein Platzrecht? Wie sollte die Mutter zum Ewigen gelangen, zu ihrem Richter? Dann schrieb ich die Nummern der für meine Mutter vorgesehenen Auschwitz-Transporte auf, die für meine Großeltern vorgesehenen Nummern und die für meine Schwester. Es war auch wichtig zu betonen, dass ich Gemeindemitglied war. Wo werden die jüdischen Nicht-Gemeindemitglieder beerdigt? Kommen die vor die Stadt? Ich wusste nichts darüber. Und wenn ich daran dachte, wie nahe ich diesem Schicksal selbst gewesen war; zu Zeiten, als ich noch nicht Mitglied gewesen war. Vor die Stadt? Oder in ein Grab mit Ablaufdatum, dachte ich. Ich war froh, dass ich eine Gemeindemitgliedschaft besaß und dass ich zu den Wahlen gegangen war und so getan hatte, als hätte ich gewählt. Es war sinnlos, etwas anderes zu tun. Die Sm-Nummern – Sondermaßnahme, Deportation – waren jetzt das Wichtigste. Vielleicht könnten wir deswegen das Platzrecht bekommen, und man würde den Stein umsetzen und nicht in den Garten mitnehmen, was mein Neffe auch einmal vorgeschlagen hatte. »Nach der Halacha …« Er begann wieder von vorne, und ich erklärte ihm, dass weder er noch ich noch seine Mutter einen Garten hätten. Ich schaute nach, ob der Kellner eine andere Sorte gebracht hatte. Nein, warum auch. Die Menschen verließen diese Lounge und kamen nicht zurück. Die Kellner brachten die gleiche Sorte Kekse.

»Ich habe sie nie zittern gesehen. Sie schien nie Angst zu haben. Wir sahen den Soldaten; er hielt das Maschinengewehr im Anschlag. Sie war direkt auf ihn zugegangen.« Den letzten Satz wiederholte sie. Sie hatte mit dem rechten Fuß die Bettdecke ein wenig umgeschlagen, sodass er unbedeckt blieb.

Wenn ich darüber nachdenke, dann ist es das erste Mal gewesen, dass sie so lange über unsere Mutter sprach. Sie sprach so über sie, als wäre sie nur ihr zugehörig gewesen und nicht auch den später geborenen Geschwistern. Und vielleicht war es auch so. Knapp ein Jahr später ging sie selbst hinüber auf die andere Seite des Lebens, und kurz bevor es soweit war, rief sie: »Mutter.« Rief sie sie an, rief sie sie herbei und kehrte sie zu ihr zurück?

Die Friedhofsverwaltung Bickenbach hatte mitgeteilt, sie wolle diesen Grabstein unserer Mutter, der schließlich einzigartig sei, weil auf ihm ein Davidstern und ein Kreuz angebracht seien, nun doch behalten und bewahren. Immerhin sei es ein Beleg dafür, dass es jemals eine Jüdin gegeben hatte, und ein Beleg dafür, dass einer aus dem Ort eine Jüdin zur Frau genommen hatte, und ein Beleg dafür, dass ein gläubiger Katholik eine Jüdin geheiratet hatte. Den Stein würde die Gemeinde erhalten wollen. Die Nutzungsfrist für das Grab war zwar vorüber, nicht verlängerbar. Aber diesen Stein, den würde man an der Kirchhofsmauer aufstellen. »Nein, damit bin ich nicht einverstanden«, sagte meine Schwester. »Ich möchte, dass auch der Sarg dort bleibt oder dass alles überführt wird.« Dabei strich sie mit den Händen über das Betttuch und fächelte sich Kühlung zu. Sie wiederholte: »Das ist doch unmöglich, dass ein Grabstein verschwindet, ein Sarg, dass Mutti verschwindet. Ich werde die Gemeindeverwaltung anzeigen. Wegen Schändung der Totenruhe oder wegen Diebstahls eines Grabs oder eines Sargs oder der Gebeine. Findest du nicht, man soll die Gemeindeverwaltung anzeigen?« Ich wäre damit einverstanden, wenn der Stein dort an der Mauer aufgestellt werden würde. Man würde das Rabbinat anrufen. Was soll ich dem Rabbinat sagen, wenn es keinen Stein und kein Grab gibt? Was soll ich dazu sagen, dass auf einem öffentlichen Friedhof ein Grab verschwunden ist? Und warum soll ich mich weiter darüber zanken, ob es um die Gebeine geht, und es geht dann nur um ihre Gebeine natürlich, und lasse ich dann seine Gebeine liegen? Oder ist es viel wichtiger, was aus dem ewigen Stein wird? Geht es darum, dass ein Platzrecht für einen ewigen Stein gewährt wird? Durch den bisherigen Stand dieses Steins auf einem nicht geweihten Ort war die Sache schwierig, und wenn sie erst das Kreuz tatsächlich darauf sähen, ob sie dann noch einverstanden wären? Braucht der Gott einen Stein, einen Platz, ein Zeichen der Einstigen? Ist es nicht so, dass das Unendliche durch das Endliche leuchtet? »Aus der Tiefe rufe ich dich.« Diese Tiefe, ist sie das Nichts?

Ich fand die Frau, die beauftragt worden war, Blumenschmuck ans Grab zu bringen. Der Betrieb lag in der Nachbargemeinde und war auf die Tochter übergegangen. Als ich anrief, war die Seniorchefin anwesend. Sie erinnerte sich gut. Schon lange war sie nicht mehr beauftragt worden, etwas dorthin zu bringen. Wer war es, der sie bis dahin beauftragt hatte? Hatten die Auftraggeber vielleicht auch einer Räumung zugestimmt, obwohl sie nicht allein darüber bestimmen konnten?

Die Angestellte der Verwaltung sagte: »Das Grab war im November nicht mehr da.« Zwei Wochen vorher hatte die Angestellte der Verwaltung gesagt: »Wir stellen den Stein an der Mauer auf. Dann hat er einen Ehrenplatz.« Wo war die Rechnung für die Räumung? Welche Gemeindeverwaltung räumt ein Grab, ohne den Hinterbliebenen die Rechnung zu schicken? Eine großzügige Gemeinde. Die einzig Hinterbliebene seiner katholischen Familie, seine Schwester, wollte eine Bronzetafel anbringen lassen. »Ich würde dann einen Auftrag erteilen, dass regelmäßig die Messe gelesen wird«, sagte die Schwester des verstorbenen katholischen Mannes, der dritte Ehemann unserer Mutter. »An der Kirchhofsmauer«, sagten wir zu der Verwaltungsangestellten. »Wir stimmen der Platzierung des Steins an der Friedhofsmauer zu.« Das war allerdings, bevor eine Zahlung aus dem Erbschaftsstreit zu erwarten war und bevor sich der Neffe mit Rabbi Schneerson, das war der Heilige der Lubawitscher, zum Gespräch über die letzten Fragen verabredete. Die Angestellte der Verwaltung sagte: »Ob das geht, weiß ich nicht. Die Mauer gehört der Kirche.«

»Es ist mir nicht wichtig, ob sie einen Weg darüber gebaut haben. Es macht nichts. Es geht um die Gebeine. Was mit den Gebeinen ist.« Soll er doch anrufen und fragen, was mit den Gebeinen ist. Ich krümmte die Hand und schüttete Pistazienkerne hinein. Ich kehrte in Gedanken zu einem der letzten Tage zurück. Ich weiß nicht mehr, um welchen Tag es sich handelte. Sie schienen alle gleich gewesen zu sein, und der Raum der Tage war ihr Bett gewesen.

Sie hatte sich aufgesetzt. »Meinst du, das ist gut?« Ich hörte sie nicht. »Weißt du, dass das bei Weizenallergie nicht gut ist? Ich meine, das weiß man erst seit Kurzem. Es betrifft alle Formen von Neurodermitis.« Ich litt nicht an Neurodermitis. Ich hatte mir vorgenommen, Fritz Kittel zu suchen. Vielleicht wusste er nicht, dass sie es geschafft hatten. Er war ein Held, man sollte ihm sagen, dass er ein Held war. Die Leute von der ehemaligen Reichsbahn sollen wissen, dass ein Held bei ihnen gewesen war. Das würde die vielleicht freuen, ein ICE hieß »Geschwister Scholl«. Dazu will ich nichts sagen. Die Deutsche Bahn könnte sich über Fritz Kittel freuen, wie sie sich auch über die Schaffnerin freute, die einen Schwarzen Mann schützte. Die Kolleginnen und Kollegen allerdings weniger. Die Lokführer, die voll besetzte Eisenbahnwagen nach Osten fuhren und leer wieder zurück, eigneten sich nicht als Namensgeber für neue Schnellzüge. Es würde allen guttun, von Fritz Kittel zu hören. Der Ort lag in Polen. Die Telefonauskunft wusste nicht weiter. »Der Ort heißt Żary«, sagte er. »Ich weiß das schon lange.« Woher hat er das gewusst? Kittel muss man bei der Deutschen Bahn suchen, bestimmt muss man Kittel in den Akten suchen, die die Bundesbahn übernommen hat. Die Lokführer wurden auch übernommen. Die zuständige Stelle der Deutschen Bahn teilte mit, keine Akten übernommen noch von deren Verbleib Kenntnis zu haben.

Mein Neffe richtete einen Brief an die Jüdische Gemeinde zu Berlin. Wegen der Großeltern. Er brauchte den Nachweis, dass auch sie und deren Eltern Juden gewesen waren. Die Lubawitscher waren freundlich, aber in diesen Dingen sehr bestimmt. In einem Fotoband über Juden in Deutschland fand ich einen der Lubawitscher Rabbiner. Er sah kindlich aus, dickbackig. Der Fotograf musste ihn gefragt haben. »Wie lange ich bleiben möchte?«, wiederholte er. Er antwortete: »Bis der Messias kommt.« Er sah nicht so aus, als würde er mehr dazu sagen. Mein Neffe sah auch nicht so aus, als würde er mehr dazu sagen. Würde er zusammen mit dem dickbackigen Rabbiner auf den Messias warten? »Weißt du, jeder hat doch eine Sache, die ein bisschen komisch ist ...« – »Mir macht das nichts aus«, würde mein Neffe hinzufügen und: »Vielleicht kommt der Messias ja, wer weiß.« Dann würde er in ein Lachen ausbrechen und mich ansehen. Er würde die Augenbrauen dabei hochziehen.

»Wo ist mein Cellulare, mein Mobile, mein Handy, weißt du, wo es ist?« Sie fühlte zwischen den Falten des Lakens, legte das Kopfkissen beiseite und hob das andere Kissen hoch. »Mich kann sowieso keiner anrufen, das ist zu teuer ... aber trotzdem.« Wir fanden es neben der Teekanne. »Wir blieben hinter den Leuten zurück, weißt du. Die Soldaten sagten, wir sollten ihnen folgen. Sie hielten vor einem Obstladen an. Mit dem Kolben hieb einer, der lang und dünn war, gegen das Schloss, bis die Tür nachgab. Eine grün angestrichene Tür mit milchigen Glasscheiben zwischen hölzernen Streben. Im Laden türmten sich Kisten voll mit Obst.« Die Äpfel aus der Winterlagerung, getrocknete Pflaumen, vielleicht Birnen oder Zitrusfrüchte. Orangen aus Mussolini-Italien bzw. Nach-Duce-Italien oder aus Kreta, vielleicht inwendig mit Stacheln versetzt. Hätte zu den Leuten aus Kreta gepasst. Sie gaben nicht auf. Orangen? Das glaube ich nicht. Vielleicht war Kohl im Laden und vielleicht Tomaten. »Die Soldaten zeigten auf die Kisten und dann auf mich. Ich solle Obst nehmen. Wir – wir beide – sollten Obst nehmen. Andere Soldaten kamen.

Sie gaben mir Schokolade und Kaugummis. Sie hatten für uns den Laden aufgebrochen. Für sich nahmen sie nichts. Sie brachten uns in eine Villa. Villa Rechberg. Das Paradies begann.« Das Paradies im Gründerzeithaus von 1873, Bad Hersfeld, Hainstraße 5, Flur 44, Flurstück: 241/63.

»Außerdem ist es eine Sache des Eiweißes. Man muss aufpassen mit dem Eiweiß. Deswegen sollst du morgens Käse essen, nicht abends. Keine Milch. Milch ist auch nicht gut. Vielleicht ein wenig gesäuerte Milch, dagegen ist nichts zu sagen. Aber besser keine Eier, das wusstest du? Oder Hefe. Du musst die Hefe in den Produkten vermeiden. Da ist überall etwas drin. Das ist zu viel. Viel zu viel. Mit Backpulver kannst du auch backen, das reicht. Backst du? Du backst doch?« Sie hielt ihren linken Fuß unter der Bettdecke vorgestreckt.

»Mögen die unsterblichen Seelen der Heimgegangenen/ruhen in Gottes heiligem Licht/und in ihrer Vollendung uns nahe bleiben.« Der Bürgermeister sagt, er hat die Gebeine nicht und den Stein auch nicht. »Anlässlich eines Ortstermins in anderer Sache stellte die Friedhofsverwaltung fest, dass das Grab ordnungsgemäß und fachmännisch geräumt worden sei.« Weiter heißt es: »... die Räumung war nicht von der Gemeinde veranlasst worden.« Die Friedhofsverwaltung versuche zu recherchieren, wo der Grabstein verblieben ist. Auf dem Friedhof in Bickenbach konnte er nicht aufgefunden werden. »Nach Rücksprache mit dem Steinmetz, Herrn J., der den Stein anfertigte, hat auch er die Räumung nicht vorgenommen. Von unserer Seite kann zur Klärung nichts mehr unternommen werden. Wir bedauern, Ihnen nicht weiterhelfen zu können, und verbleiben mit freundlichen Grüßen, Günter Martini, Bürgermeister.« Die Fraktionen der politischen Parteien, die im Gemeinderat vertreten sind, sagen, den Stein hätten die Familienangehörigen und das Grab auch, obwohl man ein Grab nicht unter den Arm nehmen und wegtragen kann.

Wir sitzen in der Flughafenlounge; er isst Erdnüsse und trinkt Segafredo-Kaffee und sagt, es genüge ihm, wenn die Gebeine noch dort sind. Er ruft nicht an, ich rufe nicht an. Wenn wir nicht anrufen, kann uns niemand sagen, dass die Gebeine nicht mehr dort sind. Die katholische Familie hat mir geschrieben. Die Angehörigen des toten dritten Ehemanns. Sie respektieren die traditionelle religiöse Haltung der Menschen jüdischen Glaubens, schreiben sie, ihre Verstorbenen in ihrer Totenruhe nicht zu stören. Sie schlagen vor, die Grabstätte erneut zu kaufen. Das haben sie auch dem Bürgermeister geschrieben. Vergebens, der Bürgermeister hat das Grab verloren. Er findet es nicht. Den Stein auch nicht.

Zu Onkel Herbert und Tante Trudchen war sie gekommen wie das Christkind. Der Winter 1943 war bitterkalt gewesen. Die Mutter hatte hier eingekauft, im Kurzwarenladen, Nähgarn und Knöpfe. Sie waren sehr freundlich, besonders zu dem Kind. Einmal hat es ein kleines Stückchen Rüsche für ihr Puppenkleid geschenkt bekommen.

Das helle Sonnenlicht blendete sie. »Kannst du nicht zuziehen? Nein? Geht das nicht?« Sie versuchte, mit einem Besenstiel die provisorisch befestigten Vorhänge vom Bett aus zu bewegen. Ich versuchte es auch. »Dann lass es. Lass es. Es ist nicht so wichtig.«

Meine Schwester hatte sich die Brust sofort total abnehmen lassen. »Man braucht das nicht mehr. Man braucht das Ganze nicht mehr, das ist das Beste.« Er wiederholte: »Man braucht es nicht mehr, das hat auch ihre Freundin gesagt. Die hat auch nichts mehr da. Wenigstens wissen wir jetzt, dass sie die Wahrheit sagte und wirklich erkrankt war. Sie hatte mir nichts davon gesagt, und ich hatte es nicht gemerkt.« Ich schaute ihn an. Er legte den Kopf in den Nacken und versuchte mit seinem offenen Mund die hochgeworfene Erdnuss aufzufangen. Ich stellte mir die Erdnuss als Squash-Ball vor. »Hat nichts mehr da.« Seine Hände fuhren hoch, wölbten sich da, wo die Brust war. Er lachte. »Ich meine, man kann wirklich ohne das weiterleben.« Vielleicht ist es gut, dass wir in der Lounge sitzen und nicht bei ihm zu Hause. In der Lounge sind die Gespräche flüchtig, sie gehen vorüber. Wer hier zuhört, dem wird man nicht mehr begegnen. Es ist nicht zu erwarten.

Meine Schwester will, dass ich den Vorhang zuziehe. Ich finde es schön, dass noch Licht von draußen hereinfällt. »... in diese Villa eines Textilfabrikanten ...« Sie betont »Textilfabrikanten«. In dieser Villa führten die Soldaten sie in ein Zimmer. »Have a look«, und sie schaute und sah ein Puppenhaus, so groß wie das ganze Zimmer. »It is yours. Alles deines«, sagten die Soldaten. Sie wurden ihre Babysitter und spielten mit ihr. War sie nicht schon neun Jahre alt? Sie war neun Jahre alt, aber sie hatte nicht mehr gespielt, seit sie fünf gewesen war. »Die Soldaten waren meine Babysitter«, sagt sie, »alle.«

Unsere Mutter hat am 28. April 1949 das AJDC (American Jewish Joint Distribution Committee) in Frankfurt am Main besucht. Sie wurde zu einem Herrn Marer (nicht ganz leserlich) vorgelassen. Besuchsnummer 521 – Nummernvergabe wie im Arbeitsamt oder bei der Passstelle. Wurden die Besucher nach Tagen oder nach Wochen gezählt? »Es war ein Emigration Office.«

Aus einem Grund sind wir aber trotzdem in Deutschland. Außerdem ist sie jetzt vier Jahre vorgerückt. Eigentlich waren wir immer noch im Jahr 1945.

»Commander of the 346 Inf Military Government Det. Heringen ... I request that you give all the consideration possible. She is jewish and has been persecuted by the nazi party all these past years. Luckily she and her daughter have escaped death. Because of my brief stay in Heringen I am unable to do anything for her except see that she has a decent dwelling in which to live and proper food. She has been living under a false name but wishes very much to register with your office with her correct name.« Zwei Jahre später wurden sie beide Inhaberinnen des Verfolgten-Ausweises. Nr. 47. Wahrscheinlich gibt es nicht viele höhere Nummern. Sie erhielten einen weiteren Ausweis, den Ausweis der Betreuungsstelle für sämtliche Ausländer. Da waren die sämtlichen Ausländer durchgeixt mit Schreibmaschine und daneben geschrieben »Personen, die aus rassischen Gründen verfolgt waren«. Bei Staatsangehörigkeit stand »deutsch (Jüdin)«. Dann wurde gebeten, »den Inhaber bevorzugt zu behandeln«. »It is requested to treat bearer of this certificate favourably.« Die bevorzugte Behandlung hat unter den deutschen Behörden dann nachgelassen. Jüdische Gemeinde zu Bensheim. Nr. 29. Dreizehn eingeklebte Marken, VVN, 1 Mark, stand in ihrem Ausweis der Vereinigung der Verfolgten des Naziregimes. Nr. 141. Nach dreizehn Marken war nichts mehr eingeklebt. Und außerdem ein Ausweis des Weltpostvereins. Die Betreuungsstelle für politisch, rassisch und religiös Verfolgte in Großhessen stellte eine Bescheinigung aus: »Der Genannte gehört zu dem Personenkreis, der in den vergangenen Jahren durch das Nazi-System verfolgt wurde. Bitte gewähren Sie dem Inhaber dieser Bescheinigung Schutz und Hilfe.« Übersetzung in den Sprachen Französisch, Englisch und Russisch. Ab 1948 erhält sie einen Ausweis mit einem auf dem Kopf stehenden roten Dreieck auf der ersten Umschlagseite. »Sonderausweis für Personen, die während des Nazi-Regimes aus politischen, rassischen oder religiösen Gründen in Haft waren. Inhaber dieses Ausweises war aus politischen/rassischen/religiösen Gründen in Haft und hat 3 Jahre, ____ Monate in ____ zugebracht.« Striche, unzutreffend, stattdessen handschriftlich in Versalien »ILLEGAL gelebt«. »Da er sich sonst einwandfrei betragen hat, stehen ihm alle Vorteile zu, die solchen Personen von der Regionalen amerikanischen Militärregierung und der Großhessischen Regierung zugesichert werden. Es wird gebeten, den Inhaber bei allen Amtsstellen bevorzugt zu betreuen und ihm weiterzuhelfen.« Bevorzugt fett geschrieben. Die übrigen Formulare betrafen Bescheinigungen seitens der DP-Lagerleitung, aber Mutter und Tochter waren deutsch und nicht in einem Camp für Displaced Persons. Es gab sie sozusagen gar nicht, noch nicht einmal auf dem Formular.

Unsere Mutter kehrte im Tod dahin zurück, wo sie als Lebende schon einmal gewesen war. Zumindest beinahe. Tatsächlich war sie ja auf dem Friedhof in Bickenbach beerdigt, der in der Nähe von Bensheim gelegen und ein öffentlicher Platz war, der der Kommune gehörte und nicht einer religiösen Gemeinde, obwohl mittendrin eine Kirche stand. Aber das ist eine andere Sache.

Rom
Tante

Als wir im Restaurant saßen, klingelte ihr Handy. Sie legte die Stäbchen weg. »Nein«, sagte sie, »sehr freundlich. Es geht aber leider nicht. Tut mir leid.« Sie steckte den Apparat wieder in die Tasche. »Wir haben ein paar Geldsorgen, verstehst du?« Sie stocherte zwischen den Garnelen und kleinen Sprossen. »Weißt du, ich mag Bambus sehr«, sagte sie. Und dann: »Die Touristen bleiben aus. Sie kommen nicht mehr. Das ist so seit dem 11. September.« – »Das war ein Angebot eben?« – »Ja, schon. Ich mach das nicht. Sie suchen wieder Statisten. Ich kann das nicht machen. Das wäre am Sonntag gewesen. Am Sonntag kann ich nicht. Da fährt er weg.« – »Und?« – »Ich fahre mit, ich fahre immer mit.« Sie fuhr über die Kontinente und über die Jahre mit ihm mit. Wegen der Kinder war das nicht immer gegangen. Sie war dann vor dem Fenster stehengeblieben. Der Mond sah ihr zu, wie sie im Fenster stand, und er spiegelte sich. Als die Kinder das Haus verlassen hatten und ihr Mann immer noch auf Tournee ging, ging sie manchmal mit ihren Schlafsachen zu ihrer Freundin, zu der, die auch keine Brüste mehr hatte und die auch gesagt hat, man braucht sie nicht mehr. Jetzt nimmt sie ihre Schlafsachen mit auf seine Reisen. Immer reist sie mit ihm, auch wenn sie krank ist, reist sie mit.

Berlin
Tante

»Die Soldaten waren meine Babysitter und haben mit mir gespielt. Sie engagierten einen Tennislehrer für mich, einen Deutschen, und besorgten mir einen Schläger. Der Tennisplatz wurde stark bewacht. Ich glaube, der Tennisschläger war ungeeignet für mich. Er war einfach zu groß. Weißt du, dass ich bis heute einen wundervollen Tennisschläger habe? Wusstest du das?« Ich sah auf ihre Füße. Sie setzte den linken Fuß stark auswärts gedreht auf. Nach jedem Schritt hielt sie an. Seit Jahren hielt sie nach jedem Schritt an. Sie sagte, es liege an ihren Füßen. Später kaufte sich ihr Stiefvater auch einen Tennisschläger. »Ich spielte erbärmlich und verlor«, sagte sie. »Ich verlor immer. Die Soldaten sagten: ›Das ist der Deutsche, der kann nichts.‹ Sie waren böse auf den Lehrer. Wenn sie frei hatten vom Dienst, standen sie am Spielfeldrand und sahen mir zu. Ein großer Blonder mit zurückgekämmten Haaren und rotem Gesicht feuerte mich besonders an. Ich sah ihn immer schon von Weitem kommen. Sie schlenderten in kleinen Gruppen heran, hatten ein Bier in der Hand oder eine Tüte Popcorn und aßen. Ich verlor gegen den Tennislehrer, immer verlor ich. Es ging nicht mit diesem großen Schläger. Ich brauchte alle meine Kräfte, nur um den Schläger zu halten. ›Er bringt dir nichts bei‹, schrien die Soldaten und drohten dem Lehrer. ›Der Deutsche will nicht‹, sagten sie. ›Er mag sie nicht.‹«

Es muss ungefähr zur gleichen Zeit gewesen sein, als Mutter für sie den Antrag bei der Entschädigungsbehörde in Wiesbaden, Regierungspräsidium Darmstadt, einreichte. Ist die Behörde nun in Wiesbaden oder in Darmstadt? Ich will wissen, wo sie heute einen Kurantrag wegen verfolgungsbedingter Leiden stellen kann. Sie hat noch nie einen solchen Antrag gestellt. Chronische Neurasthenie? Was soll das sein? Die Traumaforschung setzte erst später ein, viel später, in den Siebzigern, nach dem Vietnamkrieg. Zum Zeitpunkt der Antragstellung für meine Schwester war Post-traumatic Stress Disorder noch unbekannt. »Und ohnehin die Kinder, die nichts mitbekommen hätten …« Das hatte meine freundliche Nachbarin einmal gesagt, sie backte meinem Kind den Geburtstagskuchen, weil ich nicht backen konnte. Sie war protestantisch, hatte als Sonderschullehrerin gearbeitet und als Kind die Evakuierung von Hamburg erlebt – Hamburg vor dem Bombeninferno. Der Herr am Telefon ist verwundert, dass ich durchgestellt wurde. »Das geht über den Service«, beschied er mich. Ich fragte mich, wie nötig der Herr wohl vor den Anfragen nach Bewilligungen eines Kuraufenthaltes wegen Behandlung der Folgen der nationalsozialistischen Verfolgung geschützt werden müsse. Durch wen und wann könnte es geschehen sein, dass das Antragsvolumen seine Kapazitäten überstieg, und würden die Damen und Herren vom Service überhaupt wissen, dass es ein solches Verfahren gab? Hatten sie jemals von in der Illegalität überlebenden Kindern gehört? Bei der Jewish Claims Conference war dieser Fonds lange offengeblieben und auch jetzt noch können Child Survivors eine Einmalzahlung von 2.500,– Euro erhalten. Das hat meine Schwester nicht gewusst. Vielleicht ist das dem Umstand zu verdanken, dass es in Ostdeutschland jüdisches Eigentum gibt, für das niemand die Rückgabe verlangt oder verlangen kann. In ihren Unterlagen war ein Schreiben eines Rechtsanwalts aus dem Jahr 1952, in dem er Adressaten in New York mitteilt, ihr Ansinnen sei gegenstandslos, weil sich das Eigentum im Ostsektor befände. Jetzt gibt es den Ostsektor nicht mehr, aber die Angeschriebenen auch nicht. Waren das ihre Verwandten von der Vaterseite? Wie kann eine über Siebzigjährige nunmehr Erstantragstellerin sein? Woher soll sie etwas von dem Prozedere verstehen? Warum teilte ihr das niemand mit, gleichgültig, ob sie davon Gebrauch machen würde? »Zum Service zurück bitte«, wiederholte der Mann, der offenbar der zuständige Amtsleiter war. »Und schriftlich.« Ich wünschte ihm ein »Frohes Fest«. Er sagte: »Auf Wiederhören.«

Meine Schwester setzte ihre Konfirmation durch. Das Kleben der VVN-Marken unserer Mutter in die Identification Card des Verbands hörte auf. Vielleicht hörte das Kleben der Marken wegen des KPD-Verbots auf. Das war 1956. In Hessen waren deren Parteimitglieder auch gleichzeitig diejenigen, die den VVN begründeten. Beide waren jetzt nicht mehr Mitglied beim VVN, und es wurden keine Marken mehr geklebt. Ich habe das nicht gewusst, dass sie überhaupt jemals Tennis spielte, geschweige denn, dass sie immer noch einen Schläger besaß und Mitglied des VVN gewesen war.

»Ich habe Kopfweh. Mir ist schwindlig.« – »Soll ich dir etwas zu trinken bringen?« – »Nein, nein, lass mal. Ist schon gut.« – »Etwas zu essen?« – »Ja, das ist es vielleicht, ich habe seit Stunden nichts mehr gegessen. Vielleicht sollte ich wieder essen. Etwas Leichtes, was meinst du, etwas Leichtes vielleicht ... Mir ist es nicht bekommen, sie haben altes Fett verwendet. Das Fett, in dem sie die Scholle gebraten haben ... Weißt du, dass du darauf achten sollst, dass das Öl nicht zu heiß wird? Nein? Wegen der krebserregenden Stoffe. Dass alles frisch verwendet werden muss, sage ich, ganz frisch und schonend zubereitet, und dass das Öl nicht zu heiß wird ... Man soll auch nur das verwenden, was aus der Nähe stammt, aus dem Boden, auf dem man lebt, es spielt eine Rolle ...« Meine Schwester kochte nicht, sie hatte noch nie gekocht. Das war bei drei Kindern ungewöhnlich. Auch der Vater kochte nicht. Die Kinder aßen in der Schule, wenn Geld da war. Wenn nicht, wurden sie abgemeldet. Dann sagten sie: »Es bekommt uns nicht mehr.«

Mein Neffe erzählte einmal: »Ich habe meinen Anorak nicht ausgezogen, weil das Hemd darunter zu kurz war, zu kurz, um den Bauchnabel zu bedecken.« Mein Neffe hat eine

Vorliebe für schlechtsitzende Anoraks, die zu kurz sind und aussehen, als sei der Mensch zu schnell gewachsen. Zum Gottesdienst mit Anorak, zum Empfang mit Anorak. »Jom Kippur?« Natürlich ging er wieder zu den Lubawitschern. Zum Fastenende sollte es Kuchen geben.

Ich erinnerte mich an meine Mutter. Sie hatte den Tisch vorbereitet und war dann aus dem Haus gegangen. Die Kinder blieben da und sollten den gedeckten Tisch nicht anrühren. Wenn sie zurückkehrte, nahmen alle Platz. Eine weiße Decke war aufgelegt, Servietten waren gedeckt, und mir war aufgetragen, darauf zu achten, dass Teller und Tassen zusammenpassten. Beim Metzger hatte sie Aufschnitt gekauft und Fleischsalat, aus dem Delikatesslädchen ein Stück Schillerlocke und ein Stück Hering in Gelee. Offenbar Relikte, die aus der Zeit der christlich-jüdischen Symbiose stammten. Wir setzten uns und aßen. So viel und so üppig wie nie. Das Festliche teilte sich uns mit, allein schon wegen der üppigen Tafel, und wir spürten, wie der Tag herausgehoben war von allen anderen. Mutter achtete darauf, dass wir Kinder nicht in allzu große Nähe mit der Gemeinde gerieten. Sie sagte uns nicht, dass sie das Fasten einhielt. In den Wochen davor leitete sie ihre jährliche Weintraubenkur ein, sodass uns der religiöse Tag, an dem sie gar nicht aß, nicht auffiel.

Mein Neffe hielt nichts verborgen, im Gegenteil. Neulich, als er in seiner Berliner Wohnung ein Fest veranstaltete, stand er mit seinen neuen Freunden beisammen; junge Männer stellten einem Herrn mit weißer Hemdbrust Fragen. Er war vielleicht fünfzig Jahre alt. Ich hörte ihn von Fleisch sprechen und wie der Knochen gelöst werden muss. Die jungen Männer schauten ernst. »Ich werde es versuchen«, sagte auch mein Neffe. »Ich verspreche es.« Viele Fragen hatte er noch zu stellen. Er schämte sich vor Gott für seine Mutter. Besonders wegen ihrer Vorliebe für Hering in Gelee.

Wegen des Gelees habe ich auch viel zu erzählen, aber eine andere Geschichte, nämlich die, wie ich am Nachmittag in der Drehschleuse des Kindergartens der Jüdischen Gemeinde stand und darauf wartete, dass mich die Wachleute durchwinken würden. Dann stieg ich die hölzerne Treppe hinauf. Jetzt am Nachmittag waren die meisten Kinder schon abgeholt. Mein Sohn war fast immer unter den letzten, die abgeholt wurden. Ich arbeitete so lange. Die Leiterin hatte mich kommen sehen, kam hinter mir her und führte mich in den Raum der Gruppe 2. Die kleinen Stühle standen noch im Kreis. Sie führte mich zur Küche und zeigte mir, wo sie meine Schüssel hingestellt hatte. Die Puddingspeise, die ich gebracht hatte, stand nicht im Kühlschrank, sondern unberührt in einer Ecke. Eigentlich hätte sie außer Haus gehört, sofort, sagte die Leiterin. Der schimmernde Wackelpudding war die Lieblingsspeise meines Sohnes. Ich stellte mehrere Farben übereinander her. Das Grün bildete die abschließende obere Schicht. Zur Feier seines Geburtstags und wegen der Hitze anstelle eines Kuchens. Am Morgen war die Rebbetzin hinter mir gegangen, ich hatte es nicht bemerkt. Die Rebbetzin hatte meinen Pudding gesehen. Die unreine Speise wurde fernab an einen Platz gestellt. Bedauernd und beinahe schon mitleidig schüttelte Frau Atzmon den Kopf, als sie mir diese Dinge sagte. Mir schoss Hitze in den Kopf, und mein Gesicht glühte. Sie sprach mit mir wie mit einer Christin.

Ich suchte zu Hause nach der leeren Packung im Mülleimer. Als Hersteller war eine Firma in Niederbayern angegeben. Ich rief an. Ich hatte die Aufschrift auf der Packung genau gelesen. Ich erinnerte mich. Auf »Algenbasis« hatte darauf gestanden. Der Mann am anderen Ende der Leitung wiederholte die Angaben, ja, es stimme, auf Algenbasis. Der Geburtstag war verpatzt. Sie hatten die Speise nicht ausgegeben. Meinem Sohn hatten die Farben übereinander sehr gut gefallen. Die Rebbetzin schaute mich nie mehr an und ich sie auch nicht. Ich hatte dem Kindergarten die Anschrift des Herstellers gegeben. Es nützte nichts. Es war der Hering-in-Gelee-Graben, der sich zwischen mir und den anderen jüdischen Eltern auftat. Ich, dieser übriggebliebene Rest, ein deutsch-jüdisches Paradoxon der Geschichte, was konnte ich ausrichten gegen eine orthodoxe Rabbiner-Gattin aus Israel oder den USA? Juden, die Leberwurst auf Matze strichen, hatten das Land längst verlassen, waren tot, oder hatten in Israel keine Leberwurst finden können.

Ich war noch nicht einmal die Gattin von wem.

Das muss mein Neffe auch noch zustande bringen, die jüdische Familie ... Der Arme, dachte ich. Fährt um den Erdball, jahraus, jahrein, immer ist er woanders. Seine Mutter, meine Schwester, war auch immer woanders, manchmal wusste sie nicht, wie sie heißt. Weiß er, wo er ist? Hat nur das Gepäck bei sich, das er auf dem Rücken tragen kann. Das ist eine Frage für meine Freundin, die Therapeutin für Holocaust-Überlebende und deren Kinder. Diese Familien sind kompliziert. Wie soll er eine Familie zustande bringen? Und wenn er keine jüdische Familie zuwege bringt? Was würde Rabbi Schneerson dazu sagen? Er wird das Familienproblem lösen, bestimmt. Aber wie?

Vielleicht sollte ich ihr etwas Leichtes bringen. Eine Hühnersuppe mit etwas drin. Ich habe jetzt kein Huhn. Es wird eine Maggi-Suppe werden. Später hatte ich ihr eine unübersehbare

Menge verschiedener Maggi-Suppen ins Krankenhaus gebracht. Ich war mit einem Koffer voll nach Rom geflogen. Ihr Mann hatte mir gesagt, das sei das Einzige, was sie zu sich nehme. Hat er sie ins Hospiz gebracht? Oder nach Hause? Jetzt sind wir in Berlin, in der Wohnung ihres Sohnes. Niemand ahnt, dass sie ein Jahr später so viele Maggi-Suppen brauchen wird. Sie liegt noch immer unter der Bettdecke und zieht sich nicht an. Mit dem Fuß hält sie die Decke umgeschlagen.

Der Bürgermeister in Bickenbach sagt, die Grabreihe wird aufgelöst. Ich muss mich beeilen. Wenn der ewige Stein würdig stehen soll, muss ich wissen, wo er stehen soll. Außerdem muss ich mich um die jüdische Abstammung kümmern. »Abstammung Ihrer Vorfahren ... bis zum Jahr 1800 zurück erbringen ... Nachweis der Abstammung bis zu den Großeltern.« Leider weiß ich vor 1887 nichts. Absolut nichts. Ich bekomme kein Platzrecht, auch kein kleines. Weißensee macht mich mutlos. Ehrenreihe für Leo Baeck, Ehrenplatz für Herbert Baum, für Theodor Wolff, Ehrenreihe Louis Lewandowski, Markus Reich, Gründer der Israelitischen Taubstummenanstalt, Gedenkstein für 6 Millionen, Grab für geschändete Thorarollen; vielleicht dass ich in der Reihe K bis P einen Fleck, den es eigentlich nicht geben sollte ... ich sinke in mich zusammen. Ein deutsch-jüdisches oder katholisch-jüdisches Grab – davon habe ich noch nicht gehört. Es klingt nach Verständigungsgrab und scheußlich, das könnte ich niemandem zumuten. Unserer verstorbenen Mutter auch nicht. Auf zwei Vierecke zielt ein Pfeil, schraffierte Flächen: Sonderfeld. Was ist ein Sonderfeld? Ich rede über den Friedhofsplan von Weißensee. Kempinski, Familienmitglieder der Hotel-Kempinskis sind auch hier. Berühmte Leute, weise Leute und reiche Leute. Ich bin jetzt hier und wandere umher.

Die Schwester des verstorbenen katholischen Ehemannes sagt, sie kann eine Bronzetafel mit den beiden Namen darauf anfertigen lassen, und die würde dann in die Friedhofsmauer in Bickenbach eingelassen. Oder denken wir an diese Tafel für Weißensee? Seine Gattin, meine Mutter, war nicht berühmt. Sie hat bloß überlebt, sonst nichts. Das ist Blödsinn mit der Bronzetafel. Es ändert auch nichts, weil es um den ewigen Stein geht. Ich weiß, dass unser ewiger Stein so hässlich ist wie ein Reihenhaus in den sechziger Jahren. Ein Steinmetz vor Ort, das Teuerste, was es damals gab. Es fällt mir nicht leicht, diesen ewigen Stein von einem nicht geweihten Ort zu einem geweihten zu bringen. Dorthin, wo er unter den Verdienstvollen stünde; bei einem wie Rabbiner Grynberg, dessen Grabinschrift ein Gedicht ist: die Anfangsbuchstaben ergeben seinen Namen. Abraham und Isaak heißen die Ehrwürdigen, und dazwischen käme dann Hella. Ich soll verantworten, dass sie den Großen nahekäme; ich, die ich weiß, dass sie Hering-in-Gelee am Hohen Feiertag aß.

Meine Schwester setzte sich auf und lobte die Suppe. »Gut, wirklich gut, ich wusste gar nicht, dass du so gut kochen kannst.« Ihre Stimme wurde hoch und kindlich. Sie ließ das rechte Bein unbedeckt und drehte sich das Laken über der Körpermitte ein. Es war sehr heiß im Zimmer, das sie nicht verließ.

Er sperrte den Mund auf und ließ Erdnüsse hineinfallen. Die letzte warf er in die Luft und schnappte nach ihr. Die Nuss traf ihn am Kinn, nahm von dort den Weg auf die dunkle Hose und sprang weiter unter den Sessel. Das Bedienungspersonal hatte gewechselt. Wir nahmen unsere Gänge zur Segafredo-Maschine wieder auf und sortierten die Kekse, mit und ohne Schokoladenüberzug. »Ich glaube nicht, dass das Angela war«, sagte er. Angela, die Schwester jenes Rainerle, den die eingeheiratete zweite Frau ihres Vaters mitgebracht hatte. Mitgebracht in das wiedergutgemachte Häuschen ihres Vaters, von dessen Erbteil jetzt das überlebende Kind, seine Mutter, meine Schwester, das Kind aus erster Ehe, ausgeschlossen werden sollte. »Das war er, weißt du. Sie könnte so etwas nicht tun, das war er.« – »Und?« – »Ich meine, weißt du, was ein Berliner Testament ist? Hat dich schon mal jemand in Berlin beerbt?« Nein, mich hat noch niemand in Berlin beerbt, und es ist Teil unserer Geschichte, dass uns kaum jemand beerbt. Es starb ja auch lange niemand, weil alle schon tot waren.

Mein Neffe kümmert sich um das Berliner Testament, demzufolge nach Rias Tod auch seine Mutter anspruchsberechtigt sein müsste, aber die Geschichte, dass Ria ihrem Sohn vor ihrem Tod das Vermögen überschreibt, damit seine Mutter nichts mehr vorfindet, ist schon erzählt – noch aber gibt es das Häuschen mit dem Kaninchenstall. Ohne Papiere kann Rainerle nichts veräußern – und es wird erst mal juristisch geklärt, wie meine Schwester ihre Ansprüche geltend machen kann. Nur so ist ja der Überführungsgedanke wegen des Grabs aufgekommen, denn sie erwartet, dass sie zu ihrem Recht kommt, und so könnte die Überführung bezahlt werden. Nun ist allerdings kein Grab mehr zu finden.

Mein Neffe ist vor kurzem Erbe geworden als Nachgeborener der Theresienstädter Tante. Er war ihr Lieblingsneffe. Da gibt es einen anderen Streit. Mit deren einzigem Sohn, dem Theresienstadt-Baby. Der hat meinem Neffen zwar wahrheitsgemäß erklärt, dass er begünstigt worden sei, ja, das stimme schon. Er werde schauen, was auf dem Konto ist. Dann hat er so lange geschaut, bis nichts mehr auf dem Konto war. Mein Neffe war in Europa und konnte nicht selbst nachforschen. Und so erbte er das goldene Nichts von seiner Lieblingstante, der Minnie, die ihn lieber hatte als ihren Sohn. Aber dieser Erbstreit gewissermaßen um nichts, weil ja nichts mehr auf dem Konto verblieben war, wurde längst überlagert von jenem anderen Streit, den der leibliche Sohn um die Tagebücher angezettelt und der in Zeitungen und im Internet ein Echo gefunden hatte. Ob nämlich die Tagebuchaufzeichnungen seiner Mutter, also von Minnie, der Großtante meines Neffen, die sie im Lager in einer winzigen Kurzschrift in einen Kalender notiert hatte, einer Universität in den USA gehören oder ihm. Den Streit hat er gewonnen. Sie gehören ihm. Allerdings hatte er sie zuvor selbst einer Wissenschaftlerin zur Vorbereitung einer Publikation übergeben. Es ist ja niemand in sein Haus eingebrochen und hat Theresienstädter Tagebücher gestohlen. Er kann sie nicht lesen. Eine Postkarte steckte dazwischen. Jemand schrieb an Dr. Fritz Simon, Theresienstadt (Protkf.), Badhausgasse 19, dahinter ein Punkt. Auf der Vorderseite eingedruckt in Dreifachrahmung: »Der Führer (in Versalien) kennt nur Kampf, Arbeit und Sorge.« Darunter steckte die Kopie einer Karteikarte mit mehreren Namen und Notizen: gestorben, gekritzelt – todt in Israel – eine Judith 1942 – Gideon Laser born 1915 – weiter Rita »Polish«, ich verstehe, 1888 Elizabet (gestorben in Israel) und Alfred hatten die Kinder Kurt, der auch in Israel todt, Gideon, der die polnische Rita heiratete, und Werner – sechs Zeilen neben Werner: from Holland / died in / concentration / camp / Mauthausen / Jahreszahl unleserlich. Werner hat die meisten Zeilen neben sich stehen.

Dann steht da der Name einer Kindergartenfreundin Eva Philippsthal und Vera, daughter. Sie hatten überlebt, waren in die USA ausgewandert. Auf dieser Karte standen die Worte gestorben auf Deutsch, anderes auf Englisch. Die übrigen Worte wirkten wie Hebräisch in lateinischer Umschrift. Diese Karte liegt seit ein paar Jahren hier, die Kopie dieser Karte, meine ich. Ich las sie, als ich selbst versuchte, das Theresienstädter Tagebuch bzw. seine Kopie zu entziffern. Jemand aus der Familie hat Eintragungen gemacht, hat versucht, festzuhalten, wer unter welchen Umständen gestorben ist, wer im KZ war. Ich kann niemanden mehr fragen. Ich verstehe nicht. Ich habe von diesen Leuten noch nie gehört. Mein Neffe kann auch nichts zur Aufklärung beitragen. Er dachte, ich wüsste etwas.

Ich persönlich hatte keine Erfahrung mit einem Berliner Testament. Das Berliner Testament war der Grund, warum sie diesen Brief an dem Tag schrieb, als sie bei mir anrief und sagte: »Engelchen, das macht doch nichts. Du kannst alles wieder abräumen. Ich komme später.« Meine Schwester hatte Ria, der zweiten Frau ihres Vaters, keine Fragen gestellt, als ihr Vater starb. Zur Beerdigung war sie nicht gekommen. Weil sie außer dem Holocaust jetzt noch Krebs bekommen hatte. »Mach alles weg, du brauchst es nicht mehr«, hatte ihre beste Freundin gesagt. Dann lag sie noch eine Zeit da mit Chemotherapie und einem Thrombose-Arm, ihre Venen kollabierten. Sie hatte es unschicklich gefunden, die Witwe nach ihrem Anteil zu fragen. »Alle drei Kinder sind gleichberechtigt, bei uns hätte es so etwas nicht gegeben«, hatte Ria meinem Neffen einmal gesagt. Er hatte ihr erzählt, wie es mit dem Erbe des Urgroßvaters Berthold gegangen war und wie dessen zweite Frau, Gertrud, die Christin war, im weißen Entschädigungshäuschen wohnte, drüben in Philadelphia. Und seinen Kindern aus erster Ehe nicht erlauben wollte, wenigstens seine Tefillin herauszuholen. »Nein, so etwas hätte es bei uns nicht gegeben«, hatte sich Ria empört. Nun war auch Ria gestorben und, Testament hin oder her, ihre beiden Kinder hatten geerbt, und für sie, meine Schwester und meines Neffen Mutter, war das geblieben, was auf dem Konto war. Auf dem Konto war nichts. »Sie hat sich immer diese teure Buchserie bestellt, über Gesundheit«, sagte ihr Sohn, der Rainer. Im Krankenhaus hat Ria ihm das Entschädigungshäuschen überschrieben, Berlin-Lichterfelde. »Angela kann so etwas nicht«, wiederholte mein Neffe, »macht so etwas nicht.« Angela war das zweite Kind von Ria, mit dem meine älteste Schwester den Vater gemeinsam hatte. Auch sie hieß Engelchen, Angela heißt doch Engel.

Ich erzählte die Geschichte schon mal, oder mehr als zweimal, es reicht auch eigentlich. Trotzdem: Ich meine ... auf diese Weise war das väterliche Erbe meiner Schwester verschwunden. Mutters sterbliche Überreste waren auch verschwunden, und zwar von einem Friedhof an der schönen Bergstraße in Bickenbach. Wie Ober-Ramstadt oder wie Weiterstadt, falls die einen Friedhof haben, oder wie Jugenheim. Als ich auf diesem Friedhof umherging und das Grab suchte, war es schon Frühjahr; es war die Zeit vor der Magnolienblüte. Weiße, sich auffächernde Blütenkelche wuchsen an weit auseinanderstehenden Baumästen. Wenn sich die Blüten öffneten, und ich säße darin. Mein Haar wäre dunkel gegen den weißen Kelch. Es war regnerisch gewesen, und ich war mit dem Fahrrad auf einer Bundesstraße hergekommen.

Bickenbach
Tante

Der Bürgermeister schrieb, er nehme an, dass wir, die Familienangehörigen, das Grab ordnungsgemäß geräumt hätten oder hätten räumen lassen. Warum sollten wir dem Bürgermeister einen Brief schreiben und um Aufklärung darüber bitten, wo das Grab meiner Mutter geblieben ist, wenn wir es selbst hatten räumen lassen? Wir waren es nicht, wir suchen einen Platz für den ewigen Stein – ich suche einen Platz für den ewigen Stein. Meine Schwester und mein Neffe suchen einen Platz auch für die Gebeine oder wären zufrieden, wenn die Gebeine weiter ruhen würden, wo sie ruhen, auch wenn ein Weg darüber gebaut worden war. Sie scheinen zu glauben, dass Mama eine Wundertäterin gewesen sei. Was in gewisser Hinsicht auch stimmt. Anders ist ihr Überleben und das ihrer Tochter und das ihrer Eltern, meiner Großeltern, und das ihres später von ihr geschiedenen ersten Mannes eigentlich nicht zu erklären. Die Freundin meiner Schwester schwärmt heute noch davon, dass es nichts gegeben habe, was Mama nicht gekonnt hätte und dass sie ihr oft Mut eingeflößt habe, wenn sie verzweifelt gewesen war. Und dass sie es fertiggebracht hätte, in einem Nina-Ricci-Kleid zu heiraten, obwohl alle um uns herum, und sie selbst natürlich auch, bettelarm gewesen waren. Und wenn Mama schon zu Lebzeiten Wunder tun konnte, dann noch viel mehr nach ihrem Tod. In den Gebeinen des toten Körpers der Wundertäterin bliebe demnach ein Stück Seele im Grab zurück. Die »Knochen-Seele« bleibt mit ihrem himmlischen Seelenteil stets verbunden. Der Ort des Grabes wird das Tor zum Himmel. Die an ihrem Grab gesprochenen Gebete könnten Mama direkt hindurch und dorthin geleiten, durch ihren geistigen

Kanal leiten, und weitere Wunder tun. Leider haben wir schon viele Gebete an diesem Grab ungesprochen verstreichen lassen. Mein Neffe könnte fürchten, dass durch eine Umbettung der himmlische Kanal und die Reinheit und Heiligkeit des Ortes gestört werden. Das könnte ein wichtigerer Gesichtspunkt sein als der, den »guten Ort« zu finden.

Jetzt redet er wieder mehr davon, dass ein Markierungszeichen gesetzt werden solle, falls es so ist, dass ein Weg darüber gebaut wurde. Woher kommt diese Idee mit dem Weg? Hat jemals jemand von einem Weg über einem eingeebneten Grab gesprochen? »Räumung« steht in dem Schreiben, »fachmännische Räumung«.

Die »fachmännische Räumung« hat den Bürgermeister auch überrascht, sagt er. Daraus schließe ich, dass der Bürgermeister nicht weiß, wie es auf seinem Friedhof zugeht. Es nützt mir nichts zu wissen, dass es in dieser Gemeinde, was die Grabangelegenheiten betrifft, drunter und drüber geht. Ich will mich nicht darüber ereifern, auch nicht verstehen. Ich will nicht für das Bürgermeisteramt kandidieren. Ich suche unser Grab. Das ist alles. Wie kann ich wissen, was eine »Räumung« bedeutet? Wohin werden die Gebeine und der Grabstein geräumt? Der Bürgermeister sagt, er kann leider nicht helfen, wenn was wegkommt. Wer Gott, dem Allerhöchsten, traut, der hat auf keinen Sand gebaut. Die Schwester des verstorbenen Ehemanns würde eine Bronzetafel anbringen lassen. Ich werde einige Friedhöfe anrufen, damit ich erfahre, was eine Grabräumung ist. Werden die Gebeine untergepflügt oder weggebracht. Wohin? Auf eine öffentliche Müllkippe? Oder wird auf den Resten wieder bestattet? Wer weiß das? Ich werde den Baggerführer fragen. An diesem Tag muss ein Baggerführer auf dem Platz gewesen sein. Auf einem kleinen

Dorfgemeindefriedhof wird ein Baggerführer genug gewesen sein, man wird keine zwei gebraucht haben, oder soll hier ein Fundament gelegt werden für ein Hotel? Das traue ich dem Bürgermeister denn doch nicht zu, obwohl er gesagt hat, er wisse auch nicht, warum man sich bei einer Grabangelegenheit an ihn wende. Auch ihm tue es um anderer Leute Hab und Gut leid, womit er den abhandengekommenen Grabstein meint.

Ich habe meinem Neffen gesagt, er soll mich mit seinen Fragen, ob das Grab nun geräumt ist oder nicht, in Ruhe lassen. Hat er kein Telefon, kann er nicht den Hörer aufnehmen und den Bürgermeister selbst anrufen? Was wird er seinen Lubawitschern erzählen, wenn er ihnen sagen muss, dass seine Großmutter nicht mit dem Messias mitgehen kann? Werden sie das Problem lösen oder der Messias, weil er zum Beispiel nicht kommt? Natürlich ist es schade darum, dass wir nicht einladen können zur Jorzajt, zum Gebet, Lichtzünden und zum Grabbesuch am Todestag. Wir hätten das Grab besucht, Kaddisch gesagt für die Verstorbene und das Jorzajt-Licht gezündet. Wir hätten dann Bittzettel via Internet einsammeln und sie am Ort in die Gebete einschließen können. »Insbesondere die Gebete um Heiratsvermittlungen zeigen Wunder und Erstaunliches.« Morasha Match ist wohl nicht mehr aktiv, aber die Partnervermittlung Simantov International scheint erfolgreich, man muss sich international aufstellen, alles andere hat keinen Zweck; sie annoncieren, es sei das Wichtigste, dass Juden Juden heiraten. Oder diese Zettel bei einem erklärten Zaddik. Mutter war kein Zaddik, möglicherweise frommer, als wir dachten, aber, das kommt erschwerend hinzu, eine Frau. Trotzdem. Meine Gewährsfrau, diejenige, die die Namen aller Konzentrationslager in Deutschland hersagen kann, sagt, ich bräuchte mir keine Hoffnung zu machen. Eine Räumung, die sei »total«. Was bedeutet »total«? Schließlich habe ich einen alten Kirchenfreund gefunden, der für mich bei einem Friedhof angerufen hat. »Der Stein wird abgetragen«, sagt er, »und zerkleinert. – Straßenbelag wird daraus gemacht oder was weiß ich«, sagt er. Mutter ist auf der Straße gestorben, bei einem Autounfall. Ich stelle mir vor, der Stein würde als Schotter an jener Autobahnstelle aufgetragen. »Halt«, würde ich sagen, »halt, fahren Sie drumherum. Diese Stelle bringt Unglück.« Wie soll ich einer Straßenmeisterei erklären, dass hier nicht gefahren werden soll, wenn der Stein schon als Schotter aufgebracht ist? Oder er wird zermahlen. Ich kann mich auch noch besser informieren über die zur Sepulkralkultur gehörenden Maßnahmen. Das muss man flüssig aussprechen, sonst macht man sich lächerlich. »Ich könnte bei einem Herrn vom Museum anrufen«, sagt mein Kirchenfreund. Das gehört zu Volks- oder Völkerkunde. Mein Neffe geht mir auf die Nerven mit seiner Rede. Seit zwei Jahren sagt er, man muss in Bickenbach anrufen. Soll er doch anrufen. Heute ist Dienstag, 10.45 Uhr, und gestern Abend habe ich mich über ihn geärgert. Er schrieb eine E-Mail und schickte mir einen Text, den er freundlicherweise für mich übersetzt hatte. Das kann er besser als ich. Es ist der Text einer Hiphop-Band, die mehrmals singt: »Chick, chick – yeah« und dann: »Love. Everybody gets love.« Ich sah, wie er das mit »Liebe im Leben« übersetzte und »Chick, chick – yeah.« Taste Return. »Übrigens: Wenn alte Gebeine gefunden werden bei der Präparierung einer neuen Grabstätte, werden diese tiefer gelegt, dann zugeschüttet, und der neue Sarg wird obendrauf platziert.« – »Versiegelung.« Ihre Message wurde erfolgreich versandt.

Die Schwester des mitverstorbenen Mannes, der katholisch war, schlägt vor, für die Kirchhofsmauer eine kleine Metallplatte mit den Namen in Auftrag zu geben. Ich weiß, es nützt nichts. Während einer Osternovene sollen die Namen laut im Kirchenraum und auf dem Friedhof zu hören sein. Ich denke, für den jüdischen Gott ist das nicht das Richtige. Die Dame schreibt weiter, sie habe »die Gräberfrau gebeten, zu den Ostertagen auch an dieser Grabstelle ein Lämpchen aufzustellen«. Die Grabstelle würde also bezeichnet. Wenn die Gräberfrau das Lämpchen nun nicht an dieser Bronzetafel aufstellt, sondern an der Stelle, an der sich jetzt das neue Grab befindet, dann gibt es doch ein Zeichen, wo sie herausgehen und mit dem Messias mitgehen soll. Würde das Problem damit gelöst? Das Einzige, was unbefriedigend bleibt, ist, dass das Lämpchen nicht das ganze Jahr über da steht. Jemand wird es abräumen, wenn die Osternovene vorüber ist. Aber könnte versucht werden, dass es stehen bleibt? Darüber redest du nicht weiter, sage ich mir, weil du in Wirklichkeit darüber nichts zu sagen hast und weil du jetzt auch am Ende bist: überhaupt, nicht nur mit den Regeln.

Am Anfang lud mein Neffe mich manchmal ein, weil er mich gern sehen wollte. Später lud er ausschließlich zu religiösen Anlässen. Diesmal hatte er übertrieben. Er muss die ganze Sekte eingeladen haben. Die Wand war mit Sprüchen geschmückt, damit man mitsingen oder mitsprechen konnte. Schwitzende Männer stampften zu Rhythmen umeinander. Alles war koscher und verkocht. Oder hart. In der Küche stand eine junge Frau, ungeschminkt wie alle hier, und sagte: »Wie kann er das so köstlich machen. Es ist unglaublich gut.« Daraus schloss ich, dass sie eine Konvertierte war. Ich schob mich durch den Gang, in dem zwei Männer standen und diskutierten. »... vom Knochen abgelöst.« – »Gut,« sagte der andere, »ich werde es so versuchen.« In einem Seitenraum hatten sich zwei Leute niedergelassen. Ich kannte den Mann flüchtig. Seine Bekannte war zum ersten Mal hier. »Haben Sie schon gegessen?« – »Vielleicht.« – »Vielleicht?« – »Falls es sich um Essen handelte ...« Die Frau lachte. Sie war Israelin und wunderte sich, was die Leute hier aßen. Wir sprachen halblaut. Die Sekte verfügte über den Adressverteiler der Jüdischen Gemeinde. Die Frau, die ich flüchtig kannte, hatte eine Stellung in der Staatsbibliothek. Sie verwaltete die Judaica. Eines Tages war der dicke, schwitzende Mann erschienen und wollte, dass die hebräischen Originalhandschriften gesondert gelagert werden und der Zugang beschränkt wird. Der schwitzende Mann hatte breitbeinig auf dem Sessel der leitenden Bibliothekarin Platz genommen. Außerdem hatte er darüber gesprochen, dass sich das gesellschaftliche Umfeld wieder deutlich antisemitisch positioniere. Das Wegschauen in jüdischen Angelegenheiten sei üblich, und es sei auch so, dass ihn eine U-Bahn-Fahrt in Bedrängnis bringe oder in Bedrängnis bringen könne oder in Bedrängnis gebracht habe. Der Zugang zu den heiligen Texten müsse in erster Linie von den heiligen Männern bestimmt werden.

Die Bibliothekarin hatte gesagt, sie wolle das Anliegen vortragen. Später hatte sie mit höflichen und zuvorkommenden Worten erklärt, dass eine solche Änderung leider nicht durchsetzbar gewesen sei. Gerne hätte sie, aber auch ihr seien die Hände gebunden. Wir sprachen leise. Mein israelischer Journalistenfreund auf jener schwitzenden Männerparty – der, dessen Freundin gesagt hatte: »falls es sich um Essen handelte«, obwohl alles koscher gewesen war – redete von einem Anruf. Ein Mann wollte sich mit ihm treffen. »Worum geht es?« – »Um die Thora«, sagte die unbekannte Stimme am Telefon. »Es ist gut, wenn Sie ein bisschen Unterricht nehmen. Ich komme Sie besuchen.« Sie trafen sich nicht. Mein Journalistenfreund versicherte dem Anrufenden, dass es ihm gut getan hätte. Er hatte es nicht gewagt zu sagen, dass ihm sein bisheriges Thora-Wissen völlig ausreichend erschien oder dass er überhaupt nicht nach der Thora lebe, dass sie ihm vielleicht sogar gleichgültig sei oder beinahe. Fürchtete er sich vor diesen Leuten? Wir verließen die Wohnung. Im Zimmer nebenan stampften die Füße umeinander. Sie sind freundlich zu ihm, diese Leute, sehr freundlich, er fühlt sich hier wohl. Er zeigt ihnen den Stammbaum seiner Großeltern und macht freitags kein Licht an. Er wird auch üben, wie man den Knochen ablöst. In Schöneberg, gleich hinter dem großen türkischen Markt. Als ich ging, traf der dünne Mann ein, er trug einen Bart und hatte bohrende Augen. Auch er stammte aus den USA. »Wir sind von Feinden umgeben, unser ist der Tempelberg seit 2.000 Jahren«, hatte er flammend vor einem Seder in der Synagoge verkündet. Danach war er die Reihen der Gläubigen abgegangen und hatte jedem die Hand geschüttelt. Das war meinem Neffen zu viel gewesen, »Politik in der Synagoge«, sagte er. Die Lubawitscher tanzen mit ihm, das ist schön, und sie singen. »Ich mag Singen«, sagte er. »Die Liberalen lassen ihre Tücher für die Liturgie von christlichen Palästinenserinnen in der Westbank anfertigen«, sagte einer. Er ist nicht bei den Liberalen.

Ich sitze seit vielen Stunden mit ihm in der Flughafenlounge. Sie ist aufgestanden und abgeflogen. Als sie am Schalter nach den Beförderungsbedingungen fragte, traten wir zwei Schritte zurück. Wir sahen weg, fixierten die rotierenden Anschlagtafeln. Bis zur Abfertigung hatten wir sie in ihrem mit Blumen gemusterten Kleid begleitet. Wir werden nach draußen gehen, und die Luft wird uns wie eine feuchtheiße Wand umgeben. Sie wird in den Haaren und Kleidern kleben, und wir werden diesen Ort verlassen. Glaubt er, dass die Grabstelle eines Bürgers, der sich um die Kanalisation verdient gemacht hat und der zusammen mit meiner Mutter dort liegt, ein denkmalwürdiger Ort sei? Das ist ein Irrtum.

Der Grabstein steht auf einem allgemeinen Friedhof, und dieser Grabstein trägt einen Davidstern und ein Kreuz. Man sagt nicht »allgemeiner« Friedhof, auch nicht Friedhof für die Allgemeinheit. Es ist ein Friedhof, der eine Pflichtaufgabe der politischen Gemeinden erfüllt und seiner primär öffentlichen Aufgabe nachkommt. Die Gemeinden müssen sicherstellen, dass in ihrem Gebiet ausreichend Bestattungsplätze … Mamas Grab ist einfach wegrationalisiert worden, würde ich sagen, und es hatte keine Gesichtspunkte gegeben, hier ein schutzwürdiges Interesse geltend zu machen, obwohl ein Grabstein mit Davidstern und einem Kreuz ein Denkmal ist. Ich trage einen Davidstern als silbernes Amulett um den Hals. Ich bin ein Denkmal. So gut wie diese Grabstelle. »Diese Geschichte bewegt sich nicht«, sagt er und sperrt den Mund auf. Er wirft eine Erdnuss hoch und versucht, sie mit dem Mund aufzuschnappen. In meinen Händen schwitzt die Schokolade der Kekse. Sie stecken zwischen meinen Fingern. Wenn ich mit der Hand die Tür öffne, zerbröseln die Kekse zwischen den Fingern. Die Tür ist schwer. Sie schwingt nicht selbsttätig auf. Ich kann die Kekse nicht mehr zurücklegen. Sie haben in meiner Hand geschwitzt. Das Personal legt keine Tüten aus, noch nicht einmal Servietten. Ich habe gesagt: »Die Geschichte bewegt sich nicht. Sie entwickelt sich nicht.« – »Die

Familie bewegt sich nicht«, sagt er. Ich denke: nicht auf dem Tempelberg und nicht auf dem Börneplatz – und bleibe vor der Tür stehen. Ich hatte schnell durch die Tür gehen wollen, wegen der Kekse. Ich muss warten, bis jemand durch die Tür geht und ich mit durchgehen kann. Jemand geht durch die Tür. Der Parkautomat zeigt eine phantastische Summe an. Wir hatten nur an die Kekse gedacht und an die Erdnüsse, die nichts kosteten. Auch die Segafredo-Pads kosteten nichts. Beim Herausfahren drehte er zwei Kreise auf dem Gelände, weil er den Ausgang nicht fand. Ich war unsicher, ob der Automat den bezahlten Parkschein noch annehmen würde. Wir standen vor dem Schlagbaum und warteten. An einigen Stellen hatte sich der Asphalt in der Hitze gewölbt. Im Mund brannte das Salz der Erdnüsse. »Quatsch – das mit dem Auto«, sagte er. »Sie lag auf der Couch, vier Tage lang. Sie brauchte kein Auto.« Er würde es zurückbringen, wo sie es geliehen hatte. Sie hatte darauf bestanden, weil sie nicht laufen könne. »Du weißt doch, sie hat diese Probleme mit den Füßen.« Es ist vielleicht ein Problem, wenn man viele Erdnüsse isst. Tomatenallergie und Kichererbsenallergie hatte er schon. Oder Kekse. Ich weiß es nicht. Wir haben uns nicht einigen können wegen der Gebeine und des ewigen Steins. »Meine Mutter sagt, dass sie den Stein notfalls im Garten aufstellt.« Das ist verboten. Für diese Zwecke darf man niemanden überführen. Da müsste man behaupten, man wolle eine Seebestattung durchführen. Dann geht das. Ich weiß das wegen eines Gestorbenen, der neulich sehr weit weg in Frankreich aus einem kleinen Dorf überführt werden sollte. Dabei ist es nicht mehr nötig, dass wir uns einigen. Der Bürgermeister sagt, es tue ihm aufrichtig leid, er könne auch nichts machen, wenn ein Grab wegkommt. Ein Grab mitsamt dem Stein. Der

Steinmetz am Ort hat auch nichts gewusst. Außerdem hat meine Schwester keinen Garten, wie oft soll ich das noch wiederholen?

Der Rechtsanwalt sagt, es sei etwas Gewöhnliches, dass Erben um das Erbe streiten und einer darum gebracht wird. Er ist ein guter Anwalt, ich weiß das. Ich habe ihn schon vor Gericht reden hören. Als Anwalt ist er ziemlich gut, auch wenn er Streit mit seiner ehemaligen Lebensgefährtin hat. Er ist gut, wenn er aufsteht und redet. »Wenn wir die Großmutter nicht mehr haben, nicht mal ihre Gebeine, was haben wir dann?«, sagt mein Neffe. Er war ein dickliches Baby gewesen, das in seinen Windeln hinter den Streben des Gitterbettchens stand und wartete, bis die Mutter es heraushob. Damals starb seine Großmutter. Ich bin dann oft bei meiner Schwester gewesen, und manchmal wechselte ich dem Kleinen die Windeln und passte auf ihn auf. Das hatte schon mindestens einmal etwas Gutes für mich, als mir eine afrodeutsche Aktivistin, der ich einen gut bezahlten Ein-Wochen-Job als Kinderbetreuerin anbot, sagte, sie würde unter keinen Umständen mehr weiße Kinderärsche wischen. Black 'n my heart, dachte ich und dass ich glücklicherweise mit meinen weißen Händen seinen Schwarzen Popo schon häufiger gewischt hatte als die junge Frau vor mir wahrscheinlich überhaupt Kinderpopos.

»Glaubst du, sie sagt die Wahrheit? Dass es ihr gut geht, obwohl sie wieder eine Untersuchung hat?« Er fragte mich. Er blinkte und fuhr den Wagen auf die linke Spur. Während er überholte, sprach er weiter. »Darüber unterhalten wir uns besser ein anderes Mal«, sagte ich. Im Spiegel sah ich, wie sich Grübchen in seinen Wangen zeigten. Er ist ihr ähnlich, dachte ich. Ich hatte vergessen, dass auch sein Vater Grübchen bekam, wenn er lachte. Sie hatten also beide Grübchen, und auch er war damit gesegnet. Außerdem hatte ich den Zusammenhang vergessen. Wie waren wir auf die Sache gekommen? Alles hat mit ihrer Abreise angefangen oder mit ihrer Ankunft, eher mit ihrer Ankunft, mit der Zwingli-Bibel und mit diesem Brief, den sie schreiben musste. »Engelchen, du kannst den Tisch wieder abräumen.« Sie beauftragte einen Anwalt, eben den Anwalt, den ich so gut finde. Weil ihr Papa keine Frau mehr finden kann, die Jüdin ist, weil sie eben alle tot sind und er geschieden ist, nimmt er diese, und deren Kinder essen in seinem Wiedergutmachungshäuschen, und das jüdische Kind soll sehen, wie es ihnen schmeckt. Der Anwalt sagt: »Erbstreitigkeiten gibt es überall.« – »Ja«, sage ich. »Deutsche verwerten jüdische Nachbarn.« Das war der Titel einer Ausstellung. Wir spielten mit in der Ausstellung.

Das hatte mit dem Problem der Beerdigung nichts zu tun. Mir ist nicht klar, ob wir ein Problem haben oder nicht. Gott braucht schließlich keine Materie. Soll ich meinen Neffen daran erinnern, dass sein Vater kein Jude ist? Sein Vater lebt und seine Mutter auch. Sie streiten ununterbrochen, aber sie leben. Möglicherweise leben sie auch, weil sie streiten. Nicht so, wie irgendjemand streitet. Er hatte sie einmal mit Gewalt unter den laufenden Wasserhahn in der Badewanne gehalten. Komplett angezogen. Sie war ohne Schuhe aus dem Haus und zur Polizeistation gerannt. Ein anderes Mal hatte sie alle Geldscheine im Haus in kleine Fetzen zerrissen; er hatte sie eingesammelt und zur Bank getragen. Oder sie. Sie hatte sie zur Bank getragen. Weil es das Dienstmädchen gewesen war, das sich über sie geärgert hatte, das Dienstmädchen war es gewesen. Sie hatte derart wenig bezahlt, dass das Mädchen die Scheine vor ihren Augen zerriss und ging.

Wenn ich der jüdischen Gemeinde das Problem persönlich vortragen würde, die Sache mit der Grabstätte und dem vielleicht gemeinsamen Platz, der Ewigkeit der Gebeine und dem Verlust des Nutzungsrechts – wobei das etwas Deutsches ist, das Einebnen von Grabstätten. In der Bronx besuchte ich das Grab von Mr Woolworth. Ich interessiere mich jetzt für Gräber. Ein einsames jüdisches Grab gab es da zwischen den Gräbern: ein Rosenthal-Grab, nicht weit entfernt von Duke Ellington und Sir Miles Davis. Wenn ich mir das überlege, Duke Ellington und die Verdienste wegen der Fäkalienbeseitigung. Es wäre maßlos. Eine Bronzetafel, weil er eine Jüdin geheiratet hat. 1966 übrigens. Das würde den Zuständen näherkommen. Wenn der Friedhof dazu übergehen wollte, kleine Steinplatten setzen zu lassen statt der Steine, wäre länger Platz für alle. Wir sollten eine Grabkarte besorgen, bevor es zu spät ist. Eine Grabkarte aus der Zeit, als das Grab noch existierte. Hier müssten alle Gräber eingezeichnet sein. Jemand müsste bei der Friedhofsverwaltung anrufen. Ein Jahr später rufe ich an. Frau Senneberger von der Friedhofsverwaltung sagt, dass die zuständige Kollegin krank sei. Frau Senneberger sagt, dass sie selbst auch krank sei, aber wenigstens für ein paar Stunden komme, um das Nötigste zu veranlassen. Ihre Kollegin wisse besser Bescheid. Frau Senneberger ist damit beschäftigt, die aktuellen Beerdigungen zu veranlassen. Auch wenn sie krank ist, muss das geschehen. Ich sehe das ein. Das hat Vorrang. Frau Senneberger sagt: »Es sind in den letzten Monaten alle Grabkarten in den PC übertragen worden. Dabei kann man natürlich auch mal einen Fehler machen. Vielleicht sind die alten Karten noch da. Wir bauen viel jetzt. Viele breite Wege, damit die Rollstuhlfahrer an die Grabstätten heranfahren können und auch direkt zur

Kirche. Das ist erst in neuerer Zeit beschlossen worden. Früher hat man eben einen Friedhof anders angelegt, daran hat man nicht gedacht.« Frau Senneberger spricht weiter. Ich würde ihr eine Pastille anbieten gegen ihr Kratzen im Hals. »Ich höre, Sie sind noch nicht gesund«, sage ich. »Ich bin eben so – ich gehe lieber arbeiten, auch wenn es nur ein paar Stunden sind ... als wenn ich hinterher ...« Ich pflichte Frau Senneberger bei. »Darf ich Ihren Namen erfahren?« Sie diktiert: »Senne wie Henne nur mit einem S am Anfang«, sie kichert, »und dann -berger.« – »Wie Samuel?«, frage ich. »Ja«, sagt Frau Senneberger, »S wie Siegfried.« Sie setzt das Datum hinzu. Frau Senneberger weiß, dass das Gespräch für die Akte festgehalten wird. Nächste Woche werde sich die Kollegin bestimmt melden. »Ich wünsche Ihnen gute Besserung«, sage ich und notiere »Henneberger« noch einmal auf einem anderen Zettel. Was soll den Messias daran stören, dass ihm Rollstuhlfahrer*innen begegnen werden, die die Gräber ihrer Lieben besuchen wollen? Wenn nötig, wird er das Gefährt für den Augenblick ein wenig beiseiteschieben, damit er die Aufschriften lesen kann; es würde nichts machen, wenn sie beispielsweise im Boden eingelassen wären. Hauptsache, der Ort ist der Ort, an dem Mama begraben ist. Ich habe die Grabkarte jetzt. Was soll ich machen? »Die Bronzetafel auf den Weg stellen«, sagt mein Neffe. Man kann die Geduld der Friedhofsverwaltung nicht strapazieren. Nicht bei solchen kleinen Gemeinden. Haben wir juristisch alles falsch gemacht? Hätten wir uns gegen Grabverlust absichern müssen? »Per Telefon und mündlich, das ist doch normal«, sagt der Herr, bei dem ich nachfrage. Es ist der Herr, der die Dinge über die Preisentwicklung auf den Friedhöfen in Berlin studiert und mir die Baumbestattung erklärt hatte und wegen dem ich beinahe schon eine Grabstätte für mich an der Heerstraße erworben hätte.

Am anderen Tag klingelt das Telefon. »Sie sind schon wieder zurück, das habe ich nicht erwartet. Die Kollegin kündigte an, dass Sie bis nächste Woche krank seien. Vielen Dank für den Rückruf.« Für Frau Nowak ist das Verschwinden des Grabes mysteriös. »Wissen Sie jetzt, wie es geräumt wurde?«, fragt mich die Dame von der Friedhofsverwaltung, die dafür bezahlt wird, die Dinge für das Grab unserer Mutter zu regeln. Sie kann sich das Verschwinden nicht erklären. Der Steinmetz, der den Auftrag bekommen habe, das Grab zu räumen, kann sich das Verschwinden auch nicht erklären. Er hätte ohne einen Auftrag nichts geräumt. »Es ist ja auch die Einfassung weggekommen, überhaupt alles.« 500,– DM hatte die Gemeinde zu D-Mark-Zeiten angedroht, falls die Angehörigen nicht das Grab räumen, es also die Gemeinde selbst veranlassen müsste. Die Gemeinde hatte auf 500,– DM verzichtet, uns keinen Zahlungsbefehl geschickt, der Himmel oder der Baggerführer hatte ein Grab geräumt und das unentgeltlich, und jetzt haben wir inzwischen eine andere Währung. Wie ich die Dinge auch drehe und wende, es will sich das Grab nicht mehr finden lassen, der Stein nicht und auch nicht einer, der die Räumung beauftragt haben will.

»Ist das Grab neu belegt worden? Ich meine ... oder befindet sich an dieser Stelle jetzt der Weg? Was ist da, verstehen Sie?« – »Einen Moment«, sagt sie, »ich sehe nach. Lassen Sie mich gerade mal nachsehen. Ich glaube, da ... ja. Nichts ist da, einfach nichts. 3. Reihe«, sagt sie, »diese Reihe wird irgendwann komplett aufgelöst. Ein Weg soll hier angelegt werden: Zwei bis zwei Meter fünzig breit.« Die Rollstuhlfahrer*innen. »Wird dieses Grab neu belegt?« Ich sprach flüssiger. »Nein, natürlich nicht – ich sage doch, es wird einen Weg geben. Hier ist jetzt nichts, einfach nichts.« – »Wann wird es denn ungefähr diesen Weg geben, von dem Sie sprechen?« – »Das wird noch mindestens zehn, fünfzehn Jahre dauern ... wegen der Gräber, die noch hier ... Nutzungsrecht.« Also ist das katholisch-jüdische Grab oder das deutsch-jüdische Grab das einzige, das bisher dem Weg gewichen ist und zu dem der Messias nun keinen Zutritt mehr hat. Fünfzehn Jahre ohne Zutritt und ohne Weg. Niemand weiß, wann der Messias kommt. »Können wir eine Bronzetafel anbringen lassen?« – »Da ist natürlich eine Kirche, die Kirchenwand ... das müsste ich fragen.« – »Wieso? Ich denke, Sie hatten eine Kirchhofsmauer, an die hätten Sie doch auch den Stein gestellt ...« – »Den Stein haben wir ja nicht mehr. Und die Mauer ist stark von Efeu überwuchert.« – »Das Beste wäre eine winzige steinerne Platte im Boden, eben an jener Stelle ...« – »Das hat keinen Zweck hier, hier ist der Boden sehr, sehr sandig, die versinkt nach ein paar Jahren ...« – »Und wenn man eine schmale, kurze Eisenstele errichtete mit einem einfachen Schild darauf ...?« – »Aber da ist doch der Weg.« – »Der Weg ist doch breit, sehr breit. Notfalls am Wegesrand ...« Die Dame kann sich weiterhin nichts erklären und schickt mir erst einmal die Grabkarte zu: eine Planung, wie die Friedhofsanlage in zwei, drei Jahrzehnten sein wird, und darunter liegend so, wie sie war. Nichts ist da jetzt, nichts.

Erzählen Sie mir nichts. Wo ist die Friedhofsrechnung – der Stein befindet sich doch im Eigentum des Friedhofsträgers – zeigen Sie mir den Belegungsplan. »Die Stelle ist nicht wiederbelegt«, sagt sie. Warum schaut sie nicht bei den alten Grabdenkmälern? Es gibt nichts zu schauen, der Stein ist nicht da.

Ich lehne mich zurück. Er wirft einen Blick in den Rückspiegel und lächelt. Die Grübchen erscheinen. Männer mit Grübchen sehen aus wie glückliche Jungen. E-Mail, nachdem wir die Lounge verlassen hatten: »Hatte Großmutter Mitgliedsbeiträge für die Jüdische Gemeinde bezahlt? Wenn ja – soll die Beerdigung nicht von solchen Beiträgen finanziert werden? Da sie bislang nicht auf Kosten der Jüdischen Gemeinde bestattet wurde, sondern eben unter den gegebenen Umständen und nicht aus eigenem Entschluss auf dem kommunalen Friedhof bestattet wurde, stünde ihr doch eine jüdische Bestattung zu – wenn schon nicht die Überführungskosten getragen werden, dann doch das Begräbnis.« Er meint die erneute Zeremonie. »Ich denke, wir brauchen eine Überführung auf einen Friedhof mit unbefristeter Aufenthaltserlaubnis. Ich gehe davon aus, das wäre nur ein jüdischer Friedhof. Übrigens, für die Lounge habe ich eine Jahreskarte.«

Berlin
Neffe

Ich meine, wissen Sie, warum ich über Weißensee rede: Ich will, dass sie beerdigt wird. Sie wollte zurückkehren nach Berlin, wir hatten alles in die Wege geleitet, meine Tante und ich. Sie wollte zurück, noch acht Tage davor fragt sie: »Können wir jetzt gehen.« Ich sage zu ihr: »Du musst deinen Willen unterschreiben.« Ich zeige ihr die Stelle. Sie sagt »ja«, aber jetzt zittere sie so, das sei ihr peinlich. Sie wird es etwas später unterschreiben, wenn sie nicht mehr so zittert. Und ich sage zu ihr: »Ja, Mama, wir können gehen.« Sie ist in Berlin geboren. Sie kehrt nach Berlin zurück. Ich spreche mit der Gemeinde, und da ist am Telefon ein Russe. Der Russe sagt:

»Ist sie Gemeindemitglied?« Ich sage: »Sie ist in Berlin geboren, sie ist eine Überlebende, hören Sie. Sie ist eine Überlebende.« – »Das ist schön und gut«, sagt der Mann am Telefon. »Ich frage Sie nochmals, ist sie Gemeindemitglied?« Ich antworte: »Sie wäre Gemeindemitglied geworden, wenn sie den Weg nach Hause geschafft und nicht so sehr gezittert hätte, verstehen Sie.« Da sagt der Mann: »Da ist nichts zu verstehen, wir können ja nicht jeden – und außerdem brauchen wir den Nachweis über ihre Eltern und Großeltern und ...« – »Wir haben sogar eine Grabstätte, sie könnte neben ihrem Vater begraben werden«, sage ich. Sie kehrt doch gewissermaßen zurück. »Wollen Sie nachschauen, ob Sie die Grabstätte verzeichnet finden?« – »Ich schaue nach«, sagt der Mann. Er bestätigt, dass es da eine leere Grabstätte gibt. »Ja, aber«, sagt der Mann, »Sie müssen das Grab kaufen.« Ich sage: »Kaufen? Es gehörte doch schon der Familie, und dass noch niemand darin liegt, das hat mit Auschwitz zu tun.« – »Womit?«, sagt der Mann. Ich wiederhole: »Mit Auschwitz. Deshalb ist es leer geblieben und deshalb kann die Tochter jetzt beim Vater liegen. Geht das?« – »Ja«, sagt der Mann am Telefon, der auch ausgebildeter Rabbiner ist. »Sie können das Grab in der Tat bekommen, aber Sie müssen es kaufen.« – »Aber warum denn?« – »Vor dem Krieg war vor dem Krieg, jetzt haben wir nach dem Krieg. Sie müssen es zurückkaufen oder erneut kaufen, wie auch immer.« –»Warum denn, es gehörte doch schon der Familie.« – »Das gilt nicht mehr«, sagt der Mann. Merkwürdig, von Enteignungen hatte ich immer nur auf der arischen Seite gehört. »Wie viel Geld wollen Sie? Und bitte denken Sie auch an die Überführung. Meine Mutter ist in Rom gestorben.« – »Warten Sie«, sagt der Mann. »Warten Sie – ich rufe Sie in einer halben Stunde zurück.« Der

Mann ruft zurück, er sagt: »20.000 Euro, und bitte beeilen Sie sich.« – »Was soll das heißen: Beeilen Sie sich?« – »Sie kommen am besten her und bezahlen in bar.« In bar? Der Mann wiederholt: »In bar.« Dem entspricht ungefähr alles, was ich je über Russen beziehungsweise Juden, über Juden und Russen gehört hatte.

Und warum so teuer, wie sollen wir das aufbringen? Wird die Entschädigungsbehörde etwas dazugeben? Nein, die Entschädigungsbehörde gibt nichts dazu. Aber es gibt doch ein Berliner Gesetz für Rückkehrwillige und bedürftige jüdische Bürgerinnen und Bürger der Vorkriegszeit. »Aber sie ist ja nicht zurückgekehrt.« – »Aber sie wäre ja zurückgekehrt und sie ist hier geboren, der Antrag war schon gestellt.« – »Tut mir leid. Tut mir sehr leid für Sie.« Ich weiß, dass der Antrag auf ihrem Nachttisch lag und dass ich mich scheute, ich meine, sie schämte sich wegen der krakeligen Schrift, die sie in ihrem Zustand ... Die Behördenangestellte weiß, dass sie den Antrag auf Anforderung ausgegeben hat. »Ja, aber unterschrieben ist er nicht, das tut mir sehr leid«, sagt die Behördenangestellte.

»Ich kann Ihnen nichts anderes sagen, sie ist kein Gemeindemitglied«, sagt der Rabbiner am Telefon, und er ist der Zuständige für Friedhofsangelegenheiten in der Gemeinde.

Ich meine, was soll das, will irgendeine russische Seele in diesem leeren Grab in der Familiengrabstätte der Zacharias liegen? Wohl kaum. Ich habe es aufgegeben. Ich kann einem Russen am Telefon nicht erklären, was der Holocaust war. Dieses Grab wird auf immer leer bleiben. Oder wollte wer anders bei einer fremden Familie begraben sein? Sehr unwahrscheinlich. Ich ging nach Weißensee und grub an der Stelle, wo ihr Grab gewesen wäre. Die aufgeworfene Erde schüttete ich in eine Plastiktüte und am offenen Grab in Rom schüttete ich die Tüte wieder aus. Adonai hat sie genommen. Easyjet hatte kein Verständnis für meine Tüte und reklamierte sie als Zusatzgepäck, aber ich presste alles zusammen und kam schließlich mit dem Klumpen Erde unter dem Hemd an.

Ich werde sie alle in guter Erinnerung behalten: den Friedhofswächter von Weißensee, den russischen Rabbiner. Die Plastiktüte. Und Easyjet.

In meinem Flur bewahre ich noch immer eine Tüte auf, jetzt nach einem Jahr. Das ist die Tüte, in der ich die Erde aus Rom aufbewahre. Ich habe sie von dort zurücktransportiert, muss sie zum Grab in Weißensee bringen, in dem sie gelegen hätte, wenn der russische Rabbiner für Friedhofsangelegenheiten uns erlaubt hätte, sie in der Familiengrabstätte des Vorkriegs beizusetzen. Es ist mir wichtig, diese Sache, dass die Erde vom Grab meiner Mutter in Rom zusammengebracht wird mit der Erde des Familiengrabs in Weißensee. Das Grab, das ja offensichtlich einen Wiederverkaufswert hatte, bzw. einen Post-Arisierungsgewinn abwarf und wir hatten es nicht wiedergekauft. Inzwischen habe ich erfahren, dass uns mit den 20.000 Euro in bar noch gar nicht mal eine Höchstgrenze für solche Angelegenheiten getroffen hatte. Ich sprach neulich mit einem Mann, der es aufgegeben hatte, seinen jüdischen Vater in Deutschland zu beerdigen. Die Summe, die er hätte aufbringen sollen, war noch höher gewesen, doppelt so hoch; er brachte ihn nach Vilnius, ich meine, er hätte Vilnius gesagt, jedenfalls an einen Ort, wo es umsonst war oder fast umsonst, weil sie sich freuten, dass dort wenigstens tote Juden wieder zu finden wären. Ich bin noch nicht dazu gekommen, aber wenn der Tag gekommen ist, an dem der Stein hätte gesetzt werden sollen, dann spätestens ist es Zeit, das zu tun: das Verstreuen der Erde aus Rom auf ihrem Grab in Weißensee, neben ihren Leuten aus der Papa-Familie. Das werde ich tun.

Mir geht die Sache mit meiner Freundin im Kopf herum. Es geht um ihr Familiengrab, auch Weißensee. Die Mutter der Freundin hat als Kindertransportkind überlebt, unbegleitet. Also gibt es auch niemanden, der sich in Berlin um das Familiengrab kümmern könnte. Die Mutter hat es bis nach Brooklyn geschafft, und meine Freundin spricht kein Deutsch. Vor einigen Jahren, als sie in Berlin lebte, befreundete sie sich mit Gülşen. Und wenn meine Freundin hier wieder zu Besuch war, ging sie mit Gülşen zusammen zum Friedhof Weißensee. Ich gehe auch gerne dahin. Es ist so ein – sagen wir – geschichtsträchtiger oder geschichtsmächtiger Ort, auf jeden Fall ein spiritueller Ort. Gülşens Vater wurde als Kurde in seiner Heimat getötet und seine Familie wusste nicht, wo sie nach ihm suchen könnte. Sie wusste nichts darüber, wo seine letzte Grabstätte sein mochte. Und wie die beiden Freundinnen so redeten, sagte die eine zur anderen: Wenn es dir recht ist, schaue ich nach dem Grab deiner Leute. Ich komme gerne hierher, und ich habe keinen Platz, meine Familie zu betrauern. Ich werde hier sein und sehe nach allem. Meiner Freundin war das sehr wichtig, es beruhigte sie, denn sie lebt in New York.

Solange sie da war, kamen die Freundinnen immer wenigstens einmal zusammen hierhin. Und wie sie so redeten, kam meine Freundin auf den Gedanken, Gülşen eine anteilige Grabnutzung anzubieten. Sie wolle ihr einen Teil der Grabstätte überlassen, sodass sie ihres Vaters gedenken könnte, und Gülşen vereinbarte mit ihr, dass sie an ihrer statt für die ihr Zugehörigen alles besorgen wolle. Auf dem jüdischen Friedhof ist nicht so viel zu besorgen, aber einen Stein kann man auf den Grabstein legen und ihn wieder aufheben, wenn der Wind ihn heruntergefegt haben würde. Meine Freundin hat das einmal in einem Zoom-Treffen erzählt, sie nuschelt ein bisschen, sie nuschelt meistens oder überhaupt immer, und dann sagte sie noch, es ginge um Dankbarkeit. Dankbarkeit gegenüber den Retterinnen und Rettern ihrer Mutter und aus einem Grunde, den ich nicht mehr weiß, fing sie plötzlich an, von dieser Grabsache zu erzählen. Vielleicht soll ich dem zuständigen Rabbiner vorschlagen, dass wir das auch machen, ganz offiziell. Dann würde das Wiederkaufen oder Beerdigen allgemein vielleicht wieder bezahlbar, und wir würden unsere Toten auch wieder zuhause beerdigen. Außerdem: es ist wie Nächstenliebe, nicht wahr? Wer hat schon mal von solcher Großherzigkeit gehört? Ich war sehr bewegt, wie sie da stand im Zoom und diese Geschichte, wie es ihre Art war, fast vernuschelte.

Aber jetzt muss ich eine Bildhauerin oder einen Bildhauer finden und einen Text schreiben, der auf dem Stein stehen soll. Es wird da stehen: geboren in Berlin, gestorben in Rom. Oder gelebt in Berlin, Heppenheim, Rom und Chicago und von Rom aus auf dem Weg nach Berlin. Sie ist auf dem Weg nach Berlin, daran glaube ich.

Meine Tante schreibt den Nachruf zum Abdruck in der Jüdischen Allgemeinen »Über Berlin nach Rom; von Rom nach Chicago und wieder Rom. Nachrede auf Hannelore Bradley, geborene Zacharias, gestorben am 5. März 2014«:

»In Berlin-Weißensee auf dem jüdischen Friedhof liegt das Familiengrab der Zacharias, derer, die noch in Frieden dort ruhen und das Angedenken an die, die in der Shoa ermordet wurden, ist wie ein Platz an ihrer Seite zu sehen. Eine der Grabstätten, die vor 1933 erworben worden war, ist zwar bezeichnet, doch bestattet wurde dort niemand. Wahrscheinlich weil die Person, der diese letzte Stätte zugedacht war, in der Shoa umgekommen ist oder in der Emigration gestorben wie Tante Minnie.

Hannelore Bradley wurde 1936 in Berlin geboren, als einziges Kind ihrer Eltern Hella und Felix Zacharias. Bis 1942, dem Jahr, in dem die Familie in den Untergrund ging und sich trennte, hatte ihr Vater Felix ein Fotoalbum über die Tochter geführt: im Tiergarten und da und da und zuletzt bei der Simchat-Thora-Feier in der Synagoge. Die Familie fand dieses Album später bei den hinterlassenen Sachen in Chicago. Das Kind Hannelore hat als Neunjährige die Shoa zusammen mit ihrer Mutter Hella überlebt. Auch ihre Großeltern: Rosa und Berthold Freundlich und Felix Zacharias, ihr Vater, gehörten zu den unwahrscheinlichen 5.000 jüdischen Menschen, die in der »Illegalität« überlebten, in Verstecken rund um die ehemalige Reichshauptstadt Berlin.

Weiterleben nach dem Überleben: In einem mehrmonatigen Gesundungsurlaub erlebte sie in der Schweiz bei einem Pfarrersehepaar die Welt des Calvinismus. Ihr Zuhause wurde nach ihrer Rückkehr für zehn Jahre der Ort Heppenheim an der Bergstraße, wohin sich ihre Mutter in zweiter Ehe neu verheiratet hatte. Hannelore bekam Geschwister. Die katholischen Englischen Fräulein in Bensheim ermöglichten dem Kind den Besuch von Schule und Gymnasium; Hannelore setzte als Jugendliche ihre Konversion zum Christentum durch.

»Ausland ist immer gut«, hatte es in der Familie geheißen, als Hannelore Sprachen studieren wollte. Insbesondere ihre inzwischen geschiedene Mutter Hella unterstützte sie darin. Sie studierte an der Universität Mainz, in Germersheim und schließlich in Perugia in Italien. Hier lernte sie den Amerikaner Harold Bradley kennen, der sich wie sie für Kunstgeschichte interessierte und selbst Maler, Sänger und Schauspieler war. Er hatte bereits Karriere als Footballspieler bei den Cleveland Browns gemacht. Sie hatten die größte Anzahl von Schwarzen Spielern in ihrer Mannschaft. Harolds Wurzeln waren auch bei den Native Americans. Die drei Kinder des Paars wurden in Deutschland und Rom geboren. Hannelores Mann baute das legendär gewordene Folkstudio in Rom auf; mit ihm kamen in das Haus der Bradleys zahlreiche Musikerinnen und Musiker, die in der antifaschistischen und Anti-Vietnamkrieg-Bewegung eine Rolle spielen sollten, wie Fasia Jansen, Joan Baez, Pete Seeger und weitere internationale Gäste wie Ravi Shankar und andere.

Wegen der anhaltenden Rassendiskriminierung in den USA hatte es das Paar zunächst für sich ausgeschlossen, in die USA zu gehen, bevor sie 1968 doch anders entschieden und nach Champaign, Illinois, in die Nähe von Chicago zogen und dort 18 Jahre bleiben sollten. Während Harold Bradley im Fernsehen unter der Civil-Rights-Losung »Black and White Together« auftrat, kümmerte sich Hannelore darum, die drei Kinder großzuziehen, die in dem Künstlerhaushalt stets prekären finanziellen Mittel zusammenzuhalten, erwarb einen Master für Vergleichende Literaturwissenschaft an der University of Illinois und wirkte mit großem Engagement für ein Seniorengesundheitszentrum.

1986 kehrte Hannelore zurück nach Rom, ihr folgte Harold Bradley einige Zeit später. Sie machte über längere Zeit kunstwissenschaftliche Spaziergänge in Rom für Freunde und andere Interessierte und arbeitete gelegentlich als Komparsin. Mit ihren Enkelkindern, die allesamt in den USA geboren sind, und mit ihrem Mann sprach sie Englisch wie ihre Muttersprache, mit ihren Geschwistern Deutsch und mit ihren Nachbarn Italienisch. Sie konnte zwischen den verschiedenen Ländern und Kontinenten leichtfüßig und brillant sprachlich hin und her gehen. Immer wieder zog es sie raus aus der Stadt und ans Meer, nach Santa Marinella, wo sie eine kleine Wohnung erworben hatte. Hier spielte sie gerne mit ihrer besten Freundin Bridge. Eine Freundin, die ihr zur Seite stand, auch wenn sie in manchen Nächten nicht allein bleiben konnte. Sie hatte sich ihr Leben lang die Nähe des Meeres gewünscht. Manche Verkäuferinnen konnten nicht verstehen, wenn sie darauf bestand, dass ihre Kleidung weit, viel zu weit nach Konfektionsmaßstäben sein müsse. In ihren letzten Lebensjahren hatte sie mehr und mehr an den jüdischen Lebenswelten ihres Sohnes teilgenommen, der ebenfalls nach Europa übergesiedelt war.

Längst war es Vergangenheit, dass sie mit ihrem Mann stritt, der sich in seiner Musik für die Rechte der Palästinenserinnen und Palästinenser einsetzte und sie ihn unterbrach mit der Mitteilung, es sei an der Zeit, dass er sich Israel zuwende. Wenn er die Versammlungen der Christian Science besuchte, war sie mitgegangen. Sie war gegenüber Spiritualität aufgeschlossen. Ihr eigenes Jüdischsein blieb ihr selbstverständlich; sie wohnte darin, weniger im Ritus, von dem sie nicht viel verstand.

Hannelore Bradley starb im Alter von 77 Jahren. Auf dem jüdischen Friedhof von Rom wurde sie beerdigt. Sie hinterlässt ihren Mann Harold Bradley, ihre drei Kinder, ihre drei Enkelkinder und ihre Schwestern.«

Eigentlich sollte das in einer Zeitung erscheinen oder auf der Webseite, die ich für meine Mutter zum Gedenken angelegt habe. Aber eigentlich möchte ich diesen Text nicht benutzen, obwohl ich nicht weiß, wie ich das meiner Tante sagen soll. Hier wird einiges erzählt, von dem man nicht genau weiß, ob das erzählt oder verschwiegen werden soll und warum das ein oder andere überhaupt nicht erzählt wird. Das erste ist die Sache mit der Berufslosigkeit ihrer Eltern. Darüber weiß ich bis heute nichts, gar nichts. Ihre Mutter, meine Oma, konnte das Abitur nicht mehr ablegen, nein, natürlich nicht. Und dann war sie in einer Farbenfabrik, wo sie die Farben nicht vertrug, und dann heiratete sie Felix, der ... hier fehlt etwas. Ich kann nicht herausfinden, womit Felix den Unterhalt für die Familie verdiente. Immer wieder wurde mir von dem Geiger mit dem gleichen Namen erzählt, obwohl es doch völlig klar war, dass er es nicht war. Später, als die beiden längst auseinander waren, da war er ein Angestellter, ich meine sogar im Entschädigungsamt, ein Mann, der eher unfroh wirkte, ein Querulant, sagt meine Tante. Ich denke, er trat entschieden für seine Rechte ein, machte sie immer wieder geltend, ich finde das gut und völlig in Ordnung – kämpfte mit seinem Asthma, Überlebensasthma. Monatelang hatte er nach der Befreiung im Jüdischen Krankenhaus gelegen. Die Ärzte gaben sich große Mühe, ihn durchzubringen. Er war ihr nicht sympathisch gewesen. Meine Tante sagt, ihr wäre diese Mischung von Nörgelei und Asthmahusten auf die Nerven gegangen. Dass sie wusste, warum er dermaßen hustete und Angina pectoris hatte, hätte auch nichts geholfen. Sie hat ihn ja eigentlich kaum getroffen. Vielleicht einmal.

Ich hätte gerne gewusst, welchen Beruf er ursprünglich gehabt hatte. In dieser Familie taten später alle so, als hätten sie von klein auf Bildung gehabt; nichts habe gezählt als Bildung und Kultur. Und ich frage mich ernsthaft, wo die gewesen sein soll. Ich will es nicht ausschließen, dass bei einem Großvater, der erst Bäcker und dann Schneider war, auch die Kultur sich eingefunden hätte, oder auch bei einem Vater, der ein kleiner städtischer Angestellter gewesen sein mag mit sehr pedantischen Zügen. Das mag es gegeben haben. Es ist gerade so, als hätte das Graue Klosterleben des einzigen auf die höhere Schule entsandten Familienmitglieds, nämlich der Mutter meiner Mutter, meiner Großmutter, alle übrigen Mitglieder ebenfalls in einen Bildungsstand erhoben. Ich habe im Lehrplan dieser Schule für die damalige Zeit tatsächlich Kleist gefunden. Man glaubt es nicht, aber wahrscheinlich waren die Lehrerinnen und Lehrer keineswegs Anti-Nazi-Deutschland eingestellt. Nichts deutet daraufhin. Also warum blieben sie bei Kleist? Es ist simpel. Warum sollten sie was Neues lernen ... sie waren behäbig und faul und so blieb es bei Kleist.

Also ich gehe davon aus, dass Kleist durch die älteste Tochter, meine Großmutter, in dieser Schneider- und Konditorfamilie angekommen war oder ich kann auch nicht wissen, ob ein grämlicher Stadtangestellter ... ich muss mich nicht bei dieser Schwäche aufhalten, nicht wahr. Sie hätten ja gerne beide Kinder, auch die Tante Senta, die später über Shanghai am Leben geblieben ist, auf die höhere Schule geschickt, wenn sie sich das hätten leisten können.

Jetzt hat meine Mutter diesen gebildeten, geradezu kämpferischen Lebenslauf bekommen. Dabei hatte sie ein Naturell, bei dem ich nicht weiß, ob das für einen Kampf taugte; ich meine, sie war von unendlicher Langsamkeit beim Gehen, beim Entscheiden, in der Frage, ob sie sich von Stuhl B auf

Stuhl A setzen sollte. Neurasthenie. Das passt nicht zu den friedensbewegten Protestzeiten und zu den Black-and-White-Together-Sachen, aber auch das will ich nicht ausschließen. Seit ich in Berlin bin, spätestens seitdem will ich meinen Leuten eine Mamme vorstellen, eine jiddische Mamme. Es war schwer genug, bis sie mich akzeptierten, nicht dass es mich hier jemals hätte jemand wissen lassen, dass – ich meine, ich bin Amerikaner, ich bin Schwarz – nein, das spielt hier keine Rolle, hat es nie gespielt, und jetzt steht hier, dass sie konvertiert ist. Mag sein, dass das ihrem Alter zuzuschreiben ist und der Tatsache, wie die Pfarrersfamilie das Mädchen in ihr Herz geschlossen hatte und überhaupt diesen Umständen ...

Trotzdem wird es auf mich zurückfallen. Obwohl eigentlich niemand aus dem Judentum austreten kann. Es gibt Dinge, die muss man nicht erwähnen. So etwas macht man nicht.

Sie ging nicht in die Synagoge. Ich habe das kritisiert, ich habe mich oft bemüht, sie mitzunehmen, und sie ist später manchmal mit mir gegangen, auch zu den Lubawitschern. Obwohl sie sehr sauer war, als sie von mir den Nachweis für mein Judentum wollten und ich sie fragen musste. Betreff: Re: Rabbi. Tell the Rabbi we were German Jews. There were no Jewish communities left. Not during, not after the war where we were. I think my mother tried once in Darmstadt, no one was interested in me, nor could she understand anyone, they all spoke Polish. We never went back. It was a horrible experience. Yes, I remember my mother lightening candles. Every Friday night we went to my grandma Rosa's house, she always did so and Chanukka, too – until we had to live underground. We were bombed out three times, all documents were destroyed and even if we had them, does the Rabbi think we could have been stopped with documents on us testifying to any one being Jewish? Pretty naive, I assume the Rabbi is pretty young? My name Sara, maybe the Nazi-name coincided with the Jewish name given? After the war we tried to forget such things. I never even knew there was such a necessity in Germany until Tante Senta brought it up once, she asked, and I did not know. I do not know my mother's or anyone else's. I thought of some nice names, will write them down some other time. Thanks for invite to Seder – wish I could make it. Why do the Jewish names sound so terrible? Love and kisses, I am kind of miffed to now have to prove to anyone my Jewish descent. If they don't trust let them search themselves. I didn't know there was such an onslaught of Jews wanting to sign up at synagogues! Your jiddishe Mame, 9. April 2003

Sie hat nicht koscher gehalten, sie hat in Berlin ein Eisbein gegessen, aber darüber muss man auch nicht sprechen. Ich habe ihr gezeigt, wie sie die Schabbes-Kerzen anzünden kann, und sie hat mir nachgesprochen und sie angezündet. Weiß ich, was sie gedacht hat. Kinder und nur die Kinder waren ihr wichtig.

Und auch die Darstellung ihres Berufslebens ist schon sehr wohlwollend. Sie hat sich geweigert, Stenotypie dazuzulernen, also konnte sie in vielen Positionen als Übersetzerin nicht eingesetzt werden. Andererseits sage ich: Dann nicht, dann arbeitete sie eben nicht. Sie lag tagelang im Bett und las, am frühen Abend sah sie sich Soap Operas an und wollte dabei nicht gestört werden.

Früher stritten die beiden, die zuletzt ein harmonisches Paar waren, so sehr, dass die Carabinieri kamen und sie barfuß über die Straße zu ihnen lief. Er drückte ihren Kopf unter den laufenden Wasserhahn in der Badewanne, und sie schrie, und sie war zornig, und sie hat einem Dienstmädchen einmal absolut zu wenig Lohn gegeben, so dass es die Scheine zerriss und auf den Boden warf.

Als sie über siebzig Jahre alt geworden war, konnte das Mädchen, das zweimal die Woche kam, alles von ihr haben: eine Schwierigkeit, ein Problem zu Hause, und einmal gab sie ihr 3.000 Euro ohne Quittung. Ich fand das übertrieben. Es war nicht meine Sache. Sie setzte sich mit ihr hin und redete mit ihr stundenlang. Es war sowieso alles chronisch sauber, das heißt unbenutzt.

An Gesprächen beteiligte sie sich in der Regel in der Form, dass sie mitteilen wollte, was über dieses und jenes zu denken war. Weisheiten. Sie konnte einen schon sehr aufbringen mit ihrer Art, alles zu wissen. Sie entschied, was sie wollte, da konnten vier, fünf Leute dabeistehen und sagen, wir möchten jetzt nichts Süßes essen, und sie würde eben jetzt eine Pasticceria ansteuern, das war ihr egal. Immer und jeden Tag, hat meine Tante gesagt. Ich hab so was nie erlebt. Und überhaupt: Spielt das eine Rolle? Nein, tut es nicht. Die Sache mit der Konversion hätte man wirklich weglassen können. Wahrscheinlich ist der Text deshalb auch nicht gedruckt worden.

Es war ein bisschen komisch, als wir sie in der Leichenhalle besuchten. Ganz kurz nur natürlich. Sie hatten wenig Platz gehabt, und eine Frau aus Afghanistan war auch hier aufgebahrt. Wir konnten sie sehen, wie sie zurechtgemacht war. Meine Mutter konnten wir nicht mehr ansehen. Bei uns ist es so: Man stört sie nicht, wenn sie gegangen sind. Aber ich weiß genau, wenn meine Mutter die Dame gesehen hätte, sie hätte gleich ein Gespräch mit ihr angefangen. Es hätte sie gefreut, dass sie hier nicht so allein liegen muss. Und die Frau war so schön, Jesus war sie schön! Und in sehr schönen Kleidern, fast königlich könnte man sagen.

Dem Grab beigegebenes Papier. Meine Tante hat es am Grab in deutscher Sprache gelesen. Das hat fast niemand verstanden, nur der Rabbiner, weil er auch ein bisschen Jiddisch konnte. »Der Tod schleicht um mich herum. Er bietet sich an wie eine leere Sardinenbüchse. Jemand hat den Inhalt aufgegessen. Ich versuche es mit Gevatter Tod, oder Frau Tod, oder Fräulein Tod oder Base Tod – Herr Todt – das geht nicht, das hatte was mit Hitler zu tun – bei uns hatten fast alle was mit Hitler zu tun. Da stapeln sich Deportationsbescheide wie bei anderen die Geburtsurkunden. Ihr Vater gab an, er hat dreizehn Familien benötigt, um zwei Jahre im Untergrund zu überleben. Die NSU-Mörder haben dreizehn Jahre im ›Untergrund‹ gelebt. Da haben mehr als hundert Personen geholfen. Der Tod nimmt meine Schwester mit. Jeden Tag nimmt er etwas mehr von meiner Schwester mit, und sie scheint ihm bald ganz überlassen. Manchmal ist sie im Diesseitigen, in der Welt von einer Kugel Eiscreme oder einem Stückchen schmackhaften geräucherten Fischs; ein andermal hat sie ihre Füße schon hinübergesetzt in ein Reich, in das sie niemanden mitnimmt – auch ihre Kinder nicht. Wir setzen uns zu ihr, an ihr Bett und spielen Karten. Dabei schiebe ich ihre Monatskarte beiseite, mit der sie ins Fitnessstudio gehen wollte. Freitagabend lösche ich die Kerzen. Für sie hab ich sie entzündet. Meine Schwester sagt: Du wolltest mich holen. Ich sage: Ja, ich wollte dich holen, nicht Frau Tod oder Gevatter Tod oder die Base Tod. Meine Schwester hat die Nazis überlebt – ein neunjähriges Kind – ist nicht in ihrem Krematorium verbrannt. Kein Schaffner hat sie in den Tod gefahren, kein Friseur ihre Haare geschoren. Sie ist entkommen. Diesem Tod jetzt ist das gleich: Er kommt Nazis holen und die Überlebenden auch. Ich strenge mich an, das zu verstehen. Da gibt es nichts zu verstehen. Er findet statt. Ich wollte sie holen. Nach Hause. Nach Berlin.«

NON TOGLIERE
Il presente occorre per l'identificazione della salma
COGNOME Bradley
NOME Hannelore
DATA DECESSO 05/03/14
ORE 19

Ist das nicht egal, ob das Erbe aus der Entschädigung stammt oder aus der Anmeldung eines einzigartigen Patents? Es wird ja auch oft die Rente kapitalisiert. Mir wäre das egal. Apropos Patent: das Stolperstein-Patent. Das finde ich mal was richtig Gutes. Es steht meiner Generation wahrlich an, da etwas zu tun und eben auch deutlich und öffentlich sichtbar. Das gelingt mit diesen Erinnerungssteinen. Und es ist handhabbar, verstehen Sie, praktikabel. Wegen des öffentlichen Baugrunds entfällt das Herumstreiten mit Krethi und Plethi, als Privatperson kaufe ich – ich meine, 100 Euro werd ich wohl ausgeben können. Mein Nachbar hat gleich vier Steine gekauft und zwei davon hat er dem palästinensischen Betreiber eines Restaurants vor die Tür gesetzt. Da muss der jetzt jeden Tag dran vorbei. Was ich damit sagen will? Vielleicht irre ich mich auch und das ist ein türkisches Restaurant. Die Fassade, das ist ja Privateigentum, bleibt jetzt wie bei uns, so wie sie ist – durchgehend verputzt und unbeschädigt. Aber das führt weg von dem, was ich eigentlich sagen wollte – ich will nur noch nachtragen, dass der Vorteil dieser Methode darin besteht, dass man sich eben den oder die zu Erinnernde auch aussuchen kann. Ich kann sagen: Ich möchte gerne jene oder jenen. Man muss sich ja nicht für alle entscheiden. Die Biografien werden oft auch von den Gemeindeämtern zur Verfügung gestellt wie in unserem Fall, das erspart auch vieles an eigenen Nachforschungen. Man weiß ja gewöhnlich nichts mehr.

Es gibt übrigens eine Stadt, die hat sich da was anderes ausgedacht und hat stattdessen Nadeln in die Straße gesetzt: Denk-Nadeln, sagt die Stadt, offenbar weil es beim Denken irgendwie schmerzlich sein muss. Also diese Dinger, ich hab sie mal gesehen, sehen aus wie Mikros mit Popfilter oder Eiscreme in der Waffel. Das muss – ich will das jetzt auch nicht einfach behaupten –, aber da gab es einen Unternehmer in der Stadt, der hat sich angeboten, und schlussendlich ist es dann diese Stecknadel geworden. Kurios, nicht? Ich habe ja nichts dagegen, das ist sicher im Prinzip eine gute Sache. Aber man muss auch mal sehen, wie das ist an einem Ort – es gibt einen Ort, da war jeder fünfte betroffen, die Zxxxx noch nicht mitgerechnet. Stellen Sie sich das vor: Der Ort hat die Stolpersteine beschlossen. Jetzt wird man Mühe haben, den Asphalt zu sehen. Und was ich auch als ein Problem ansehe, ist die Frage, ob nachfolgende Generationen hier eventuell etwas anderes vorhaben, und dann frage ich mich, wie sollte man dann diese Steine wieder entfernen? Das ist unangenehm; unangenehmer, als wenn da nichts gewesen wäre. Ich würde das nicht verantworten wollen, dass da irgendwann einmal solch ein Denkstein, oder denken Sie an dieses ganze Gleisbett aus Denksteinen – wenn das einmal entfernt werden sollte. Ich bin jedenfalls erst mal ganz glücklich über die Lösung in unserem Haus und darauf, dass wir uns auf zwei verständigt haben. Man weiß ja sonst auch nicht, wohin man treten soll.

Diese ja fast schon – wie soll ich sagen – völlig überbordende Befassung führt auch zu nichts. Ich denke an meine Nachbarin, eine begabte kluge Frau, und nicht nur das. Eine wahre Salome, also wenn die tanzte, da hätte ihr keiner den Tod des Johannes abschlagen können, nicht wahr? Es war einmal eine schöne Jüdin, im 18. Jahrhundert, auch interessant – ich erinnere mich vielleicht an die Melodie ... hum hum ein wunderschönes Weib hum hum die hatt eine schöne Tochter hum hum hum ... ihr Haar war glatt geflochten ... zum Tanz war sie bereit ... so ähnlich. Ein schönes Lied. Ob die wirklich Germanistin ist, meine Nachbarin? Über Rilke reden, ob sie das auch kann? Ich meine, wissenschaftlich gesehen ist die Sache mit Auschwitz eine Sackgasse. Literarisch übrigens auch. ›Doesn't sell‹, tut mir leid, das sagen zu müssen.

Meine Tochter sagte neulich, sie ist die erste, die nicht zu Opfern oder Tätern gehört, sie ist die unschuldige Generation. Und ich muss sagen, ich finde das nicht falsch. Ich weiß nichts anderes zu ihr zu sagen. Menschsein, das ist es doch. Auch in der ehemaligen DDR, nicht wahr? Der Krieg war für meinen Vater furchtbar, für meine Mutter auch. Ich weiß das aus den hinterlassenen Briefen. Man muss das doch sagen können.

Meinen Sie das ernst jetzt? Ich meine, eine solche Predigt in unserer Zeit? Das glaube ich nicht. Das liegt doch sicher mehr als hundertfünfzig Jahre zurück, nicht wahr? Als es diesen eifernden Judenhass gab? Das haben wir doch nun hinter uns gelassen. Gott sei Dank sind diese Zeiten vorbei. Was wollte Ihre Schwester damit? Sie ist ja nun keine Theologin, wenn ich mich recht erinnere. Sie studierte Sprachen, oder? Da macht sie sich diese Mühe und tippt eine Predigt ab. Dieses herrliche, dünne mit Durchschlag beschriebene Papier, das gibt es ja heute gar nicht mehr. Ich lese mal vor: »Der Gott Israels, das ist der Gott der Rache, gnadenlos, unversöhnlich; es sei dem Judenthume von seiner Lehre Haß gegen andere Nationen geboten. Unter dem Fluch des Himmels stehend sei das Volke Israel, predigte Pastor Dr. Mallet.« Sie möchten jetzt bestimmt einwenden, dass der Staat Israel und das Judentum nicht dasselbe seien. Vielleicht haben Sie recht. Vielleicht nicht. Ich will Ihnen da persönlich gar nichts unterstellen, aber es ist doch anzunehmen, dass es da Loyalitäten gibt, sozusagen eine natürliche Verbundenheit. Sie können das ablehnen, aber irgendwie schlägt das Blut doch allemal durch. Das ist ja bei uns auch so. Sie sagen, das war Ende der Fünfziger? Waren die Zeiten da nicht doch schon andere? Ich meine, es ging doch eigentlich um Volkswagen und Waschmaschine. Nein? Erst später? Auschwitz-Prozess – oh ja, da haben Sie recht, der Staatsanwalt, wie hieß er doch gleich, ein bewunderungswürdiger Mann, der musste um sein Leben fürchten, deshalb hat er ja auch dem Mossad gesagt, wo Eichmann ist, und nicht die Auslieferung nach Deutschland beantragt. Ich meine, da wäre der Eichmann sicherlich unterwegs verschwunden wie weiland Josef Mengele. Ich kann mir die schon vorstellen, die das besorgt hätten. Und daheim hätte es einen regelrechten Reichsparteitag gegeben. Sie kennen den Ausdruck nicht? Bei uns sagt man so. ›Das war mir ein innerer Reichsparteitag.‹ Weiß auch nicht, wo das herkommt. Ich hab ein bisschen den Faden verloren. Ach so, ja, ich wollte eigentlich über das ›Talionsprinzip‹ etwas sagen. Der Begriff ›talio‹ kommt aus dem römischen Recht, übersetzt: Vergeltung. Das Talionsprinzip wendet sich ausdrücklich an die Täter, nicht an das Opfer: Ex 21,23: ›Du sollst geben: Auge für Auge, Zahn für Zahn.‹ Das Talionsprinzip richtet sich an die Person, die den Schaden verursacht hat, es richtet sich nicht an die geschädigte Person etwa in dem Sinne: du dürftest dir nehmen ›Auge für Auge, Zahn für Zahn‹. Nein, so ist das nicht gemeint. Der Verursacher des Schadens soll angemessenen Schadensersatz leisten. Darum geht es. Oder die Verursacherin. Aber das führt ja auch nicht weiter jetzt, würde ich sagen. Es ist eine – nein, nein, es ist keine akademische Diskussion, eine theologische, würde ich eher sagen.

Warum sind Sie – ich meine – warum ist die Familie eigentlich nicht nach Israel gegangen? Da sind doch alle hingegangen. Ich kann mir vorstellen, dass es Ihnen hier eigentlich nicht guttut, nicht dass Sie mich falsch verstehen. Es ist nicht so, dass ich meine, es solle jüdisches Leben hier nicht geben, ganz im Gegenteil, aber irgendwie wesensfremd ist es hier sicher letztlich doch. Ich kann natürlich verstehen, wenn für Sie oder Ihre Familie diese Anfangszeit, dieses Agrarische, vielleicht nicht das Richtige hat sein können. Aber wenn es da bessere Perspektiven gegeben hätte, ich meine, Sie können sich ja immer noch entscheiden. Das Land nimmt Sie ja auf, habe ich gehört, Jüdinnen und Juden, nicht wahr? Sie können gewissermaßen jederzeit dahin, zurückkehren in das Land Ihrer Väter. Mehr wollte ich gar nicht sagen. Das ist auch eine gute Sache, dass es diese Option gibt. Für mich gibts das nicht. Wenn ich hier mal nicht mehr – nun ich will das nicht vergleichen – aber wohin sollte ich gehen? Sie meinen, das stimmt nicht. 60.000 kamen aus Deutschland. Nicht mehr? Bei Gründung? Fünfte Einwanderungswelle. Aha. Mag sein. Die heißen ›Jeckes‹, nicht wahr? Und so einfach war das wohl für sie dort drüben nicht. Dachte, es wären mehr gewesen. Wo sind die deutschen Juden denn eigentlich alle abgeblieben? In den USA? Ich müsste nachschauen, wie viele weggekommen sind. 1933 noch 500.000? Dann sind die Übrigen minus der Israel-Eingewanderten die Migrierten, Emigrierten oder Exilierten. Ja klar, Palästina-Eingewanderte natürlich. Sie haben diese wundervollen Leistungen vollbracht, eine Wüste, die blüht. Nix war da, einfach nix als Wüste, vielleicht ein paar Beduinen, stimmt doch? Da gibt es bis heute Reibungen, das hat mir eine Freundin erzählt, die immer wieder gerne hinfährt. Ich verspüre da auch ganz persönlich eine Verantwortung dafür, dass Sie dort unten eine Sicherheit haben, mit Ihren Leuten sein können. Sagen Sie jetzt nicht, Sie sind nicht religiös. Da habe ich mich schon belehren lassen. So tief im Inneren ist das ja manchmal vollkommen verschüttet, das, was eben Sozialisation heißt oder Kultur. Ich muss da auch ein bisschen graben: bei mir, meine ich. Aber es ist da, immer da, und es soll ja auch da sein. Es tut mir leid, dass das alles ausgelöscht wurde. Ich erinnere mich daran, wie wir plötzlich über das Beschneiden beschließen mussten; eigentlich war es ja um die Türken gegangen, und dann hatten plötzlich auch die Juden ein Problem mit dem Gerichtsverfahren … das war nicht beabsichtigt gewesen. Sie haben es gelöst, nicht wahr, ganz wunderbar. Ihr Gott schickte Ihnen Mädchen. Das war die beste Lösung. Nein? Dann habe ich mich geirrt.

Es gab eine Barmer Erklärung. Was ich damit sagen will? Darin kündigte die evangelische Kirche ihren Widerstand an. Sie stellte klar, dass sie nicht gewillt war, anderen Herrschern zu folgen außer Gott und Jesus Christus bzw. dem Evangelium, und später folgte die Stuttgarter Erklärung. Da ist von Leiden die Rede und davon, dass wir in einer Solidarität der Schuld leben. Wenn wir das nicht erklärt hätten, hätten wir mit den Kirchen der Welt und mit der Ökumene niemals sprechen können. Und diese Eintrittskarten haben wir abgegeben, das ist so – Nein, Sie müssen das nicht mit der Situation nach dem Ersten Weltkrieg vergleichen und dass wir uns gegenüber dem Völkerbund erklärt haben – Sie haben ja ziemlich genaue Geschichtskenntnisse, meinen Respekt. Wir haben geliebt, aber nicht brennend; wir waren mutig, aber nicht mutiger – Das war doch sozusagen das Eingeständnis einer Schuld, das erste Eingeständnis einer Schuld, meinen Sie nicht? Sie hören das nicht, Sie erkennen hier weiterhin Abmildern und Wegducken ... Da sind Sie ja mit den Amerikanern einer Meinung, das haben die auch geschrieben in ihren Berichten. Aber stimmt das wirklich? Ich meine, jeder hatte da seine ... der eine solche Outcasts, der andere seine Kranken und Behinderten, und alle hatten ... ich meine, der Krieg war auch schrecklich. Sie müssen mir diese Zeilen jetzt nicht um die Ohren hauen, so etwas muss man aus der Zeit heraus verstehen.

Judenfrage? Das klingt für Sie heute nach Stalin, nicht? Es war der Bruderrat der Evangelischen Kirche! »Daß Gott nicht mit sich spotten läßt, ist die stumme Predigt des jüdischen Schicksals, uns zur Warnung, den Juden zur Mahnung, ob sie sich nicht bekehren möchten zu dem, bei dem allein auch ihr Heil steht.«

Verstehen Sie denn nicht? Sie müssen mir das nicht wiederholen! Das ist in gewisser Hinsicht historisch. Sechzig Lager hatten wir nach dem Krieg, wussten Sie das, sechzig Lager, da gab es alles, Schulen, Theater – und ich muss es leider sagen, Tuberkulose. Ja, nach dem Krieg, das waren die ... wir haben uns da nicht um diese Dinge gekümmert. Man war ja doch sehr beschäftigt.

Außerdem möchte ich Ihnen noch etwas vortragen, wenn ich darf. Ich habe, ich hatte einen Großvater – Sie wissen, dass ich mich selbst in der Betreuung von Traumatisierten sehr engagiere, das ist mein Beruf – mein Großvater, ich habe das bisher noch niemals laut ausgesprochen. Ich will das aber Ihnen gegenüber tun. Mein Großvater war Lokführer, er hat die Deportationszüge gefahren. Ich möchte Ihnen sagen, er hat dann mit den Leuten sein Brot geteilt, das hat er gesagt. Was sagen Sie dazu. Sie sagen dazu nichts? Sie möchten dazu nichts sagen? Sie wollen nicht gefragt werden? Es sei eine Sache der Justiz ... Ich habe Sie gehört. Ja, danke. Verstehe. Er ist gestorben. Er hatte ein erfülltes Leben. Ich und mein Bruder, wir beide, liebten ihn sehr.

ORTE

Oxnard, Kalifornien, Berlin, Rom, Neapel, Chicago, Managua, Philadelphia, Heppenheim, Berner Oberland/ Schweiz, Mount Vernon/New York, Bronx/New York Theresienstadt, Marburg, Los Angeles, Argentinien, Bremen, Sorau/Żary, Frankfurt am Main, Shanghai, Dungau/Österreich, Heringen (Werra), Bickenbach

PERSONEN

Tante

Neffe

Hannelore Bradley
alias Karstan / Radicke, aus erster Ehe der Mutter, Schwester der Tante, Mutter des Neffen, verheiratet mit *Harold Bradley*; überlebt; ursprünglich Berlin / Rom

Mutter
Hella Freundlich, alias Ruth Franke / Tante Edith / Karstan / Radicke / Ruth Walther / Hella Kittel, 3 Kinder: *Hannelore Bradley*, die *Tante* (Tochter aus zweiter Ehe) und eine nicht genannte weitere Tochter (aus zweiter Ehe); überlebt; ursprünglich Berlin / im Westen

Erstgeborene Nichte
Tochter von *Hannelore Bradley* und *Harold Bradley*, Ehemann: John W.; ursprünglich Bremen / USA / Neapel

Zweitgeborene Nichte
Tochter von *Hannelore Bradley* und *Harold Bradley*, Ehemann: John II, die Kinder; ursprünglich Rom / Chicago

Bob
Vater von John II, alter Mann; Chicago

Harold Bradley
Ehemann von *Hannelore Bradley*, Schwager der *Tante*, afroamerikanischer Aktivist, Bürgerrechtsbewegung; Footballspieler, Musiker, Maler; Chicago / Rom

Sohn der Tante

Andrzej

Unbekannter Dieb

Unbekannter Mann

Unbekannte Frau

Felix Z.
Vater von *Hannelore Bradley*, Großvater des *Neffen*, verheiratet in erster Ehe mit *Mutter*, in zweiter Ehe mit *Ria*, Kaufmann, Zwangsarbeiter, verhaftet, geflohen, untergetaucht, überlebt; Berlin

Ria
zweite Ehefrau von *Felix Z.*, Kinder: Rainer oder Rainerle und Angela; Berlin

Roni
heute in Herzliya, über 80 Jahre alt, erinnert sich an alles, sagte er neulich, in den sechziger Jahren Boyfriend von nicht genannter weiterer Schwester, israelischer Soldat

Daniel Perl
ein Freund der *Tante*; Budapest / Paris / Berlin

Lizzy
Freundin der Mutter, illegale Helferin;
ursprünglich Berlin / im Westen

Fräulein Elli
Freundin von *Felix Z.*; Berlin

Weiße Tante von Harold
USA

Trudchen und *Hermann Ebert*
illegale Helfer*innen, SA-Schwiegersohn: Erich Dohl;
Berlin

Familie Rhode
illegale Helfer*innen; Berlin

Rudi Riethmann
temporäre Liebe der Mutter; im Westen

Elke Schneider
Bankangestellte, später mit Prokura; Berlin

Heinz
Luftschutzwart; Berlin

Pfarrersleute
Schweiz

Berthold Kirsch
Großonkel, verschollen UNGEKLÄRT,
evtl. missverstanden anstelle von *Alfred Kirsch*, Exil;
ursprünglich Berlin / Argentinien

Minnie
Schwester von *Felix Z.*, Theresienstadt, überlebt, Ehemann: Theresienstadt, überlebt, Kind: Simon, geboren in Theresienstadt, überlebt, Tante des *Neffen* väterlicherseits; ursprünglich Berlin / New York

Rosa oder *Röschen* und *Berthold Freundlich*
alias Franke, Eltern der *Mutter*, Großeltern der *Tante* und nicht genannter Schwester (aus zweiter Ehe der *Mutter*) und von *Hannelore Bradley*; Rosa betrieb eine Wäschemanufaktur, Berthold war Konditor; Pflegefamilie von Sonja, falls sie vorkommt; untergetaucht, alle überleben; ursprünglich Berlin / Philadelphia

Alfred Kirsch
Ehemann der Großtante von der *Tante*; Urgroßtante zu *Neffe*, Enkel: X. Praetorius, wahrscheinlich geb. als Henry Kirsch, Exil; Lena, die Zwillingsschwester von *Rosa Freundlich*, heiratete XY (Alfred?) Kirsch, Exil;
Argentinien? / USA

Meta Kirsch
ursprünglich Berlin / Exil UNGEKLÄRT

Ela
Schulfreundin der *Mutter*; Berlin

Onkel Otto
illegaler Helfer; Berlin

Ulrich

Fritz Kittel
illegaler Helfer; Sorau/Żary / Heringen

Anna Kummerow
illegale Helferin, Schwiegersohn: Bruno Thomas, Nazi, Obersturmbannführer; Berlin

Gertrud
Gerti, Frauchen von Großvater *Berthold Freundlich*, zweite Ehefrau nach dem Tod von *Rosa Freundlich*; unklar, warum und seit wann sie in den USA lebte; Philadelphia

Hans Münchow
aus Täterfamilie; Berlin

Renate Abent
Diebin; ursprünglich Lörrach / Berlin

Professorin
Chicago

Hausmeister
illegaler Helfer, Töchter: Else und Gerlinde, beide Nazissen; Berlin

Senta oder *Jessica*
Schwester der *Mutter*, Tante von *Tante*, Großtante des *Neffen*, Schneiderin, Flucht nach Shanghai, Ghetto; überlebt; ursprünglich Berlin / Philadelphia

KZ-Aufseher
Dungau / Österreich

Bürgermeister
Bickenbach

Friedhofsangestellte
Bickenbach

Stiefvater der Tante
aus dritter Ehe der *Mutter*, katholisch; Bickenbach

Mutter des Stiefvaters
aus dritter Ehe der *Mutter*, katholisch; Bickenbach

Schwester des Stiefvaters
aus dritter Ehe der *Mutter*, katholisch; Bickenbach

Julia Konetzki

Madeleine
Tochter von Shoa-Überlebenden, Madeleines Partner: Daddy, Madeleines Sohn: David; Berlin

Tante Else
Schwester von *Felix* Z. und *Minnie*, Tante zu *Hannelore Bradley*, Urgroßtante des *Neffen;* Exil; ursprünglich Berlin / New York

Alte Frau
Bickenbach

Frau Peter
Bickenbach

Nachbarin
Berlin

Irgendwer

Werke von Esther Dischereit (Auswahl)

Der Verdacht, Theater, Mousonturm, Frankfurt am Main 2024
Wer war Fritz Kittel. Ein Reichsbahnarbeiter entscheidet sich. Zwei Familien 1933–2022, Ausstellung zus. mit Veruschka Götz, Susanne Kill (Deutsche Bahn), Gerhard Schick (Filme), Museum für Verkehr und Technik, Berlin 2023 und folgende
Quando il mio golem mi aprì la porta, Gedichte, dt.-ital., übers. Rita Baldoni, Roberta Meli, Alice Provenghi, Anna Ruchat, 2023
Bergpfirsich, Poetry-Film, Kampnagel, Hamburg/Wien 2023
Flowers for Otello. On the Crimes That Came Out of Jena, übers. Iain Galbraith, 2022
Hab keine Angst, erzähl alles! Das Attentat von Halle und die Stimmen der Überlebenden, hrsg. 2021
Sometimes a Single Leaf, Gedichte, dt.-engl., übers. und hrsg. Iain Galbraith, 2020
Mama, darf ich das Deutschlandlied singen, Essays, 2020
Mood & Memory, Institut für Sprachkunst, Universität für angewandte Kunst, Art Visuals and Poetry Film Festival, Wien, Virginia Filmfestival, Charlottesville, 2017
Großgesichtiges Kind, The Child with the Big Face, Prosa, dt.-engl., übers. Iain Galbraith, 2015
Partikel vom Großgesichtigen Kind, Sound-Installation, Museumsquartier Wien, 2015
Blumen für Otello. Über die Verbrechen von Jena, Libretto, dt.-türk., übers. Saliha Yeniyol, 2014
Blumen für Otello. Über die Verbrechen von Jena, NSU-Szenen, Hörspiel, Regie: Giuseppe Maio, 2014, Wdhlg. 2024
Vor den Hohen Feiertagen gab es ein Flüstern und Rascheln im Haus, lyrische Texte, dt.-engl., übers. Iain Galbraith, 2009

Eichengrün-Platz, Sound-Installation, zus. mit Dieter Kaufmann (Komposition), 2008
Der Morgen an dem der Zeitungsträger, Erzählungen, 2007
Mit Eichmann an der Börse, Essays, 2001
Übungen jüdisch zu sein, Essays, 1998
Als mir mein Golem öffnete, Gedichte, 1996
Merryn, Prosa, 1992
Joëmis Tisch. Eine jüdische Geschichte, Prosa, 1988

2. Auflage Februar 2025
© 2024 by MaroVerlag, Augsburg

ISBN 978-3-87512-676-1

Die Arbeit der Autorin am vorliegenden Buch wurde vom
Deutschen Literaturfonds e.V. gefördert.

Zeichnung auf dem Umschlag:
beate maria wörz · beatemariawoerz.de

Lektorat: Hans-Ulrich Müller-Schwefe

Gesetzt aus der Eskorte Latin & der Skolar Sans
Druck: Memminger MedienCentrum
Bindung: Thomas Buchbinderei, Augsburg

Für die Unterstützung bei Lektorat & Korrektorat
dankt der Verlag Ellen Köhler und Ralf Zühlke.

PRODUKTSICHERHEIT
MaroVerlag
Zirbelstraße 57a · 86154 Augsburg
info@maroverlag.de

Sicherheitshinweis entsprechend Art. 9 Abs. 7
S. 2 der GPSR entbehrlich.